Über den Autor

Robert Anton Wilson, geboren am 18. Januar 1932 in New York, studierte Mathematik, Elektrotechnik, Englisch, Pädagogik und graduierte schließlich in Psychologie. Er ist stellvertretender Direktor des «Institute for the Human Future» in der kalifornischen Universitätsstadt Berkeley. Gemeinsam mit dem ehemaligen Harvard-Dozenten und Drogen-Guru der sechziger Jahre, Timothy Leary, veröffentlichte er den Band «Neuropolitics», dem dann sein Meisterwerk «Cosmic Trigger» (rororo Nr. 5649) folgte. Zusammen mit Robert Shea schrieb Wilson außerdem die inzwischen legendäre Pop-Trilogie «Illuminatus! – Das Auge in der Pyramide» (rororo Nr. 4577), «Illuminatus! – Der goldene Apfel» (rororo Nr. 4696) und «Illuminatus! – Leviathan» (rororo Nr. 4772), sowie seine ergänzenden «Illuminati-Papiere» (rororo Nr. 5191), die Fiktion «Masken der Illuminaten» (rororo Nr. 5764), die der Hessische Rundfunk «ein Feuerwerk von Ereignissen, Ideen und Visionen» nannte und die Illuminaten Chroniken Bd. I: «Und die Erde wird beben» (rororo Nr. 5994). Zu seiner Trilogie «Schrödingers Katze», deren Bände mit den Untertiteln «Das Universum nebenan» (Nr. 5287), «Der Zauberhut» (Nr. 5382) und «Die Brieftauben» (Nr. 5476) ebenfalls als rororo-Taschenbücher vorliegen, schrieb «Playboy»: «Eine Mischung aus Krimi, Polit-Ulk, Science-fiction und wissenschaftlichen Tatsachen.» Außerdem schrieb er «weitere Spielereien zwischen Gegenwart und Zukunft»: «Ist Gott eine Droge oder haben wir sie nur falsch verstanden» (rororo Nr. 5854).

Robert Anton Wilson

Der Sohn der Witwe

Die Illuminaten Chroniken Band II

rororo

Rowohlt

Aus dem Amerikanischen von Pociao

Veröffentlicht im Rowohlt Taschenbuch Verlag GmbH,
Reinbek bei Hamburg, März 1992

Originaltitel: The Widow's Son
Erschienen by Bluejay Books, New York

Umschlaggestaltung Harriet Höppner
Gesamtherstellung Clausen & Bosse, Leck
Printed in Germany
1280-ISBN 3 499 12976 0

Inhalt

Petrus fragte: Wer hat dich geschickt?

Jesus antwortete ihm und sprach: Der Eckstein, für den die Maurer keine Verwendung fanden, das ist der Ort, von dem ich stamme. Das Tor, das kein Tor ist, die Quelle des Lebendigen Einen.

Aus dem Evangelium nach Maria Magdalena

ERSTER TEIL

Zufall und Verschwörung

Unsere Revolution hat mir vor Augen geführt, daß Geschichte nichts anderes ist als Fiktion. Ich bin davon überzeugt, daß Zufall und Verschwörung mehr Helden hervorgebracht haben als Genie und Tugend.

Maximilien Robespierre, 1792

Teratologische Moleküle sind nicht nur unsichtbar und im normalen Sinne unfaßbar, sie scheinen sich auch absichtlich zu verbergen.

de Selby, *Golden Hours*, II, S. 114

Für einen Mann gibt es kein höheres Ziel als dieses: daß man sich seiner erinnere als eines Menschen, der sich selbstlos dem harschen Diktat von Logik und Vernunft unterwarf, eines Menschen, der wirklich leidenschaftslos und objektiv war.

Hanfkopf, *Werke*, VI, *Was ist Wahrheit*, S. 103

EINS

Armand hatte etwas gegen Drecksarbeit, und noch mehr ging ihm das gegen den Strich, was er sich gerade über den König anhören mußte. Doch er nahm sich zusammen. Er beugte sich leicht über den Tisch und versuchte es auf die freundliche Tour. «Georges», sagte er. «Georges. Ich weiß, daß es stimmt. Du weißt, daß es stimmt. Verdammt, mittlerweile weiß sogar das Schwein von Gärtner meiner Tante, daß es stimmt. Aber so spricht man nicht über den König. Wir sind hier nicht in Rouen, Georges. So was sagt man in Paris einfach nicht.»

Georges war noch schmutziger und schäbiger als Armand, trotzdem wich er unwillkürlich zurück, denn Armand stank ärger als er. «Mein Gott», sagte er, «du bist in letzter Zeit viel zu nervös, Armand. Außer dem Wirt gibt es hier niemanden und der ist weit weg, am hintersten Ende des Schankraums. Also gibt's nicht den geringsten Grund, sich so aufzuregen, Armand.»

«Paß auf, Georges», gab Armand zurück. «Wir sind hier verdammt noch mal in Paris. In *Paris*, verstehst du. Hier haben die Wände Ohren. Diese verfluchte Sardine* – du hast von der Sardine gehört, hoffe ich –, hat mehr Spitzel als ein Jagdhund Flöhe. Darauf kannst du Gift nehmen. Die Sardine, Georges, frißt Typen wie dich und mich zum Frühstück. Und gottverdammte korsische Piraten zum Mittagessen.»

* Spitzname der Unterwelt für Leutnant Gabriel de Sartines.

«Hört mal zu, Jungs», unterbrach sie Lucien mit mildem Lächeln. «Wir wollen uns doch nicht streiten, oder? Sind wir zum Trinken hier oder zum Stänkern? Also, was ist? Ich dachte, wir wollten einen heben.»

«Das tun wir auch», sagte Armand, «bis Pierre kommt.»

«Na, dann Prost», sagte Lucien grinsend.

Lucien hatte das fröhliche und ehrliche Gesicht eines Bauern, der seinen Gutsherrn erfolgreich hinters Licht geführt, die Herrin vernascht und bei der Flucht das kostbarste Silber des Hauses hatte mitgehen lassen. Georges hatte das arrogante und verkniffene Gesicht eines Bauern, der dasselbe versucht hatte, doch jedesmal erwischt und ausgepeitscht worden war. Und Armand sah einfach aus wie ein blutrünstiger Schweinehund.

«So laßt uns das Glas erheben», sagte Georges. «Und ich verliere kein Wort mehr über die Pocken des Königs.»*

* Gemeint waren nicht die Blattern, an denen der König merkwürdigerweise drei Jahre später sterben sollte. In jener Zeit wurden sämtliche Geschlechtskrankheiten als «Pocken» bezeichnet. Im vorliegenden Fall scheint es sich um die Syphilis zu handeln, denn König Ludwig XV. trug eine erlesene Auswahl der offenkundigsten Symptome zur Schau.

Müde wie ein alter Mann, der sich seiner Stiefel entledigt, stellte Armand sein Glas auf den Tisch. «Mein Gott», seufzte er, «was mache ich bloß immer, frage ich mich. Am Ende lande ich doch bei einem Arschloch wie dir.»

«Reg dich ab, Armand», redete Lucien ihm grinsend zu.

Er grinste ziemlich viel. «Diese Sardine ist kein Gott. Er ist schlau, das weiß jeder, aber er hat bestimmt nicht unter jedem Tisch in allen Kneipen von Paris seine Spitzel hocken. Das nicht. Soviel Zaster hat nicht mal die Polizei, Armand. Außerdem spricht sowieso ganz Paris davon, jeder Hanswurst und sein Bruder, ihre Cousinen und ein paar von ihren Schwestern auch. Der König ist weiß Gott nicht der einzige. Das halbe Land hat es mittlerweile. Es sind diese Scheißkerle, die *diegos*. Die haben es angeschleppt. Die Seeleute.»

«Du etwa auch?» fragte Armand. «Zumindest könntest du ein kleines bißchen leiser sprechen, verdammt noch mal! Es kann einen teuer zu stehen kommen, so über den König zu reden. Vielleicht hat die Sardine wirklich nicht in jeder Kneipe seine *mouches*, aber da wäre ich mir nicht sicher. In dieser Scheißstadt weiß man nie – das ist alles, was ich sagen wollte.»

«Das ist eben dein Problem, du machst dir zu viele Gedanken, Armand. Vielleicht hast du dir den falschen Beruf ausgesucht. Ich meine, wenn ein Typ soviel Angst vor der Polizei hat wie du, dann sollte er sich nach was Sichererem und Gemütlicherem umschauen, zum Beispiel Scheunen ausmisten, unten in Rouen.»

«Ich habe keine Angst», sagte Armand hastig. «Mach dir bloß keine falschen Vorstellungen, Lucien. Ich denke nur, Typen wie wir ... also das Letzte, was wir brauchen können, ist, daß die Bullen auf uns aufmerksam werden. Und diese Sardine kümmert sich, wie ich höre, mehr um Politik und den allgemeinen Zustand des Landes als um Diebstähle oder Sachen, die man anstellt, um halbwegs über die Runden zu kommen. Verstehst du, was ich meine? Wen haben sie denn in ihrer verdammten Bastille? Jede Menge Leute, die glaubten, sie könnten über den König herziehen, so ist es doch!»

«Könnten wir nicht das Thema wechseln?» sagte Georges. «Ich wünschte, Pierre käme endlich.»

«Ich glaube, du machst dir zu viele Sorgen», wiederholte Lucien stur, «du bist ein alter Nörgler, Armand. Das ist meine Meinung.»

«Deine Meinung kannst du dir sonstwohin stecken», erwiderte Armand. «Ich bin nicht so alt wie du, Lucien, und ich bin auch noch nicht so lange in Paris wie du, aber ich halte Augen und Ohren offen und ich sage dir: das Letzte, was wir bei unserem Job brauchen können, ist, daß die Polizei hinter uns herschnüffelt. Manche Leute, selbst angesehene Bürger mit anständigem Beruf, glauben, sie könnten mit ihren Freunden in der Kneipe sitzen und palavern und irgendwann macht einer einen Witz über den König und was passiert? Plötzlich ist da, wo sie saßen, nur noch ein Riesenloch in der Luft und keiner weiß von nichts. Verdammt, man hat noch nicht mal mitgekriegt, wie sie verhaftet wurden. Soll uns das etwa auch passieren, Lucien?» Er senkte die Stimme. «Natürlich hat der König die Pocken. Aber keiner redet drüber. In Paris spricht man überhaupt nicht über Politik, Tatsache. Ich weiß nicht, wie viele Spitzel die Sardine tatsächlich für sich arbeiten läßt, aber eins weiß ich, Lucien, und wenn du schlau bist, müßtest du mittlerweile auch dahinter gekommen sein: nämlich, daß alle, die noch nicht auf der Gehaltsliste der Sardine stehen, sich ein Bein ausreißen würden, um draufzukommen. Das ist Paris, Lucien. Wer noch kein Spitzel ist, versucht wenigstens einer zu werden.»

«Es liegt an diesen Häusern», sagte Lucien mit gesenkter Stimme. «Diese Weiber, von denen man nicht lassen kann, stimmt's? Rotes Haar, Parfüm, mein Gott, das ganze Drum und Dran! Wir gehn doch alle hin und wieder hin. Aber die *diegos*, diese Scheißer, die schleppen es an, und dann haben es auch die Mädels und geben es an alle anderen weiter. Und wenn man es lang genug gehabt hat, so zehn, zwanzig Jahre, wird man schließlich wirr im Kopf. Es ist komisch, aber wir führen diese gottverdammten Kriege nur, weil der König es schon so lange hat, daß er nicht mehr ganz richtig im Kopf ist. Und das Ganze haben wir den *diegos* zu verdanken...»

Lucien machte eine kurze Pause und fuhr dann fort: «Stellt euch nur mal vor, ein Seemann aus Palermo steckt ein Mädchen an, das aus der Provence nach Paris gekommen ist, weil sie sich sagte, sie könnte mehr Geld verdienen, wenn sie die Beine breit macht als wenn sie zu Hause die Schweine füttert oder die Ernte einbringt. Na schön, die Kleine gibt es beispielsweise weiter an einen Marquis aus Rennes-le-Château und der treibt es anschließend mit einer Kammerzofe im Palast, auf die ein paar Tage später auch der König ein Auge wirft – was dann? Zwanzig Jahre später ist der gute König so meschugge, daß er nicht mal dem britischen Gesandten ins Gesicht sehen kann, ohne eine Riesenechse zu sehen, die ihn auffressen will. Da sind Zweifel an der Politik doch wohl angebracht, *hein*?»*

* Berühmte Syphilisleidende, deren Politik durch Halluzinationen und Verfolgungswahn beeinflußt gewesen sein könnte: Heinrich VIII., von England, Lord Randolph Churchill, Benito Mussolini, Idi Amin Dada. Vgl. de Selby, *Golden Hours*, II, S. 261–3

«Jessas, Maria und Josef!» fluchte Armand. «Können wir den König nicht endlich aus dem Spiel lassen? Ich sage euch, hier haben die Wände Ohren!»

«Das ist nur die Drecksarbeit, die vor uns liegt», versetzte Georges. «Du hast wohl noch nie so was gemacht, wie Armand? Deshalb bist du so fickrig. Du stellst dich an wie ein Vierzehnjähriger, der von seiner Alten beim Wichsen erwischt wird!»

«Merk dir eins», sagte Armand. «Ich nehme alles an, was mir angeboten wird. Okay, ich mach nicht gern die Drecksarbeit, geb' ich offen zu, und um die Wahrheit zu sagen, ich hab' überhaupt was gegen diese Räuber-und-Gendarmspiele, also ich meine, Aufträge, bei denen man draufgehen oder geschnappt werden kann. Aber ich nehme alles an, was mir einer anbietet. Irgendwie muß ich ja über die Runden kommen.»

«Das kommt nur daher, weil du noch nie Drecksarbeit gemacht hast», wiederholte Georges störrisch. «Ich weiß Bescheid. Bei meinem ersten Auftrag habe ich mir fast in die Hose gemacht vor Angst. Beim ersten Mal hat man noch Schiß. Aber was soll's, alles auf der Welt ist gefährlich. Jungs wie wir werden doch nur für eine Sache baumeln, Scheiß noch mal! Uns erwischen sie irgendwann und hängen uns womöglich für etwas, das wir gar nicht gemacht haben. Kapiert? Und noch was, Armand: es ist einfacher als Klauen. Kannst mir glauben! (Natürlich log er.) «Es jagt dir nur so lange Angst ein, bis du es hinter dir hast.» Er versuchte selbstsicher zu grinsen, so wie Lucien. Doch da ihm im Verlauf seines Lebens die meisten Zähne abhanden gekommen waren, glich die Wirkung eher der einer pervertierten Kürbiskopflaterne.

«Alles schön und gut», antwortete Armand, «nur der Kerl, dem wir eins verpassen sollen, wird uns eins husten, oder? Ich meine, wer mag schon ausgeraubt, geschweige denn umgebracht werden? Er wird ganz entschiedene Einwände erheben, wenn ihr mich fragt. Ist doch logisch. Keiner will sein Geld verlieren, aber noch viel weniger sein verfluchtes bißchen Leben. Ich meine, vier gegen einen, das klingt nicht schlecht, sieht ganz danach aus, als hätte er keine Chance. Aber er wird kämpfen wie ein gottverdammter Tiger, jawohl, und aus vollem Halse schreien. Und das beunruhigt mich nun mal. Der wird schreien, als hätte er sich seinen Schwengel in der Kutschentür eingeklemmt. Und wie sollen wir dann abhauen?»

«Also nun mach mal halblang», sagte Georges. «Wenn du die Drecksarbeit fachgerecht erledigst, hörst du keinen Mucks. Du denkst wie ein typischer Langfinger –, daß der Kerl hinter dir herschreit wie ein durchgedrehter Tenor und alle Leute auf der Straße versuchen dich aufzuhalten und der Polizei zu übergeben, aber Drecksarbeit ist ganz was anderes. Wenn du es richtig machst, so wie wir es dir zeigen, dann wird der Typ keine Zeit mehr haben, rumzurennen und zu schreien, ganz im Gegenteil, er wird der leiseste Hurensohn sein, dem du je begegnet bist. Schau dir nur Lucien und mich an, aber vor allem Pierre. Der Kerl wird keinen Piepser von sich geben, so schnell ist alles vorbei. Ehrenwort!»

Lucien ergriff das Wort, grinsend und philosophisch. «Es liegt an der Scheißreligion, die steckt tief in uns drin, ganz tief. Von Kindheit an pumpen sie uns voll damit. Du läßt tausendmal was mitgehen und verschwendest keinen Gedanken dran, aber sobald die erste Drecksarbeit auf dich zukommt, fängst du an zu grübeln, über Gott und die Welt, Hölle und Teufel.

Ewiges Feuer», rief er laut. «Dummes Zeug. Ich glaube nicht mehr an sowas. Und wenn du dran glaubst, Armand, solltest du dich lieber ins Kloster verkriechen. Wenn du nämlich dran glaubst, wirst du auf dieser Welt keine Chance zum Überleben haben. Du solltest mal lesen, was dieser Spartakus* in seinen Flugblättern schreibt.»

* Der französische «Spartakus» ist nie identifiziert worden, darf jedoch nicht mit seinem deutschen Zeitgenossen «Spartakus» verwechselt werden, bei dem es sich in Wirklichkeit natürlich um Adam Weishaupt handelte.

«Ich hab' genug Ärger, auch ohne daß sie mich mit einem aufrührerischen Pamphlet schnappen», erwidert Armand. In Wirklichkeit wollte er nur nicht zugeben, daß er weder lesen noch schreiben konnte.

«He», rief Georges. «Da ist ja Pierre!»

Pierre war besser gekleidet als die anderen. Mit dem parfümierten Taschentuch, das er in der Brusttasche trug, hätte man ihn glatt für einen Ladenbesitzer oder gar Zuhälter halten können. Er hatte das Gesicht eines Hilfspfarrers, der bei der Plünderung des Opferstocks ertappt wird. «Na, ihr Wichser», antwortete er gutgelaunt.

«Pierre, du Hundesohn», begrüßte ihn Georges und versetzte ihm einen Hieb in die Seite.

«Schönen guten Tag, Pierre», sagte Armand respektvoll.

«Zum Wohl», sagte Lucien, erhob das Glas und grinste. Pierre musterte dieses fröhliche und ehrliche Gesicht und dachte bei sich, daß Lucien der gefährlichste von den dreien war. Der Richter, der ihn eines Tages zum Tode verurteilte, würde noch wochenlang von Zweifeln und Alpträumen geplagt sein und sein Henker würde sich noch entschuldigen, wenn er ihm die Schlinge um den Hals legte.

«Ihr kleinen Scheißer», sagte Pierre, beunruhigt von dem

Gedanken, daß auch er auf Luciens Grinsen reinfallen und allzunett zu ihm sein könnte. «Wißt ihr, wo ich gerade reingetreten bin? Meine Güte! Alles über meine *sabots*!»

«Noch Wein?» fragte der Wirt, der an den Tisch gekommen war.

«Vom roten Diego», sagte Pierre. «Eine ganze Flasche. Er ist gut.»

«Der beste, den ich habe», stimmte der Wirt zu. «Der wird Ihnen munden.» Er sprach Pierre mit Sie an, während er die anderen geduzt hatte. Sein Wein war mittelmäßig und viel zu teuer. Aber Pierre verstand nicht das Geringste von Wein.

«Ihr verdammten Mistkerle», wiederholte Pierre, als der Wirt gegangen war. «Man sollte diese Tölen abmurksen!»

«Aber das ist Paris», sagte Georges.

«Du hast verflucht recht, das ist Paris», gab Pierre zurück. «Ich lebe nun schon seit neun, zehn Jahren hier, aber im Schweinestall meines Vaters ging es sauberer zu als in dieser gottverdammten Stadt.»

Der Wirt brachte den Wein. Sie warteten, bis er wieder außer Hörweite war.

«Also», sagte Pierre. «Hat Lucien euch erzählt, daß es Drecksarbeit ist?»

«Ja», sagte Armand. «Wir sind dabei. Wir brauchen die Kohle.»

«Die Sache ist die», erklärte Pierre, «zuerst müssen wir den Kerl ausfindig machen. Mein, hm, Auftraggeber – und ihr werdet Grips genug haben, nicht nach seinem Namen zu fragen –, mein Auftraggeber also weiß mit Sicherheit, daß der Betreffende sich in Paris aufhält. Er sagt, daß er an der Universität studiert, so daß wir in etwa wissen, wo wir mit der Suche anfangen sollen. Vielleicht brauchen wir eine Weile, um ihn zu finden, aber diese zwei, vielleicht auch drei Tage Spazierengehen an der frischen Luft und dann noch ein paar Minuten Konditionstraining in einer stillen Seitenstraße werden satten

Lohn bringen, das kann ich euch flüstern. Der Kerl, den wir suchen, heißt Sigismundo Celine. Er ist um die zwanzig und ziemlich groß geraten für einen *diego*, so um die einssiebzig, einsfünfundsiebzig.»*

* Die Durchschnittsgröße für europäische Männer betrug zu dieser Zeit 1,55 m. De Selby, (*Golden Hours*, I, S. 223) führt dies auf die «Akkumulation teratologischer Moleküle in der Atmosphäre» zurück. Er hält diese Moleküle für negativ phototropisch und ist der Ansicht, elektrisches Licht würde sie vertreiben; daher ihre Seltenheit in moderner Zeit.

«Ein *diego*?» sagte Armand. «Es ist ein *diego*?»

«Aus Neapel», nickte Pierre und zeigte seine Weltgewandtheit, indem er die Vokale rollte wie ein echter Italiener. «Warum, spielt das eine Rolle?»

«Für Armand schon», sagte Lucien grinsend. «Er hatte Angst, er müßte einen Menschen umlegen.»

Doch auch Armand grinste, zum ersten Mal, seit er an diesem Morgen zugesagt hatte, Drecksarbeit zu übernehmen. «Ein *diego*», seufzte er glücklich. «Verdammt, das ist doch bloß ein blöder Opernsänger!»

ZWEI

Der Wirt hatte gute Ohren und war von Natur aus neugierig; natürlich hatte er das ganze Gespräch mitangehört. Andere Leute zu belauschen war sein Hobby und hatte beinahe einen Philosophen aus ihm gemacht, da er über alles, was er hörte, gründlich nachdachte. Er war kein Spitzel und kümmerte sich auch nicht um das Gerücht, daß der König an den sogenannten «italienischen Pocken» erkrankt sei; das hatte er schon zehntausendmal gehört. Seiner Erfahrung zufolge bedeutete die Existenz eines Gerüchts noch keine Garantie für dessen Wahrheitsgehalt. Leute, die tranken, wollten stets etwas Besonderes wissen; je dreckiger und dümmer sie waren, desto eher spielte der König dabei eine Rolle.

Dem Wirt war durchaus klar, daß er einem Mordkomplott gelauscht hatte. Doch das bewegte ihn nicht sonderlich; in Paris wurden alle paar Minuten Morde ausgeheckt. Nur ein Narr würde mit so etwas zur Polizei rennen. Der Mann, der sich leisten konnte, vier Mörder auf einmal zu bezahlen, war mit Sicherheit ein Adeliger und einen solchen Menschen machte man sich nicht zum Feind.

Ohren auf, Klappe zu und bloß den Reichen nicht ins Handwerk pfuschen – so hatte sich der Wirt allen Ärger vom Hals gehalten, hatte es zu etwas gebracht und das fortgeschrittene Alter von zweiundvierzig Jahren erreicht.

Armand, dem nur noch siebenundsiebzig Stunden zu leben blieben, hielt alle Italiener für weibische Schwächlinge und Sodomiten obendrein; er glaubte aber auch, daß sie dermaßen geil auf Frauen waren, daß sie die Pocken in ganz Europa verbreitet hatten.

Dabei war ihm nie in den Sinn gekommen, daß diese beiden Theorien sich widersprachen.

Er hielt Frankreich für die größte Nation auf Erden, denn so hatten es die Priester während seines zweijährigen Besuchs der Kirchenschule gesagt, damals, als sein Vater sich noch leisten konnte, ihn auf die Schule zu schicken. Er glaubte aber auch, daß jeder Beamte, angefangen beim König bis hinunter zum Dorfrichter entweder korrupt oder verrückt, wahrscheinlich beides war, denn so hatte es ihn die Erfahrung gelehrt.

Er war davon überzeugt, daß die Armen in dieser Gesellschaft keine Chance hatten, denn er hatte gesehen, was mit seinem Vater passiert war, als die Ernte nichts mehr einbrachte und der alte Mann weder Steuern noch Pacht bezahlen konnte.

Andererseits hielt er es für gefährlich, über derlei Dinge zu sprechen, denn es konnte einem Ärger einbringen, und im übrigen veränderte Reden sowieso nichts.

Er war der Meinung, daß fast alles, was er gelernt hatte, um seinen Lebensunterhalt zu verdienen, Sünde und Verbrechen war und daß er riskierte, nach dem Tod in die Hölle zu kommen, es sei denn er bereute kurz vor seinem Tod. Er zündete regelmäßig Kerzen in der Kirche an, in der Hoffnung, sich auf diese Weise soviel göttliche Gnade zu sichern, daß er sich notfalls von der Hölle freikaufen konnte, falls ihm keine Zeit bleiben sollte, beim Sterben zu bereuen – schließlich konnte man nie wissen: ein Unfall oder dergleichen...

Lucien hatte einmal versucht ihm zu erklären, daß die Welt rund ist wie ein Ball, aber natürlich hatte Armand dagegengehalten, daß die Menschen in diesem Fall vom unteren Ende herunterfallen müßten, und als Lucien versuchte ihm das Gesetz der Schwerkraft begreiflich zu machen, war Armand überzeugt, daß Lucien Atheist geworden war, weil er zu viele subversive Flugblätter von diesem «Spartakus» verschlungen hatte. Mehr als die Hälfte dessen, was Lucien der Schwerkraft zuschrieb, war in der Tat das Werk Gottes – so jedenfalls hatten die Priester in der Kirchenschule behauptet.

Armand stank. Er hatte zwar schon einmal Seife gesehen, war jedoch nie imstande gewesen, sich einen solchen Luxus zu leisten. Außerdem roch jeder den er kannte genauso schlecht wie er – ausgenommen Pierre natürlich, aber der war gerissen und wußte wie man die Zöllner bestach, wenn man dieses... dieses Zeug verschob. Armand wollte nicht einmal an so etwas denken, denn darauf stand nicht nur Hängen wie auf alle übrigen Fertigkeiten, die er beherrschte, sondern auch Rädern, Vierteilen und Verbrennen. Er weigerte sich hartnäckig zuzugeben, daß er von Pierres Geschäften etwas wußte. Drecksarbeit war schlimm genug.

Da sich die Familie in alle Winde zerstreute, nachdem Armands Vater das Land verloren hatte, weil er seine Steuern nicht mehr bezahlen konnte, hatte sich niemand darum gekümmert, was aus Armand wurde.

Armand seinerseits hatte sich auch nicht um das Schicksal der anderen gekümmert.

Er war dreiundzwanzig und hatte wie Georges schon die meisten seiner Zähne eingebüßt. Außerdem war er nicht viel größer als ein Meter fünfzig, denn damals bekamen Bauern so gut wie keine Proteine.*

* So jedenfalls diejenigen, die die Existenz von de Selbys «teratologischen Molekülen» leugnen. Ernsthaft interessierte Leser werden die Standardwerke dieser Kontroverse zu Rate ziehen wollen, etwa Professor Eamonn Conneghens meisterliche und monumentale Studie *The de Selby Codex and Its Critics*, Royal Sir Myles na gCopaleen Anthropological Institute Press, Dalkey 1937; Dr. Brendan Flahives bescheideneres, doch kritischeres Werk *Teratological Evolution*, Royal Sir Myles na gCopaleen Biochemical Institute Press, Shankill 1972; Professor La Fourniers umstrittene Untersuchung *De Selby: l'Enigme de l'Occident*, University of Paris 1933; das weitaus kontroversere *De Selby: Homme ou Dieu?* von La Tournier, Editions J'al Lu, Paris 1904; Professor Hanfkopfs hervorragende Studie *De Selbyismus und Dummheit*, Universität Heidelberg 1942, sowie seine *Werke*, Band II–III, VIII, S. 203–623, Universität Heidelberg 1982. Letztere wurde von Frau Doktor Maria von Thurn und Taxis in *Ist de Selby eine Droge oder haben wir sie nur falsch verstanden?*, Sphinx Verlag, Basel 1984, sowie Professor Hidalgo La Puta in *La Estupidad de Hanfkopf*, Universität Madrid 1978, glänzend widerlegt.

Georges hatte nie eine Schule besucht, sonst wäre sein Leben ähnlich verlaufen wie das von Armand. Lucien hatte fast fünf Jahre die Schule besucht, bis er rausgeflogen war. So hatte er gelernt, daß die meisten Menschen ziemlich dumm waren, er selbst jedoch ziemlich clever. Er war überzeugt, daß Georges und Armand eines Tages am Galgen enden würden, während er sich schon in allernächster Zeit soviel Geld ergaunert haben würde, daß er eine Kneipe oder einen Laden kaufen und ein bürgerliches Leben anfangen konnte.

Georges war einundzwanzig, Lucien fünfundzwanzig.

Bald würden alle beide tot sein.

DREI

Aus *Die Revolution, wie ich sie sah* von Luigi Duccio, Steinmetz, Held der Bastille, früheres Mitglied des Komitees für öffentliche Sicherheit (1806):

Heutzutage diskutieren die Menschen in den Wirtshäusern darüber, warum die Revolution ausgebrochen ist und, wenn sie sich in Sicherheit wähnen und kein Spitzel des Königs in der Nähe ist, sogar über die Gründe ihres Scheiterns. Lassen wir jedoch diese vorläufig beiseite, so stoßen wir auf drei immer wiederkehrende Meinungen, was den Aufruhr von 1789 anbelangt. Die meisten Zeitgenossen machen noch immer König Ludwig XVI. verantwortlich: Sie glauben, seine beispiellose Dummheit und Halsstarrigkeit hätten das ganze Volk (Adel, Bürgertum, Handwerker und sogar Bauerntum) in einen gewaltsamen Aufstand getrieben. Andere sind der Ansicht, die Revolution sei das Ergebnis aristokratischer Machenschaften, vor allem von seiten der Orleanisten, die, um ihre eigenen Interessen gegen den König durchzusetzen, Dinge ins Rollen gebracht, die sie später nicht zu beherrschen gewußt hätten. Und dann gibt es natürlich eine (größtenteils katholische) Minderheit, die sich der These des Abts Augustin Barruel angeschlossen hat und die Schuld auf Komplotte allseits bekannter Geheimgesellschaften wie Freimaurer oder Illuminaten schiebt.

Diese Theorien sind kindisch, wie die meisten Geistestätigkeiten der Menschheit in unserem unwissenschaftlichen Zeitalter. Man könnte die Revolution ebensogut dem Osterhasen oder jener übernatürlichen Taube zuschreiben, die angeblich Maria geschwängert hat.

Wenn ich genug getrunken habe, nehme ich kein Blatt vor den Mund. Als Freund Robespierres war ich eine Zeitlang ein «großer Mann», anschließend ein «großer Schurke», doch jetzt bin ich nur noch ein altes Fossil, eine Rarität – ähnlich wie jene Ohrringe, die einige Damen heutzutage zur Schau tragen. Sie enthalten Bruchstücke des Mauerwerks, das die Arbeiter nach Schleifung der Bastille als Relikte einer vergangenen nationalen Schande verkauft haben. Wenn ich erst einmal angefangen habe zu sprechen, sage ich auch, daß die Revolution ein Produkt okkulter Mächte war – unsichtbarer Kräfte, die kein Sterblicher sehen oder verstehen kann.

Natürlich nehmen die Dummköpfe mich beim Wort. Doch das stört mich nicht: Ich bin zu einem solchen Zyniker geworden, daß ich mich beinahe freue, mißverstanden zu werden, denn es bestätigt nur meine schlechte Meinung von der Intelligenz unserer Zeit. Ich bin nicht sicher, ob ich dieses Werk überhaupt veröffentlichen werde, gewiß jedoch nicht zur gegenwärtigen Zeit. Fouché würde jedes einzelne Exemplar beschlagnahmen lassen und ich müßte Bekanntschaft mit einigen Bettwanzen und Nagetieren in den Kellern der fortschrittlichen Haftanstalten machen, die die schreckliche Bastille abgelöst haben. Ich schreibe, wie so mancher eitle und zornige Tropf, für die Nachwelt. Wenn die Selbstgespräche langweilig werden, muß man sich notgedrungen eine intelligente Zuhörerschaft erfinden, und da ich mich mit jenem erhabenen Geist in den Wolken, von dem die Kirche predigt, nicht anfreunden kann, bleibt mir nichts anderes übrig, als sie irgendwo in der Zukunft zu vermuten. Vielleicht ist dies die letzte Illusion: die Hoffnung, daß irgendwo etwas nicht ganz und gar Unvernünftiges existiert, auch wenn es ein Element der unbestimmten und allmächtigen Zukunft ist.

Die Revolution, ich wiederhole es für die Nachwelt, wurde von unsichtbaren okkulten Kräften in Gang gesetzt. Doch was waren das für dämonische Mächte? Es waren die Geister der Erde – Götter der Unterwelt, die unsere Ahnen verehrten, ohne sie zu verstehen. Und ihre Anführerin war Sie, die auch heute noch von den Hexen Irlands und den *streghe* meiner Heimatstadt Neapel angebetet wird: die Göttin mit dem geschwollenen Bauch. Unsere Ahnen zeichneten sie ohne Gesicht, denn sie ist keine Frau, sie ist alle Frauen zugleich. Ich meine die Göttin der *Fruchtbarkeit*.

Wie aber konnte diese Göttin, so werdet ihr einwenden, auch in deinem Zeitalter des Christentums und des Atheismus' so mächtig bleiben? Sie blieb es, meine Freunde, und sie war sogar mächtiger als je zuvor – dank der Errungenschaft der Medizin in den letzten hundert Jahren. Ich habe alle relevanten Dokumente in den Ministerien studiert, als ich noch Mitglied des Komitees für öffentliche Sicherheit war. In den meisten französischen Provinzen hat die Bevölkerung zwischen 1730 und dem Sturm auf die Bastille am 14. August 1789 um fast achtzig Prozent zugenommen. Sogar in den unterentwickelsten Provinzen des Südens, wo mittelalterlicher Aberglaube blühte und aufgeklärte Ärzte eine Seltenheit waren, wuchs die Bevölkerung um rund fünfzig Prozent. Ich schätze das durchschnittliche Bevölkerungswachstum jener Zeit im ganzen Land auf erstaunliche fünfundfünfzig Prozent.

An dieser Stelle kommen die unsichtbaren Kräfte ins Spiel. Die Menschen suchen Helden, Heldinnen und Bösewichter; sie haben kein Auge für jene verborgenen Kräfte, die die Ereignisse tatsächlich auslösen. Nach langem Studium der Statistiken bin ich zu folgendem, allgemeingültigem Gesetz gekommen: wenn viele Menschen Arbeit suchen, fallen die Löhne; wenn es nur wenige sind, steigen sie.

Mit anderen Worten: dem Bürgertum als Klasse gehören Männer mit unterschiedlichen Graden an Bildung, Tugend etc. an, aber auch mit unterschiedlichen Graden an Grausamkeit, Egoismus, etc. Wenn die Bevölkerung schnell wächst, werden von zehn vielleicht zwei erkennen, daß sie jetzt beruhigt die Löhne senken können. Männer, die gewohnt waren, für sechs Sous zu arbeiten, werden plötzlich für vier oder gar zwei Sous arbeiten, weil sie sonst verhungern würden. Wenn fünf oder sechs Arbeiter sich für denselben Sechssoujob bewerben, wird einer dieser fünf oder sechs sich auch mit vier oder gar zwei Sous zufrieden geben, ehe er die Arbeit an jemand verliert, der in einer ebenso verzweifelten Lage ist wie er. Sobald ein Arbeitgeber dies erkannt und durchgesetzt hat, werden auch andere die Möglichkeit wahrnehmen, ihre Profite zu erhöhen, indem sie die Löhne kürzen – diejenigen aber, die da nicht mitmachen, werden den kürzeren ziehen. Im Klartext: der Dienstherr, der zwei Sous bezahlt, kann sein Produkt für drei Sous verkaufen; der andere aber, der immer noch sechs Sous bezahlt, könnte sich gar nicht leisten, sein Produkt für drei Sous zu verkaufen. Es bleibt ihm gar nichts anderes übrig als die Löhne zu kürzen, denn sonst läuft er Gefahr, seine Kundschaft an den, der die Löhne bereits gesenkt hat, zu verlieren. Deshalb fallen unweigerlich die Löhne, wenn die Bevölkerung wächst.

Man wird dagegenhalten, daß diese mathematische Gleichung die Möglichkeit der Tugend unter den Dienstherren ausschließt. Nun, was das betrifft, so stelle man sich einen Dienstherrn vor, der trotz seiner Ausbildung und Lebenserfahrung noch immer an die Märchen glaubt, die die Pfaffen auf Befehl des Königs dem Volk eintrichtern. Ein solcher Dienstherr wird also glauben, daß über den Wolken ein wunderbares Reich existiert, das Himmel heißt, und unter der Erde ein schreckliches, feuerspeiendes Reich, Hölle genannt. Er wird ferner glauben, daß die «guten» Menschen nach dem Tod in den Himmel kommen, die «bösen» dagegen in die Hölle. Er hat natürlich den Wunsch, zu den «guten» zu gehören und in den Himmel zu kommen. Also versucht er freundlich zu seinen Arbeitern zu sein und ihnen die Löhne nicht zu kürzen, obwohl die anderen Dienstherren dies bereits tun. Mag sein, daß ein solch tugendhafter Dienstherr tatsächlich existiert, wenn mir auch noch nie einer begegnet ist. Trotzdem beharre ich auf meiner Theorie, daß ein solcher Dienstherr nicht lange im Geschäft bleiben wird. Die Kunden werden dorthin gehen, wo sie ihre Ware billiger erstehen können, dorthin also, wo man niedrigere Löhne zahlt. Die Tugend dieses Dienstherrn wird selbst, wenn sie ihm eines Tages den ewigen Lohn des Himmels einbringen sollte, keinerlei statistische Wirkung zeitigen: die Löhne werden solange fallen, wie das Bevölkerungswachstum anhält.

Ich fürchte, ich habe mein Publikum schon verloren. Die Leute wollen wissen, wer schuldig und wer unschuldig war; ihnen ist es egal, ob unsichtbare Kräfte am Werk sind, die ebenso unveränderlich und erbarmungslos sind wie das Gesetz der Schwerkraft. Wie auch immer: schenkt mir noch einen Augenblick Geduld, oh, Leser! Zwischen 1730 und 1789 nahmen in ganz Europa die Zusammenschlüsse oder Streiks zu. Wer alt genug ist, hat sicher noch den Streik der Weber (1737) in Erinnerung, den der Hutmacher (1749), der Buchbinder (1776) oder Maurer (1786). Dies sind nur einige Beispiele für die wichtigsten Streiks, daneben gab es viele andere von minderer Bedeutung.

Der Grund? Ganz einfach: man muß einsehen, daß mit dem Wachstum der Bevölkerung nicht nur die Löhne fallen, sondern später auch die Preise steigen. Es ist dieselbe Rechnung: wenn viele Leute sich um dasselbe Brot oder denselben Krug Milch streiten, kann der Händler seine Preise getrost erhöhen. Und jene, die die Gunst der Stunde nicht erkennen, werden auf lange Sicht dem Druck ihrer Konkurrenten weichen müssen.

(Wer soll das verstehen? Wer will es überhaupt verstehen? Schweig, Luigi. Und arbeite, denn viel mehr bleibt dir nicht.)

Wir haben es folglich mit zwei Variablen zu tun: fallenden Löhnen und steigenden Preisen. Das Verhältnis zwischen beiden, die Relation von Löhnen und Preisen (mit anderen Worten: wieviel ein Familienvater verdient und wieviel er sich dafür kaufen kann), soll als *Index des revolutionären Potentials* gelten. Wenn die Löhne hoch und die Preise niedrig sind, ist dieser Index niedrig, und es ist kaum mit einer Revolution zu rechnen. Sind die Löhne niedrig und die Preise hoch, so ist dieser Index hoch, und die Revolution läßt sich ebenso präzise voraussagen wie eine Mondfinsternis. Das ist – wissenschaftlich gesehen –, der Grund für Revolutionen, nicht Geheimgesellschaften, nicht Dummheit oder Grausamkeit dieses Ministers oder jenes Dienstherrn, nicht die Intrigen der Orleanisten oder anderer Fraktionen.

Der hohe Index revolutionären Potentials (oder das Verhältnis von Löhnen und Preisen) ist beileibe kein rein französisches Phänomen. Da die Bevölkerung auf Grund des medizinischen Fortschritts, der medizinischen Wissenschaften etc. in ganz Europa wuchs, würde ich den allgemeinen Index des revolutionären Potentials in dieser Zeit auf etwa fünfzig Prozent veranschlagen. So gab es in der Schweiz bereits 1765 und 1782 Aufstände, noch ehe sich die «radikalen Ideen» von 1789 wie ein Lauffeuer ausbreiteten. Deshalb kam es auch in Holland zwischen 1783 und 1787 immer wieder zu Unruhen, die sechs Jahre vor der Deklaration der Menschenrechte aufflammten und zwei Jahre vorher beendet waren. Deshalb hatten wir 1774 in Frankreich die sogenannten «Kornaufstände» und London die angeblich religiösen Unruhen von 1780. Die Wirtschaft bestimmt den Lauf der Welt und die Revolution ist die Antwort auf das Schicksal geschlagener und blutiger Hände.

Doch mit der Lehre von der Wirtschaft ist es nicht weit her;

tatsächlich ist sie nahezu unbekannt. Die Menschen interessieren sich für «gut» und «böse», für «Weise» und «Narren». Sie kümmern sich weder um Geburtenraten noch Brotpreise. Ich behaupte daher, daß die Heiden klüger waren als wir, denn sie zumindest wußten, daß Venus, die Göttin der Fruchtbarkeit, und Plutus, der Gott der Seele, unsichtbar im Hintergrund die Fäden zogen.

Natürlich will ich die Existenz von Geheimgesellschaften und Verschwörungen nicht leugnen: Maximilien Robespierre, dieser mißverstandene Mann, war zeitweilig beim Volk angesehen wie ein Gott, weil er mit Recht auf derartige Verschwörungen, etwa die der Orleanisten, hinwies. Doch dann wurde er zum Bösewicht, zum wahren Teufel, weil er anfing, überall Verschwörungen zu wittern. Leider begriff er nicht, daß Verschwörung nur ein anderes Wort für Zusammenschluß ist. Er hatte auch nie den klugen Schotten Smith gelesen, der so scharfsinnig nachgewiesen hat, daß Männer der gleichen Branche sich nur zusammentun, um sich gegen die öffentliche Meinung zu verbünden. Mein guter Freund Maximilien wurde von denjenigen, denen er dienen wollte, hingerichtet; man holte ihn mitten aus einer Rede, in der er behauptete, das Bürgertum habe die Revolution verraten, und erklärte ihn für «verrückt» und «blutrünstig». Die Wahrheit ist, daß auch er nicht verstehen konnte, warum die Revolution das, was sie versprochen hatte, nicht hielt. Der wahre Grund dafür, auf den ich später noch zurückkommen werde, ist der, daß der Wohlstand des Landes noch nicht groß genug war, um einen vernünftigen Lebensstandard für alle zu garantieren. Das Ziel der Revolution hätte sich nur erreichen lassen, wenn der Wohlstand weit über dem heutigen Stand gelegen hätte. Nur Jesus hat es in einem Märchen, das die Kirche heute noch erzählt, fertig gebracht, viertausend Menschen mit sieben Broten und einigen Fischlein zu speisen. Doch die Menschen wissen nicht, wie man den Wohlstand vermehrt; daher verschwört sich jede

Fraktion gegen die andere und bezichtigt wiederum diese der Verschwörung.*

* Später kam Signor Duccio auf diesen Punkt zurück und behauptete, daß wirklicher Wohlstand von Ideen geschaffen wird, die für die Menschheit arbeiteten (technologische Ideen also). Bis sich eine solche Technologie durchgesetzt habe, würde der vergleichbare kleine, existierende Wohlstand von den klügsten und bedenkenlosesten Vertretern der Zeit beansprucht. Um die Technologie zu forcieren, empfahl er kostenlose öffentliche Bildung für Jungen und Mädchen sowie die Abschaffung des Christentums. Seine Formeln lauteten: Wohlstand für alle = viel Technologie; viel Technologie = gute Bildung + null Christentum.

Maximilien, privat der freundlichste Herr, den man sich vorstellen kann, glaubte an die Wirksamkeit von «Schrecken und Tugend». Es fiel ihm leichter, Schrecken zu verbreiten, denn Tugend läßt sich nicht erzwingen. Dieses Programm sah er durch finstere Mächte bedroht, die er Zufall und Verschwörung nannte. Da ich auf Verschwörungen bereits eingegangen bin, möchte ich an dieser Stelle etwas zur Rolle des Zufalls bemerken. Ein kleiner Funke kann ein ganzes Haus vernichten; ebenso können große Ereignisse durch triviale Zufälle ausgelöst werden. Die philosophische Doktrin des Determinismus kann vieles erklären, aber doch eben nicht alles, denn auch Vorsehung und Glück sind Bestandteile des Lebens. In diesem Zusammenhang fällt mir die herausragendste Persönlichkeit ein, der ich je begegnet bin: Sigismundo Celine. Ihr habt noch nie von ihm gehört? Dann aufgepaßt, lieber Leser: ich habe euch eine bemerkenswerte Geschichte zu erzählen.

VIER

Aus den *Geheimlehren des Argentum Astrum**, Autor unbekannt, ohne Datum:

* Der Orden des Argentum Astrum (Silbernen Stern) behauptet, wie viele andere okkulte Gesellschaften auch, daß seine Ursprünge auf Atlantis zurückgingen. Mit Sicherheit hat dieser Orden eine bedeutende Rolle in der Geschichte der Freimaurer gespielt und den Sirius als Symbol des silbernen Sterns auch auf andere esoterische Bewegungen übertragen. (Vgl. Israel Regardie: *Das Magische System des Goldenen Dawn,* drei Bände, Hermann Bauer Verlag 1987.)

Es ist notwendig, den Kandidaten darauf hinzuweisen, daß jede Seite dieses Manuskripts sofort nach der Lektüre zu verbrennen ist. Es darf keine einzige Kopie zurückbleiben, nicht einmal für wenige Stunden. Sollten nämlich diese Informationen in die Hand unserer Feinde, der schwarzen Hexenmeister von Rom, gelangen, so wäre dies verhängnisvoller, als wenn jeder einzelne von uns verhaftet und hingerichtet würde.

Da unser ursprüngliches Ziel darin bestand, die Witwe und den Sohn der Witwe zu schützen, und unsere langfristigen Vorhaben bereits erläutert wurden, ist es wünschenswert, mit allen Mitteln und um jeden Preis die überlieferten Ideen der Menschheit zu untergraben. Glaube, also eine ohne auf persönlichen Kontakt mit dem Lebendigen Einen gründende Überzeugung, ist der große Feind, das Eisen, aus dem die Ketten von Tyrannei und Aberglauben geschmiedet werden, die den Fortschritt der Menschheit hin zum großen Werk behindern. Auch der Zweifel kann, in Form eines dogmatischen Atheismus, zu einer Art Glauben werden, einem neuen Gefängnis für den Geist. Was wir fördern wollen, ist die Ungewißheit. Die Menschen müssen nicht nur überzeugt werden, daß Priester Hochstapler und Richter Diebe sein können, sondern auch, daß alle philosophischen Systeme gleichermaßen dubios sind, absurd wie Schelmenromane, neue wissenschaftliche Erkenntnisse nicht weniger unfehlbar als päpstliche Bullen etc., kurz – daß alle Bücher Fiktion sind, ganz gleich, ob sie sich als solche ausweisen oder nicht.

Der Kandidat weiß: so wie unnachgiebiger Zweifel unser Schwert ist, so sind Paradox und Satire unsere Katapulte und Kanonen. Wir müssen lernen, uns im Untergrund zu bewegen. «Wer in meiner Nähe ist, ist in der Nähe des Feuers.» Um den Lebendigen Einen zu erkennen, muß die Menschheit aus den Zellen ihrer Ideen und Dogmen heraustreten, muß sie das Leben erfahren wie einen Roman, in dem niemals klarwird, ob es komische oder tragische Ereignisse sind, in die die Figuren verstrickt sind, wer der Held und wer der Bösewicht, was von Bedeutung, was unwichtig oder zufällig ist.

Jener ist der Erleuchtung am nächsten, der allein in eine dunkle Höhle geht. Ein solcher Mensch hat keine festgefahrenen Überzeugungen, sondern ist in jeder Sekunde und mit jeder Faser seines Körpers wachsam. Schon Platon hat versucht uns zu zeigen, daß wir Tag für Tag in solch dunkle Höhlen vorstoßen, doch sind wir uns dessen nicht bewußt. Unsere Ideen machen uns zu Nachtwandlern, da wo es am dringendsten des Wachens bedarf.*

* Ähnlich de Selby: «Je mehr wir wissen, um so weniger spüren wir. Der echte Rationalist ist autistisch, narzistisch und vollkommen gefühllos.» (*Golden Hours*, I, S. 17). La Fournier (*De Selby: l'Enigme de l'occident*) definiert diese Sicht als «den brutalen Empirismus von englischen Philosophen, Schweinen, Eseln und Schweizer Gemischtwarenhändlern.»

FÜNF

Sie kamen aus dem wütenden Meer, entstiegen weindunklen und kupferfarbenen Wellen: Männer mit blitzenden Augen, die über den Sand liefen und ihr langes, schwarzes Haar im Wind flattern ließen. Mit wildem Geschrei, Augen wie Sternen und feuchter Haut kamen sie ihr entgegen, griffen nach ihren Röcken, schleiften sie mit sich über den Sand, durch Seetang, hinein in die brüllenden Wellen.

Maria Babcock wälzte sich aus dem Bett und taumelte keuchend zum Waschbecken.

Es war nur ein Alptraum. Nur ein Alptraum und die übliche Übelkeit am Morgen. «Oh, Gott», stöhnte sie und würgte. Wieso in aller Welt mußte sie ausgerechnet von den Merowingern träumen? Männern mit langem, schwarzem Haar, die dem Mittelmeer entstammten, Männern, die nicht nur Menschen waren. Es war eine Legende die sie von klein auf kannte, doch warum mußte sie sich gerade jetzt damit plagen?

Die Merowinger waren die ersten Könige Frankreichs gewesen und nicht wirklich Fischmenschen. Das war nur eine Sage. Doch waren sie ihr vielleicht deshalb im Schlaf erschienen, weil das Wesen in ihr, der ungeborene Fötus, noch nicht ganz Mensch war?

Die Schwangerschaft ist etwas Normales, Natürliches; sie muß kein Gottesurteil aus einem Schauerroman sein, sagte Maria sich energisch. Mutter Ursula aus der Klosterschule, die verheiratet und verwitwet gewesen war, ehe sie Nonne wurde, behauptete, daß mindestens die Hälfte aller Sorgen dem Glauben an Märchen zu verdanken sei.

Maria verdrängte die Männer mit den blitzenden Augen, die in einer anderen Zeit Frankreich regiert hatten. Man schrieb das Jahr 1771; intelligente Menschen glaubten nicht mehr an alte Legenden wie diese. Sie hatte eine geistes- und naturwissenschaftliche Ausbildung genossen, und sie war – hier in

England – Lady Babcock; zu Hause in Neapel dagegen Contessa Maldonado. Sie war keine dumme Bäuerin und diese morgendliche Übelkeit war nichts Besonderes, auch wenn ihr jetzt schon mitten in der Nacht schlecht wurde. Ihr Gatte, der dunkelhaarige, verschlossene Sir John, galt als führende Persönlichkeit der Whigs im House of Commons (so schrieb es jedenfalls die Presse) und vertrat in jeder Hinsicht zukunftsweisende Ideen. Er würde nicht eine Sekunde an Menschen glauben, die zur Hälfte Fische waren. Er würde sagen, daß die Hofsänger der Merowinger diese Legende erfunden hatten, um die Leichtgläubigen zu beeindrucken. Und außerdem war es viel zu lange her: die Merowinger waren tot und der einzige, der noch um sie trauerte, war der heulende Wind.

Sie fühlte sich Gott näher als je zuvor, trotz ihres erbärmlichen Zustands. Das Bewußtsein eines neuen Lebens, das Wunder der Schöpfung, war eine ewige Quelle mystischen Staunens – selbst in Augenblicken, in denen sie wünschte, sie wäre ins Kloster gegangen, hätte nie etwas mit Sir John oder irgend einem anderen Mann zu tun gehabt, nie die Übelkeit, die Schmerzen und die ganz besonders deprimierende Verstopfung erfahren. Selbst Sir John, der gelegentlich äußerst freizügig über religiöse Angelegenheiten zu urteilen pflegte, mußte zugeben, daß die Schwangerschaft ein Wunder war, obwohl er zugleich darauf bestand, dies nur deshalb, weil sie beweise, daß Mann und Frau sich verbünden und Gott *zwingen* konnten, neues Leben zu erschaffen. Eine etwas merkwürdige Ansicht, doch Sir John schien Gott gegenüber eine, wenn auch nicht gerade zynische wie die schrecklichen französischen Philosophen, aber doch leicht ironische Haltung zu vertreten. Sir John zweifelte natürlich nicht an Gottes Existenz, aber er besaß doch eine recht eigenwillige Meinung über die Natur des Göttlichen. Er glaubte, daß dieses der Menschheit zuweilen nicht gerade wohlgesonnen war, sondern sich auf ihre Kosten amüsierte. Aber Sir John war ein Gentleman und ein

Gelehrter; sein sonderbarer Humor mußte das Ergebnis langer Wanderjahre durch Europa und den Nahen Osten sein, ehe er Maria kennengelernt, geheiratet und sich mit ihr in England niedergelassen hatte. Er hatte wohl viel Tragisches und Komisches gesehen während seines aristokratischen Vagabundendaseins, von dem Maria sowenig wußte. Tiefe Sorgenfalten zeichneten sich manchmal auf seinem Gesicht ab, wenn er dasaß und über irgendwelchen schrecklichen Erinnerungen brütete – nicht ahnend, daß Maria ihn beobachtete und sich wunderte.

Doch Sir Johns gelegentliche Anfälle von Schwermut waren nicht das einzige, was Marias Glück trübte. Ihr Vater ging in seinen Briefen darüber hinweg (der gute, alte Mann wollte ihre Schwangerschaft nicht gefährden, sie wußte es nur allzu gut), doch eine junge Frau mit Marias intuitivem Gespür las genug zwischen den Zeilen, um zu wissen, daß Carlo, ihr Bruder, nach jenem Duell im letzten Jahr in einem fürchterlichen Zustand war und, wie die Sizilianer sagen, «den Dolch ins Herz der heiligen Jungfrau gestoßen» hatte. Carlo rebellierte nicht nur gegen alle Regeln der Gesellschaft, sondern befand sich schon außerhalb der Reichweite von Religion oder Mitgefühl. Er war um keinen Preis von der Idee einer Vendetta abzubringen, die jede vorangegangene Blutrache in Süditalien in den Schatten stellen sollte. Man konnte es ihm nicht einmal verübeln, wenn man an die schreckliche Natur seiner Wunde dachte. Das Schlimmste aber war die Tatsache, daß Graf Maldonado und der Weinhändler Pietro Malatesta seit neuestem dicke Freunde waren und eine Art Kompromiß bezüglich des Duells und seiner Konsequenzen vereinbart hatten. Daraufhin hatte der Graf Carlo jede Form von Vendetta verboten. Wenn man an Carlos verzweifelte Wut dachte, konnte dies nur bedeuten, daß er sich zum Schein dem Befehl seines Vaters fügte, diesen jedoch insgeheim zu unterlaufen plante. Mit anderen Worten, er würde persönlich wahrscheinlich nichts unternehmen, doch hatte er bestimmt irgendwelche fürchterliche Männer aus den berüchtigten kriminellen Kreisen Neapels beauftragt, die Sache in seinem Namen zu erledigen.

Maria spürte, wie in ihr Wut auf Sigismundo Celine aufstieg, diesen Mann, der Carlo jene tragische und unverzeihliche Wunde beigebracht hatte. Celine war ein Aufschneider, ein *punchinello*, ein Möchtegernmusiker, dessen Melodien klangen, als habe der Teufel persönlich seine Finger im Spiel gehabt, ein bekannter Freund der Juden und Magier, der wahrscheinlich der Inquisition nur entkommen konnte, weil seine Familie so reich und mächtig war. Celine war einmal unsterblich in Maria vernarrt gewesen, was diese als unerträglich empfunden hatte. Zu schüchtern um sie anzusprechen, war er ihr durch Neapel gefolgt wie ein Hund, der Angst hat, verstoßen zu werden, mit schmachtendem Blick voller unausgesprochener Sehnsüchte. Ihr war er einfach nur lächerlich erschienen – auch wenn die ganze Stadt ihn für einen Helden hielt, als sein verrückter Cousin Antonio in die Bucht gesprungen war und Sigismundo länger, viel länger als alle Profitaucher nach ihm getaucht hatte.

Jedesmal wenn sie an Sigismundo dachte, hatte Maria sich schuldig gefühlt, denn eines Nachts hatte sie einen sehr beschämenden Traum von ihm gehabt, einen Traum, dessen Folgen fast einer Todsünde gleichkamen, obwohl einige liberale Theologen behaupteten, es sei keine wirkliche Sünde, solange man schlafe und nicht bewußt daran teilnehme. Natürlich war es verrückt, im Zusammenhang mit einem so verabscheuenswürdigen Kerl überhaupt etwas Derartiges zu träumen, und neun Zehntel ihrer Scham rührten daher. Doch heute empfand Maria keine Schuld mehr, wenn sie an Sigismundo Celine dachte. Sie haßte ihn – so inbrünstig und leidenschaftlich, daß es Sünde sein mußte. Immerhin, wenn Carlo jetzt völlig durchdrehte und heimlich die schrecklichsten Pläne ausbrütete, so war dies Celines Schuld. Er hatte Carlo an einer Stelle verwundet, die für junge Männer von entscheidender Bedeutung ist. Außerdem hatte er diese Stelle nur deshalb getroffen, weil er – stets bemüht, seine Geschicklichkeit mit dem Degen unter Beweis zu stellen – sich nie die Mühe gemacht hatte, auch etwas über Pistolen zu lernen, die er für vulgär hielt. Der Idiot hatte später sogar behauptet, er habe auf die Schulter gezielt. Wie man auf die Schulter zielen und ausgerechnet diese Stelle treffen konnte, war Maria ein Rätsel. Kein Wunder, daß Carlo wie von Sinnen war – beim Dolch im Herzen der Jungfrau und all der ungebändigten, sizilianischen Tollheit, die manchmal bei den Neapolitanern durchbrach. Es mußte schrecklich für einen Mann in Carlos Alter sein, ausgerechnet an dieser Stelle verwundet zu werden.

Maria fragte sich, ob Carlos Stimme sich wieder in ein kindliches Falsett zurückverwandelt hatte. Natürlich erwähnte Graf Maldonado solche Details mit keinem Wort. Es war erschreckend und auf groteske Weise komisch zugleich, sich vorzustellen, wie Carlo mit quäkender Stimme den Mördern das Geld überreichte. Es erinnerte sie an einen von Sir Johns Sprüchen: «Das Leben erscheint uns nur deshalb tragisch, weil wir so sehr darin verstrickt sind. Für die Götter ist es nichts weiter als eine besonders grausame Komödie.»

Wie auch immer, Sigismundo Celines Tage schienen gezählt.

Maria wandte sich vom Fenster ab und tappte zurück zum Bett. Das Schlimmste war vorbei, sie würde versuchen wieder einzuschlafen. Sie dachte an die geheimnisvollen Männer, mit denen Sir John sich in manchen Nächten traf. Politiker wahrscheinlich, aber trotzdem höchst geheimnisvoll. Sir John besprach sonst fast alles mit ihr; er hatte sehr fortschrittliche Ansichten über die Ehe und überhaupt, ein echter Whig eben. Maria mußte sich eingestehen, daß diese geheimen Treffen ihre Neugier erweckten. Wenn sich die Männer zum Abschied die Hand reichten, bewegten sie auf seltsame Weise ihre Daumen.

Maria hatte gesehen, wie Graf Maldonado und Sir John sich in Neapel auf die gleiche Art verabschiedet hatten. Gab es tatsächlich eine in ganz Europa verbreitete Geheimgesellschaft – vom verschneiten England bis hinunter ins sonnige Neapel –, ähnlich der legendären Bruderschaft der Rosenkreuzer im letzten Jahrhundert? Das klang wie aus einem Schauerroman von Walpole. Die meisten intelligenten Menschen behaupteten, es hätte die Rosenkreuzer nie gegeben, nur ein paar Pamphlete, die von irgendwelchen zwielichtigen Gestalten in Umlauf gebracht worden waren. Zweifellos war es albern, überhaupt darüber nachzudenken.

Sicher, die Dominikaner in Neapel waren nicht müde geworden, vor solchen Geheimgesellschaften zu warnen. Sie glaubten, die Rosenkreuzer hätten existiert und existierten vielleicht noch heute, ebenso wie die *carbonari*, die Hexen, Teufelsanbeter und weiß der Himmel, was noch alles. Mutter Ursula sagte, die Dominikaner hätten eine blühende Phantasie, und nur wenige wären Gentlemen wie die Jesuiten. Mutter Ursula warnte sie sogar, von jener seltsamen Gabe zu sprechen, die sie besaß, und mit deren Hilfe sie aus ihrem Körper heraustreten und andere Menschen heilen konnte. Mutter Ursula sagte, in fünfhundert Jahren würde man sie vielleicht dafür heilig sprechen, zu dieser Zeit aber und mit den Dominikanern in Neapel, wäre es wahrscheinlicher, daß sie auf dem Scheiterhaufen endete, denn für die Dominikaner war jede Frau mit besonderen Gaben eine Hexe. Mutter Ursula hatte eine sehr schlechte Meinung von den Dominikanern und dem heiligen Offizium der Inquisition. Sie hatte sogar einmal behauptet, die Inquisition sei eine Verschwörung der Männer, um die Frauen dumm und ängstlich zu halten.

Nun, Mutter Ursula hatte ihr Bestes getan, um sie von Dummheit und Ängstlichkeit zu befreien. Maria beherrschte Algebra und Kegelschnitte, konnte griechisch lesen und hatte den Mut besessen, einen Protestanten zu heiraten und ihm in dieses seltsame Land zu folgen. Sie hatte alles genau beobachtet und gemerkt, daß die Protestanten durchaus nicht ausnahmslos schlechte Menschen waren und sie vielen von ihnen eher vertrauen würde als den Dominikanern.

Plötzlich, ohne jede Vorwarnung, erzitterte das Haus unter dem gewaltigen Krachen eines Donnerschlags, der das Universum zu spalten drohte.

Maria, die gerade wieder ins Bett schlüpfen wollte, machte vor Schreck einen Satz. Das Herz schlug ihr bis zum Hals. Der Blitz mußte in nächster Nähe eingeschlagen sein, denn der Donner kam fast gleichzeitig, und eine Sekunde lang hatte ihr Schatten auf der Wand riesige, fast monströse Ausmaße angenommen. Es ist bloß ein Gewitter, erinnerte sie sich, nur die Bauern behaupten, es sei der Zorn Gottes. Mutter Ursula sagte, Gott sei rational und mache sich nichts aus gewöhnlichen Theatertricks. Trotzdem, es war schrecklich, an solch brutale Gewalten zu denken, die das Haus bis in die Grundfesten erschüttern konnten.

Plötzlich wollte Maria nicht länger allein sein. Sie huschte über den Korridor bis zu Sir Johns Schlafzimmer und öffnete leise die Tür. Er schlief wie immer mit offenem Mund.

Sie kletterte zu ihm ins Bett.

«Mhmmm», murmelte er. Sie kuschelte sich an ihn.

«Mhmmm», sagte er wieder und entspannte sich.

Sie hielt ihn fest und horchte, während etwas weiter weg ein weiterer Blitz einschlug. Der Sturm zieht davon, dachte sie, davon in Richtung Frankreich.

Es war nur ein Gewitter, ein natürliches Phänomen. Es hatte nichts zu tun mit dem verzweifelten Haß ihres Bruders auf Sigismundo Celine, nichts zu tun mit jenem eigenartigen Händedruck, der auf geheime Weise protestantische Liberale in England mit katholischen Liberalen wie ihrem Vater in Italien verband, nichts zu tun mit ihr und dem Kind, das sie erwartete.

Es war kein Omen. Nur Blitz und Donner.

«Geoffrey», murmelte Sir John im Traum. Es klang traurig.

Maria hatte ihn diesen Namen schon einmal im Schlaf aussprechen hören; auch damals hatte es so erschüttert geklungen. Wer war dieser Geoffrey? Keiner ihrer Bekannten trug diesen Namen. Es mußte ein guter Freund gewesen sein. Ein schrecklicher Schmerz klang aus diesem Aufschrei in tiefer Nacht. Sie schmiegte sich noch enger an ihn, spürte seinen Schmerz, als wäre es ihr eigener, und er drehte sich zu ihr herum. «Der Sohn der Witwe», murmelte er im Traum. «Ich. Du. Alles Maskerade. Alles Betrug.»

Dann schlief er weiter. Der Traum war vorbei.

Zum dritten Mal krachte der Donner – wie das Schicksal, das an die Tür klopft, dachte Maria. Sie fühlte sich hundeelend. Hagel prasselte gegen die Fensterscheiben; der Schnee wurde allmählich zu Eis.

Es ist weder das Schicksal noch ein Omen noch sonst etwas. Ich darf während der Schwangerschaft nicht an so etwas denken – es ist nicht gut für das Kind.

Es ist kein Omen. Ist es nicht. Nein.

SECHS

Der Sturm machte über dem Ärmelkanal halt, zögerte fast die ganze Nacht und brauste dann über das nördliche Frankreich wie ein Geschwader eisiger Schimären.

In Paris wurde der Hagel wieder zu Regen. Es war ein schrecklicher Tag.

Sigismundo Celine, der nicht wußte, daß er von vier mit Messern bewaffneten Männern gejagt wurde, trottete in die Universität von Paris und fluchte nur auf das Wetter, ohne zu ahnen, daß er bald ganz andere Probleme haben würde. Neapolitaner sind an Regen gewöhnt, nicht aber an den kalten Regen von Paris, und nicht an den eisigen Wind, der durch die Kleider fährt und einem das Blut in den Adern gefrieren läßt.

Sigismundo besuchte eine Astronomieklasse, wo er sich mit seinem Professor, der ihn «unverschämt» fand, als er auf seinem Standpunkt beharrte, über die Gesamtmasse des Sonnensystems stritt. Anschließend hatte er Musikunterricht, wo er sich ein zweites Mal mit einem Professor anlegte – diesmal ging es um Theorie und Praxis des Kontrapunkts – und als eingebildeter Kerl beschimpft wurde.

Am Nachmittag hatte er keine Kurse mehr, deshalb besuchte er seinen neuen Fechtmeister und übte anderthalb Stunden lang *ripostes*. Danach war er so aufgedreht, daß er den Abend im Maison Rouge verbrachte, wobei er versuchte nicht an Onkel Pietros Warnungen zu denken, der behauptete, all diese Mädchen hätten die Syphilis. Er vergnügte sich mit Fatima, der Schwarzen aus Algier.

«Du bist *formidable*», sagte er ihr hinterher und genauso meinte er es auch.

Sigismundo war am Nachmittag, ohne es zu wissen, an Luigi Duccio, dem meisterlichen Steinmetz vorbeigekommen und hatte noch gedacht: Der Typ sieht aus wie ein Neapolitaner. Aber Sigismundo war auf dem Weg zur Fechtklasse und hatte keine Zeit, sich mit einem Handwerker zu unterhalten.

Duccio bemerkte Sigismundo jedoch und erkannte ihn. Der Neffe von Pietro Malatesta, dachte Duccio. Man sieht ihm seine Arroganz auf zehn Meilen Entfernung an – diese Art, wie er geht und den Degen trägt, die ganze Haltung.

Er hatte einmal einen Auftritt Sigismundos im Teatro San Carlo in Neapel miterlebt. Verrückte Musik, hatte er gedacht. Anders als alles andere in Europa: kein Wunder, daß das Publikum mit Applaus und Buhrufen reagierte. Die gleiche Arroganz wie in seinem Gang. Er glaubt wohl, er wird Musik nach seinem Ebenbild schaffen. Aber so waren wir alle in seinem Alter. Er wird es schon lernen, so wie wir auch.

Zu dieser Jahreszeit liegt ein besonderer Duft in der Luft von Paris.

Die Wohlhabenden und alle, die es sich leisten können, tragen parfümierte Taschentücher bei sich. Nicht aus Ziererei oder Affektiertheit, sondern um sich vor dem speziellen Aroma zu schützen, das über Paris hängt wie eine Käseglocke. Ohne Parfüm würden sie einfach ohnmächtig.

Letzten August hat Polizeichef Gabriel de Sartines 22 000 Oxhoft Wasser in die Kanalisation kippen lassen – diesen trüben Bach, der sich diagonal durch die Stadt schlängelt, von der Bastille nach Chaillot. Das war Sartines Art, mit dem speziellen Aroma von Paris fertig zu werden. Den Gestank zu mindern gehört zu des Leutnants Pflichten: er befehligt das *bureau de revitaillement*, das die Märkte überwacht und jeden Tag genug Nahrungsmittel für die sechshunderttausend Einwohner der Stadt herbeischaffen läßt; aber er stellt auch Männer ein, die die Straßen reinigen – soweit das möglich ist. Er sorgt dafür, daß manchmal Straßenlaternen brennen. Er beschäftigt Zensoren, die gewährleisten, daß nichts Anstößiges oder Gesetzwidriges veröffentlicht wird, ohne daß sie zuerst ein tüchtiges Schmiergeld einstreichen. Und Leutnant Sartines arbeitet natürlich auch mit dem *lieutenant civil* und dem *lieutenant criminel* bei der Führung eines rudimentären Polizeikommissariats zusammen. Dieses besteht im Jahre 1771 aus achtundvierzig *commissaires*, zwanzig Inspektoren, hundertfünfzig Wachmännern für den Nachtdienst, vierzehnhundert Beamten (die genau wie Soldaten Degen, aber keine versteckten Waffen tragen dürfen) und abertausenden von *mouches* oder Spitzeln, die nur unregelmäßig und als Teilzeitkräfte angestellt sind, alle zusammen jedoch über die meisten heimlichen und kriminellen Aktivitäten in dieser schillernden Stadt Bescheid wissen.

Das alles untersteht zum größten Teil der Verantwortung des Polizeichefs, und man kann Sartines beim besten Willen nicht vorwerfen, wenn Paris noch immer, sogar im Winter, stinkt. *Mon dieu*, er hat nicht einmal Geld genug, um das ganze Jahr über Straßenlaternen brennen zu lassen; deshalb hat er Befehl erlassen, sie nur in völlig mondlosen Nächten anzuzünden. Hören Sie zu, *mon ami*, es kostet den Staat eine verfluchte halbe Million pro Jahr, allein für die Hunde des Königs aufzukommen, ganz zu schweigen von den astronomischen Summen, die Madame du Barrys Pelze und Juwelen verschlingen …, glauben Sie wirklich, da bliebe noch genug übrig, um von Blut befleckte Straßen zu beleuchten oder den verdammten Gestank loszuwerden?

Ich versichere Ihnen, Leutnant Sartines würde nichts lieber tun, als in diesem juwelengeschmückten Schweinestall aufzuräumen. Jedenfalls hat er dies bei mehreren Gelegenheiten erklärt. Aber es ist nun mal nicht möglich. Und so fügt sich Sartines, wie alle, dem nationalen Motto: Was dich nicht umbringt, macht dich stark. Jeden Mai, manchmal im Juli und gelegentlich auch noch mal im August, wie letztes Jahr, läßt er die Kanalisation unter Wasser setzen; ansonsten trägt er ein parfümiertes Taschentuch bei sich, wie jeder, der sich das leisten kann.

Die Kanalisation fließt in den Menilmontant, der anschwillt und die umliegenden Straßen in Kloaken verwandelt. Der Menilmontant wiederum mündet in die Seine, die schließlich den ganzen Dreck in die Stadt zurückträgt. Kein Wunder, daß der am häufigsten gebrauchte Fluch jener Zeit *merde, alors!* ist.

So war es mehr oder weniger seit 1181, obwohl man einige weitere Senkgruben angelegt hat, um das Schlimmste zu verhüten. Niemand würde es wagen, sie genauer zu inspizieren, das kann ich Ihnen sagen. Einmal, im Jahre 1663, hat ein Verrückter in der Palastverwaltung angeordnet, sie leeren zu lassen: fünf Arbeiter sind tot umgefallen, kaum daß sie die erste geöffnet hatten. Wegen der giftigen Dämpfe oder an Herzversagen – wer weiß? Niemand traut sich seitdem an die zweite. Die Idee wurde fallengelassen. Sicher, alle Städte sind schmutzig – deshalb hat Rousseau mit seiner Idee, diese Orte des Verderbens zu fliehen und wie Indianer in Feldern und Wäldern zu leben, so großen Erfolg – doch herrscht allgemein die Ansicht, daß Paris die übelstinkendste Metropole von ganz Europa ist. Die königliche Familie ist schon lange nach Versailles geflüchtet, wo sie eine künstliche Idylle genießt und langsam aber sicher dem Wahnsinn verfällt.

Eh bien: die liebliche Ausdünstung von Exkrementen und Unrat ist nur ein Teil des diskreten Pariser Charmes. Im Westen werden Sie einen riesigen Friedhof finden, in dem seit achthundert Jahren die Armen von zweiundzwanzig Gemeinden bestattet werden. Wenn der Wind aus dieser Richtung kommt, möchte man gar nicht aufhören zu laufen. Aus einiger Entfernung sieht man merkwürdige Dämpfe aus der Erde aufsteigen, besonders über den Massengräbern, wo die Opfer der häufigen Seuchen in Gruben von bis zu fünfhundert Toten geworfen werden. Diese übelriechenden Schwaden sind die Ursache dafür, daß Mauern und Fenster der umliegenden Häuser in den grausigsten Farben leuchten und das reinste Goya-Szenario bilden. Ihre Bewohner sterben erstaunlich früh, selbst für eine Zeit, in der die durchschnittliche Lebenserwartung kaum mehr als achtundzwanzig Jahre beträgt. Gleich um die Ecke liegt die Oper, wo man an guten Abenden Hunderte von feinen Damen und Herren aus ihren Kutschen ins Foyer eilen sieht – mit parfümierten Taschentüchern vor der Nase.

Da der Friedhof für die Ärmsten der Armen reserviert ist und in acht Jahrhunderten unzählige Tote aufnehmen mußte, wurden viele ohne Sarg einfach über die alten Leichen geschichtet. Der Philosoph Voltaire hätte einmal fast «sein Abendessen verloren», als er eines Abends hier vorbeikam und wilde Hunde sah, die sich um einen menschlichen Knochen balgten.

Während eines heftigen Regens wird ein Teil der verseuchten Erde in die Seine gespült.

Und das Wasser der Seine wird benutzt, um das Brot zu backen, das hier *jedermann* ißt.

Warum auch nicht? Die Theorie der Krankheitserreger wird erst ein Jahrhundert später erfunden. Seuchen werden nicht dem verunreinigten Wasser, sondern dem Zorn Gottes zugeschrieben. Das ist die offizielle Erklärung, so wie sie von der Kirche verbreitet wird. Voltaire, der alte Zyniker, ist da natürlich anderer Meinung. Er schreibt Seuchen der Gleichgültigkeit Gottes zu. Wegen solcherlei Ketzereien ist er jenseits der Landesgrenze, in die Schweiz verbannt worden.

Und das Beste: dies ist das Zeitalter der Aufklärung. Die Philosophen erzählen sich gegenseitig, daß die Welt sich von Tag zu Tag mehr aufklärt. Sie glauben sogar daran, obwohl sie Brot essen, das mit Abwässern aus Senkgruben und Massengräbern gemacht wurde.

SIEBEN

Es hörte den ganzen Tag nicht mehr auf zu regnen. An diesem Abend des 18. Januar 1771 saß der Herzog von Chartres – von Akne gezeichnet, doch durchaus gutaussehend in einer Zeit, in der die meisten schönen Damen und hübschen Herren Pockennarben zur Schau trugen –, Chartres also, der bald der reichste Mann von Frankreich sein sollte und schon jetzt den Ruf eines «Freundes des Volkes», «des einzig wahren Freundes des Volkes», oder «des besten Freundes, den das französische Volk je hatte» genoß, dieser Chartres, der im bevorstehenden Kampf die Fraktion des Hauses Orléans führen und von Robespierre als «Erzverschwörer der Geschichte» gebrandmarkt werden sollte, über dessen Motive und Methoden man noch zweihundert Jahre später rätseln würde, vor seinem Abendessen: einer vorzüglichen Gänseleberpastete, zwei ausgezeichneten gemischten Salaten mit Käse, sechs gezuckerten Früchten, zwei gebratenen jungen Enten, drei Scheiben eines *formidable* Rinderbratens mit grünen Erbsen, einem Tropfen überaus erlesenen Champagners, verseuchtem weißem Brot und einer halben Tasse Kaffee, so teuflisch schwarz wie die Sünde. Als er gespeist hatte, stieß er auf, so verlangten es Biologie und Chemie.

Die meisten Menschen, deren Freund Chartres war, tranken eine Flasche billigsten Weines und aßen verseuchtes schwarzes Brot.

Der große Mann stieß erneut auf. Die Gesetzmäßigkeiten der Chemie machen auch vor den Großen und Mächtigen nicht Halt.

Schließlich zog er sich in seine Privatgemächer zurück, um einen Brief aufzusetzen. Er schrieb schnell und mit eleganter Hand. Dann mußte er nochmals aufstoßen. Und ließ gleichzeitig einen fahren. Die Chemie ist unerbittlich.

Er rief nach einem Diener. Der Diener trat mit dem Brief auf die Straße und hielt sich, kaum daß er das Haus verlassen hatte, ein parfümiertes Taschentuch vor die Nase.

In diesem Moment kam zufällig ein Mann namens Jean Jacques Jeder vorbei. Ein Blick genügte, um zu sehen, was mit ihm los war. Der Diener redete ihn mit *tu* statt mit *vous* an.

Jeder, ein arbeitsloser Tischler und Zimmermann, erklärte sich bereit, den Brief für zwei Sous zu überbringen.

Diesmal war Jeder schon sechs Monate arbeitslos. Er hatte drei kleine Kinder und bewohnte mit ihnen und seiner Frau eine Bruchbude, die nicht einmal entfernt an die Stallungen herankamen, in denen Chartres seine Pferde hielt.

Jeder maß einsfünfzig, war also durchschnittlich groß für einen Arbeiter seiner Zeit. Er hatte das schwarze Haar und die dunkle Haut der Südländer. Seine Vorfahren waren vor einigen Generationen aus Rennes-le-Château gekommen. Fragen Sie nicht, wie er es geschafft hatte, seine Familie ein halbes Jahr durchzubringen, ohne einen Sous zu verdienen: ein Mann muß tun, was nötig ist. Nähert man sich von hinten, kann man sie außer Gefecht setzen, ehe sie einen erkannt haben und dann entfällt die grausige Arbeit des Kehlenaufschlitzens. Nicht selten führt ein Edelmann, der des Abends aus dem Wirtshaus kommt, soviel Geld mit sich, daß Jeder seine Familie davon einen Monat oder noch länger durchfüttern kann. «Das Leben ist hart», sagen die Pariser, «aber noch härter ist es, wenn man Skrupel hat».

Jeder war beunruhigt, als er sah, daß der Brief an Leutnant Sartines adressiert war. Wäre er für jemanden anders bestimmt gewesen, hätte er fünf Sous mehr kassieren können, indem er ihn zuerst zu Sartines gebracht hätte. Der Leutnant hatte einen geschickten Mann, der Spezialist im Restaurieren von Wachssiegeln war. Nicht einmal der liebe Gott hätte bemerkt, daß es schon einmal erbrochen worden war.

Jeder Arbeitslose in Paris und manch einer, der nur Schulden hat, weiß, daß Sartines gute Preise für Informationen bezahlt. Natürlich wird man damit zum *mouche* und natürlich ist man auf der Hut vor *mouches*, selbst als Kollege, aber «das Leben ist noch härter, wenn man Skurpel hat». Ein Mann muß tun, was nötig ist und außerdem, glauben Sie etwa, die Reichen hätten es auf ehrenvolle Weise zu dem gebracht, was sie heute sind?

Zehn Minuten später gab Jean Jacques Jeder den Brief bei der Sûreté ab. Es war ein unangenehmer Spaziergang durch den kalten Regen und mittlerweile waren die Straßen von Abwässern aus der Kanalisation überflutet. Der Brief blieb dort zunächst liegen, bis am nächsten Morgen der Leutnant eintraf und aus der potentiellen Bedrohung für Sigismundo Celine eine kinetische wurde.

Es hieß, Sartines sei von niedriger Geburt gewesen. Der Sohn eines einfachen Fischhändlers, der es mit Hilfe von Kaltblütigkeit und Heimtücke weit gebracht habe. Er wußte, daß man ihm den Spitznamen «Sardine» verpaßt hatte. *Eh bien*, er war gebildet, verkehrte mit Enzyklopädisten und Philosophen. Er ließ sich eine Sardine in sein Familienwappen einarbeiten, um den Leuten zu zeigen, was er von ihrem Tratsch hielt. Es hieß auch, er hätte die größte Perückensammlung in ganz Paris gehabt, hätte sogar mehr von den Dingern besessen als Chartres oder Chartres' Vater Orléans. Vielleicht machte ihm das Gerücht, Sohn eines Fischhändlers zu sein, doch zu schaffen, jedenfalls gab er sich alle Mühe zu zeigen, was für eine bedeutende Persönlichkeit er war.

Sartines ahnte, was in Chartres' Brief stehen würde, sobald er sah, daß er vom Cousin des Königs stammte. Diese Kerle wandten sich nur aus einem Grund an ihn.

Er öffnete das Siegel. Seine Vermutung wurde bestätigt. Schon wieder einer!

Sartines marschierte die Treppe zum *Bureau de Cabinet* hinunter und übergab das Schriftstück einem *commissaire*.

«Stellen Sie einen *lettre de cachet* aus», sagte er knapp. Die Sache bedurfte keiner weiteren Erklärung.

Der Kommissar warf einen flüchtigen Blick auf die zierliche Handschrift des Herzogs. «Einen Augenblick bitte – können Sie den Namen des Hundesohns entziffern?»

Sartines beugte sich über den Brief. «Celine», sagte er. «Sigismundo Celine. Muß ein Neapolitaner sein.»

«Sein Pech», sagte der Kommissar. «Er wird sich wünschen, Neapel niemals verlassen zu haben.»

Theoretisch konnte nur der König persönlich einen *lettre de cachet* anfordern. Doch schon Ludwig XIV. fühlte sich Freunden und Verwandten verpflichtet, und Ludwig XV., der jetzt auf dem Thron saß, war gleichermaßen tolerant, wenn es seinen Zwecken dienlich war. Das *Bureau de cabinet* stellte die *lettres de cachets* aus, doch mehrere tausend Adelige konnten sie beantragen. Leutnant Sartines übergab die Angelegenheit nur dann den Gerichten, wenn bestimmte Umstände es erforderten. Solch problematische Fälle ergaben sich hin und wieder – erst neulich hatte ein Herzog einen *lettre de cachet* gegen einen anderen Herzog beantragt und Sartines wußte, daß jeder von beiden die Illusion hatte, er sei der engste Vertraute des Königs und der einzig wahre Kopf des einzig wahren Geheimdienstes von Frankreich. Sartines wußte auch, wie die beiden zu diesem bemerkenswerten Mißverständnis gekommen waren: der alte Ludwig selbst hatte sie ermutigt. Der König hatte die einmalige Angewohnheit, Funktionen zu vervielfältigen – vor allem, was Geheimangelegenheiten betraf – und seine Spione auf die eigenen Spitzel anzusetzen.

Typisch, wie Ludwig reagierte, als Sartines den heiklen Fall nach Versailles berichtete: Er hob den *lettre de cachet* auf und ließ den Herzog, der ihn beantragt hatte, für sechs Wochen auf seine Besitztümer verbannen. Als die sechs Wochen vorbei waren, wurde der gekränkte Herzog nach Versailles zitiert und erneut davon überzeugt, daß er der einzig wahre Kopf des einzig wahren Geheimdienstes von Frankreich sei; der Hausarrest sei nur nötig gewesen, um seine «Tarnung» zu wahren.

«Der Geheimdienst steht und fällt mit seiner Tarnung», kicherte der König.

Ludwig XV. sah sich gern als schlauen Fuchs, als echten Machiavelli. Er glaubte, die Gerüchte über die «italienischen Pocken», die sein Gehirn auffraßen und ihn verrückt machten, seien nur darauf zurückzuführen, daß die meisten Menschen zu einfältig waren, um zu erkennen, wie teuflisch genial seine Machenschaften waren. Sartines widersprach dem nicht, denn es hielt den König bei Laune. Dagegen wußten Sartines eigene Spitzel meistens ziemlich genau, was Sache war.

Sartines teilte die öffentliche Meinung, der König sei an den Pocken erkrankt. Er war auch – genau wie Pierre, Georges, Lucien und Armand – davon überzeugt, daß diese von den *diegos*, italienischen Seeleuten, nach Frankreich gebracht worden war.

Er wäre verwundert gewesen, wenn er erfahren hätte, daß Sigismundo Celine, der stets Angst hatte, sich bei seinen Besuchen in einem der «Häuser» anzustecken, sie «französische Pocken» nannte. Die Neapolitaner waren nämlich davon überzeugt, daß die Krankheit von der französischen Armee eingeschleppt worden war, als die Bourbonen Süditalien annektierten.

Ungeachtet dessen, ob die Krankheit nun französischen oder italienischen Ursprungs war – der König hatte sie. Sartines hätte einiges erzählen können, wenn er indiskret gewesen wäre. Seit sechs Jahren litt er unter der Erniedrigung, der er im Fall d'Eon ausgesetzt war. Das heißt, des Chevaliers Charles Geneviève Louis Auguste André Timothée d'Eon de Beaumont. Des «Damenritters», wie die Engländer spotteten. Dieser verfluchte d'Eon war Topspion des Königs in England und jeder in England wußte es. Das Problem bestand darin, daß d'Eon im Jahre 66 durchgedreht war und sich seitdem wie eine Frau kleidete. Schlimmer noch, er (oder sie) verstellte sich so gut, daß jetzt eine rege Diskussion auf beiden Seiten des Kanals darüber entbrannt war, ob der «Damenritter» ein Mann war, der beschlossen hatte, eine Frau zu werden, oder ob er (sie) tatsächlich, wie sie behauptete, eine Frau war, die ihre Umgebung lange Zeit über diese Tatsache hinweggetäuscht hatte, indem sie sich für einen Mann ausgab. Sartines war mehr als verärgert über dieses geschmacklose Durcheinander. Es gereiche Frankreich nicht zur Ehre, einen Geheimagenten zu haben, der auffälliger und umstrittener ist als eine Ziege mit zwei Köpfen, wetterte er vor dem König. Der Geheimdienst wirke nicht nur unfähig, sondern geradezu lächerlich. Doch der König weigerte sich hartnäckig, d'Eon zu entlassen. Er behauptete, ein derart absurder Spion lenke die öffentliche Meinung von dem ab, was die anderen Spione treiben.

Schon recht, aber es reduziert das gesamte Spionagesystem zu einer Farce. Mein Gott, wenn sich ganz Europa über deine Spione lustig machen kann, werden demnächst die Diplomaten dran sein und das könnte die Regierung ganz schön in Bedrängnis bringen, dachte Sartines bei sich.

Sartines wußte: Autorität hängt davon ab, daß keiner im falschen Augenblick lacht.

ACHT

Innerhalb von einer halben Stunde wurde der *lettre de cachet* zu den Armeebarrikaden bei *les Invalides* weitergeleitet, wo ein gewisser Hauptmann Henri Teppis de Loup-Garou ihn entgegennahm.

Wie üblich suchte dieser sich sechs Soldaten für die Arbeit aus – schwere Jungs, die man für des Teufels eigene Söhne hätte halten können, Veteranen in Dutzenden von Feldzügen der unzähligen Kriege, die Ludwig XV. vom Zaun gebrochen hatte, weil er in seinem verwelkenden Geisteszustand überall Feinde witterte. Loup-Garou befahl seinen Mordbuben, sich um Mitternacht voll bewaffnet für eine besondere Aufgabe bei ihm einzufinden. Es war immer klug, die größten, häßlichsten und brutalsten Kerle für einen derartigen Job aufzustellen: außerdem war man zweifellos im Vorteil, wenn man wartete, bis das Opfer schlief. Ein Mann, den man im Nachthemd aus dem Bett holt, ist leichter zu handhaben, vor allem, wenn er sich sechs Typen gegenüber sieht, die aussehen wie in Uniform gezwängte afrikanische Berggorillas.

Loup-Garou war nicht besonders beunruhigt: Es war alles Routine. Derart unbequeme Fälle hatte er zu Dutzenden erledigt.

Er fragte sich nicht, ob dieser Signor Celine etwas verbrochen oder ob er das, was mit ihm geschehen würde, verdient oder auch nur, wer den *lettre de cachet* ausgestellt hatte. Er war kein Mann, der viel grübelte.

«Ich bin ein schlichter Soldat», pflegte er zu sagen, «ich gebe nicht vor, ein Intellektueller zu sein.»

Gabriel Honoré de Mirabeau dagegen, der ein Intellektueller war und später, wenn auch nur kurz, offizieller Held der Revolution* wurde, machte sich allerhand Gedanken über die Art von Menschen, die aufgrund von *lettres de cachets* ungewollt zu Gästen des Staates wurden.

* Er war daher Mitglied der Illuminaten, wie William Guy Carr in seinem Werk *Pawns in the Game* behauptet. Nun ist Carr allerdings überzeugt, daß jeder, der auch nur etwas links von Ronald Reagan steht, Mitglied des Illuminatenordens sein muß. Sowohl de Selby wie auch La Fournier sind sich in diesem Fall einig, daß Carr «eine blühende Phantasie» besitzt; Wilgus nennt sie sogar «bizarr». Selbstverständlich gehören de Selbys eigene Schriften über die Illuminaten zu seinen widersprüchlichsten (vgl. *Golden Hours*, a.a.O. Bde. VII–VIII und besonders XXXII). Der giftsprühende Hanfkopf äußert sich besonders herablassend über de Selbys These, die Illuminaten seien vor allem eine Tarnung für Benjamin Franklin und ihr Hauptziel die Nutzbarmachung elektrischen Lichts gewesen, mit dem Zweck, «teratologische Moleküle» aus unseren Städten zu verbannen (vgl. *DeSelbyismus und Dummheit*. a.a.O. S. 44–63).

Mirabeau hatte in den siebziger Jahren auf Grund von zwei *lettres de cachets* selbst eine Weile im Gefängnis verbracht. Der erste, beantragt von seinem Vater, sollte ihn dafür bestrafen, daß er Schulden gemacht hatte. «Der Junge braucht eine Lektion», hatte der alte Mann gesagt. Mirabeau hatte ihm nie verziehen und er verzieh auch der Regierung nicht, daß sie alten Schweinehunden wie seinem Vater erlaubte, ihre Söhne dermaßen zu behandeln. Der zweite *lettre de cachet*, für den Mirabeau noch länger im Gefängnis saß als beim ersten Mal, war vom Marquis de Mournier beantragt worden, nachdem er sich eine amüsante, aber unbedeutende Indiskretion mit dessen Gattin Sophie erlaubt hatte. Die Dame war gut im Bett gewesen, aber auch nicht so gut, daß er dafür mit Gefängnis bezahlen sollte. Mirabeau hatte also allen Grund, ein Held der Revolution zu werden. Als er endlich aus dem Gefängnis kam, hätte er die gesamte Regierung stürzen können.

Mirabeau fertigte eine genaue Studie der Menschen an, die er auf dem Gefängnishof kennenlernte und untersuchte auch, wie sie dorthin gekommen waren. Was hätte ein Philosoph auch sonst anstellen können, wenn er nicht von der Langeweile aufgefressen werden wollte? Vielen, so stellte er fest, war es ergangen wie ihm selbst beim ersten Mal: Sie wurden von ihren Familien bestraft, weil sie die Spielregeln verletzt hatten. Eine erstaunlich hohe Anzahl war aber auch wegen ähnlicher Vergehen wie seinem zweiten im Gefängnis gelandet, obwohl es in manchen Fällen genau umgekehrt war: Sie waren mit Frauen verheiratet, die ihnen von ranghöheren Personen ausgespannt worden waren.

Die echten Verbrecher, Diebe und Gesetzlose, kamen nur selten ins Gefängnis: Sie wurden gewöhnlich gefoltert, gevierteilt, zuweilen auch gepfählt; nur wenige Glückliche, die Diebstähle im Wert von einigen Sous begangen hatten, kamen mit Hängen davon. Die Guillotine sollte nach Meinung Thermidors wissenschaftlichere und damit humanere Hinrichtungen in Frankreich gewährleisten. Hauptmann Loup-Garou würde zu ihren Opfern gehören. Dieser konnte das jedoch am 18. Januar 1771 so wenig ahnen wie der arme Armand, daß er nur noch neun Stunden zu leben hatte.

Als es am Nachmittag endlich zu regnen aufhörte, tat der Herzog von Chartres etwas für seinen Ruf als Freund des Volkes. Er fuhr durch Faubourg St. Denis, wo Handwerker und Arbeitslose wohnten und befahl seinem Kutscher, einige Minuten anzuhalten, während er Almosen an Bedürftige verteilte. Später schlenderten mehrere Männer durch die Menge und riefen: «Der gute alte Chartres – da fährt der Mann, der es verdient hätte, unser König zu sein.»

In den Salons wurde erzählt, daß diese Männer heimlich von Chartres bezahlt wurden, doch erzählt wird viel.

NEUN

Aber echt, sagte Lucien noch immer grinsend, «du solltest diesen Spartakus lesen.»

«Ich habe keine Zeit für Pamphlete», wandte Armand ein. «Außerdem, was habe ich davon, kannst du mir das verraten? Bei Kerlen wie uns lohnt sich doch die Mühe nicht. Denen ist es scheißegal, was wir denken.»

«Ich wünschte, Pierre wäre schon zurück», sagte Georges.

«Ich sag's doch bloß zu deinem Besten», beharrte Lucien grinsend. «Du machst dir zu viele Sorgen, Armand. Du sagst, du würdest jede Art von Arbeit machen, aber du bist und bleibst ein Bauer. Die Pferdescheiße steckt dir noch zwischen den Zehen. Das ist nicht gut, Armand. Diese Stadt ist ein verdammter Dschungel. Wenn du noch an den Mist glaubst, den der Dorfpfarrer dir beigebracht hat, dann bist du hier verloren.»

«Das Problem mit dir ist», sagte Armand, «du hast eine ziemlich große Klappe, weißt du das, Lucien? Du quatschst einfach zuviel. Ich habe gesagt, ich bin bereit, die Drecksarbeit zu tun und das reicht. Ich brauche das verdammte Geld genauso dringend wie du.»

«Ich wünschte, Pierre wäre schon zurück», sagte Georges.

Lucien grinste immer noch. «Du meinst, ich rede zuviel?» sagte er. «Das heißt, du willst nicht hören, was ich zu sagen habe. Du wirst zu einem Priester laufen und ihm alles beichten, das wirst du tun, Armand. Und wenn dieser Priester nur halb so gewitzt ist wie die meisten Pfaffen in dieser Gegend, dann rennt er zu Sartines und tratscht alles brühwarm weiter. Und dann? Dann sitzen wir in der Scheiße, Armand. Ganz schön in der Scheiße, würde ich sagen.»

«Paß auf», sagte Armand ernst. «Woran ich glaube, geht nur mich was an, kapiert? Ich komme frisch vom Land und du bist schon fünf, sechs Jahre hier, das macht dich wohl zum Experten, wie? Ich bin kein Dummkopf, Lucien. Ich erzähl keinem Priester was von Drecksarbeit, darauf kannst du Gift nehmen. Und auch nichts von den andern Gelegenheitsjobs. Klar, ich zünde hin und wieder eine Kerze an, das bringt Glück und tut niemandem weh. Was stört dich daran? Willst du dir damit die Nächte um die Ohren schlagen? Himmel noch mal, was soll denn das?»

«Schon gut, schon gut», sagte Lucien und grinste. Von mir aus kannst du ein Dutzend Kerzen anzünden, nur, dieser *diego*, dieser Signor Celine, der glaubt wahrscheinlich dasselbe wie du. Wenn er also eine Kerze anzündet und du zündest eine an, wem soll dann Gott den Vorzug geben, das frage ich mich. Wie soll Gott sich entscheiden?»

«Ich wünschte, ihr würdet mit diesem Religionsgefasel aufhören», sagte Georges. «Ich krieg eine Gänsehaut davon.»

«Das ist das Schlimmste daran», sagte Lucien und grinste. «Das Rumstehen und Warten. Wenn der *diego* auftaucht, ist alles nur halb so schlimm. Ich habe – ach, vergeßt es, aber vier gegen einen, das ist ein Kinderspiel. Überhaupt kein Problem. Nur das Rumstehen und Warten macht einen mürbe. Da kommt alles wieder hoch.»

«Genau», sagte Georges. «Ich wünschte, Pierre wäre schon zurück.»

Die drei in der dunklen Gasse schwiegen.

«Wie auch immer», sagte Armand dann plötzlich. «Ich bin jedenfalls froh, daß es ein *diego* ist. Diese Schreihälse!»

«Wenigstens wissen wir, daß es diesmal die richtige Gegend ist», grinste Lucien. «In den letzten beiden Tagen habe ich mehr von diesem verdammten Paris gesehen als ich mir je hätte träumen lassen.»

«Ja», stimmte Armand zu, «aber der Invalidendom, das ist schon was!»

«Gebaut mit Schweiß und Blut von Typen wie uns», sagte Lucien. «Dieser Spartakus sagt –»

«He», fiel Georges ihm ins Wort, «da kommt Pierre.»

«Verdammte Köter», schimpfte Pierre. «Bin schon wieder reingetreten. Man sollte die verdammten Viecher abknallen!»

«Ja», sagte Lucien und grinste. «Hast du den Kerl gefunden, Pierre?»

«Ich hab' ihn», nickte Pierre. «Er sitzt in einem Restaurant.»

«In einem Restaurant», staunte Armand. «Der muß aber flüssig sein. Wieso kann ein *diego* sich leisten, im Restaurant zu essen, während wir um jeden Sous kämpfen müssen?»

«Er wird jeden Augenblick hier aufkreuzen», sagte Pierre. «Dann kannst du ihn persönlich fragen. So, ihr zwei bewegt eure Ärsche die Straße rauf und wartet da hinter der Ecke. Er trägt einen Degen, aber das kann euch egal sein, denn während ihr ihn von vorn angreift, kommen Lucien und ich von hinten.»

«Wir von vorn?» protestierte Armand. «Aber –»

«Da seid ihr am sichersten, glaub mir», beschwichtigte Pierre ihn. «Er wird euch nichts tun. Überlaß nur alles Lucien und mir, wir schaukeln das schon. Ihr verdient euer Geld praktisch im Schlaf, habt wirklich Schwein heute abend.»

«Aber für einen Kerl mit Degen sind wir mit unseren Dolchen doch nichts weiter als Zielscheiben», wandte Armand ein.

«Du grübelst zuviel», sagte Lucien und grinste. «Laß Pierre und mich nur machen.»

«Auf die Plätze», zischte Pierre, «er kommt.»

ZEHN

Die Mondsichel war so groß, daß man keine Straßenlaternen angezündet hatte. Sigismundo Celine, der soeben ein üppiges Mahl verspeist hatte, war auf der Hut, denn im Winter ist es um acht bereits dunkel in Paris.

Als Georges und Armand plötzlich vor ihm auftauchten und Sigismundo ihre Dolche aufblitzen sah, trat er instinktiv zurück und wich mit dem Rücken gegen die Wand des nächstgelegenen Hauses aus. Instinktiv warf er einen Blick in die Richtung, aus der er gekommen war und sah, wie Pierre und Lucien mit gezogenen Dolchen auf ihn zuschlichen. Erst jetzt begann er zu denken; bislang hatte er nur den Reflexen gehorcht, die seine Fechtlehrer ihm eingetrichtert hatten. Klar, zwei mit Messern bewaffnete Kerle würden einen Mann mit Degen nicht angreifen, es sei denn, sie hatten Komplizen, die von hinten kamen. Doch dann hörte er wieder auf zu denken und überließ sich seinem Instinkt. Er löste sich von der Wand, stieß einen Schrei aus, so schrill wie ein wilder Vogel, stürzte sich auf die beiden Angreifer vor ihm und schlug Armand mit einem einzigen Hieb die Hand ab, ehe er Georges den Degen in die Brust rammte.

»*Diegos*», stöhnte Armand mit aufgerissenen Augen, «ich dachte, das wären alles Schrei...» Er sank zu Boden, nicht freiwillig, aber auch nicht allzu schnell. Er hatte einen Schock. Beim Anblick des vielen Blutes, das aus dem schmerzenden Armstumpf spritzte, wurde ihm speiübel.

Sigismundo zog den Degen aus Georges Brust und sprang vorwärts, weg von den Dolchen in seinem Rücken, ohne nachzudenken, dann blieb er plötzlich stehen, wirbelte herum, gerade als Lucien sich auf ihn stürzen wollte und stieß zu – Lucien duckte sich, war aber nicht schnell genug und Sigismundo bohrte ihm den Degen in die Eingeweide und dachte, endlich: *Vier gegen einen: ich hätte Angst haben müssen.*

«Scheiße, Scheiße, Scheiße», keuchte Lucien aus der Gosse. «Ich wollte...» Er starb, ehe er seinen Satz zu Ende führen konnte.

Sigismundo sah sich nach dem vierten Häscher um, dem gutgekleideten Pierre, und merkte, wie dieser sich langsam, ganz langsam und berechnend zurückzog. Sigismundo zögerte, doch dann ahnte er, ohne Pierres Gesicht im Dunkeln erkennen zu können, was dieser im Schilde führte und schrie noch einmal aus vollem Halse, denn er mußte schnell handeln, der Arm war schon erhoben, der Kerl schien genau zu wissen, wie man mitten ins Herz trifft. Wenn er das Messer erst geworfen hatte, würde er keine Zeit mehr haben, auszuweichen. Zu spät – er sah es schon auf sich zukommen, verdammt, doch dann wälzte er sich plötzlich mit dem andern am Boden und merkte, wie sich ein zweites Messer langsam seinem Hals näherte –, ein Messer in der linken Hand!

Sigismundo stach, stieß und schlitzte so fest er konnte, und dann sah er, wie das Messer zu Boden fiel und erkannte, daß es der Verwundete gewesen war, der ihn angegriffen hatte – der tapfere Armand, dem das Blut aus dem offenen Armstummel tropfte. Was für ein Kämpfer! Wieder stach Sigismundo zu, und dann spürte er, wie der Körper auf ihm erschlaffte und von ihm abließ. Er sprang auf und entdeckte Pierre, der auf dem Pflaster herumkroch und sein Messer suchte.

Sigismundo sprang, stieß zu – und fehlte zum ersten Mal.

Als Pierre sich aufrappelte und davonlief, fing Sigismundo wieder an zu denken: *Meine Reflexe lassen nach.*

Er wollte ihm nachsetzen, besann sich jedoch eines Besseren. Jetzt zitterte er vor Angst. «Wache!» schrie er. «Wache! Wache!» Er schluchzte kurz und würgte. Immerhin, das war das Ziel der Fechtschule gewesen: zu handeln, ehe die Angst einen überwältigte. Sie völlig auszuschalten – dafür gab es keine Methode.

«Wenn sie wenigstens die Kühe nicht mitgenommen hätten», murmelte Armand, der noch lebte. «Mein Gott, die Kühe, die Pferde, alles. Mama. Warum ausgerechnet ich?»

Gute Frage, dachte Sigismundo. Warum ich?

«Hör zu», sagte er. «Wer hat dich beauftragt?»

«Die Kühe. Sie haben sie mitgenommen.»

«Vergiß die Kühe. Wer hat dich beauftragt?»

«Du. Du hast mich umgebracht.»

«Nein. Du wirst es schaffen. Sei ein Mann.»

«Der Seigneur ist gekommen. Sie haben die Kühe mitgenommen. Papa hat geweint.»

«Da kommt die Wache. Sie bringen dich zu einem Arzt.»

Und wenn du durchkommst, wirst du gehängt, dachte Sigismundo, aber das sprach er nicht aus. «Also, wer hat dich beauftragt?»

«Geneviève.»

«Geneviève hat dich beauftragt?»

«Mein erstes Mädchen. Was für Titten! Papa hat geweint.»

«Vergiß Geneviève und Papa. Wer hat dich angeheuert?»

«Du hast mich umgebracht, du Hundesohn von einem *diego*.»

«Du hast versucht, *mich* umzubringen, mein Freund. Also raus damit, wer ist dein Auftraggeber?»

«Jessas, was für Titten! Und jetzt ist sie eine Hure. Die ganze Stadt ruiniert. Verkommen bis ins Letzte! Bist du es, Papa?»

«Du bist nicht mehr bei Sinnen. Wenn du gläubig bist, solltest du jetzt deine Sünden bereuen.»

«Jessas, was für Titten! April. Die Scheune ...»

«Es tut mir leid», sagte Sigismundo. Plötzlich hatte er gemerkt, daß auch dieses Geschöpf ein Mensch war. «Soll ich für dich beten?»

«Ich will jetzt nach Hause. Ich will zu meiner Mama.»

Armand starb um ein Uhr morgens, ohne nach der Beichte zu rufen. Ein Priester erteilte ihm die letzte Ölung, für Armand war er jedoch dasselbe wie die Königin von Saba.

ELF

Punkt Mitternacht versammelte Hauptmann Loup-Garou seine Truppe. In einer großen Karosse englischen Stils, die genug Platz für alle sieben bot, ratterten sie durch die menschenleeren Straßen. Im Schein der Fackeln sehen sie noch grausiger aus, dachte der Hauptmann – selbst er hätte sie um ein Haar zu fürchten begonnen. Und dann hämmerten sie mit ihren Gewehrkolben an die Tür des Hauses, in dem Signor Celine wohnte. Sie strengten sich an – je lauter der Krach, um so größer die Einschüchterung.

Doch sie weckten nur eine unerschrockene *concierge*, die, nachdem sie gegen Herkunft, Physiologie, Eßgewohnheiten und allgemeine biologische Merkmale von Rüpeln zu Felde gezogen war, die mitten in der Nacht harmlose Matronen aus dem Bett holten, mürrisch preisgab, daß Signor Celine es offensichtlich vorgezogen hatte, die Nacht außer Haus zu verbringen. Und was konnte man schließlich auch erwarten von naiven jungen Burschen, die herkamen, um zu studieren, und dann den schamlosen Straßenmädchen auf den Leim gingen, die an jeder Ecke herumstanden? Armes Frankreich! Die einzige Möglichkeit, dieser Tirade zu entkommen, bestand darin, zu salutieren und schleunigst das Weite zu suchen.

Loup-Garou postierte zwei seiner Männer gegenüber dem Haus, falls Signor Celine doch noch heimkehren sollte. Dann machte er sich auf den Weg zum Polizeihauptquartier. Vielleicht war es Pech, Schicksal oder einfach nur Zufall, daß Celine in dieser Nacht nicht zu Hause war – vielleicht war es aber auch etwas anderes. Es gab Spitzel, die Informationen *an* die Polizei verkauften und andere, die Informationen *über* die Polizei verkauften. Es gab Männer, die verschwanden von der Bildfläche, kaum daß ein *lettre de cachet* ausgestellt worden war. Loup-Garou hatte sich jedoch nicht vorstellen können, daß ein Fremder, noch dazu ein Student an der Universität über derartige Beziehungen verfügen würde. Sollte der Betreffende tatsächlich flüchtig sein, würde es nötig sein, in Zusammenarbeit mit der Polizei eine Suchaktion einzuleiten.

Als der Hauptmann ins Büro des *lieutenant criminel* stürmte, fand er Leutnant Lenoir im Gespräch mit einem Italiener vor – einem Jungen um die zwanzig, dunkelhaarig und untersetzt wie die meisten Südländer, mit dem Schnurrbart eines *banditto* und stattlichem Spitzbart.

Loup-Garou und Lenoir zogen sich einen Augenblick auf den Gang zurück; der Hauptmann berichtete, was geschehen war.

Lenoir lächelte. «Ich wünschte, alle Polizeiarbeit wäre so einfach. Der Mann, den sie suchen, ist da drin.» Und damit deutete er auf sein Büro.

«Potztausend!» platzte der Hauptmann heraus. «Was sucht er denn dort?»

«Er ist überfallen worden.» Lenoir zog müde die Augenbrauen hoch. «Scheint, als hätte der Bursche eine besondere Gabe, sich Feinde zu machen.»

«Überlassen Sie ihn mir?»

«Gewiß. Aber holen Sie sich ein paar Soldaten zu Hilfe, wenn Sie ihn verhaften wollten.»

«Na hören Sie, er ist doch noch ein Kind», antwortete Loup-Garou ungeduldig.

Lenoir zuckte die Achseln. «Er ist Neapolitaner.»

«Wie? So dunkel kam er mir gar nicht vor.»

«Er stammt aus Neapel», sagte Lenoir gleichgültig. «Zwei der professionellen Killer, die ihn überfallen haben, sind bereits tot, und der dritte verblutet im Hospital, während wir hier plaudern. Es war noch ein vierter im Spiel, und wenn der aufhört zu laufen, wird er dasselbe sagen, *mon capitain*, man soll einen Neapolitaner niemals unterschätzen.»

«Er hat drei Mörder getötet und den vierten in die Flucht gejagt?» So wie der Junge aussah, konnte Loup-Garou es kaum glauben. «Großer Gott, wer ist dieser Celine?»

«Ein Student offensichtlich», antwortete Lenoir maliziös lächelnd. «Hauptfach Musik, sagt er.»

Dann heckten sie gemeinsam einen Plan aus, um dieses gottverfluchten neapolitanischen Wilden habhaft zu werden. Vier Gorillas wurden vor der Tür des Büros im Gang aufgestellt, während Lenoir und Loup-Garou wieder eintraten.

Celine sah sie fragend an. Er wirkte nicht gerade wie ein Kämpfer, dachte Loup-Garou bei sich. Sanfte Augen, fast weiblich, nein – künstlerisch. Wie Christus auf einem alten Ölgemälde.

«Das ist Hauptmann Loup-Garou von der Armee», sagte Lenoir und leitete ein Täuschungsmanöver ein, das er selbst für kaum überzeugend hielt. «Er ist Fachmann. Er wird Ihren Degen untersuchen und später eine Aussage machen.»

Worauf der verfluchte, unberechenbare *diego* ihm doch tatsächlich, unschuldig wie ein junges Mädchen bei der ersten Kommunion, seinen Degen überreichte! Damit war er entwaffnet.

Blitzschnell ließ Leutnant Lenoir die Waffe hinter seinem Schreibtisch verschwinden, während Loup-Garou «Wache!» brüllte und die vier Monster ins Zimmer stürmten. Lenoir hatte gerade noch Zeit, zu denken, das Ganze sei zu schön, um wahr zu sein, als Loup-Garou formell feststellte: «Sigismundo Celine, ich verhafte Sie, im Namen des Königs...»

«Aber es war Notwehr», protestierte der Gefangene.

«Das hier ist etwas anderes», sagte Loup-Garou. «Bitte kommen Sie mit und machen Sie keine Umstände.» Er gab den vier Gorillas einen Wink und sie formierten sich um den Gefangenen.

Lenoir sah noch, wie Celines Augen sich weiteten und dann war er auch schon durch eine Lücke zwischen den Männern geschossen und hatte das Fenster halb auf, ehe einer der Männer ihn am Bein packte, ein anderer an der Hüfte, aber der Hurensohn wand sich und zappelte so geschickt, daß sie um ein Haar alle drei durchs Fenster gefallen wären; dann kamen auch die beiden anderen Wachen zu Hilfe und der eine drehte sich zu seinem Hauptmann um und fragte: «Jetzt, Sire?» und der Hauptmann nickte: «Jetzt, er scheint es nötig zu haben.»

Während drei der Soldaten Celine festhielten, versetzte der vierte ihm einen Stiefeltritt in die Weichteile, der sich gewaschen hatte.

Sigismundo Celine hörte auf, sich zu wehren. Sie schleppten ihn ohne weitere Zwischenfälle aus dem Büro, während Lenoir sich hinsetzte und versuchte, den kurzen Augenblick nachzuvollziehen, als Celine statt vor dem Schreibtisch plötzlich am Fenster gestanden hatte. Er hatte nicht einmal die verwischte Bewegung eines Körpers gesehen: Der Hund war an einem Ort und dann, im nächsten Augenblick, an einem ganz anderen.

Vielleicht sollte ich mir einen neapolitanischen Fechtlehrer zulegen, dachte er.

Die Vorhänge der englischen Karosse waren dicht zugezogen, damit niemand auf der Straße den Gefangenen Celine sah. Das war so üblich bei *lettres de cachet.* Auch die Soldaten hatten Befehl, das Gesicht des Gefangenen zu vergessen, sobald sie ihn abgeliefert hatten.

Sigismundo Celine aus Neapel war im Begriff, eine Unperson zu werden.

Während der Fahrt in den Norden von Paris, so beobachtete Loup-Garou, schwieg der Gefangene mit zusammengepreßten Lippen und würdigte seine Begleiter keines Blickes. Zweifellos dachte er genau dasselbe, was alle in dieser Lage denken.

Schließlich hielt die Kutsche an und alle stiegen aus. Loup-Garou war jetzt ganz besonders wachsam. Zuerst kamen zwei Soldaten, dann der Gefangene Celine, dann die beiden anderen Soldaten, Gewehr im Anschlag, und ganz am Schluß Loup-Garou selbst.

Der Gefangene schaute hinauf zu den acht finsteren Türmen und erkannte die Bastille.

«Gott steh mir bei», sagte er leise.

Loup-Garou dachte daran, daß zwei Drittel aller Gefangenen genau dasselbe sagten, wenn sie erkannten, wo sie waren. Der Rest sagte: *«Merde alors!»*

Sie standen am Tor Rue St.-Antoine. Loup-Garou rief etwas, die Zugbrücke quietschte und knarrte und senkte sich dann rasselnd herunter, langsam wie die Hand eines furchtbaren und unpersönlichen Riesen.

Es war beinahe zwei Uhr morgens, die kälteste Stunde des kältesten Monats im Jahr. Der Hauptmann fröstelte. Einen Moment überkam ihn ein Hauch von Mitleid: Er sah, wie die Zugbrücke immer näher auf sie zukam und ahnte plötzlich, wie der Gefangene sich fühlen mußte – wie alle sich fühlen mußten, wenn sie an diesen Punkt gelangt waren.

Und dann waren da, wo sechs Männer gestanden hatten, plötzlich nur noch fünf. Der Gefangene Celine hatte sich in Luft aufgelöst.

ZWÖLF

Aus den *Geheimlehren des Argentum Astrum:*
Wir hoffen, daß der Kandidat die Vorsicht besessen hat, die vorangegangenen Seiten zu verbrennen.

Die gegenwärtige Lage der Menschheit erlaubt es, daß jede Generation Millionen von Dummköpfen hervorbringt, die aus den absurdesten Gründen Millionen anderer Dummköpfe ermorden, weil dies von unfähigen Priestern in beiden Lagern gutgeheißen und von unfähigen Politikern ausgenutzt wird. Wer diese universelle Unfähigkeit ignoriert, begibt sich in eine ähnliche Gefahr wie derjenige, der unter Löwen lebt und ihre Bedrohlichkeit leugnet.

Der Kandidat weiß um die Identität des Grundsteins im Tempelbogen, den die Baumeister verworfen haben. Als Freimaurer wurden ihm Anspielungen und Allegorien unterbreitet; im zweiten Orden die Wahrheit allmählich immer mehr angedeutet und jetzt, im dritten Orden alles offenbart. Man stelle sich jedoch vor, welches Schicksal denjenigen ereilen würde, der in der Überzeugung, daß wir in einem Zeitalter der Vernunft, der Aufklärung etc. leben, eine simple und sachliche Beschreibung dieses Grundsteins im Tempel der Unsterblichkeit anfertigte: Wenn er bis ins letzte Detail darstellte, wo er zu finden ist, wie er aussieht, wie seine allgemeine Beschaffenheit ist. In papistischen Reichen würde ein solcher Mann mitsamt seinem Buch auf dem Scheiterhaufen enden; in angeblich aufgeklärten Ländern das Werk verbrannt werden und sein Verfasser im Kerker landen. Die Welt würde ihn nicht nur einstimmig der Ketzerei anklagen, sondern zugleich beschuldigen, daß er sich aller Grenzen der Vernunft, des Anstands und des gesunden Menschenverstands widersetzte. Und doch verehren diejenigen, die den Stein verschmähen und verfluchen, ihn insgeheim, und jener, der beim Anblick seiner Beschreibung vor Wut rasen würde, ist in Wirklichkeit auf der Suche nach ihm. Deshalb sagten die klugen Alchemisten, daß er «mit sieben Siegeln verschlossen» und trotzdem «allen bekannt» sei.

Lassen wir den Kandidaten darüber nachdenken, damit er die Grenzenlosigkeit der menschlichen Dummheit erkennt und gewahr wird, warum nur die Tapfersten beauftragt werden können, den Gral, den Baum und das verborgene Manna zu bewachen. Wenn die kosmische Flamme erst entfacht ist, verwandelt sich der Kandidat selbst in das «läuternde Feuer», von dem der Prophet spricht. Nur der Narr nimmt unseren Weg auf die leichte Schulter.*

* Die «Kosmische Flamme» der Alchemie wird von Thomas Vaughn, einem Rosenkreuzer des siebzehnten Jahrhunderts, in *Works of Thomas Vaughn, Mystic and Alchemist,* hrsg. von A. E. Waite, New York, University Books 1968 beschrieben, während John Donne sie in seinem Gedicht «Alchemie der Liebe» – durchaus geistreicher – als «trächt'gen Tiegel» bezeichnet. Ohne Anhaltspunkte scheint de Selbys Versuch, diese Allegorie mit seinen eigenen «teratologischen Molekülen» zu identifizieren, die «sich rückwärts durch das Zeitkontinuum bewegen», außer insofern es sich bei beiden um Konzepte handelt, die laut Yeats «zu fein für den Intellekt» sind. La Tournier *(De Selby« Homme ou Dieu?,* a. a. O. S. 23) behauptet, daß de Selby die alchemetische Transformation im Beisein von zehn Zeugen am Trinity College durchgeführt habe; Hanfkopf hält jedoch dagegen, daß alle zehn «sinnlos betrunken und außerdem notorische Lügner» gewesen seien, vgl. *Werke,* a. a. O. IV, S. 56. Man muß in diesem Zusammenhang darauf hinweisen, daß das Thema durch Fergusons Versuch, zu beweisen, daß es sich bei La Fournier und de Selby um denselben Mann handelte, der unter zwei Namen publizierte (vgl. *Armageddon,* University of Edinburgh Press 1928), weiter verkompliziert wurde, während andererseits festzuhalten ist, daß La Tournier und La Fournier zwei völlig verschiedene Persönlichkeiten waren.

Nochmals: Verbrenne diese Seite, bevor du weiterliest.

DREIZEHN

Sigismundo hatte sich fallen lassen und war unter der Kutsche hindurch auf die andere Straßenseite gerollt, wo er sich blitzschnell aufrappelte und losrannte. Er glaubte, in einer Seitengasse verschwunden zu sein, ehe Loup-Garou auch nur gemerkt hatte, daß er geflüchtet war.

Dann hörte er einen Schuß.

Drei Dinge fuhren ihm durch den Kopf: Der brave Hauptmann glaubt nicht an Wunder – wahrscheinlich ist er auf der Stelle um die Kutsche herumgelaufen und hat gesehen, wie ich in diese Gasse eingebogen bin – ich kann nicht so schnell rennen wie sonst, der Schmerz in den Eiern ist zu stark.

Dann dachte er: Aber ich bin nicht auf den Kopf gefallen und kenne jede Menge Tricks. Dank sei Giancarlo Tennone, dem Meister des Degens und anderer, subtilerer Künste.

Mittlerweile stand er schon mit einem Bein auf einem Fenstersims und versuchte, die Regenrinne zu erreichen.

Ehe er wieder bewußt denken konnte, war er auf einem Balkon.

Und dann hallten die Stiefel seiner Verfolger durch die Straße.

«Es ist eine Sackgasse! Er muß irgendwo da oben sein!» Das war die Stimme von Loup-Garou.

Sigismundo hechtete durch ein Fenster, das auf den Balkon hinausging. Es war unverschlossen und sein Schwung so groß, daß er mitten im Raum landete. Auf dem Tisch stand eine flackernde Kerze und daneben befand sich ein Bett, auf dem ein Mann und eine Frau in hitziger Umarmung zugange waren. Mit weit aufgerissenen Augen starrten sie ihn an.

«Wenn Sie den Mund halten», flüsterte er verschwörerisch, «verspreche ich, ihrem Gatten nichts zu erzählen.»

«Ich *bin* ihr Gatte», rief der Mann wütend. «Was zum Teufel haben Sie hier...»

«*Sie sind* ihr Gatte?» wiederholte Sigismundo versonnen. «Oh, ich bitte um Verzeihung, ich glaubte, ich sei noch in Paris.» Aber da war er schon an ihnen vorbei und im Gang. «Lassen Sie sich nicht stören», setzte er so aufmunternd er konnte hinzu.

Jetzt war er auf dem Gang und das Denken setzte wieder einmal aus. Seine Verfolger waren unter ihm, er mußte also nach oben. Er fand eine Treppe, die in den zweiten Stock führte und nahm die Treppenstufen, drei auf einmal, im Galopp.

Auf der Treppe schoß ihm die Zahl «zwei» durch den Kopf und als er sah, daß die Stufen zum Dach führten, dachte er den Gedanken zu Ende: Zweierlei Feinde. Ich habe zwei Widersacher, nicht einen. Niemand wäre so dumm, mir Mörder auf den Hals zu hetzen und mich gleichzeitig hinter Gitter bringen zu wollen. Ein Mann, oder eine Partei, will mich tot, die andere, oder ein anderer Mann lebendig. Zwei also.

Cagliostro. Das war eine Antwort.

Doch dann war er auf dem Dach und entdeckte den ersten Hoffnungsschimmer in dieser Nacht: das nächste Dach war nah: er konnte springen.

«Er will aufs Dach», brüllte jemand von unten. Der Mann im Bett kam seiner Pflicht als gehorsamer Bürger nach, verfluchter Kerl! Nun, er wird es nicht leicht haben, seine Frau wieder in Stimmung zu bringen. In solchen Situationen sind Frauen unberechenbar.

Sigismundo sprang. Es war so einfach wie er es sich vorgestellt hatte.

Gott sei Dank standen die Häuser in dieser Gegend eng beieinander. Könnte sogar Spaß machen, dachte er, wenn nur dieser verdammte Schmerz in den Eiern nicht wäre.

Vergiß den Schmerz, sagte er sich. Es waren harte Stiefel. Es ist ihr gutes Recht, zu schmerzen. Ich darf nur nicht auf sie hören, das ist alles. Ich bin nicht meine Eier. Ich bin nicht mein Körper. Ich bin nicht einmal hier. Das ist die Lehre des Rosenkreuzes und ich weiß, daß sie funktioniert. Wenn nicht, wäre ich schon vor zwei Stunden abgekratzt. Wenn nicht, säße ich jetzt in der Bastille, statt Gymnastikübungen auf düsteren Pariser Dächern zu machen. Ich muß von hier verschwinden.

Er machte vier weitere Sprünge und rutschte dann eine Regenrinne herunter. Ja, das war schlau. Sie waren auf den Dächern und er mehrere Häuserblocks von da entfernt, wo er sich abgesetzt hatte.

Doch als er wieder vernünftig denken konnte, war er auch verwirrt. Die Straßen verliefen hier in so bizarren Winkeln, daß er nicht wußte, wo er war oder wohin er fliehen sollte.

Er blieb stehen und horchte, aus welcher Richtung die Stimmen der Soldaten kamen.

«...muß diesen Weg genommen haben.» Der Rest des Satzes wurde vom Wind verschluckt. Doch die Stimme klang näher als ihm lieb war.

Langsam ging er in die entgegengesetzte Richtung weiter. Er rannte nicht, denn in mehreren Fenstern brannten noch Kerzen, und er wollte keine Aufmerksamkeit erwecken. Er würde erst zwei, drei Blocks südlich wieder anfangen zu laufen, wenn er etwas weiter von der Bastille entfernt war.

Die Geräusche verstummten, die Lichter verblaßten hinter ihm. Er schöpfte neue Hoffnung. Selbst der Schmerz in den Klöten hatte nachgelassen. Er hielt sich nicht bei dem Gedanken auf, daß er in Paris keinerlei Freunde hatte, niemanden, den er um Rat oder Hilfe hätte angehen können; daß alle seine Verbündeten tausend Meilen entfernt, in Neapel waren.

Zwei. Und einer davon ist Cagliostro.

Nein, dachte er. Das ist zu einfach. Wenn du schon beim Analysieren bist, dann bitte richtig.

Zwei Feinde und der eine ist *möglicherweise* Cagliostro.

Dann vernahm er ein sirrendes Geräusch hinter sich und hörte auf zu denken. Er ließ sich fallen und rollte bis in die

Gosse. Auf dem Rücken liegend erblickte er seinen Angreifer, der gestolpert war.

Sigismundo spannte die Beine an, um dem Typen einen kräftigen Tritt zu verpassen.

Als Jean Jacques Jeder mit dem Socken voller Steine in der Hand auf ihn heruntersah und ausholte, trat Sigismundo mit voller Wucht zu und traf beide Schienbeine.

Jeder stieß einen unartikulierten Schmerzensschrei aus und versuchte, schon stürzend, sich so zu drehen, daß er Sigismundo mit dem Socken erwischte, der aber rollte zur Seite und trat noch einmal zu.

Jeder rief *«Merde»* und rieb sich die Augen, aber da war Sigismundo schon auf und davon.

Er dachte an eine grüne Wiese in Neapel und an den seltsamen Vogel aus dem Norden, der dort seinen Flug nach Afrika unterbrochen hatte, und dessen wunderbarer Gesang in seine Sonate «Die beiden Nationen» eingegangen war. Es war dieselbe Weise, auf der er sich Carlo Maldonado gestellt hatte. Er hatte die Pistole erhoben und gedacht: «Ich ziele auf die Schulter, denn wenn ich ihn töte, wird Maria mich für immer hassen», aber im gleichen Moment hatte er sich an die Stimme seines und Cagliostros Vaters, Peppino Balsamo, erinnert, die *«Libertà!»* schrie und erstarb, als er gefoltert wurde. Dieser Schrei und der Gesang des seltsamen Vogels aus dem Norden waren Teil der Musik, die er und nur er schreiben konnte, wenn das verdammte mechanische Universum Newtons ihn nicht von einem verrückten Szenario ins nächste schleudern würde; wenn er die Zeit hätte, sich hinzusetzen und diese Musik zu schreiben; wenn Mord, Wahnsinn, Selbstmord und Magier mit exotischen Drogen nicht ständig hinter ihm her wären. Und nun eine falsche Verhaftung, professionelle Killer (wie am Anfang) und die Ahnung, daß hinter allen Geheimnissen, die er in Neapel überlebt und gelöst hatte, ein anderes Geheimnis steckte, ein Schrecken hinter den Schrecken.

Und obendrein mußte er jetzt auch noch einem professionellen Straßenräuber über den Weg laufen.

Er rannte um die Ecke.

Und stand Hauptmann Loup-Garou gegenüber, der seine Pistole auf ihn richtete.

«Keine Bewegung», sagte der Hauptmann, «rühr dich nicht vom Fleck und tu nur, was ich dir sage, oder ich puste dir den Schädel weg, du Hurensohn von einem Neapolitaner.»

Sigismundo entspannte sich. «Hauptmann», sagte er ruhig. «Ich weiß, wann ich geschlagen bin. Keine Ressentiments bitte. Die kleine Übung hat uns beiden gut getan.»

Damit trat er dem Hauptmann die Waffe aus der Hand und flitzte los, so schnell er konnte.

An der nächsten Ecke stieß er auf zwei Soldaten, die aus einer finsteren Gasse kamen.

Sie hoben die Gewehre und zielten sorgfältig. Sie sagten nichts; es war nicht nötig.

Sigismundo hob die Arme über den Kopf – die uralte Geste der Ergebung.

«Gehen wir also in die Bastille, auch wenn ich keine Ahnung habe, warum.»

Sie kehrten zurück zur Rue St.-Antonie. Für Hauptmann Loup-Garou war dies kein Routinejob mehr. Celine marschierte vorneweg, die anderen folgten mit den Gewehren im Anschlag.

Als sie ans Tor der Bastille gelangten, rief der Hauptmann wieder etwas und die Zugbrücke senkte sich erneut.

«Gib mir einen Vorwand», stieß er zwischen den Zähnen hervor. «Ich würde dich nur allzugern über den Haufen schießen.» Seine Hand schmerzte und seine Ehre war dahin: unglaublich, daß ein Halbwüchsiger, selbst wenn er Neapolitaner war, ihm und seinen Leuten derart auf der Nase herumgetanzt war. Sie überquerten die Brücke in neuer Formation: Diesmal ging ein Soldat vorneweg, dann kam Sigismundo, rechts und

›n jeweils einem Soldaten eskortiert, und zum Schluß auptmann und der vierte Soldat. Der neapolitanische ısohn brächte es glatt fertig, sich in den Wassergraben zu stürzen und klitschnaß die beiden Außenmauern zu überwinden. Männer, die weniger gewitzt waren als Celine, hatten in verzweifelter Angst genau das versucht, denn am Ende der Brücke, hinter der Mauer, begann das wahre Gefängnis. Einmal darin eingeschlossen, war man für immer verloren.

Sie überquerten den Wassergraben ohne Zwischenfall.

Der Gefangene Celine wurde vom wachhabenden Beamten übernommen, die Papiere unterschrieben. Damit war Hauptmann Loup-Garous Auftrag erledigt.

Pflichtgemäß tilgte er das Gesicht des jungen Italieners aus seinem Gedächtnis. Aber eines würde er nie vergessen: einen Neapolitaner mußte man besser hüten als einen Sack voller Flöhe.

VIERZEHN

Sigismundo wurde in eine Zelle ganz oben im sogenannten «Turm der Freiheit» gebracht, die einen Blick auf den Wassergraben und das alte Stadttor der Rue St.-Antoine gestattete. Diese Zelle war normalerweise nur für Bestrafungen reserviert; sie war die kälteste und einsamste im ganzen Gefängnis, ausgenommen die unterirdischen Gewölbe, wo der berüchtigte «Mann mit der eisernen Maske» eingesperrt gewesen war. Sigismundo wußte es zwar nicht, aber er war nur deshalb hier gelandet, weil das Gefängnis hoffnungslos überfüllt war.

Für einen Neapolitaner kam eine Winternacht in dieser eisigen Zelle in der Tat einer Bestrafung gleich.

Er zitterte, rieb sich die Hände und schaute sich in seiner Zelle um.

Sie war etwa vier mal sechs Meter groß und peinlich sauber. In einer Ecke stand ein großes, gemütlich wirkendes Bett; in einer anderen ein Schreibtisch aus respektablem Eichenholz mit einem sechsarmigen, vergoldeten Kerzenleuchter. Es gab sogar einen Nachttopf mit feinen Ziselierungen, der eines Edelmannes würdig gewesen wäre, und als Sigismundo versuchsweise die Fensterläden aufstieß, entdeckte er, daß keine Gitter vor den Fenstern waren – wer wäre auch verrückt genug, einen Sprung aus vierzig Meter Höhe in den Wassergraben zu versuchen?

Das Zimmer hatte wenig mit einer Gefängniszelle gemein. Es gab weder Folterwerkzeuge an den Wänden, noch drangen Schreie von Gefolterten aus den anderen Türmen.

Er schluchzte einmal heftig auf und würgte dann wieder. Die Angst läßt sich unterdrücken, indem man handelt und sich nur auf seine Instinkte verläßt, aber das zögert sie nur hinaus, besiegt sie nicht wirklich.

Abgesehen von dem schrecklichen Nordwind, der um den Turm heulte, war nichts zu hören.

Trotzdem spürte Sigismundo mehrmals starkes Herzklopfen, als er das Zimmer inspizierte. Aber das war normal. Wenn man wie er von Killern verfolgt und in die Eier getreten wurde, um schließlich im berüchtigsten Gefängnis von ganz Europa zu landen, mußte man schon übernatürliche Kräfte haben, um nicht nervös zu werden.

Er merkte, daß ihm kalter Schweiß über die Augenbrauen lief.

Ich kann diese Phänomene der ersten Seele ignorieren, dachte er.

Sigismundos Erziehung hatte aus einer Mischung aristotelischer Psychologie und moderner Erkenntnisse der Wissenschaft bestanden. Die erste Seele war jener Teil des Bewußtseins, der am engsten mit dem Körper verknüpft war und sich in der Körpersprache manifestierte. Sigismundo nannte ihn gelegentlich, in Anlehnung an Aristoteles, auch «vegetative Seele». Sein Fechtlehrer Giancarlo Tennone hatte ihm beigebracht, wie man sie ignoriert und sich nur auf das konzentriert, was im Augenblick zu tun ist.

Der erste Schritt bestand darin, richtig zu atmen. Nicht nach Luft ringen – das steigerte die Angst nur.

Abraham Orfali, sein Lehrer in spekulativer Freimaurerei sagte, das Übersiedeln in ein fremdes Land, ein Duell oder eine Verhaftung produzierten stets dieselben Reaktionen der ersten Seele: Schweißausbrüche, Herzklopfen und das Bedürfnis, sich einer älteren, vorzugsweise weiblichen Person anzuvertrauen. Es sind dieselben Ängste, die man als Säugling empfindet, wenn die Mutter nicht auf das Schreien reagiert. Die erste Seele ist die «Säuglingsebene» des Verstandes; man muß lernen, sie zu beherrschen.

Ja, dachte Sigismundo, als ich nach Paris kam, habe ich solche Gefühle gehabt. Ich wollte am liebsten auf der Stelle kehrtmachen und wieder in Mamas Arme flüchten.

Sein Herz jagte. Er atmete langsam, bewußt, und dachte: das ist die Säuglingsebene. Ich muß ihre Energie in das Erwachsenenbewußtsein umleiten, dann kann ich wieder klar denken.

Das Herzklopfen ließ nach.

Dann dachte er: Wieso bin ich hier? Was für ein schreckliches Mißverständnis, welch riesige Ungerechtigkeit geht hier vor? Kann sein, daß Cagliostro die Männer gedungen hat, aber soviel Einfluß, daß er eine Verhaftung erwirken kann, hat er nicht.

Er kroch vollbekleidet ins Bett. Erst mal was gegen die Kälte unternehmen, dachte er. Und abwarten, was als nächstes passiert.

Bald war ihm schon weniger kalt. Nur Augen und Nase lugten unter den Decken hervor. Vielleicht würde er am Morgen doch nicht erfroren sein.

Und dann fiel es ihm ein.

Graf Maldonado.

Nach dem Duell mit Carlo Maldonado, dieser verfluchten und idiotischen Eskapade, derer er sich schon lange schämte, war ein Abkommen zwischen seinem Onkel Pietro Malatesta und Graf Maldonado geschlossen worden. Wenn Sigismundo Neapel verließ und nie wieder zurückkehrte, würde die alte Familienfehde zwischen den Maldonados und den Malatestas ein für alle Mal begraben werden. Der Graf hatte gesagt, er wolle Frieden zwischen den beiden Familien, und Onkel Pietro hatte sich diesem Wunsch angeschlossen.

Der Graf hatte gelogen. Er war reich und mächtig genug, um das hier in die Wege zu leiten. Mit Hilfe seiner Freunde hatte er die richtigen Leute geschmiert und deshalb saß Sigismundo jetzt im Turm der Freiheit.

Aber Moment mal. Auch das war nur eine Vermutung, eine Deduktion. Der alte Orfali hatte ihm beigebracht, daß nur ein Narr aus einer Vermutung eine Tatsache macht, ohne nach alternativen Erklärungen zu suchen.*

* Vgl. de Selby: «Alle Wahrnehmung ist Folgerung, alle Folgerung unbestimmt, alle Theorie – eine Kombination aus Wahrnehmung und Folgerung –, daher gebildetes Rätseln.» (*Golden Hours*, a. a. O. S. 32) behauptet, de Selbys Geist sei ruiniert gewesen, weil er zuviel David Hume gelesen und dabei Haschisch geraucht habe. Frau Doktor Thurn und Taxis weist darauf hin, daß alle Indizien bezüglich de Selbys angeblichen Haschischkonsums auf den «mißverstandenen und oft übertriebenen Äußerungen des verbitterten Hanfkopf» basieren (vgl. *Ist de Selby eine Droge*, a. a. O.), während La Fournier (*De Selby: l'Enigme de l'Occident*, a. a. O., S. 88–142) ausführlich darauf eingeht, daß man Hume nicht verstehen könne, wenn man nicht mit Haschisch experimentiert habe, gleichermaßen auch Haschisch nicht vestehen könne, ohne Humes Erkenntnistheorie zu meistern und niemand de Selby verstehen könne, ohne sich intensiv mit Hume und Haschisch auseinandergesetzt zu haben.

Carlo?

Durchaus möglich, daß der Graf in gutem Glauben gehandelt hatte. Trotzdem könnte Carlo insgeheim auf Rache sinnen.

Aber wäre Carlo in der Lage, eine solche Affäre zu meistern?

Sigismundo dachte noch eine Weile darüber nach und kam dann zu dem Schluß, daß er sich im Kreise drehte. Es gab drei Verdächtige: Cagliostro, den Grafen und Carlo, aber es gab nicht einen Hinweis, der Aufschluß darüber geben konnte, wer für welchen Teil der Verschwörung verantwortlich war.

Vielleicht war noch ein vierter im Spiel, oder ein fünfter, vielleicht waren Menschen in die Sache verwickelt, die er überhaupt nicht kannte. Vielleicht waren seine drei Hauptverdächtigen die reinsten Unschuldslämmer.

Solche Gedanken konnten einen zum Wahnsinn treiben. Vergiß sie, sagte er sich. Denke konstruktiv, denk zum Beispiel darüber nach, wie du von hier verschwinden kannst.

Plötzlich fiel ihm etwas ein, das er zuvor übersehen hatte: das alte Stadttor an der Rue St.-Antoine.

Sobald man dieses Tor passiert hatte, befand man sich auf offenem Gelände. Und da gab es Hunderte, Tausende von Verstecken.

Na prima, dachte er. Bist ja heute wirklich toll in Form. Jetzt hast du sämtliche Probleme gelöst. Um zu entwischen, brauchst du nur einen vierzig Meter hohen Turm runterzuklettern, dann die nächste Mauer zu überwinden, lumpige fünfundzwanzig Meter hoch, durch den Wassergraben zu schwimmen, die zweite Mauer zu überwinden, nochmal fünfundzwanzig Meter, sämtliche Wachen, die am Tor stehen zu überwältigen und dann in aller Ruhe hindurchzuspazieren. Eine Kleinigkeit.

Jetzt weiß ich, warum noch keinem die Flucht aus der Bastille gelungen ist.

Wer die spekulative Freimaurerei versteht, hatte der alte Abraham Orfali gesagt, kennt keine Verzweiflung, denn jede Erfahrung bringt ihm neue Erkenntnisse, die verarbeitet und angewandt werden wollen.

Wenn bisher noch niemandem die Flucht aus der Bastille gelungen war, blieb Sigismundo nichts anderes übrig, als den Anfang zu machen.

FÜNFZEHN

Abgesehen von seinem kalten Quartier konnte sich Sigismundo nicht beklagen. Er befand sich in einem der progressivsten Gefängnisse Europas – jedenfalls für damalige Zeiten. Man möchte es nicht glauben. Die Legende und der Schrecken leben trotz tausendfacher Korrekturen von seiten objektiver Beobachter fort. Diese haben bewiesen, daß der Mann mit der eisernen Maske in Wirklichkeit eine *seidene* Maske trug und auch nicht der Bruder des Königs, sondern ein spanischer Spion war. Andere Gefängnisse dieser Zeit waren Rattenlöcher im Vergleich zur Bastille, doch das interessiert niemanden. Das Volk liebt nun mal Gruselgeschichten.

In der Tat versuchte der alte Gouverneur Jumilhac seinen Gefangenen den Aufenthalt so angenehm wie möglich zu machen, nicht nur, weil er ein eifriger Leser der humanistischen Argumente der zeitgenössischen *philosophes* war. Leser? Vielmehr hatte er reichlich Gelegenheit, sie persönlich kennenzulernen. Jumilhac hatte pragmatische Gründe für seinen menschlichen Strafvollzug. Nur wenige seiner Gäste waren gewöhnliche Verbrecher. Die meisten waren hier, weil sie im Kampf um die Vorherrschaft auf der falschen Seite standen. So, wie die Politik nun mal ist, würden die meisten nicht nur irgendwann wieder entlassen, sondern in die Regierung zurückkehren. Und Jumilhac wollte es sich mit keinem wirklich verderben: Wer heute im Kerker saß, konnte schon morgen Justizminister sein.

Die Bastille, ursprünglich als nördliche Schutzbefestigung von Paris gebaut, war von Kardinal Richelieu in ein staatliches Gefängis umgewandelt worden. Er war übrigens auch derjenige, der für ihren eigentümlichen Ruf Verantwortung trug. Er war schuld daran, daß die Bastille zu einem Symbol des Terrors geworden war, nicht etwa die Machenschaften des damaligen Gouverneurs. Voltaire, der zweimal zu Gast gewesen war, weil er «anstößige» oder «beleidigende» Schriften verfaßt hatte, äußerte sich sehr lobend über das Essen: In der Tat aß das gemeine Volk schlechter als die Männer, die in der Bastille festgehalten wurden. Diderot hatte hier das Manuskript seiner ersten Enzyklopädie redigiert, der Satiriker Morellet sechs Wochen in dem alten Gemäuer verbracht, und Jumilhac rühmte sich gern dieser vornehmen Herren, die wegen irgendwelcher Vergehen eine Weile seiner Obhut übergeben worden waren.

Im Südflügel, gleich neben seinem Büro, befand sich eine Arkade mit Läden, in denen die Gefangenen fast alles kaufen konnten, was es in den besten Geschäften außerhalb der Mauern gab. Jeder Gefangene erhielt ein angemessenes Taschengeld und diejenigen, deren Aufenthalt in der Bastille nicht der Geheimhaltung unterlag, durften weitere Mittel von ihren Familienangehörigen erhalten. In besonderen Fällen wurde ihnen sogar gestattet, die Bastille zeitweilig zu verlassen, vorausgesetzt, sie gaben ihr Ehrenwort, vor Einbruch der Nacht zurück zu sein.

Das Infame an der Bastille war die Tatsache, daß sich ihre Aktivitäten fast immer im verborgenen entfalteten. Es gab an die vierzigtausend Adlige in Frankreich und die meisten waren untröstlich, wenn sie das Gefühl hatten, beleidigt worden zu sein. Sobald ein *lettre de cachet* beantragt worden war, wurde der Betreffende im Namen des Königs verhaftet. Der König aber widmete sich lieber seinen mechanischen und menschlichen Spielzeugen, insbesondere Madame du Barry. Er wußte nichts von der Bastille und wollte auch nichts wissen. Die festgehaltenen Personen saßen dort fest – es sei denn, sie hatten mächtige Freunde, die für sie intervenierten.

Es gab etwa ein Dutzend weiterer Gefängnisse für solche Leute, aber die Bastille war alt und häßlich und lag außerdem am Nordtor der Stadt, wo jeder Fremde sie irgendwann sehen mußte. So war sie zum Symbol des ganzen erschreckend willkürlichen Systems geworden. Sobald jemand von der Bildfläche verschwand hieß es, er sei vermutlich in der Bastille gelandet.

Sigismundo wußte nicht viel über die Bastille, außer, daß die Bevölkerung nur mit Angst und Schrecken von ihr sprach. Er glaubte, die Folter sei dort genauso an der Tagesordnung wie in den Kerkern der Inquisition. Er stellte sich Daumenschrauben vor, spanische Stiefel, Ketten und Peitschen. Und fragte sich, wie er sich gegen seine Mitgefangenen – abgebrühte Banditen und Wegelagerer –, zur Wehr setzen sollte.

Nur Mut, sagte er sich. Erinnere dich an Nasrudin und das Pferd.

Das war die Lieblingsgeschichte des alten Abraham Orfali in Neapel gewesen. Nasrudin war einer der Gründer der spekulativen Freimaurerei im Osten; noch heute erzählte man sich von Nordafrika bis Indien die verrücktesten Geschichten über ihn. Einmal wurde Nasrudin von einem fundamentalistischen Schah zum Tode verurteilt, dem seine «liberalen» Auslegungen einiger Kernstellen des Koran mißfielen. Mullah Nasrudin schlug ihm einen seltsamen Handel vor, der auf der Lehre der Freimaurer basierte: Jede Stunde bringe neue Möglichkeiten mit sich. «Verschiebe meine Hinrichtung um ein Jahr, und ich werde deinem Pferd das Fliegen beibringen.» Der Schah konnte der Verlockung nicht widerstehen und ging auf das

Angebot ein, erließ jedoch Befehl, den Mullah Nasrudin innerhalb der Palastmauern gefangen zu halten, bis das Pferd fliegen könne.

«Was erhoffst du dir davon?» fragte ihn ein Jünger, dem es gestattet worden war, die Stallungen zu besuchen, wo sein Meister das Pferd mit griechischen Zaubersprüchen traktierte.

«Ein Jahr ist eine lange Zeit», antwortete der weise Mullah. «In einem Jahr kann der Schah sterben und neue Schahs pflegen am Tag ihrer Krönung alle zum Tode Verurteilten zu begnadigen. In einem Jahr könnte es eine Revolution geben oder eine Invasion. In einem Jahr werden die Palastwachen unaufmerksam und ich warte nur auf die Gelegenheit zu fliehen. Sollte es aber ganz schlimm kommen», schloß Nasrudin, «lernt das verfluchte Pferd vielleicht tatsächlich zu fliegen.»

Der Nordwind fegte durch Paris und ließ die Stadt unter eisiger Kälte erstarren. Sigismundo versuchte zu schlafen. Vielleicht lernte das verfluchte Pferd ja tatsächlich zu fliegen.

Schließlich schlief der Häftling Celine ein.

Man schreibt das Zeitalter der Aufklärung. Voltaire, jetzt siebenundsiebzig, zieht schon seit fünfzig Jahren mit sarkastischer Feder gegen Tyrannei und Aberglauben zu Felde. Er lebt zwar in der Schweiz, doch seine Schriften sind so gut wie allen bekannt, die lesen können – eine Zahl von Menschen also, die ständig wächst. Reisende berichten von Kutschern, die Voltaires Schriften lesen, während sie warten, daß ihre Herrschaften vom Einkaufen wiederkommen. Soldaten lesen sie, sogar Arbeiter lesen sie. Diderot hat mit achtundfünfzig Jahren seine Enzyklopädie fast fertig – überarbeitet und besser illustriert als je zuvor, aber noch immer von Anstößigkeiten und ketzerischen Ideen strotzend; ja, er entblödet sich nicht einmal, die jungfräuliche Empfängnis in Frage zu stellen. Im Moment hält er sich in Rußland auf und bemüht sich, der aufgeklärten Despotin Katharina II., die nach dem Mord an ihrem verhaßten und reaktionären Gatten viele liberale Reformen eingeleitet hat, philosophische Weisheit nahezubringen.

Danton? Ein zwölfjähriger Lausebengel. Marat dagegen ist schon achtundzwanzig und lebt in London, wo er *Die Ketten der Sklaverei* schreibt, ein Werk, das alle Religionen zu Werkzeugen böser Mächte degradiert, mit denen die Massen dumm gehalten und ausgebeutet werden sollen. Wie Luigi Duccio zerbricht auch er sich den Kopf über die Wirtschaftslehre.

De Sade, ein blonder, blauäugiger, junger Mann mit Engelsgesicht, war 68 wegen seiner bizarren Amüsements unter Hausarrest gestellt worden. Man hatte ihm Auspeitschung von vier Prostituierten, Sodomie und andere Ausschweifungen vorgeworfen, die darin gipfelten, daß er mit Hilfe einer der Huren auf ein Kruzifix wichste und dabei die schrecklichsten Ketzereien von sich gab. Noch glaubten seine Frau und seine Schwiegermutter, ihn bekehren zu können und erwirkten eine Begnadigung bei Ludwig XV., der immerhin ein naher Verwandter dieser ungeheuerlichen Familie war. De Sade wurde unbewacht auf sein Gut in der Provence verbannt, wo er angeblich vier neue «Liebesnester» eingerichtet hat. Hier vergnügt er sich mit Damen, die weniger zimperlich sind als die von Paris, und auf eine Art, bei denen den Borghias die Haare zu Berge stehen würden.

Beaumarchais hat mit seinen sechsunddreißig Jahren noch nicht eins der Stücke verfaßt, die ihm später zu Ruhm und Ehre verhelfen sollen. Er verbrachte seine Jugend damit, ein stattliches Vermögen anzuhäufen, indem er kurz hintereinander zwei adelige Damen heiratete. Er behauptet, es sei reiner Zufall gewesen, daß beide verblichen, kaum daß sie ein Testament zu seinen Gunsten verfaßt hatten. Es heißt, er habe beide vergiftet, aber man kennt ja diese Art von Gerüchten. Jetzt verschwendet er Zeit und Geld damit, sich in den richtigen Kreisen von Paris und Versailles einen Namen zu machen. Zum Lohn wird er demnächst zu einem der wenigen *mouches* mit voller Stelle und festem Gehalt ernannt werden, die im Dienst Leutnant Gabriel Sartines' stehen. Dies soll sich als äußerst günstig erweisen, als Sartines später in die vorderste Front der Regierung Ludwigs XVI. aufrückt.

Bonaparte? Er scheißt als zweijähriger Schreihals in der gottverlassenen Einöde von Korsika in die Windeln und wartet, daß seine Mutter ihn trockenlegt.

Graf Cagliostro mit den violetten Augen und den seltsamen Fähigkeiten jagt seit drei Tagen in der schnellsten Kutsche von Frankreich Richtung Süden, weg von Paris und jeder nachweislichen Verbindung mit dem Herzog von Chartres – dies übrigens aus demselben Grund, aus dem Sigismundo Celine im eisigen Turm der Bastille hockt und sich zu Tode friert.

Die Großloge der hohen ägyptischen Freimaurerei, die sich innerhalb der nächsten siebzehn Jahre die gesamte französische Freimaurerei einverleiben wird, ist ein Jahr alt und wird ihre ersten offiziellen Schritte erst in zwölf Monaten unternehmen. Leutnant Sartines weiß schon jetzt eine ganze Menge über diese undurchsichtige Organisation, ebenso wie über andere Freimaurerlogen, die *carbonari* und alle weiteren Geheimgesellschaften, die sich einbilden, geheim zu sein.

Sartines weiß zum Beispiel, daß die Großloge ausschließlich eingeweihte Freimaurer in ihre Reihen aufnimmt. Er weiß, daß sie behauptet, das verlorene Freimaurerwort gefunden zu haben, dem auch alle anderen Logen auf der Spur sind. Er weiß, daß sie dieselben Mächte und magischen Kräfte für sich beansprucht wie die legendäre Fraternitas Rosae Crucis. Nichts als Bauernfängerei, glaubt Sartines. Er weiß, daß ein paar ziemlich zwielichte und gespenstische Gestalten darin verwickelt sind, etwa der notorische, internationale Spion und Abenteurer *Graf Casanova*, und seit kurzem auch der italienische Hochstapler *Graf Cagliostro*. Er weiß sogar, daß der geheime Großmeister dieser Vereinigung, der allseits beliebte Humanist und

Freund des Volkes, der Herzog von Chartres ist. Sartines entgeht so gut wie nichts.

Er hat die Genealogie des Königshauses studiert und sich eine Skizze gemacht, auf der er die Stammbäume von Chartres bis Ludwig XV. nachgezeichnet hat, inklusive des Alters und der Lebenserwartung jeder Person. Es wäre durchaus möglich, daß Chartres in zehn bis fünfzehn Jahren König würde, wenn die richtigen Leute zur richtigen Zeit starben und man bei einigen anderen ein wenig nachhalf.

Chartres würde mit Sicherheit Orléans werden, sobald sein Vater starb. Abgesehen von dem einfältigen Enkel des Königs, den er verabscheute, und der leicht einem Unfall zum Opfer fallen könnte, wäre Orléans dann nur noch zwei Schritte vom Thron entfernt.

Sartines gehörte nicht zu den Narren, die glauben, daß jeder, der sich für einen Menschenfreund oder Liberalen ausgibt, dies auch sein muß. Er war doch nicht von gestern. Er hatte Machiavelli und Hobbes gelesen; er kannte die Spielchen der Adeligen.

«Das Leben ist hart», sagte er oft, das Sprichwort der Pariser auf seine Weise verdrehend, «aber noch härter ist es, wenn man dumm geboren wird.»

Armand, Georges und Lucien wurden auf dem Armenfriedhof im Norden der Stadt begraben. Man warf sie in eine flache Grube und errichtete nicht einmal einen Stein auf ihrem Grab.

Nach einer Weile kamen die streunenden Hunde und nagten an ihren Knochen.

Noch vor Ende des Jahres schaffte Charles Emmanuel III. in Savoyen die Leibeigenschaft ab und Bougainville stellte in seiner *Weltumsegelung der königlichen Fregatte La Boudeuse* die erste Theorie der Evolution vor. Sir John Babcock und Edmund Burke versuchten, zusammen mit anderen Whigs, die Penal Laws in Irland abzuschaffen und in Schottland und England kam endlich die wunderbare Dampfmaschine von James Watt zum Einsatz.

Außerdem erschien die erste Auflage der *Encylopedia Britanica,* die in einem berühmt gewordenen Artikel Kalifornien zu einer Insel im karibischen Meer erklärte.

ZWEITER TEIL

Der Turm

Da es im Himmel keine Steine gibt, können auch keine Steine vom Himmel fallen.
Antoine Laurent Lavoisier

Die ruchlose These, die Transsubstantiation des heiligen Sakraments werde durch sogenannte teratologische Moleküle erzeugt ... ist falsch, absurd und ketzerisch. Sie wird, solange ich lebe, an keiner katholischen Universität gelehrt. Jedenfalls nicht in Irland!
Kardinal O'Rahilly, 1952, *Hirtenbrief über die Ketzerei de Selbys*

EINS

Wenn es Morgen wird, und der Himmel sich rosa und gelb färbt, ist es hell und klar in jenem Fischerdorf südlich von Dublin, das die Engländer Dunleary nennen. Seamus Muadhen, siebzehn Jahre und auffallendster Rotschopf in der Provinz von Leinster, wird die Rechtschreibung der Engländer jedoch niemals akzeptieren; er buchstabiert den Namen seines Dorfes Dun Laoghaire und spricht es *duhn lara* aus, so wie damals in der heldenhaften Zeit, als die Engländer noch nicht nach Irland gekommen waren. Dun Laoghaire bedeutet Festung des Königs Laoghaire. Seamus kennt die gesamte Geschichte des Königs und der Debatte an seinem Hof auswendig, die zwischen St. Patrick und dem Erzdruiden stattfand und schließlich, im Jahre 432, mit dem Übertritt Irlands zum Christentum ihren Höhepunkt erreichte. Seamus kennt auch die Geschichte von sämtlichen Ui-Niall-Königen, bis zurück zu Niall von den neun Geiseln und Partholón, der noch vor den Ui Nialls in Irland war und den drei Söhnen des Milesius, die aus dem Gebiet des Mittelmeers kamen, ehe die Pyramiden erbaut wurden, und deren Krone noch heute auf der Flagge von Kerry zu sehen ist. Seamus Muadhen ist der Sohn eines Fischers, doch der wandernde Barde O'Lachlann von Meath, der eine verbotene Schule in Dun Laoghaire betrieb, hatte Seamus' Wißbegierde damit belohnt, daß er ihm viele der altüberlieferten Verse beibrachte.

Diese verbotenen Schulen sind für irische Katholiken die einzige Möglichkeit, etwas zu lernen. Die Penal Laws von 1702 verbieten irischen Kindern aus katholischen Familien jede Art von Unterricht, sei es hier oder in der Fremde.

Im frühen Morgengrauen ist Seamus mit seinen Netzen unterwegs. Er wartet nicht auf seinen Vater oder seine Onkel. Das Boot gehört ihm, und er kennt die Gewässer ebenso gut wie sie. Er ist nicht nur ein gebildeter Mensch, sondern auch ein harter Arbeiter. Trotz der Engländer und der Penal Laws ist er der beste Fischer im Ort, doch er hat nicht vor, es lange zu bleiben. Er hat nämlich etwas auf der hohen Kante.

Die Iren nennen die Engländer *galls*, was soviel bedeutet wie Fremde. Viele irische Familien waren früher selber *galls*; so hießen beispielsweise die ersten Fingals *finn galls*, blonde Fremde, und die Dugalls oder Doyles waren früher *dhub-galls*, dunkle Fremde oder Dänen. Die FitzGeralds, heute «irischer als die Iren», wie jeder bestätigen wird, waren *galls*, als sie 1170 unter Führung von Strongbow, dem Earl of Pembroke, gegen die normannische Invasion zogen. Doch all dies ist Geschichte. Heute sind die verfluchten englischen Landlords und die englische Armee die *galls*, hol sie der Teufel. War es nicht ein Muadhen aus Dun Laoghaire, Seamus' eigener Großvater, den sie als White Boy aufhängten? Hatten die Muadhens 1532 als Clan nicht am Aufstand von Silken Thomas FitzGerald teilgenommen? Und hatten sie nicht 1014 hier, in dieser Bucht, an der Seite Brians von Borumu gegen die Wikinger gekämpft? Jeder der meint, die Muadhens seien nichts weiter als ein paar ungehobelte Idioten, ist ein *gall* und auf dem Holzweg.

Seamus hat an die dreihundert Pfund gespart. Er spricht und schreibt nicht nur Gälisch und Englisch, sondern auch Französisch, Spanisch und klassisches Latein. Außerdem hat er einen Plan.

Die Penal Laws, die 1602 nach dem Ui-Niall-Aufstand verhängt und 1702 verschärft worden waren, sollten den Engländern und protestantischen Iren die katholischen Iren untertan machen. Sie bildeten nicht nur den Versuch, der irischen Mehrheit jegliches Recht auf Bildung zu verweigern, sondern sollten sie auch in Armut halten, indem sie ihnen verboten, einen Bauernhof, ein Pferd oder irgend etwas, dessen Wert fünf Pfund überstieg, zu besitzen, desgleichen ein Geschäft auszuüben oder einen Beruf zu ergreifen. Um sie zugleich politisch auszuschalten, wurden sie daran gehindert, ein Amt in «ihrem» Parlament zu bekleiden oder ihre eigenen Vertreter zu wählen, die von der protestantischen Minderheit bestimmt wurden. Die Priester galten als Verbrecher; die Gläubigen durften weder die Messe besuchen noch ihre Sakramente empfangen.

Es gab noch ein paar katholische Familien, denen es durch geschicktes Taktieren gelungen war, einige ihrer Ländereien trotz der Penal Laws zu behalten; doch auch sie wurden jetzt vernichtet. Ein Artikel der Penal Laws besagte, daß der Landbesitz eines katholischen Vaters nicht automatisch an den ältesten Sohn vererbt wurde, wie im ganzen übrigen Europa, sondern an den ersten Sohn, der nach dem Tod des Vaters dem katholischen Glauben abschwor und zur Kirche von England übertrat.

All dies rechtfertigten diejenigen, die nicht ganz und gar fanatisch waren, mit den Verbrechen der irischen Katholiken während ihrer diversen Aufstände, und mit Hunderten von Religionskriegen in Europa, in denen Brutalität und Massaker auf beiden Seiten zur Tagesordnung gehörten.

Jonathan Swift, der während der schlimmsten Zeit der Penal Laws zur herrschenden protestantischen Klasse Irlands gehörte, hat einmal geäußert, daß die Protestanten ebensogut die Kinder der Katholiken fressen könnten – den Rest ihrer Besitztümer hätten sie schon verschlungen. Dies führte später zu der allgemeinen Einschätzung, Swift sei im Alter verrückt oder verbittert gewesen.

Swift hat außerdem geschrieben: «Wir haben genug Religion, um einander zu hassen, aber nicht genug, um einander zu lieben.» Daraufhin hielten die Leute ihn für einen Zyniker.

Die meisten Iren konnten 1771 weder ihre eigene Sprache, noch die ihrer englischen Besatzer lesen. Aber sie waren nicht nur Analphabeten, sondern auch dreckig, ungebildet und abergläubisch. Die Penal Laws zeitigten Erfolg.

Wenn Humanisten wie Swift oder Burke sich für die Abschaffung der Penal Laws einsetzten, wurden sie von Leuten mit sogenanntem gesunden Menschenverstand als sentimentale Liberale beschimpft. Ihr Argument lautete, den Iren könne nicht geholfen werden, da sie offensichtlich dreckig, ungebildet und abergläubisch seien.

Fast jeder hatte mittlerweile vergessen, daß Irland einst über mehr Universitäten und Gelehrte verfügt hatte als ganz Europa zusammen.

Nicht vergessen dagegen hatten dies die wandernden Barden oder *shanachies*, die die alten Gedichte jedermann rezitierten, der ihnen ein Bier ausgab und nicht davor zurückschreckten, geheime Schulen einzurichten, wenn eine Gruppe von Katholiken Mut genug hatte, ihre Kinder anständig erziehen zu wollen. Es gab auch Priester im Untergrund, Jesuiten größtenteils, die an diesen verbotenen Schulen unterrichteten.

Wenn sie erwischt wurden, konnten sie damit rechnen, gerädert zu werden: Eine der grausamsten Hinrichtungsmethoden, bei der zum Vergnügen des Publikums die blutigen Eingeweide des Opfers herausbrachen, lange ehe es unter Schmerzensschreien starb.

Es war das Zeitalter des Glaubens. Der weltliche Humanismus war durch Voltaire, Diderot und ihresgleichen ins Leben gerufen worden, ohne bisher jedoch irgendwo auf der Welt in die Gesetzgebung eingeflossen zu sein.

Für Irland war es immer noch ein schweres und gefährliches Zeitalter, wie der *shanachie* O'Lachlann zu sagen pflegte.

Seamus segelte nach Süden in Richtung Bray Head, wo die besten Krabben zu finden waren und einem an guten Tagen auch mal ein Hummer ins Netz ging. Auf der anderen Seite der Dublin Bucht tauchte jetzt die lange, walförmige Halbinsel Howth auf, wo sich die Fee Graunia mit ihrem Geliebten

Dermot dem Kühnen, versteckt hatte, als die beiden vor der Rache ihres Gatten Finn Mac Cool flüchteten. Seamus kannte die Geschichte auswendig, Zeile für Zeile. O'Lachlann hatte Seamus alles mögliche beigebracht, Geschichte, Legenden, Wissen, das sonst nur mündlich von einem *shanachie* zum nächsten überliefert worden war. So wußte Seamus, daß Jakob II., der glorreiche Held der Jakobiten in der Schlacht bei Boyne (nördlich von Dublin) so jämmerlich geflohen war, daß die einfachen Soldaten ihn nur noch Shem, den Scheißer nannten; daß Shakespeares Puck in Wirklichkeit der alte keltische *pookah* oder Waldgeist war und daß der echte Hamlet* nach dem Mord an seinem Onkel nicht gestorben, sondern nach Dublin gekommen war, wo er während der dänischen Besatzung als Gouverneur diente.

* Und er hieß nicht einmal Hamlet, sondern Ollave. Die Iren verfälschten dies in Amlaoibh (gesprochen Ohla), Saxo Grammaticus noch weiter in Amlethus (vgl. seine *Historica Danica*) und die Engländer machten aus dieser Verfälschung einer Verfälschung schließlich Hamlet. Vgl. Brendan O'Hehirs *Gaelic Lexicon for Finnegans Wake*, University of Califonia Press, Berkeley 1967, S. 387–390 und Dounia Bunis Christianis *Scandinavian Elements of Finnegans Wake*, Northwestern University Press, Evanston 1965, passim. De Selby war bekanntlich überzeugt, selbst Nachfahre dieses Ollave/Hamlet, des dänischen Gouverneurs von Dublin zu sein (vgl. *Golden Hours*, a. a. O., I, 1, II, S. 3).

Seamus Muadhen nahm Kurs auf Dalkey Island. Er wählte die der See zugewandte Route, um die Klippen von Vico Road zu umgehen. Wer war dieser Vico noch? Ein italienischer Philosoph, hatte O'Lachlann ihm erzählt. Eines Tages würde Seamus Italienisch lernen und diesen Vico lesen, um dahinterzukommen, warum ein englischer Gouverneur eine Seestraße nach ihm benannt hatte.

Und dann bemerkte er auf der dem Meer zugewandten Seite von Dalkey Island eine merkwürdige Erscheinung.

Es war nur eine Gruppe von Bauern, aber was hatten die am frühen Morgen dort draußen zu suchen? Und viele von ihnen stammten nicht einmal aus Dun Laoghaire, sondern aus Cill Inion Leinin und sogar aus Bray. Ihre Boote lagen auf der Seeseite, damit man sie vom Land aus nicht entdeckte.

Seamus war auf der Stelle klar, daß hier etwas im Busch war. Er wünschte, er hätte sie nicht gesehen – oder sie hätten ihn nicht gesehen.

Die Typen verfuhren nicht gerade zimperlich mit Informanten oder angeblichen Informanten, und für sie war jeder Verdächtige ein Spitzel.

Er erkannte ein paar Gesichter: Marcus Rowan, Matt Lenehan, Padraic Joyce, Luke Connyngham. Dem Himmel sei Dank, dachte er, die kennen mich und wissen, daß ich kein Spitzel bin.

Doch im selben Moment hob Matt Lenehan die Arme zu einem seltsamen Rechteck und rief feierlich: «O Herr, mein Gott, gibt es denn keine Hoffnung für den Sohn der Witwe?» Seamus erkannte augenblicklich, daß es sich um eine ziemlich geheime Sache handelte und Herrschaften wie diese sahen es nicht gern, wenn ihre Losungen und Zeichen Außenstehenden bekannt wurden.

Alle schwiegen und starrten auf Seamus in seinem Segelboot.

«Ein herrlicher Morgen, nicht wahr?» rief Seamus und verzog das Gesicht zu einem dümmlichen Grinsen.

«In der Tat», rief der notorische Trunkenbold Matt Lenehan mit der roten Knollennase. «Danken wir Gott für das schöne Wetter. Du fährst wohl raus zum Schellfischfangen, wie?»

«Sicher, was sollte ein gottesfürchtiger Fischersmann zu dieser unchristlichen Stunde wohl sonst hier draußen tun?» Seamus musterte die Gesichter. Einige von ihnen kannten ihn und es gab keinen vernünftigen Grund, warum sie ihn für einen Informanten oder Freund der Engländer halten sollten. Nicht einen einzigen, es sei denn, daß dies eine arme und gottverlassene Gegend war, und die Engländer mit barer Münze bezahlten. Immerhin hatte es keine einzige revolutionäre Bewegung in der bitteren Geschichte von Irland gegeben, die nicht von *irgendwem* verraten worden war. Einige Männer aus Cill Inion Leinin, die Seamus nicht kannten, wirkten sichtlich besorgt.

Seamus wußte genau, was die dachten. Sie waren nicht darauf erpicht, einen jungen Kerl wie ihn umzulegen; wenn sie ihn aber laufen ließen, würden sie für ihre Sentimentalität vielleicht bezahlen müssen. Eine Revolution fordert nun mal ihren Tribut.

«Wer ist dieser Hundesohn?» rief plötzlich einer.

«Schon gut, er ist nur ein armer Fischer», sagte Matt Lenehan. «Ein ehrlicher Kerl. Sein Großvater wurde aufgehängt, weil er ein Aufständler war.»

«Er hat etwas gesehen und er hat etwas gehört», sagte der andere mißtrauisch. Seamus sah dem Mann in die Augen, sie verhießen nichts Gutes.

«*Bhoil*, alles was ich gesehen habe», sagte er vorsichtig, «sind ein paar Bauern, die Lust haben, fischen zu gehen, ohne zu ahnen, was für ein armseliger Job das ist.»

«Die Engländer haben seinen Großvater aufgeknüpft», sagte jemand, als könne allein die Wiederholung alle Zweifel zerstreuen.

«Na und?» mischte sich ein anderer ein. «Hat nicht der gottverdammte Timothey Flanagan seinen Vater und zwei Onkel baumeln sehen, ehe er die Farbe wechselte und die wahren Männer von Cork verraten hat?»

Ich könnte abhauen – mit ihren Ruderbooten würden sie mich nie und nimmer einholen, dachte Seamus. Was wissen Bauern wie sie schon von Klippen und Strömungen? Aber später wären sie hinter mir her und wenn ich bis nach Liverpool flöhe. Mein Gott, ich müßte schon nach Amerika und mit den Indianern in Wigwams leben...

Dann hörte er etwas klicken. Der eine hatte eine Pistole gezogen und den Hahn gespannt.

Schneller als eine Kugel konnte er nicht segeln.

Die Situation spitzte sich für alle bedrohlich zu. Die meisten wollten einen Jungen, der höchstwahrscheinlich harmlos war, nicht töten – die Pistole aber veränderte die Lage. Waffenbesitz bedeutete die Todesstrafe für einen Iren und Seamus wußte nur zu gut, daß es ein Verbrechen war, es nicht zu melden, wenn man davon wußte.

In einer solchen Lage war Angriff die beste Verteidigung. Seamus sah dem Mann starr in die Augen. Dann warf er den Anker, sprang behende über den Rand seines Bootes und watete durch das eisige Wasser an Land.

Er ging geradewegs auf den Kerl mit der Pistole zu und sagte freundlich: «Sind Sie ein Connacht? Oder vielleicht ein O'Flaherty?«

Der Riese schien von Seamus Mut und seiner Frage beeindruckt. «Woher weißt du das?»

«Meine Großmutter hatte das Zweite Gesicht», gab Seamus schlagfertig zurück, «und ich habe es manchmal auch.» Tatsächlich hatte dieser dunkelhaarige Riese mit dem zweifellos dänischen Blut eine gewisse Ähnlichkeit mit den unberechenbaren O'Flahertys. Seamus erinnerte sich an die in Stein gehauene Inschrift auf dem Stadttor von Galway: Gott bewahre uns vor der Wut der O'Flahertys! «Sie werden sich eines langen Lebens erfreuen und nicht in den Gefängnissen der Fremden bleiben», fuhr er fort. «Im Westen wartet ein Mädchen namens Mary auf sie.»

Das war ziemlich ungefährlich – fast alle Mädchen in Connacht hießen Mary.

«Aber was um Himmels willen wollen Sie hier draußen mit

einem Schuhanzieher?» fragte Seamus und tat, als sähe er die Pistole in diesem Augenblick zum ersten Mal.

«Das ist kein Schuhanzieher», entgegnete O'Flaherty verwirrt.

«Blicke sind trügerisch», sagte Seamus. «Ich hielt Sie für einen Schuhmacher. Ich sehe viele Welten, doch manchmal spielen meine Augen mir einen Streich, wenn es um die Wirklichkeit geht. Ich habe gesehen, wie arme Mädchen sich in Prinzessinnen verwandelten, wenn mich der Liebeswahn überkam. Ich habe Feen gesehen, und die Leute sagten, es seien nur Schleier über dem Sumpf. So ist es mit allem, dem Natürlichen ebenso wie dem Übernatürlichen, kennen Sie das nicht? Ich kann mich an kein Gesicht erinnern, das ich hier vor mir sehe. Schlimmer noch: ich könnte nicht einmal mit Sicherheit sagen, ob ich Menschen, Affen oder Bäume vor mir habe.«

Jetzt besaß Seamus ihre ungeteilte Aufmerksamkeit. Allmählich merkten sie, was er vorhatte. Er setzte sein einfältigstes Gesicht auf.

«*Bhoil*, wenn meine Augen noch schlechter werden, muß ich irgendwann betteln gehen, weil ich die Fische nicht mehr erkenne. Das einzige, was ich mit Gewißheit sagen kann, ist, daß ich irische Stimmen höre und bei diesem Klang hüpft mir das Herz vor Freude im Leib, denn ich liebe die irische und verabscheue den harschen Klang der fremden Sprache. Doch Sie müssen entschuldigen, wenn ich jetzt schweige: schon läßt mein Erinnerungsvermögen nach und ich weiß nicht mehr, worum es bei dieser Unterhaltung ging. Zwei Pence für Tom», rief er plötzlich vergnügt. «Zwei Pence für den närrischen Tom?»

«Bist du etwa ein *shanachie*?» fragte eine Stimme inmitten des beifälligen Gelächters.

«Ich bin ein armer, blinder Fischersmann, dem die Erinnerung übel mitspielt, verehrte Herren», sagte Seamus, ohne die Rolle des Narren aufzugeben. «Es mag jedoch sein, daß ich bei einem *shanachie* in die Lehre gegangen bin», setzte er leise hinzu.

Er baute auf den alten keltischen Glauben, daß es großes Unglück bringt, einen Dichter oder Sänger zu töten. In alter Zeit hatten sich selbst Könige die Satiren kritischer Barden gefallen lassen, aus Angst vor dem Fluch, der sie ereilte, wenn sie einem Sänger auch nur ein Haar krümmten.

Seamus hatte bewiesen, daß er sich in eine andere Person verwandeln *konnte*, so wie ein *shanachie* jeweils in die Rolle der Gestalt schlüpfte, die er gerade darstellt. Das wiederholte *bhoil* zeugte von seiner Kenntnis der alten Lieder. Bauern wie diese Männer – Pächter eigentlich, denn ihre Länder gehörten jetzt den reichen Babcocks von England –, klammerten sich beharrlich an die alten Sagen, denn die Überlieferung war alles, was ihnen geblieben war, um sich von den anderen Untertanen der Engländer zu unterscheiden. Sie drehten die Spiegel gegen die Wand, wenn jemand gestorben war und liefen hinaus, um es den Bienen zu erzählen, damit die bösen Feen nicht seine Seele raubten und manchmal pflügten sie wie ihre Vorfahren vor fünftausend Jahren im Zickzack, um den Hügel einer guten Fee nicht zu zerstören. Einem *shanachie* würden sie nie etwas zuleide tun.

«Also schön», sagte der riesige O'Flaherty, der seinem Tonfall nach zu urteilen ihr Anführer war, «studiere weiter bei den *shanachies*, mein Junge und geh mit Gott. Aber sorg dafür, daß deine Erinnerung so bleibt, wie sie ist.«

«Gott und Maria seien mit euch», sagte Seamus höflich und watete zum Boot zurück. Nicht allzu rasch, niemand sollte glauben, er hätte Angst. Und er sah sich kein einziges Mal um.

Es ist seltsam, mehr als seltsam, dachte er sich, als er um den Felsen von Bray Head herumsegelte, der vor ihm aus dem Meer ragte. Wie die Geschichte von dem Mann, der eine Zweipencemünze verloren hatte: mit diesem Geld betrank sich ein anderer in einer Kneipe, und weil er betrunken war, beleidigte er einen dritten und so ging es weiter, bis der siebte in der Kette wegen Mordes aufgehängt wurde. Dies, hatte der alte O'Lachlann gesagt, war ein gutes Beispiel dafür, wie Leben und Tod stets an einem seidenen Faden hängen. Seamus hatte nicht einmal soviel mitgekriegt, daß er hätte sagen können, welchem Geheimbund sie angehörten – den White Boys, den wahren Männern von Cork, den Kohlebrennern oder irgend einer anderen Sekte, von der er noch nichts gehört hatte ... es hätten sogar Jakobiner sein können, die noch immer dem Traum nachhingen, daß eines Tages die Stuarts zurückkehren und den Britischen Inseln ihre Religionsfreiheit wiederschenkten.

Alles, was Seamus mitgekriegt hatte, war ein unbedeutender Satz über den Sohn der Witwe. Daraus konnten sie ihm doch keinen Strick drehen? Gewiß hatte alles ein Ende, nun, da sie ihn hatten ziehen lassen.

Der Sohn der Witwe ... um ein Harr hätte sich eine Erinnerung zu einem Gedanken geformt, doch dann tanzte sie wieder davon wie ein unbemanntes Beiboot auf stürmischer See. Er hatte diesen Ausdruck «Sohn der Witwe» schon einmal in einem anderen Zusammenhang gehört, doch er konnte sich weder an die Zeit noch den Ort erinnern. Sicher, in diesen schweren und gefährlichen Zeiten gab es immer Witwen und Söhne von Witwen.

Seamus erinnerte sich an seinen Plan. Er hatte dreihundert Pfund, das Resultat geschickten und kaltblütigen Glücksspiels, an einem sicheren Ort vergraben. In ein oder zwei Jahren würde er genug beisammen haben, um in Liverpool ein Geschäft zu kaufen. Dort gab es keine Gesetze, die das verboten hätten; jedermann liebte die Iren, solange sie nicht in Irland waren.

Sich mit Geheimgesellschaften anzulegen gehörte nicht zu seinem Plan. Irische Rebellionen nährten sich von Geheimgesellschaften und vom Glauben. Doch diese waren flüchtig wie ein Furz im Wind: verweht, noch ehe sie jemand bemerkte.

Und wenn sie nicht von Spitzeln verraten wurden war ihnen die englische Armee so überlegen, daß sie in nullkommanichts besiegt waren. Nach zehn Jahren war das Ganze dann zu einer Legende geworden, deren Klagelieder die neuesten Märtyrer für Irland beweinten.

Endlich erreichte Seamus Bray Head, den riesigen Felsen bei Cill Inion Leinin, das die Engländer Killiney nannten. Als er die Netze auswarf, summte er leise vor sich hin, ohne sich an die Worte der Melodie zu erinnern. Das Lied stammte aus den verborgensten Winkeln seines Gedächtnisses; es war aufgetaucht wie eine Wasserleiche, die drei Tage nach ihrem Verschwinden plötzlich auf der Wasseroberfläche treibt. Seamus sah keinerlei Verbindung zu seinem Bemühen, sich daran zu erinnern, wo er vom Sohn der Witwe gehört hatte. Es war ein trauriges schottisches Lied ganz im Sinne der alten Volksweisen:

Der junge Mann kämpft wie ein Held
Den Säbel in beiden Händen
Doch als der Tag begann zu enden
Liegt er tot auf Cullodens Feld

Als er das letzte Netz auswarf, fielen ihm plötzlich ein paar Worte ein, wenn es auch nur Bruchstücke waren: «... liegt ... auf Cullodens Feld ...» Liegt kalt auf Cullodens Feld? Liegt tot auf Cullodens Feld? So ähnlich. Culloden: wo die Jakobiten ihre letzte Schlacht geschlagen hatten, Schottland im Jahre 46. Vor fünfundzwanzig Jahren, einem Vierteljahrhundert. Viele Narren, selbst hier in Irland, glaubten noch immer daran, daß Bonnie Prince Charles eines Tages siegreich zurückkehren würde.*

* Der historische Charles Edward Stuart war ein eitler Stutzer,

ein Spieler, Alkoholiker und Feigling, der höchstens seine Frau verprügelte. *Bonnie Prince Charlie* dagegen war ein Mythos, eine Art Stempel, den Katholiken, Presbyterianer, Dissenter und andere, die von der offiziellen Staatsreligion des Anglikanismus unterdrückt wurden, der wirklichen Gestalt nachträglich aufgezwungen hatten.

Wie viele irische Jungs hatten dort in Culloden ihr Blut für die Sache der Stuarts vergossen, wie viele Lieder sang das Volk heute noch darüber...

Seamus hatte einen Plan, und derlei Narrheiten gehörten nicht dazu.

Er setzte sich ans Heck und wartete darauf, daß seine Netze sich füllten. Ob es nur Krabben waren oder ob er Glück haben und einen Hummer erwischen würde? Er konzentrierte sich auf seinen Plan und verdrängte die Politik, verdrängte auch die Lieder, die die Menschen zum Wahnsinn treiben, Narren und Märtyrer aus ihnen machen. Doch das Lied kam immer wieder, es ließ ihn einfach nicht los und schließlich fiel ihm eine ganze Strophe ein:

Flieg, Bonnies Boot schnell wie ein Pfeil
«Vorwärts!» der Schrei der Matrosen,
Führe das Kind, zum König geboren,
Über das Meer zum Heil?

Plötzlich kam er drauf, daß er hier über etwas Größeres gestolpert sein mußte als die White Boys, die Peep o'Day Boys oder einen gewöhnlichen Aufstand gegen die lokalen Landlords. Etwas, dessen Wurzeln tiefer reichten, das sich über ganz Irland und sogar über Irland hinaus verbreitete.

Er hatte O'Flaherty nicht belogen; manchmal besaß er tatsächlich das Zweite Gesicht. Alle Muadhens besaßen es.

«Nein», sagte er laut, ohne sich dessen bewußt zu sein. «Ich habe nichts damit zu tun. Irland hat genug Märtyrer gehabt, und ich bin kein Dummkopf.»

Doch dann kamen ihm Matt Lenehans Worte in den Sinn: Oh, Herr, mein Gott, gibt es keine Hoffnung für den Sohn der Witwe? Und er wußte, daß er hier etwas berührt hatte, das ihn verbrennen, ihn vereinnahmen, und für sich gebrauchen würde, Plan hin, Plan her, so wie es andere gebrauchte, an Orten, die er noch nie gesehen hatte; etwas, das älter war als Culloden, älter als die Jakobiten, und keinen Pfifferling für die Menschen und ihre Pläne gab.

Er erinnerte sich, wie er mit seinem Vater nach Enniscorthy gefahren war, um Verwandte zu besuchen und einen Berg namens Fidhnagcaer gesehen hatte, den die Engländer Vinegar Hill nannten, weil sie Fidhnagcaer nicht aussprechen konnten. Es war ein warmer Tag gewesen, und doch hatte er geschaudert, denn bei seinem Anblick überkam ihn das Zweite Gesicht, und er wußte, daß er nie wieder dorthin zurückkehren durfte, denn etwas Furchtbares erwartete ihn am Vinegar Hill.

Doch jetzt erkannte er, daß er eines Tages gegen seinen Willen wieder zum Vinegar Hill und dem, was ihn dort erwartete, zurückgetrieben werden würde.

Jenseits des großen Ozeans, in Virginia, lebt ein riesiger Mann, einsneunzig groß, der das gleiche auffallend rote Haar hat wie Seamus. Er ist Sklavenhalter, aber diese Eigenschaft beginnt ihm zu mißfallen. Er hat viele Jahre in der Wildnis verbracht und für die koloniale Regierung gearbeitet – es waren einsame Jahre in einer unzivilisierten, gnadenlosen Welt, wo der einzige Platz zum Schlafen der Erdboden war, und es weder Komfort noch jemanden gab, den er um Hilfe bitten konnte, falls er einen Fehler beging. Er hat gelernt, seinen Reflexen und Instinkten zu vertrauen und wie die Waldbewohner allein auf sich selbst angewiesen zu sein. Er ist sehr scheu, geradezu unbeholfen im Umgang mit anderen Menschen. Sich selbst kennt er gut, über gewöhnliche Menschen weiß er jedoch wenig. Noch ahnt er nichts von jenem Geheimnis, das ihn über die anderen erheben wird: daß der Rest der Menschheit ihm schnell aus dem Weg gehen wird, wenn ein Mann von seiner Größe und seinem Temperament beschließt, sich in Bewegung zu setzen.

Er ist tatsächlich über die Leinster O'Neills, die Seamus auf Gälisch Ui Nialls nennt, mit diesem verwandt, deshalb haben beide das gleiche zimtrote Haar. Sein Name ist George Washington und er kennt sich aus mit dem Sohn der Witwe.

Er schreibt gerade eine Notiz für seinen Gärtner in Mount Vernon, um ihn daran zu erinnern, die männlichen Hanfpflanzen von den weiblichen zu trennen. Die Wirkung der Medizin, so hat er herausgefunden, läßt nach, wenn die weiblichen Pflanzen befruchtet worden sind.

Hanf ist nicht nur gegen Zahnschmerzen gut, sondern besitzt auch noch andere erstaunliche Eigenschaften. Sein Denken, von Natur aus langsam und methodisch, wird mit Hanf noch langsamer; häufig sieht er dann Dinge, die andere nicht sehen.

George raucht weiter und wird noch nachdenklicher. Er greift nach seinem Tagebuch und kritzelt sorgfältig in seiner üblichen, exzentrischen Handschrift:

REGELN:

1. Keine Frau.
2. Kein Pferd. Er hält inne und denkt eine Weile nach. Bei ihm wird nie etwas übereilt. Schließlich fügt er hinzu:
3. Kein Schnurrbart.

ZWEI

In Paris hatte Sigismundo Celine mittlerweile seine erste Unterredung mit dem alten Jumilhac hinter sich. Man hat ihm genug Geld gegeben, um seine Bedürfnisse in den Geschäften des Gefängnishofes befriedigen zu können, und man hat ihm die Regeln erläutert. Dabei ist zum ersten Mal klar geworden, daß er weder gefoltert noch mißhandelt werden wird, daß er aber damit rechnen muß, auf unbestimmte Zeit hier festzusitzen, es sei denn, der König zeigte ein Interesse an seinem Fall. Zugleich hat der Gouverneur ihn auf die strengen Strafen hingewiesen, die darauf stehen, die Wände seiner Zelle oder die Bücher aus der Bibliothek mit seinem Namen zu beschmieren, oder die Wachtposten ohne ausreichenden Grund in ein Gespräch zu verwickeln.

Sigismundo hat sich in aller Deutlichkeit über die Kälte im Turm der Freiheit beschwert. Der alte Jumilhac zeigte Verständnis und sorgte für zusätzliche Decken.

Am späten Nachmittag durfte Sigismundo im Gefängnishof spazieren gehen.

Während er die Stufen im Turm der Freiheit hinunterstieg, konnte er nur daran denken, daß er eines Tages diese Wände von außen herunterklettern würde. Es war die einzige Möglichkeit, von hier wegzukommen, und deshalb würde er es tun.

Dann würde ihm ein Engel erscheinen und einen Degen zuwerfen, und er würde sich bis zur italienischen Grenze durchschlagen – und wenn sich ihm zehntausend Dragoner und Musketiere in den Weg stellten! Jawohl, das würde er tun.

Die Geschäfte im Gefängnishof waren frisch gestrichen und wirkten vornehm. Kein Wunder: Mitglieder einiger der angesehendsten Familien von Frankreich waren zeitweilig hier zu Gast gewesen.

Sigismundo war auf der Hut. Weiß der Kuckuck, was für Kerle sich hier rumtrieben.

Als erstes fielen ihm ein paar kriminelle Profis auf, die aus irgendwelchen Gründen der Todesstrafe entkommen waren. Sie fielen auf, weil sie ärmliche Kleider trugen und einen unmißverständlichen, räuberischen Zug um Augen und Mund hatten. Er machte einen Bogen um sie.

Dann gab es die Verrückten. Sigismundo dachte, eine Möglichkeit für adelige Familien, sich solche Individuen vom Hals zu halten, mußte darin bestehen, sie hierhin zu verfrachten.

Die meisten Gefangenen wirkten abgerissen, aber wohlerzogen: Angehörige der Mittelschicht, die in schwierigen Zeiten gestrandet waren. Schriftsteller und Journalisten, die vermutlich zu neugierig gewesen waren, vielleicht auch der eine oder andere dazwischen, der Dokumente gefälscht oder Gelder veruntreut hatte.

Einer der Verrückten kam auf Sigismundo zu. Offensichtlich schickte ihm seine Familie genug Geld, um ihm eine angemessene Kleidung zu ermöglichen, doch war er schmutzig und ungekämmt. Sigismundo mußte an seinen Cousin Antonio denken, der sich in der Bucht von Neapel ertränkt hatte, und spürte plötzlich einen Anflug von Mitleid. Zugleich verschärfte er seine Wachsamkeit. Man konnte nie wissen, was sie dachten oder im nächsten Augenblick tun würden.

«Keine Frau, kein Pferd, kein Schnurrbart», sagte der Junge. Sigismundo dachte daran, wie Antonio behauptet hatte, Jesus sei eine Frau.

«Genau», antwortete Sigismundo vorsichtig. «Sie haben das Problem erfaßt», doch er blieb auf der Hut, falls der andere ihn für einen Dämon hielt und sich auf ihn stürzte. Antonio hatte zuerst überall Dämonen gesehen und dann Sodomiten. Und dann war er gesprungen ...

«Ach, was weißt denn du?» sagte der Verrückte enttäuscht und verbittert. «Nieder mit den Aufständischen!» Dann schlurfte er, ärgerlich vor sich hinmurmelnd, davon.

«Na, Süßer!» sagte ein anderer im gleichen Moment. Es war

einer von den Schlimmen, den Räubern. Gott sei Dank blieb er in der Sonne hocken und näherte sich nicht.

Sigismundo stolzierte an ihm vorbei, wie Tennone es ihm beigebracht hatte. Eine Herausforderung, die vermeidbar war, sollte man umgehen. Jeder Schritt machte klar: Mein Degen ist gefährlich, aber mit Typen wie dir vergeude ich nicht meine Zeit. Es wäre allerdings eindrucksvoller gewesen, wenn er seinen Degen hätte tragen können.

Der andere stand nicht auf, um ihm zu folgen. Vielleicht konnte ich ihn täuschen, dachte Sigismundo. Aber es werden mehr kommen; mit so was muß man hier rechnen.

Carlo Maldonado. Wenn der dahintersteckt, ist es eine gelungene Rache. Ich habe seine Männlichkeit zerstört und jetzt muß ich jeden Tag darum kämpfen, die meine nicht zu verlieren. Und alles nur wegen diesem blöden Duell.

Sigismundo hatte zum ersten und letzten Mal betrunken gekämpft, als er Carlo zu diesem Duell herausgefordert hatte. Er sagte sich, daß er ein Recht darauf hätte, einmal im Leben ein Narr zu sein, denn an diesem Tag hatte Maria den Engländer Babcock geheiratet.

Und diese Dummheit verfolgte ihn noch heute.

Ja. Auch wenn Carlo nicht dafür verantwortlich war, auch wenn es vielleicht auf das Konto seines verfluchten Halbbruders *Graf* Cagliostro ging, würde Sigismundo jeden Tag in seinem Leben für dieses Duell bezahlen müssen. Irgendwie hatte er genauso verloren wie Carlo. Er hatte immer geglaubt, daß er zu den «guten» Menschen gehörte, die nie etwas Böses taten. Nun hatte er das Böse gekostet; er war betrunken und gemein gewesen, er hatte Carlo herausgefordert und seine Männlichkeit zerstört.

Mit einem Mal fühlte er sich schwach und sehr, sehr müde. Er war nicht nur in einem Käfig gefangen, aus dem bisher noch niemandem die Flucht gelungen war, er fühlte sich auch so schuldig, daß er das Gefühl hatte, es verdient zu haben. Der junge Mann, der der größte Musiker seit Scarlatti werden wollte – ein Gefangener im Exil.

Er starrte die Gefängnismauer hinauf. Mehr als dreißig Meter, schätzte er. Letzte Nacht hatte er fünfundzwanzig angenommen, aber sie war höher. Und dann kamen noch der Wassergraben und die Außenmauern.

Ein Mann näherte sich von der Seite. Sigismundo beäugte ihn mißtrauisch.

Es war ein alter Mann, mit Haar, das wie Meeresgischt um seinen Kopf herumstand. Mein Gott, dachte Sigismundo, der sieht ja aus, als wäre er schon seit Ludwig XIV. hier. Er trug einen schwarzen Priesterrock.

Ein Jesuit also. Sie waren die einzigen Geistlichen, die so viele Scherereien bekamen, daß sie hier landeten.

«Sie sind erst letzte Nacht hier eingetroffen», begann der Priester ohne Umschweife. «Ich nehme an, Sie sind noch ängstlich und verwirrt.»

«Ich» – Sigismundo wandte sich ab und kämpfte gegen einen Schwall von Gefühlen an. Er hatte Angst, jeden Moment in Tränen auszubrechen und vor den anderen als Schwächling dazustehen.

«Ich weiß», sagte der Priester leise. «Manchmal ist es ein Schock, eine freundliche Stimme zu hören, wenn man verzweifeln möchte. Doch der erste Tag ist für alle Neuankömmlinge gleich. Haben sie schon daran gedacht, mit bloßen Händen die Mauer zu überwinden?»

Sigismundo lächelte und wich der Frage aus. «Ich dachte daran, ob mein Herz wieder so wild schlagen wird, wenn sie mich in die Zelle zurückbringen.»

«Das Herz», antwortete der Priester. «Ja. Das ist normal in der ersten Woche. Es ist nicht leicht, zu erkennen, wieviel Macht der Staat über uns besitzt und wie hoffnungslos Widerstand ist, wenn sie mit ihren Gewehren kommen und uns abtransportieren.* Ist Ihnen schwindlig geworden?»

* Der Staat ist organisierte Gewalt, eine Tatsache, die jeder einsieht, wenn er die Gewehre gegen seine Feinde einsetzen will, die aber jeder bedauert, wenn die Gewehre sich gegen ihn selbst richten. Die einzig gesunde Haltung dieser Falle gegenüber (gesund im Sinne von unveränderlich) ist die des Sadomasochisten, der die Gewalt an sich genießt, ganz gleich, ob sie sich gegen ihn selbst oder andere richtet und die des Anarchisten, der sie aus moralischen Gründen vollständig ablehnt.» (De Selby, *Golden Hours,* a.a.O., II, S. 18). Le Monade hält diese Passage für einen «Ausbruch pubertären Sozialismus'», der de Selbys sonstiger transzendentaler Vorstellungskraft nicht würdig ist, und rührt sie auf de Selbys Auseinandersetzungen mit den irischen Zollbehörden zurück, als er versuchte, Kondome ins Land zu schmuggeln. La Fournier widerspricht dieser These und behauptet, es sei absolut nicht einsichtig, wieso ein Mann, der dermaßen erfolglos bei Frauen gewesen sei, Kondome nach Irland oder sonstwohin hätte einschmuggeln wollen.

«Nur sehr müde.»

«Auch das ist normal», sagte der Priester. «Wir alle haben das durchgemacht – jeder einzelne hier.» Er fügte hinzu «Und haben es überlebt.»

Sigismundo wurde nicht länger von unmännlichen Gefühlen überwältigt, die eine freundliche Stimme in dieser Umgebung erweckt hatte. Er wandte sich um, ohne zu merken, daß seine Augen feucht waren, und streckte förmlich die Hand aus: «Sigismundo Celine.»

«Pater Henri Benoit», antwortete der Priester. Als sie sich die Hände schüttelten, spürte Sigismundo die tastende Bewegung des Daumens. Er führte beide Fingernägel zusammen, ohne sonderlich überrascht zu sein. Ein Jesuit, der in der Bastille saß, mußte einfach etwas mit den Freimaurern zu tun haben.

«Grüße von allen drei Spitzen des Dreiecks», sagte Sigismundo leise.

Pater Benoit tat so, als wollte er seinen verspannten Rücken strecken und deutete mit beiden Armen kurz das viereckige Zeichen des dritten Grades an.

«Oh, Herr, mein Gott», flüsterte Sigismundo, «gibt es keine Hoffnung für den Sohn der Witwe?»

Benoit schlenderte mit ihm zu einer entlegenen Ecke des Gefängnishofes. «Willst du es buchstabieren oder am Dreieck formulieren?» fragte er leise.

«Ich nehme das Dreieck», raunte Sigismundo zurück. «Ba.»

«Ra», flüsterte der Priester.

«Ka», schloß Sigismundo.

Ba war die ägyptische Bezeichnung für die erste oder vegetative Seele, Ra die Sonnen- oder tierische Seele und Ka die dritte Seele oder der menschliche Verstand. Zusammen bildeten sie *baraka*, die arabische Bezeichnung für die vierte Seele oder die alchemistische «kosmische Flamme». Sigismundo und der alte Benoit wußten nun, daß sie beide den vierten Grad der spekulativen Freimaurererei besaßen.*

* Freimaurer unterscheiden zwischen operativer Freimaurerei (der alten Kunst von Arbeiten mit Stein, eingeschlossen der damit verwandten Architektur) und spekulativer Freimaurerei (ein auf der Erinnerung basierendes psychologisches System, um Willen und Vorstellungskraft zu trainieren, in dem die Instrumente der operativen F. zu Hilfsmitteln von Ritual und Meditation werden). So benutzt man in der operativen F. den Zirkel, um einen geometrischen Bogen zu erhalten: in der spekulativen F. ist er ein Instrument des Rituals, dient aber auch dazu, einen Kreis für die Meditation zu bilden oder Pythagoras und Plato zu verstehen. Wie Carl Jung in *Psychologie und Alchemie* beweist, wird der Kreis in vielen mystischen Überlieferungen zum Meditieren benutzt. Spekulative F. kombiniert diese «spirituelle» oder psychologische Funktion mit philosophischen und geometrischen Elementen.

«Von freiem Mann zu freiem Mann und von Bruder zu Bruder in der Bewegung – wie kann ich Ihnen helfen?» fragte der Priester.

«Ist es möglich, eine Nachricht rauszuschmuggeln?» flüsterte Sigismundo.

«Alles ist hier möglich», antwortete der Priester mit leiser Stimme. «Die Wächter sind alle bestechlich. Wenn man jedoch auf der schwarzen Liste steht, werden sie unglücklicherweise das Geld annehmen und Sie trotzdem betrügen. Ihre Nachricht wird bis zum Gouverneur gelangen und nicht weiter. Ich kann herausfinden, ob Sie auf der Liste stehen. Das wird ein bis zwei Tage dauern.»

«Wie lange sind Sie schon hier?» fragte Sigismundo plötzlich, als er an den ersten Eindruck dachte, den Benoits Gesicht und sein schlohweißes Haar auf ihn gehabt hatten.

«Im März werden es zwanzig Jahre.» Als der Priester das Entsetzen in Sigismundos Gesicht erkannte, fügte er schnell hinzu: «Aber jeder Fall ist anders. Einige sind schon nach ein paar Wochen wieder draußen. Es kommt immer darauf an, wen man sich zum Feind gemacht hat und wen man zu seinen Freunden zählen kann.»

«Ist schon mal jemandem die Flucht gelungen?»

«Es gibt eine Legende unter den Gefangenen, nach der es einer geschafft hat. Aber es ist gewiß nur ein Märchen, um diejenigen zu ermuntern, die daran glauben wollen. Immerhin muß man zwei hohe Mauern überwinden. Ich kann Ihnen nicht viel Hoffnung machen, es sei denn, Sie ließen sich Flügel wachsen.»

Eine Zeitlang gingen sie schweigend nebeneinander her.

«Sie sind Italiener, nicht wahr?»

«Neapolitaner!»

«Ich hoffe, ich habe Sie nicht beleidigt –»

«Gewiß nicht –», doch dann bemerkte Sigismundo den Scherz und lachte.

«Tut mir leid, ich konnte einfach nicht widerstehen.»

«Schon gut – wir machen dieselben Witze über die Sizilianer. Und die wahrscheinlich über die Korsen.»

«Wie lange sind Sie schon in Frankreich?»

«Ach, erst ein paar Monate. Ich studiere an der Universität. Die einzigen Freunde, die ich hier habe, sind auch Studenten. Niemand von Bedeutung.»

«Das ist erstaunlich, denn Ihre Feinde müssen wichtige Herren sein, sonst wären Sie nicht hier. Welche Stellung bekleidet Ihre Familie?»

«Einst herrschten wir über das westliche römische Reich und waren Fürsten von Rimini», antwortete Sigismundo wie aus der Pistole geschossen. «Heute besitzen wir ein großes und erfolgreiches Weingeschäft. Doch mein Onkel Pietro hat einen sehr hohen Rang bei den Freimaurern. Ich glaube, er ist in der F. R. C.*», setzte er leise hinzu. «Er hat viele Verbindungen in alle Welt.»

* Die F. R. C. oder Fraternitas Rosae Crucis machte zwischen 1610 und 1620 zum ersten Mal mit einer Reihe von außerordentlichen Pamphleten von sich reden, in denen sie ihre Existenz kundtat und eine großes, neues Zeitalter der Aufklärung verhieß. Das bemerkenswerteste unter diesen Pamphleten war *Die Alcheymische Hochzeit von Christian Rosenkreutz,* die bewußt verschlüsselt geschrieben worden war und voller Allegorien und Metathesen steckte. Sie ließ sich nur mit Fleiß, Beharrlichkeit (und Intuition) oder aber von jenen, denen der «Schlüssel» mündlich überliefert worden war, entziffern. Wie die Historikerin Frances A. Yates in ihrer Studie *Aufklärung im Zeichen des Rosenkreuzes,* Stuttgart 1975, dokumentierte, beruhte ein Großteil des Optimismus des F. R. C. auf der Eheschließung von Prinzessin Elisabeth von England, Tochter des Stuart-Königs Jakobs I. mit Friedrich V., Kurfürst von der Pfalz und Sproß des Hauses Habsburg. Elisabeth war eine gebildete Frau und eine eifrige Schülerin von Francis Bacon, dessen *Neu-Atlantis* Yates als Rosenkreuzer-

Allegorie einstuft. Friedrich war ein Mystiker, der sich vor allem für Musik und Architektur interessierte (wie die Freimaurer später). Nach Yates erwartete die F. R. C., diese Verbindung zwischen den Stuarts und den Habsburgern leite den Beginn der Versöhnung zwischen den einander bekämpfenden Fraktionen von Nord- und Südeuropa ein; sie erläutert jedoch nicht, warum diese Ehe soviel verheißungsvoller sein sollte als andere ähnliche Verbindungen zweier mächtiger Dynastien. Baigent, Leigh und Lincoln erklären das Geheimnis unter anderem mit der Abstammung der Stuarts und Habsburger, die beide zum Teil bis auf die Merowinger zurückgingen, vgl. *Heiliges Blut, Heiliger Gral*, Delacorte, New York 1982).

«Das gibt Anlaß zu Hoffnung» ,sagte Benoit. «Doch beten Sie darum, daß sie einen besonders mißtrauischen Kerl schickt, um Ihr Verschwinden aufzuklären, einen, der sich nicht mit Oberflächlichkeiten abspeisen läßt. Haben sie überhaupt eine Ahnung, warum Sie hier sind?»

Sigismundo zögerte. «Mein Leben war äußerst ungewöhnlich», begann er stockend, «Sie werden die Einzelheiten kaum glauben.» Er hielt kurz inne, gab sich dann jedoch einen Ruck. «Ich kam unter einer seltenen Konstellation zur Welt. Wie es scheint, ist mehr als eine Sekte davon überzeugt, dies sei ein Zeichen, daß ich entweder auf ihre Pläne eingehen oder aus dem Weg geräumt werden muß. Das Schlimme ist, ich habe nicht die geringste Ahnung, wie viele Sekten es sind.»

Nun würde der brave Priester glauben, daß er nicht ganz richtig im Kopf war und überall Feinde witterte.

Benoit schwieg einen Augenblick. «Fahren Sie fort», sagte er dann sachlich.

«Wenige Stunden, ehe ich verhaftet wurde, hat man versucht, mich umzubringen. Ich weiß nicht, ob es einen Zusammenhang zwischen den beiden Vorfällen gibt.»

«Hm?»

«Von Bruder zu Bruder muß ich gestehen: Vor einem Jahr

habe ich an einem Duell teilgenommen. Ich war betrunken und forderte es heraus. Damals war ich eine Art Tier, das sich von der Gewalt der zweiten Seele hinreißen ließ.»

«Hm.»

«Ich traf meinen Gegner an einer sehr empfindlichen Stelle. Man sagt, er könne nie Vater werden. Natürlich ist mir klar, daß er allen Grund hat, mich zu hassen, und sein Vater ist ein mächtiger Mann.»

«Ah, ja?»

Sigismundo wußte, daß Pater Benoit in einen vollkommen passiven, distanzierten Zustand eingetaucht war. Er würde jetzt weder Schlüsse ziehen, noch einen Kommentar abgeben. Sein Kopf war ebenso leer wie der von Sigismundo, als er vergangene Nacht angegriffen worden war.

»Außerdem bin ich ein uneheliches Kind«, fuhr er fort. »Mein wirklicher Vater war ein sizilianischer Bandit. Ich habe geholfen, ihn zu ermorden, oder besser gesagt, ich hielt mich im selben Raum auf, in dem er ermordet wurde.»

«Hm...»

«Er hatte meine Mutter vergewaltigt und meinen Onkel umgebracht. Er hatte sich seine eigene Welt erschaffen, wo Gutes böse und das Böse gut war. Er hatte noch einen Sohn, meinen Halbbruder, der sich möglicherweise ebenfalls hier in Paris aufhält und sich für einen Grafen ausgibt...»

«Was ist das für ein Mensch, Ihr Halbbruder?»

Sigismundo zögerte. Benoit war Freimaurer, er wußte vom *baraka.* Er würde ihn nicht für verrückt halten. «Er ist ein Satanist.»

Der Priester starrte ihn an. «Sie haben wirklich eine bewegte Karriere hinter sich... und vielleicht auch noch vor sich. «Ein Satanist, sagten Sie?»

«Und ein Hexer obendrein. Mitglied der *rossi.* Er hat mit jeder auch nur halbwegs revolutionären Geheimgesellschaft Italiens zu tun, glaube ich.»

Benoit starrte ihn nur an und sagte nichts. Sicher, dachte Sigismundo, das Hauptfach der ranghohen Freimaurer ist die Psychologie. «Er ist nicht mein Schatten oder mein dunkles Ich», sagte er schnell. «Er ist durchaus faßbar.» Und meinte: Er ist nicht Teil von mir, nicht ein Teil, den ich halluziniere. «In Italien wird er wegen Mordes, Diebstahl, Betrug und einiger anderer Vergehen gesucht.»

«Sie haben von Bruder zu Bruder gesprochen, ich glaube Ihnen», sagte Benoit.

«Es ist ganz natürlich, daß Sie daran dachten», sagte Sigismundo. «Ich habe selbst erlebt, wie sich die Vernunft spaltet und Teile von sich als äußere Objekte sieht, wenn man kurz davor steht, die vierte Seele zu entwickeln», fuhr er fort. Er dachte an seinen Cousin Antonio, der in die Bucht gesprungen war, um den sodomitischen Horden zu entkommen, von denen er sich verfolgt wähnte.

Der Priester dachte laut nach. «Könnte ein solcher Mensch, ein Bandit, derart wichtige Verbündete haben?»

«Bei ihm ist alles möglich. Wenn er tatsächlich derjenige ist, für den ich ihn halte, gibt er sich jetzt als Graf aus.»

Der Priester war erschrocken. «Doch nicht etwa Casanova?»

«Nein, er benutzt den Namen Cagliostro.»

«Ich habe noch nie von ihm gehört.»

«Nun, ich schätze, Sie werden noch von ihm hören. Er ist ebenso ... *formidable* wie unser Vater.»

«Um noch einmal auf diese Sekten zurückzukommen, die so sehr an Ihrem Horoskop interessiert sind», sagte Benoit und sprach noch leiser als zuvor, «gehören vielleicht die schwarzen Hexenmeister von Rom dazu?»

Sigismundo antwortete: «Es regnet.»*

* Freimaurerkode für: das bezieht sich auf Dinge, die Ranghöheren als mir vorbehalten sind.

Der Priester formte mit dem Mund ein Wort, ohne es jedoch auszusprechen.

«Mein Gott, ich hoffe nicht!» rief Sigismundo aus.*

* Offensichtlich spielte Pater Benoit auf die Malteserritter an. Wie Bernard in *Light on Freemasonry* offenbart, glauben die Freimaurer, daß die Malteserritter unablässig darum kämpfen, die Menschheit zu versklaven und alle Bemühungen um die Befreiung des menschlichen Geistes zu durchkreuzen. Offiziell unter dem Namen «Hoher Militärischer Orden von Malta» bekannt, formierte sich diese Gruppierung im Mittelalter, trat gegen die rivalisierenden Tempelritter von Jerusalem an und spielte eine bedeutsame Rolle bei der Verfolgung von Jacques de Molay, Großmeister der Tempelritter, sowie seiner öffentlichen Hinrichtung auf dem Scheiterhaufen im Jahre 1308. Dashiell Hammetts *Malteserfalke* basiert auf einer merkwürdigen Legende über denselben Orden, der bezeichnenderweise heute noch aktiv ist.

«Sie haben geschworen, die Freimaurer und alle ihre Mitglieder zu vernichten», sagte Pater Benoit düster.

«Ich weiß.»

«Sie waren es», fuhr Pater Benoit fort, «die die Kirchen von Anfang an korrumpiert haben. Sie, die – nun, Sie werden die ganze Geschichte erfahren, wenn Sie den geeigneten Rang erreicht haben.»

Diesen Teil der Freimaurerlehre betrachtete Sigismundo insgeheim noch mit Skepsis. Er war davon überzeugt, daß die Malteserritter sich selbst für aufrechte Diener Gottes, die Freimaurer dagegen für die größten Schurken der europäischen Geschichte hielten. Jeder, dachte er, glaubt sich selbst auf der Seite der Engel.

Doch mittlerweile konnte der Priester seine Zunge nicht mehr im Zaum halten. «Sie sind die wahren Satanisten», murmelte er, «nicht die armen Bauersfrauen, die von irregeleiteten Dominikanern verbrannt werden. Die Inquisition, diese Pestbeule der Gesellschaft, ist ihr Werk! Sie – ach was, ich rede zuviel!» Er senkte die Stimme und kam wieder auf ihr eigentliches Thema zurück. «Das Duell. Ich sehe, daß es Sie sehr belastet. Sind Sie noch Katholik? Vielleicht war es nicht Ihre Absicht, aber Sie haben gerade eine Beichte abgelegt. Soll ich Ihnen die Absolution erteilen?»

«Nein», sagte Sigismundo heftig. «Ich weiß selbst nicht, ob ich noch katholisch bin. Das hängt von der Kirche ab, meinen Sie nicht? Doch ich glaube nicht an die Absolution. Ich werde dieses Duell mein Leben lang mit mir herumschleppen müssen – diese Last kann ich nicht Gott aufbürden. Doch warum sind Sie hier, Pater?»

Benoit lächelte sanft; zwanzig Jahre hatten ihn gelehrt zu resignieren. «Ich habe es nie erfahren. Sie nennen einem keine Gründe, verstehen Sie. Ich glaube, es war wegen einem meiner Aufrufe zu wirtschaftlicher Gerechtigkeit. Aber wer weiß das schon? Es kann ebenso gut eine Studie über die Heilige Dreieinigkeit gewesen sein.»

Schon wieder ein Unitarier, dachte Sigismundo. Offensichtlich gab es jede Menge davon bei den Freimaurern. «Erzählen Sie mir die Legende von dem Gefangenen, dem die Flucht gelungen ist.»

«Aber es ist nur ein Mythos –, es gibt keine Hoffnung, Signor Celine. Zwei Mauern, vergessen Sie nicht. Und die Wachen kennen alle Tricks.»

«Erzählen Sie trotzdem. Ich bin Neapolitaner. Wenn meine Familie nicht erfährt, wo ich mich aufhalte, werde ich mir selbst helfen müssen. Also erzählen Sie!»

Vielleicht lernte das verdammte Pferd ja doch zu fliegen.

DREI

An diesem Nachmittag schrieb Maria Babcock einen Brief an Mutter Ursula in Rom.

Liebe Mutter Ursula,

es tut mir aufrichtig leid, daß ich so lange nichts von mir hören ließ, doch die Pflichten auf einem großen englischen Anwesen sind, wie Sie sich denken können, komplex und vielfältig, zuweilen sogar verwirrend für eine neapolitanische Contessa.

Ich vermisse Sie und Ihre klugen Ratschläge mehr, als ich es mir vorgestellt hatte! Trotzdem kann ich sagen, daß ich mich im allgemeinen ganz gut halte. Nicht ein einziges Mal habe ich mich aus Mitleid dazu hinreißen lassen, meine Heilkünste unter Beweis zu stellen, um nicht Verwunderung oder gar einen Aufstand unter den Leuten auszulösen.

John ist – und ich bin entzückt dies zu sagen – ein idealer Gatte und gibt mir nicht den geringsten Anlaß zur Klage, abgesehen von seltenen Anfällen der Schwermut, für die er nichts kann. Zweifellos sind sie auf allzu hochgesteckte Ideale in einer unvollkommenen und verdorbenen Welt zurückzuführen. Manchmal arbeitet er bis zur Erschöpfung; meistens geht es dabei um Ungerechtigkeiten gegen die armen Katholiken in Irland, deren Elend ihn seit dem letzten Besuch auf seinen Ländereien in Dunleary und Sandycove nicht ruhen läßt.

Meine Schwangerschaft gestaltet sich problemlos. Ich bin Ihnen sehr dankbar für die vielen weisen Belehrungen, die Sie mir angedeihen ließen, als ich noch jung und dumm war. Sie haben mich davor bewahrt, an die schrecklichen Schauermärchen meiner Tanten zu glauben. Trotzdem: wenn Gott eine Frau gewesen wäre, hätte sie sicher manches anders eingerichtet.

In der Politik tut sich nicht viel Neues. Der König von England ist bekanntlich ein ebensolcher Narr wie der von Neapel. Captain Cook kreuzt noch immer irgendwo im Pazifik. Wer weiß, welche Schätze er diesmal der staunenden Welt offenbaren wird! Neulich abend war der sehr geistreiche Mr. Benjamin Franklin hier, um John seine bemerkenswerten Entdeckungen bezüglich der Elektrizität zu erläutern. Als ich ihm auch einige Fragen stellte, war er höchst überrascht und hielt mich für eine englische Dame; er wollte es nicht glauben, daß auch eine Italienerin denken kann. Er gab sich jedoch Mühe, mir alles zu erklären, obwohl er später versuchte, meinen Schenkel zu streicheln, als John einmal wegschaute. Als ich ihn zurechtwies, zog er sich sofort zurück und benahm sich wieder wie ein perfekter Gentleman. Er war sehr charmant, trotz seiner geringen Meinung von Bildung in katholischen Ländern. Ich habe jedoch beobachtet, wie er beim Hinausgehen einer meiner Zofen an die Brust faßte.*

* Ähnliche Geschichten, die Hanfkopf über de Selby verbreitete, sind von La Fournier, op. cit., S. 101–103 wirkungsvoll entkräftet worden. Der unvoreingenommene Schüler wird sich natürlich an Fergusons Behauptung erinnern, daß La Fournier in Wirklichkeit de Selbys Pseudonym war. Es ist nicht zu leugnen, daß Hanfkopfs *documentia* höchst einleuchtende (wenn auch kaum schlüssige) Indizien dafür bieten, daß in den siebziger Jahren unseres Jahrhunderts sowohl ein gewisser «de Selby» wie auch eine Person namens «La Fournier» als irischer Repräsentant der terroristischen Freimaurerorganisation auftrat, die ihren Sitz in Italien hat und als Propaganda Due oder P-2 bekannt ist. Hanfkopfs Beweise für die zwielichtigen finanziellen Transaktionen zwischen «de Selby», «La Fournier» und dem berüchtigten Robert Calvi, einem bekannten Mitglied von P-2 und früheren Präsidenten der bankrotten Banco Ambrosiano, waren überwältigend. (Vgl. *Unsolved: The Mysterious Death of God's Banker* von Paul Foot und Paolo Filo della Torre, London 1984). Wie La

Tournier in *Paris Soir* XXIII, S. 4 heraushebt, lassen die Elemente freimaurerischen Rituals bei Calvis Tod den Schluß zu, daß er «entweder von Freimaurern getötet wurde, oder von Personen, die den Eindruck erwecken wollten, er sei von Freimaurern getötet worden». Scotland Yard hat Calvis Tod bekanntlich zuerst als Selbstmord gewertet (was Stephen Knight in *The Brotherhood: The Secret World of Freemasons.* London 1984, neben erstaunlichen Anspielungen auf das Ausmaß der Infiltration Scotland Yards durch die Freimaurer zu sarkastischen und höchst kritischen Äußerungen veranlaßte). Trotzdem bleibt nach wie vor unklar, warum La Fournier (ganz gleich ob er de Selby war oder nicht) soviel Geld von der Banco Ambrosiano erhalten hat und warum La Puta 1980 nach Budapest flog, um Mehmet Ali Agca zu treffen, jenen türkischen Nationalisten, der im Mai 1981 versuchte, Papst Johannes Paul II. zu ermorden. Le Monade und andere haben die Vermutung geäußert, daß mehr als nur ein rein akademischer Streit hinter dem de-Selby-Skandal stecken müsse.

Es wird Sie freuen zu erfahren, daß ich genug über den elektrischen Strom gelernt habe, um zu wissen, daß er irgendwie (ganz genau kann ich es nicht sagen) mit der Heilkraft in meinen Händen zu tun hat. Dies habe ich herausbekommen, ohne Mr. Franklin merken zu lassen, worauf ich anspielte, damit er mich nicht für eine Hexe oder Verrückte hielt.

Verbrennen Sie diesen Brief, sonst fällt er vielleicht noch den Dominikanern in die Hände, wenn es diesen in den Sinn kommen sollte, eine Untersuchung über die seltsamen Methoden in Ihrem Kloster anstrengen zu wollen.

Maria, Contessa di Maldonado

P. S. Was wissen Sie über die Merowinger? Neulich nacht hatte ich einen eigenartigen Traum, den ich trotz aller Künste, die Sie mir beibrachten, um die Botschaften des großen Geistes auf meinen kleinen Verstand zu entziffern, nicht verstehe. Was hat es zu bedeuten, liebe Lehrerin, wenn ich mitten in der Schwangerschaft von Männern träume, die dem Meer entsteigen?

Am selben Nachmittag hörte Jean Jacques Jeder, der arbeitslose Zimmermann, daß in einer Fabrik in Faubourg St.-Antoine Tischler und Schreiner gesucht wurden.

Er lief so schnell ihn seine Beine trugen, ungeachtet der Möglichkeit, daß es wahrscheinlich nur eins der wilden Gerüchte war, die unter den Arbeitslosen die Runde machten.

Gott sei Dank, wurden tatsächlich Leute gesucht. Er gab eine Probe seines Könnens und wurde auf der Stelle eingestellt. Am nächsten Morgen um acht sollte er anfangen.

Die Arbeitszeit übertraf seine kühnsten Erwartungen: Die Fabrik machte schon um zehn Uhr abends dicht, ein simpler Vierzehnstundenjob also! Außerdem gestattete der Inhaber, der wahrscheinlich die *philosophes* gelesen hatte, seinen Arbeitern eine halbstündige Mittagspause, folglich war es in Wirklichkeit nur ein Dreizehneinhalbstundenjob!

Jeder fühlte sich wie im siebten Himmel.

Das Beste aber war der Lohn: zwölf Sous am Tag. Ein Brot kostete vier Sous – was für ein Luxus!

Er sang und pfiff vor sich hin, als er nach Hause eilte, froh, seiner Frau endlich gute Nachrichten zu bringen. Die Leute drehten sich um und starrten ihm nach; wahrscheinlich fragten sie sich, ob er betrunken war.

Sollen sie glotzen. Er würde nicht länger in der eisigen Kälte der Nacht wildfremden Leuten auflauern und ihnen eins über den Schädel geben müssen, nur um an ihre kümmerlichen Habseligkeiten zu gelangen.

Der liebe Gott war also doch gerecht. Er hatte Jeder die Chance gegeben, wieder ein ehrlicher Mann zu werden.

Bei einer kleinen Kapelle blieb er stehen und zündete eine Kerze vor der Jungfrau Maria an, um ihr seine Dankbarkeit zu bezeugen.

Nie wieder werde ich mich mit einem schmierigen Italiener wie diesem Unhold letzte Nacht anlegen müssen, dachte er. Mein Schienbein tut immer noch weh.

Als die Dämmerung über Paris hereinbrach, kletterte der Unhold zum ersten Mal aus dem Fenster im Turm der Freiheit und hing etwa dreißig Sekunden im Freien.

Dann kletterte er hastig ins Zimmer zurück. Er taumelte, und der Fußboden seiner Zelle schien sich zu bewegen, doch damit hatte er gerechnet.

Die Akrobaten, die während des Karnevals auf dem Seil tanzten, schafften es auch. *Avanti!*

Doch er schwankte noch immer, so schwindlig war ihm.

Er setzte sich kurz auf sein Bett und konzentrierte sich auf die vierte Seele. *Hin zu dem Einen, der vollkommenen Liebe. Harmonie und Schönheit, dem einzigen Wesen, vereint mit all den erleuchteten Seelen, die die Gestalt des Lehrers verkörpern, den Geist der Führung ...*

Sigismundo kletterte zum zweiten Mal aus dem Fenster.

Ein plötzlicher Windstoß, kalt wie die Hand eines Toten, packte ihn, schwang ihn heftig nach hinten und schleuderte ihn dann gegen die Mauer. Er hatte den Eindruck, er stürze durch endlosen Raum und spürte, wie seine Finger sich an das Fenster, an die Realität klammerten.

Er hievte sich zurück in die Zelle, am ganzen Leibe zitternd.

Nur Mut, dachte er. Du wirst es tun, egal, ob es dir paßt oder nicht. Fehlte nicht viel, und er hätte sich vor lauter Angst in die Hosen gemacht. Es war ihm egal. Er würde noch einmal aus dem Fenster klettern, gleich, ehe er sämtlichen Mut verlor, sobald dieses verfluchte Zimmer aufhörte, sich im Kreis zu drehen.

Also los, *avanti, corragio, presto!* Er zwang zuerst sein rechtes, dann auch das linke Bein durch das Fenster, blieb einen Augenblick auf der Fensterkante sitzen, und drehte sich dann vorsichtig um. Jetzt hing er wieder an den Fingerspitzen, und diesmal verkrampften sie nicht.

He, dachte er, bist ja ein tapferes Kerlchen!

Dann packte ihn der Schwindel. Er hatte wieder den Eindruck, endlos durch den leeren Raum zu fallen. Der Wind heulte ihm um die Ohren. Er klammerte sich fest und zählte:

«Einundvierzig, zweiundvierzig, dreiundvierzig...»

Sein Herz jagte. Er harrte aus. Als das Publikum seine Sonate «Die Zwei Nationen» ausgepfiffen hatte, war es schlimmer gewesen. Vielleicht auch nicht. Egal, gib nicht auf!

«Neunundfünfzig, sechzig...»

Sigismundo schwang sich ins Zimmer zurück, das jetzt wie eins dieser byzantinischen Gemälde aussah, auf dem alle Winkel verdreht sind. Er keuchte und war schweißgebadet, trotz der Kälte. Er lief zum Nachttopf und spritzte beim Pinkeln ein wenig daneben, weil seine Hände so zitterten.

Dann ruhte er sich aus.

Noch weitere siebenmal stieg er in dieser Nacht aus dem Fenster und baumelte im schneidenden Wind.

Dann fiel er auf das Bett. Er hatte Muskelkater, aber das war nicht schlimm. So, dachte er, das war's. Zehnmal pro Nacht und den Körper langsam dran gewöhnen, nicht schwindlig zu werden, dann bin ich fit genug, um runterzuklettern.

Muß bloß noch rauskriegen, wie ich aus sechs Bettlaken ein vierzig Meter langes Seil fabriziere!

VIER

In London, auf der anderen Seite des Ärmelkanals, war der Nebel an diesem Abend so dicht, «daß man ihn aufs Butterbrot hätte schmieren können», wie Dr. Johnson zu sagen pflegte. In der Freimaurerloge wartet Sir John Babcock, «dieser verdammte, gedankenlose Radikale», wie Dr. Johnson ebenfalls zu sagen pflegte, auf seine Initiation zum *Mark-Master*-Freimaurer.

Nachdem er die ersten drei Grade der spekulativen Freimauerei erreicht hatte, war Sir John Babcock überzeugt, daß die Freimaurerei die einzige Hoffnung auf Erleuchtung in dieser finsteren Welt war. Die sogenannten «Schocks» der drei vorangegangenen Initiationen hatten ihn zu höheren Ebenen der Wahrnehmung erhoben; jeder einzelne war ein Experiment mit seinem Bewußtsein gewesen. Für ihn war die Freimaurerei wissenschaftlicher Mystizismus, denn sie lehrte durch Erfahrung und verlangte keinen blinden Glauben.

Er fragte sich, welcher Schock ihm diesmal bevorstand.

Wie üblich wartete er im Vorzimmer, daß man ihn in die Loge einließ, wo eine neue Zeremonie ihn einschüchtern, erschrecken und erleuchten sollte.

Ehrlich gesagt, Sir John war sich nicht so sicher, ob die Wahrheiten, die die Freimaurerei für sich beanspruchte, auch wirklich zutrafen. Er zweifelte sehr, daß sie tatsächlich in gerader Linie von König Salomo abstammte oder, daß die Pyramiden auf ihr Konto gingen. Seinetwegen hätte sie vor hundert Jahren erfunden werden können, das spielte absolut keine Rolle. Wo immer sie auch herstammte, wer sie auch erdacht hatte, die Freimaurerei hatte ihm etwas wiedergegeben, das er seit seinem Verlust des Glaubens an die Kirche nicht mehr gekannt hatte.

Dies ist nicht mein Körper, sondern der Tempel Christi, dachte er feierlich. Eine solche Vorstellung war ihm lange Zeit absurd erschienen: ein Spruch, den ein Pfarrer von sich hätte geben können, und jedermann würde beifällig nicken, ohne deshalb im geringsten anders zu fühlen oder zu denken. Sir John dagegen fühlte und dachte ganz anders, seit er diese Worte auf dem Höhepunkt der letzten Initiation gehört hatte. Seit dem Schock.

Wer immer die spekulative Freimaurerei erfunden hat, ihre Schöpfer mußten Meister der menschlichen Psychologie gewesen sein.

Der zweite Diakon kam aus der Loge und überreichte ihm wortlos einen Stein aus weißem Marmor. Er war schwer – wog bestimmt zwanzig Pfund.

Es geht los, dachte Sir John, halb ängstlich, halb erregt.

Er wurde wortlos zur Tür der Loge hingeführt.

Der erste Aufseher hielt sie vom Eintreten ab: «Wer da?»

«Zwei Brüder», sagte der zweite Diakon, «mit Material für den Tempel.»

«Hast du eine Probe deines Könnens bei dir?» fragte der Aufseher.

«Ja», entgegnete der zweite Diakon.

«Dann lege sie vor.»

Der Diakon präsentierte ein Stück Holz, das mit dem Winkelmaß gemessen und für den Tempel geeignet erklärt wurde. Anschließend wurde Sir John auf die gleiche Weise befragt und legte seinen Marmorstein vor, der ebenfalls einer Prüfung unterzogen wurde.

Die Kanten waren nicht ganz rechteckig, bemerkte er jetzt, obwohl sie auf den ersten Blick so wirkten. Der Stein war ein Symbol für seinen Geist: er näherte sich der Freimaurerei, doch er hatte sie noch nicht erreicht.

Der erste Aufseher erklärte das Werk für geometrisch ungeeignet (wie Sir John erwartet hatte, als er seine Mängel bemerkte), fügte jedoch hinzu: «Wegen seiner einzigartigen Form und Schönheit will ich es jedoch nicht zurückweisen. Begebt euch zum zweiten Aufseher.»

Im Vergleich zu den vorausgegangenen Initiationen war bisher alles recht glimpflich verlaufen. Trotzdem war Sir John auf der Hut, denn er erwartete den Schock. Dies war unter anderem Zweck der Übung: das Ritual sollte ihn in jenen besonderen Zustand zwischen Angst und Hoffnung versetzen, in dem jede Einzelheit den Eindruck einer mächtigen Bedeutung erweckte.

Dieselbe Szene wiederholte sich beim zweiten Aufseher im Westen des Tempels: das Holzstück des Diakons wurde angenommen, sein Stein dagegen zuerst beanstandet und dann wegen seiner «einzigartigen Form und Schönheit» vorläufig akzeptiert. Die Wiederholung zeitigte Wirkung. «Dies ist nicht mein Körper», erinnerte sich Sir John, «sondern der Tempel Christi. Dies ist nicht mein Herz, sondern der Altar.»

Nun wurden sie zum Stuhlmeister im Osten geleitet. Das Ganze erinnerte Sir John an die Zeremonie zum dritten Grad und an den Tod Hirams, des Sohns der Witwe.

Jetzt wurde es ernst. Plötzlich fragte der Stuhlmeister: «Ist das deine Arbeit?»

Sir John wartete, daß man ihm soufflierte.

«Nein», flüsterte ihm der Diakon zu. «Ich habe den Stein im Steinbruch gefunden.»

«Nein», wiederholte Sir John. «Ich habe den Stein im Steinbruch gefunden.»

«Im Steinbruch gefunden?» wiederholte der Stuhlmeister in einem gut gespielten Wutausbruch. «Das erkärt natürlich alles. Du hast die ganze Woche deine Zeit verplempert, nur um jetzt das Werk eines anderen vorzulegen! Das verdient strengste Bestrafung.»

Na, dann los, dachte Sir John. Er wartete auf den Schock.

Statt dessen beratschlagten die Wächter. Der erste und zweite Aufseher erstatteten dem Stuhlmeister Bericht und wiederholten jeder noch einmal, was sie bereits gesagt hatten. Sir John hörte, daß sein Stein nicht rechteckig sei, jedoch «über einzigartige Form und Schönheit» verfüge.

Schließlich einigte man sich darauf, daß Sir Johns Stein zwar schön, aber doch nicht gut genug für den Tempel sei und warf ihn fort – besser gesagt, ließ ihn von einem rangniedrigen Mitglied auffangen und in den Vorraum zurückbringen.

Man wird ihn noch für andere Einweihungen gebrauchen, dachte Sir John. Klug gemacht, er scheint vollkommen rechteckig, bis man ihn ausmißt. Wie die meisten von uns?

Plötzlich bildete sich eine Schlange. Die «Maurer» sollten den «wöchentlichen Lohn» für ihre Arbeit im Steinbruch erhalten; Sir Johns Bestrafung war wohl in der Eile untergegangen. Doch er blieb auf der Hut und beobachtete alles.

Man drängte ihn an den Anfang der Schlange und irgend jemand in seiner Nähe sagte: *«Die ersten werden die letzten sein, die letzten aber die ersten.»*

Die Schlange bewegte sich durch die Loge und hielt in jeder der vier Ecken an, um die Zeichen des ersten, zweiten, dritten und schließlich des vierten Grades zu machen. Es war das erste Mal, daß Sir John das *Mark-Master*-Zeichen zu Gesicht bekam, wenn auch nur ganz kurz.

Schließlich drehte sich die Prozession um und nun war Sir John, zuvor der erste, tatsächlich der letzte. Dies beruhte auf einem der Gleichnisse aus dem Neuen Testament, dachte er, doch er konnte sich nicht erinnern, auf welchem. Die Schlange näherte sich einer Lücke in der künstlichen Mauer, die den Tempel von der Loge trennte. Jeder «Maurer» streckte seine Hand hinein und erhielt einen Penny.

Als Sir John an der Reihe war, erwartete er noch immer eine Überraschung, die ihn in Angst und Schrecken versetzen sollte. Natürlich wußte er, daß alles nur Schauspielerei war. Er hatte volles Vertrauen in diese Männer, sonst wäre er gar nicht hier. Doch bei der Einweihung zum dritten Grad hatten sie ihn wirklich erschreckt, und er ging davon aus, daß der Schock mit jedem neuen Grad schlimmer werden würde. Er war auf alles gefaßt.

Er steckte die Hand durch die Lücke.

Auf der anderen Seite packte sie jemand, zerrte heftig an seinem Arm und rief: «Betrüger! Betrüger!»

«Schlagt ihm die Hand ab!» hörte man als nächstes.

Das werden sie nicht tun, dachte Sir John. Doch sein Herz schlug heftig.

Der Mann auf der anderen Seite hielt ihn mit eisernem Griff fest, während eine lebhafte Diskussion entbrannte. Der erste Diakon war der einzige, der sich für ihn einsetzte. Schließlich ließ man ihn los. Die Schulter schmerzte – erst hatte er den schweren Stein schleppen müssen und dann hatte man ihm fast den Arm ausgekugelt. Er wurde dem deputierten Großmeister vorgeführt, der über seinen Fall entscheiden sollte.

So muß man sich fühlen, wenn man verhaftet wird, dachte Sir John. Ob die Verbrecher sich auch einreden, daß alles nur Theater ist? Ob sie auch erwarten, mit einer moralischen Lektion davonzukommen, so wie ich?

Die Beweisaufnahme bestand in einer weiteren Wiederholung des Rituals. Sir John, der mehr und mehr davon überzeugt war, daß man über ihn sprach, nicht über den Stein, hörte, daß dieser nicht rechteckig, jedoch von «einzigartiger Form und Schönheit», und daß er nicht sein Werk, sondern das eines anderen sei, welches er im Steinbruch gefunden habe. Natürlich bedeutete dies nur, daß der Mensch sein gewöhnliches Bewußtsein nicht selbst erschafft, sondern mehr oder weniger zufällig von Gesellschaft, Eltern, Lehrern und Freunden übernimmt. Das Ziel der Freimaurer bestand darin, ein echtes Bewußtsein zu schaffen, das wahre Ich zu entdecken. Einen Stein, der für den Tempel geeignet ist.

Wenigstens erkennen sie meine einzigartige Schönheit, dachte Sir John und versuchte, seinen Sinn für Humor zu behalten.

Der deputierte Großmeister rekapitulierte das Gesagte: der Stein war nicht rechteckig, er hatte ihn im Steinbruch gefunden, er hatte die ganze Woche gefaulenzt und forderte nun seinen Lohn obgleich er nicht gearbeitet hatte.

«Bist du Freimaurer?» fragte der Großmeister plötzlich.

«Ja.»

«Kannst du das beweisen?»

Sir John deutete mit beiden Armen das rechtwinklige Zeichen an und zitierte Salomons Worte bei Hirams Tod: «Oh Herr, mein Gott, gibt es keine Hoffnung für den Sohn der Witwe?»

«Hat man dir je beigebracht, wie man Lohn erhält?»

«Nein, niemals.»

«Das mindert die Schwere deines Vergehens.»

Schließlich wurde Sir John in den Vorraum geführt und darauf «vorbereitet», seinen Lohn zu empfangen. Er mußte den Oberkörper freimachen, dann entledigte man ihn aller Münzen und Wertsachen und legte ihm das Symbol seines Grades auf.

Schließlich wurde er wieder zur Tür der Loge geführt. Der Diakon klopfte viermal. Beim vierten Grad dreht sich aber auch wirklich alles um die vier, dachte Sir John. «Eine wahre Initiation endet nie», hatte der alte Pietro Malatesta aus Neapel einmal gesagt. Mit anderen Worten: man konnte sein ganzes Leben lang darüber nachdenken und immer neue Bedeutungen darin entdecken.

Von der anderen Seite klopfte es ebenfalls viermal. «Wer da?» fragte der erste Aufseher von innen. Die Zeremonie schien ganz von neuem zu beginnen; mittlerweile war Sir John jedoch noch aufmerksamer als zuvor.

Der Stuhlmeister erklärte, Sir John sei als Lehrling eingetreten, habe die Freimaurerprüfung bestanden, sei bis zum Meistermaurer aufgestiegen, habe jetzt im Steinbruch gearbeitet und strebe den ehrwürdigen Rang eines *Mark-Masters* an.

«Geschieht dies aus eigenem und freiem Willen?»

«Ja.»

«Und ist er ordnungsgemäß und angemessen vorbereitet?»

«Das ist er.»

Nun geleitete man Sir John in die Loge. Hier erwartete ihn ein neues Mitglied mit Meißel und Spitzhammer in der Hand.

Auf dem Meißel klebte Blut. Der Schock stand unmittelbar bevor.

«Bruder», sagte der Mann ernst und sehr feierlich. «Es ist meine Pflicht, dir ein Zeichen zu geben, das du bis zu deinem Tod behalten wirst.»

Sir John dachte an die grausigen Riten der Mafia in Sizilien, an die blutigen Prüfungen der Derwische in Nordafrika, an den Schrecken, der den Kandidaten in den alten Mysterien Ägyptens auferlegt wurde. Doch die Freimaurerei war aufgeklärt und verfeinert. All diese Gestalten um ihn herum waren englische Gentlemen; sicher spielten sie nur Theater.

Oder waren die Schocks nur in den ersten Graden symbolisch? Gab es vielleicht echte Mutproben zu bestehen, wenn man höhere Ränge erringen wollte?

Es zeigt Wirkung, dachte er bewußt distanziert, sie haben mich tatsächlich in einen Zustand versetzt, in dem das nächste Ereignis sich für immer in mein Gedächtnis einprägen wird.

Der Mann legte den Meißel auf Sir Johns linke Brustwarze. Es herrschte Totenstille.

Die englischen Gentlemen verfolgten alles ohne jede Gefühlsregung. Er hätte genauso gut in einer sizilianischen Höhle sein können. Jetzt war alles möglich. Der Mann hob den Hammer. Unwillkürlich entfuhr Sir John ein Schrei: «Maria!» Dann biß er die Zähne zusammen und blieb ebenso unbewegt stehen wie jeder andere in der Loge.

Der Bruder mit Hammer und Meißel zögerte. Dann wandte er sich an den deputierten Großmeister. «Es ist ein schmerzhafter Akt. Ich fühle mich außerstande, ihn zu vollziehen. Deputierter Großmeister, ich wünschte, Sie würden einen älteren Bruder mit dieser Aufgabe betrauen.»

Der deputierte Großmeister machte einen gequälten Eindruck. «Ich weiß, daß es unangenehm ist, doch du hast dich dazu bereit erklärt. Wenn nicht ein anderer Bruder freiwillig an deine Stelle treten will, mußt du fortfahren.»

Sir John spürte, wie seine Hände feucht wurden. Es ist nur ein Ritual, dachte er, ein Zeremoniell. Sie werden es nicht wirklich tun.

Der andere wandte sich nun an jeden einzelnen Bruder im Raum mit der Bitte, seine Arbeit zu übernehmen. Alle lehnten ab und sagten, die Sache sei zu schmerzhaft.

Je länger sie es hinauszögern, dachte Sir John, um so länger habe ich Angst. Nicht der Schmerz an sich beunruhigte ihn, vielmehr die Sorge, daß der Meißel, so dicht über dem Herz, ausrutschen könnte.

Das Palaver dauerte an. Niemand fand sich bereit, Sir John das Zeichen des *Mark-Master*-Grades beizubringen. Schließlich mußte man einen Arzt um Hilfe bitten. Er trug eine Schale bei sich – damit kein Tropfen Blut den Boden des Tempels verunreinige, wie er sagte.

Die Schale war, wie der Meißel, blutbefleckt.

Wenn ich nicht ganz richtig im Kopf wäre, könnte ich vielleicht glauben, daß sie ernst machen, dachte Sir John. Eine schwindelerregende Vorstellung schoß ihm durch den Kopf, wie der Meißel sein Herz durchbohrte, das Blut spritzte und ungläubiges Entsetzen sich auf den Gesichtern der Umstehenden ausbreitete ...

Der Mann plazierte den Meißel erneut auf der linken Brustwarze.

Er starrte Sir John in die Augen, hob den Spitzhammer, und Sir John dachte, es wird nur ganz kurz weh tun, die wissen, wie man es macht, ohne den Kandidaten aufzuspießen. Dann, in Sekunden, die ihm wie eine Ewigkeit erschienen, sagte der Mann: «Die operativen Freimaurer bedienen sich des Meißels, um ihr Werk zu formen, zu hämmern und zu kennzeichnen, wir freien und anerkannten Maurer jedoch –» und damit erhob er den Hammer, «– verfolgen einen rühmlicheren und ehrenwerteren Zweck» – der Hammer fiel – «nämlich, den *Geist* zu formen und zu kennzeichnen!»

Beim Wort «kennzeichnen» fiel der Hammer auf den Meißel und Sir John um ein Haar in Ohnmacht.

Dabei war sein Bewußtsein schärfer als je zuvor. Wieder führten sie ihn in alle vier Ecken, und er merkte, daß er vollkommen unverletzt war. Nur sein Geist war gekennzeichnet, wie die Worte des Rituals es verheißen hatten: er sah die Farben klarer und erkannte in den Worten unendlich bedeutungsvolle Untertöne.

Der Wächter im Osten zeigte ihm eine Bibel, die bei den Psalmen aufgeschlagen war, und las: «Der Stein, den die Bauleute verworfen haben, ist zum Eckstein geworden.»

Der Wächter im Süden zeigte ihm eine Bibel, die bei der Apostelgeschichte aufgeschlagen war, und las: «Das ist der Stein, von euch Bauleuten verworfen, der zum Eckstein geworden ist.»

Das Geheimnis der Alchemie, dachte Sir John. Der Teil von uns, den wir ablehnen, der uns verklärt und erlöst, wenn wir ihn ohne Furcht akzeptieren, die erste Substanz, wie die Rosenkreuzer sagen.

Wieder stand er vor dem deputierten Großmeister am Altar. Dieser zeigte ihm eine Bibel, die bei den Offenbarungen aufgeschlagen war, und las: «Wer überwindet, dem will ich zu essen geben von dem verborgenen Manna und will ihm geben einen weißen Stein und auf dem Stein einen neuen Namen geschrieben, welchen niemand kennt, denn der ihn empfängt.»

Ein anderer Bruder trat aus dem Kreis und brachte den weißen Stein aus Marmor, der verworfen worden war, weil er den Anforderungen nicht genügte. Er trug jetzt die Aufschrift ET IN ARCADIA EGO.

«Du bist ein *Mark-Master*», sagte der deputierte Großmeister feierlich.

Alle versammelten sich um ihn und gratulierten ihm.

Der Stein, der verworfen wurde ... sie wollen einem weismachen, daß die Unvollkommenheit illusorisch ist, nichtreal ... ich bin in Arcadia, dem Goldenen Zeitalter ... es sind nicht Glaube, Hoffnung und Liebe, die durch den Schleier bis zum Wesen der Dinge vordringen: es ist der Mut ...

Plötzlich dachte Sir John, daß man dieses Ritual zurückdatieren müsse bis zu den ersten Menschen, die sich zusammengerottet hatten, um mit Knochen und Stöcken als Waffen ein gefährliches Raubtier zu jagen.

Jemand hatte ihm eine Frage gestellt.

«Wie?» sagte Sir John, der noch immer über den Teil in sich nachdachte, den er verabscheute, den Teil, der der Norm widersprach. Jeder hat so etwas, dachte er, Durchschnitt ist das, was keiner ganz ist.

«Wie bitte?» sagte er noch einmal.

«Ich fragte, ob du mir die Kleinigkeit von fünf Pfund borgen könntest.»

Was für ein Rückschlag!

Gentlemen pumpten sich nicht in aller Öffentlichkeit an, sie fragten diskret.

Oder war dies ein weiterer Aspekt des verworfenen Steins? Es gibt keine Geheimnisse zwischen wahren Brüdern der Freimaurerei – das Persönliche ist öffentlich, zumindest innerhalb der Loge.

«Fünf Pfund?» wiederholte er. Ganz langsam tauchte ein Bild vor seinem inneren Auge auf, nachdem es so viele Jahre unter dem Wasser gelegen hatte, aufgedunsen, erschreckend weiß: der Körper Geoffrey Wildebloods. Er war gestorben, weil man ihn in eine Situation gebracht hatte, in der er seine Liebe weder leugnen noch gestehen konnte. In einem Teich in Eton, vor mehr als dreizehn Jahren, der Leichnam eines Jungen: Selbstmord, weil er weder den Mut hatte, die Autoritäten zu belügen noch die Wahrheit zu bekennen. Und Sir John Babcock hatte überlebt, war sogar zu einer *führenden Figur* geworden, weil er den Mut hatte zu lügen und zu betrügen, sich zu verstecken und im Hintergrund zu bleiben. Geoffreys

Tod war so unausweichlich wie der Sand und die Steine, nur der heulende Wind klagte um ihn.

«Tut mir leid», sagte Sir John nervös. «Man hat mir alles abgenommen, als man mich auf das Ritual vorbereitete.»

Der deputierte Großmeister schien ärgerlich.

«Hast du nicht bei jeder Initiation geschworen, einen Bruder nicht im Stich zu lassen? Bist du etwa nur zum Spaß Freimaurer? Verstehst du den Sinn nicht?»

Es folgte peinliches Schweigen.

Sir John versuchte es noch einmal. «Sie haben mir alles Geld weggenommen, draußen ... das ist so üblich ...»

«Willst du also sagen, daß du einem Bruder in der Not nicht aushelfen kannst?»

Oh, Gott, dachte Sir John, es geht noch weiter!

«Ich habe nichts», sagte er nervös.

«Sieh in deinen Taschen nach», sagte der Meister. «Vielleicht hat dir jemand geholfen, ohne daß du es gemerkt hast.»

Überrascht faßte Sir John in die Hosentasche und fand eine schwere Fünfpfundmünze darin, obwohl er sie nie für Münzen benutzte. Wieder einer ihrer Tricks: während er noch unter dem Eindruck des Hammers und der biblischen Verse stand, hatte ein Bruder ihm die Münze in die Tasche gesteckt.

Sir John reichte sie dem deputierten Großmeister.

«Vergiß diese Lektion dein ganzes Leben nicht», mahnte der Großmeister ihn feierlich. «Die Situation ist nie so hoffnungslos, wie sie auf den ersten Blick erscheint. Unsichtbar und unerwartet kann aus vielen unbekannten Quellen Hilfe kommen. Sag niemals: ‹Ich habe nichts zu geben›, sondern versuche stets, herauszufinden, wie deine Lage wirklich ist, und sei dir darüber im klaren, daß sich von einem Augenblick zum anderen alles verändern kann, ohne daß du es merkst.»

Dann schlug er die Bibel auf und las: «Denn die ersten werden die letzten sein, die letzten aber die ersten. Viele werden berufen, wenige aber auserwählt.»

Und da wußte Sir John, daß man ihn gezeichnet hatte, obwohl kein Tropfen Blut vergossen worden war.

FÜNF

Aus: Vertrauliche *Aufzeichnungen* zum Freimaurertum, nebst einigen Bemerkungen zur Kritik an derselben, von Pater Henri Benoit (1797):

Um schließlich alle mißtrauischen oder eifersüchtigen Stimmen zu beschwichtigen, möchte ich aufrichtig bekennen, daß es eher die Freimaurerei war, denn meine Ausbildung zum Priester, die es mir ermöglichte, achtunddreißig Jahre in der Bastille zu verbringen, ohne den Glauben an Gott oder die Menschheit zu verlieren. Die Kirche ist zwar der fleischgewordene Körper Christi, wie die Heilige Schrift sagt, ein Körper aber ist durchaus imstande, seinen Geist zu verlieren, worauf dieser gezwungen ist, anderswo Zuflucht zu suchen. Die Korruption innerhalb der Kirche ist, nachdem die Revolution sich zum Ziel gesetzt hat, sämtliche Mißstände in ihr ans Tageslicht zu bringen, so bekannt, daß ich nicht näher darauf eingehen muß. Vielleicht wird man mich für naiv halten, weil ich auch in dieser Zeit noch immer zur Kirche stehe.

Die Sache verhält sich folgendermaßen: die Sakramente haben ihre lebendige Kraft eingebüßt, nicht wegen der Korruption, von der ich gesprochen habe, nicht aus Mangel an Barmherzigkeit oder aufrichtigem Glauben bei vielen ihrer Vertreter, sondern weil sich die Bedeutung der Sakramente im Lauf der Jahrhunderte durch «eitle Wiederholung» verloren hat. Meine Brüder in der Bewegung werden mich sofort verstehen, wenn ich mit Thomas von Aquin sage, daß ein wahres Sakrament ein unauslöschliches Zeichen auf der Seele hinterläßt. Dies ist jedoch nur möglich, wenn die Seele darauf vorbereitet ist, und zwar mittels ähnlicher Phänomene wie sie von Aristoteles in seinem Werk über die Tragödie aufgezeigt wurden. Ein Sakrament ohne die von ihm beschriebene Katharsis ist unmöglich: Schrecken und Mitleid müssen dem Geist, einschließlich seiner vegetativen und animalischen Seele, wie auch der menschlichen Vernunft eingebrannt werden. Dies ist seit Anbeginn der Zeiten die Funktion von Ritual oder Drama.

So konnte in unserer Zeit, als die Menschen sich nicht länger mit «eitler Wiederholung» und der leeren Aufreihung antiquierter Dogmen zufrieden geben wollten, die Freimaurerei an Boden gewinnen. Die Menschen von heute wollen nicht glauben, was andere ihnen sagen, sie wollen selber sehen und erfahren. Die Freimaurerei ermöglicht ihnen Erfahrungen, die alle Ebenen des Geistes erleuchten. Das übrigens ist auch der Grund für die von Kritikern der Bewegung so mißverstandene Geheimhaltung. Jedermann kann in der Heiligen Schrift nachlesen, wie der heilige Paulus ins himmlische Reich erhoben wurde und bei seiner Rückkehr drei Tage geblendet war, doch das Lesen allein hilft ihm nicht, Paulus' Erleuchtung zu teilen. Ein Mann dagegen, der sich nachts an einen geheimen Ort begibt auf der Suche nach spiritueller Erleuchtung, und der dabei Gefahr und Ungewißheit auf sich nimmt, wird sich sein Leben lang an dieses Licht erinnern. Das ist die Natur eines unauslöschlichen Zeichens im Sinne Thomas von Aquins. Manchmal ist das Geheimnis notwendig, um die Spannung zu erhalten, den Kandidaten zu prüfen, den Schrecken der Offenbarung zu wahren – ohne das Geheimnis wäre echte Erfahrung nicht möglich und alles, was sich dafür ausgibt, so langweilig wie (leider!) unsere Kirche heute allenthalben ist.

Was die Behauptung angeht, die Freimaurerei sei als Tarnung für politische Zwecke mißbraucht worden, so muß ich in aller Offenheit gestehen, daß dies durchaus der Wahrheit entspricht. Jedoch ist mir kein Fall bekannt, wo sie für *verwerfliche* politische Zwecke mißbraucht worden wäre. Die Tatsache, daß das Motto der Freimaurerei – Freiheit, Gleichheit, Brüderlichkeit – zum Schlagwort der Französischen Revolution erhoben wurde, zeugt davon, daß sie ein Vorreiter des gesellschaftlichen Umbruchs war, nicht der Tyrannei oder des Aberglaubens. Die wahre Bedeutung der Freimaurerei führt weit über die Revolution hinaus zu höheren Idealen und ehrenvolleren Zielen, die heutzutage nur die wenigsten begreifen werden. Dies läßt sich durch Komponisten beweisen, die eine Initialisierung erfahren hatten, Haydn und Mozart etwa. Tatsächlich rechtfertigt Mozart in der *Zauberflöte* die Freimaurerei eindrucksvoller als ich es mit meinem armseligen Geschreibsel je vermöchte, denn vom ersten dreimaligen Klopfen (dessen Bedeutung jedem klar ist, der die Tragödie des Sohns der Witwe kennt), bis zur triumphalen Wiederkehr der Ideen im Finale ist die Oper eine für das Theater adaptierte Initiation der Freimaurer.

So ruft uns die Bewegung also wie die griechische Tragödie auf, an den ewigen Mysterien mit nüchternem Verstand teilzuhaben, und die Bedeutung des Todes sowie des Triumphes über den Tod in unseren Herzen zu erfahren, aber sie gleicht zugleich der Musik, jener besonderen Errungenschaft unseres Zeitalters. Einer Musik, die über reine Schönheit hinausgeht, um uns herauszufordern, zu entflammen und zu inspirieren, über unsere menschlichen Grenzen hinauszustreben, mehr zu sein, als wir uns je hätten vorstellen können.

Denn unsere Kritiker haben in einem recht, machen wir uns da nichts vor: Die Revolution an sich war nur der Beginn des freimaurerischen Wirkens in dieser Welt. Größere Umwälzungen stehen noch bevor; Doktrinen, die so alt und verinnerlicht sind, daß die Menschen sie für Naturgesetze halten. Aberglaube, der so fest verankert ist, daß er Teil des gesunden Menschenverstands scheint, müssen noch zu Fall gebracht, Freiheiten, die sich heute noch niemand vorzustellen vermag, erkämpft werden. Jeder gläubige Christ betet Sonntag für

Sonntag: «Vater unser, dein Wille geschehe, wie im Himmel, *so auf Erden.*» Nur selten jedoch ist er sich der wahren Bedeutung dieser Worte bewußt; vielleicht wagt niemand zu glauben, daß sie genau das bedeuten könnten, was sie sagen. Ich habe behauptet, die spekulative Freimaurerei sei wie ein Ritual, wie eine Tragödie, wie heroische Musik; einfacher wäre es zu sagen, sie sei der gesammelte Wille all jener, die sich dem großen Werk verschrieben haben. Sie wollen die wahre Bedeutung des Vaterunser am eigenen Leib erfahren, denn der Geist des allmächtigen Baumeisters aller Welten spiegelt sich nicht nur in der wunderbaren Harmonie des nächtlichen Firmaments, sondern auch im täglichen Leben der Menschen überall, wie im Himmel, so auf Erden. Ich habe die Bastille überlebt, denn das unaussprechliche Geheimnis der Freimaurerei zu erfahren heißt, für diese Welt zu sterben und für eine andere, bessere Welt zu leben, für eine Gemeinschaft von Generationen, die noch nicht geboren ist.

SECHS

In jener Stadt, die die Fremden Dunleary nennen, machte Seamus Muadhen eine Initiation durch, die ihn für den Rest seines Lebens zeichnen würde. Sie begann gegen Mitternacht mit dem Hämmern von Gewehrkolben und Soldaten, die mit aufgepflanzten Bajonetten ins Haus stürzten: Die englische Armee war über die Psychologie der Einschüchterung ebenso gut informiert wie Leutnant Loup-Garou in Paris. Mama hat geschrieen, der Kleine jämmerlich geweint. Papa hat geflucht und ist deswegen geschlagen worden, und dann hat man ihn in Gesellschaft eines Dutzends feindseliger Soldaten auf eine lange Kutschenfahrt durch die klirrende Kälte der irischen Winternacht mitgenommen.

Zuerst ließ man ihn eine Weile in einer winzigen Zelle der Armeebaracken am Pier schmoren, dann stieß man ihn einen Gang hinunter zu einem verdunkelten Raum, der von einem einzigen Kerzenstummel erleuchtet wurde, und wo ihn ein englischer Sergeant mit schwarzem Bart und rot angelaufenem Gesicht erwartete.

«Du bist See-mus Mud-hen?» Der Sergeant starrte auf ein Blatt Papier, wahrscheinlich eine Liste all jener, die in dieser Nacht verhaftet worden waren.

Mein Gott, die lernten es nie. «Shaymus Moo-on», wiederholte Seamus langsam.

«Moon also. Das bist du?»

«Wenn meine Mutter eine ehrbare Frau ist, Euer Ehren.» Seamus bediente sich desselben Grinsens, das ihn schon so oft vor Unannehmlichkeiten bewahrt hatte. Er spielte den närrischen Iren, und wenn es möglich gewesen wäre, hätte er sich sein Haar noch röter gefärbt und sein Gesicht mit noch mehr Sommersprossen übersät.

«Keiner von euch Hurensöhnen hat eine ehrbare Mutter», sagte der Sergeant verächtlich. «Was hattest du um sechs Uhr früh auf Dalkey Island zu suchen?»

Das war es also. Wie in O'Lachlanns Geschichte: von solchen Kleinigkeiten kann das Leben eines Menschen abhängen. Seamus überlegte: wenn ich meine Netze bei Howth Head ausgeworfen hätte statt am Bray... Wenn, wenn, wenn! «Nun, Euer Ehren, ich bin Fischer, ich tat das, was alle Fischer um diese Zeit tun: ich fischte. Leider ohne großen Erfolg.»

«So, so. Du bist also ein harmloser Fischer, der nichts mit einer Verschwörung zu tun hat. «Gib's auf, mein Freund, wir wissen mehr als du glaubst!»

Wir wissen mehr als du glaubst, wiederholte Seamus bei sich. Das sagen sie immer, meint Papa, und wenn man ihnen Glauben schenkt, steht man ziemlich dumm da.

«Das muß ein Irrtum sein», sagte er mit dem unschuldigsten

Gesicht der Welt. «Das Leben der Fischer ist hart, Euer Ehren. Sie haben keine Zeit für Verschwörungen. Sie müssen früh morgens raus und arbeiten bis spät in die Nacht, um einen guten Fang mit nach Hause zu bringen.»

«Wir haben Zeugen.»

Noch so eine Falle. *Wir wissen mehr als du glaubst. Wir haben Zeugen.* Als nächstes würde *Sag uns die Namen der anderen und wir lassen dich laufen* kommen. Es war wie der Refrain einer uralten Ballade, die jeder schon tausendmal gehört hatte; der Trick bestand darin, sie neu klingen zu lassen.

«Orra», sagte Seamus ohne aufzugeben. «Auf dieser verdammten Insel wird man jede Menge Männer finden, die Lord North bei einer Verschwörung gesehen haben, wenn man ihnen genug dafür bietet. Ich bin ein ehrlicher Fischer.»

Der wird mir erst glauben, wenn den Schweinen Flügel wachsen und die Feen das Innere der Erde verlassen, dachte Seamus. Doch er legte sein dummes Gesicht nicht ab. Wenn man es nicht einmal versucht, kann man auch nicht gewinnen, dachte er.

«Du bist ein verfluchter Aufständler, darüber kann auch dein blödes Grinsen nicht hinwegtäuschen», schrie der Sergeant. Klar, er spielt seine Rolle, genauso wie ich, dachte Seamus. Wenn wir bloß aufhören könnten mit der Lügerei und ehrlich miteinander umgehen. Aber nein: es ist sein Job, mir nicht zu trauen. «Seit wann kennst du Marcus Rowan?» brüllte der Sergeant noch bedrohlicher.

«Meinen Sie den Bauern Rowan, Euer Ehren? Ich kenne ihn kaum. Vielleicht habe ich in Dun Laoghaire mal ein Bier mit ihm getrunken.»

«Doon Leary?» wiederholte der Sergeant. Die lernten es wirklich nie. «Du weigerst dich also, die Stadt bei ihrem richtigen Namen zu nennen, du Aufwiegler?»

«Sie heißt seit tausend Jahren Dun Laoghaire, Euer Ehren.» Seamus sprach langsam und hörte nicht auf, zu grinsen. «Wir sind ein wenig langsam, müssen Sie wissen. Wir brauchen unsere Zeit, um uns umzugewöhnen. Stellen Sie sich vor, wir gingen hin und tauften London in Baile Atha Cliath um, dann würden Sie auch eine gewisse Zeit brauchen, um sich daran zu gewöhnen.»

«Doonleary, Doonlara, das ist mir einerlei», tobte der Sergeant. «Das einzige, was mich interessiert und zu dieser unchristlichen Zeit vom Schlafen abhält, ist die Verschwörung, die du zusammen mit anderen Rebellen gegen unseren konstitutionellen Monarchen angezettelt hast. Weißt du eigentlich, was Verrat im Sinne des Gesetzes bedeutet?»

Das war zuviel. «Für einen Engländer, glaube ich, ist Verrat die schreckliche Ketzerei eines anderen, sein Vaterland zu lieben.»

«Aha, jetzt zeigst du dein wahres Gesicht. Also: seit wann kennst du Marcus Rowan?»

«Ich sagte es bereits, Euer Ehren. Ich kenne ihn kaum. Mittlerweile kenne ich Sie besser, als ich ihn je gekannt habe.»

Der Sergeant machte eine Handbewegung. Die beiden Soldaten, die Seamus hierhergebracht hatten, traten auf ihn zu und dann explodierte das Zimmer in Millionen von Sterne und kosmischen, allumfassenden Schmerz. Raum und Zeit wirbelten trunken und unendlich lange um ihn herum, bis er ganz allmählich wieder sehen konnte und merkte, daß der Schmerz hauptsächlich im Lendenbereich saß.

Es muß ein Schlag in die Nieren gewesen sein, dachte Seamus, eine Scheißnacht wird das werden.

«Seit wann kennst du Marcus Rowan?» Seamus biß die Zähne zusammen und hielt den Urin ein. «Euer Ehren sollten bessere Löhne zahlen und sich zuverlässigere Spitzel zulegen. Vor allem aber sollten Sie sich hüten, jedem hergelaufenen *fargobawler* Glauben zu schenken: diese Kerle würden für zwei Pence ihre eigene Großmutter verkaufen.

«Fargobawler? Was ist das?»

«Jede Art von Landstreicher, Euer Ehren.»*

* Das alte gälische fag a'bealach («aus dem Weg!») war mittlerweile zur fargobawler anglisiert worden und bedeutete soviel wie »Mißgeburt», «armer Schlucker» oder «Wrack». De Selbys berüchtigter Ausspruch: «Die Iren als Ganzes sind ein anständiges und harmloses Volk, bis auf die Dubliner, eine Mischung aus Iren, Engländern und Dänen, die von jeder Nation die schlechtesten Züge in sich vereinigen und im allgemeinen Fargobawlers sind, deren Intelligenz die einer Amöbe kaum übersteigt.» (*Golden Hours,* a.a.O., II, S. 1056ff) wird von Hanfkopf als schlagender Beweis für seine Theorie angeführt, daß de Selby als Folge des angeblichen Kondomzwischenfalls in der Dubliner Zollbehörde im Alter verbittert war. (Vgl. La Puta: «The Contraband Condom Canard» in: *Journal of Plenumary Time,* III, S. 2). Le Monade dokumentiert, daß, was immer es mit den Kondomen auf sich hatte, es genau in dieser Zeit war, daß de Selbys Briefe an Sophie Deneuve in Paris mit der Aufschrift «Unbekannt verzogen» zurückkamen (*Oeurvre,* a.a.O., XXII, S. 56f). Es war für de Selby unschwer zu erkennen, daß der Vermerk von Sophies eigener Hand stammte, die eine stürmische Liebsaffäre mit Alice B. Toklas begonnen hatte, ohne daß die sonst so eifersüchtige Gertrude Stein Wind davon bekam.

Der Sergeant schaute Seamus über die Schulter. Im selben Augenblick explodierte das Zimmer zum zweiten Mal.

Der Sergeant wartete, bis Seamus wieder einigermaßen klar sehen konnte. «Jetzt hör mal gut zu», sagte er (wieder ein Trick), «du hältst dich vielleicht für einen tapfereren Kerl. In deinem Alter hatten wir alle diese Illusion. Ich habe mehr Schlachten in meinem Leben gesehen als du Fischnetze und ich sage dir, die Männer stürmen nach der ersten Schlacht nur deshalb vorwärts, weil sie genau wissen, daß sie *erschossen* werden, verstehst du, wenn sie sich unerlaubt vom Schlachtfeld entfernen. Und ich verrate dir noch ein Geheimnis, mein

Freund: ich habe mehr als zwanzig Jahre lang mit Rebellen und Verrätern zu tun gehabt, ich kenne mich aus mit Verhören. Jeder Mensch fängt irgendwann an zu reden. Manche brauchen länger, das gebe ich zu. Manche brauchen Tage. Aber jeder einzelne, der auf diesem Stuhl gesessen hat, hat mir schließlich gesagt, was ich wissen wollte. Lieber Himmel, es gab welche, die haben mir Sachen erzählt, die ich gar nicht wissen wollte, so erpicht waren sie darauf, die Sache hinter sich zu bringen. Warum bist du nicht einmal im Leben vernünftig, Moon? Du kannst dir eine Menge Kummer ersparen, *unnötigen* Kummer, wenn du jetzt die Wahrheit sagst. Früher oder später wirst du sowieso den Mund aufmachen und wir sind geduldig. Also: wann bist du Mitglied der White Boys geworden?»

Jessas, Maria und Josef, das war es also! Seamus vergaß das «Euer Ehren»: «Sie haben doch keine Ahnung, Mann! Die White Boys sind Bauern. Sie haben Streit mit euren Lords, weil die ihnen ihre Ländereien weggenommen haben, um ihre Rinder und Schafe drauf zu weiden. Was hat das mit einem Fischer zu tun, frage ich Sie? Mein Geschäft ist das Meer, ist der Fischfang – ich habe auf dem Festland nichts verloren!»

«Die White Boys sind Papisten. Bist du etwa Protestant?»

«Ich schwöre bei Gott, euer Ehren, wenn mich das hier rausholen könnte, würde ich mich sogar als Moslem ausgeben!» Seamus versuchte es noch einmal mit seinem Grinsen. «Die White Boys sind nicht alle Katholiken, Euer Ehren. Es gibt auch Protestanten unter ihnen. Es ist ein Bauernkampf, kein Religionskrieg.»

«Alles was sich auf dieser Insel tut, ist Teil eines Religionskrieges. Immerhin ist es die letzte Hochburg des Papstes im Norden.»

«Wenn man einem Mann sein Land wegnimmt und es den Kühen und Schafen gibt, will er es wiederhaben, egal, ob er katholisch oder protestantisch ist. Offensichtlich kennen Sie sich nicht allzu gut aus in dem Land, das Ihrer Verwaltung untersteht.»

Der Sergeant hob lässig einen Finger. Ein entsetzlicher unerträglicher Schmerz zuckte durch Seamus' Körper. Diesmal schaffte er es nicht, seine Blase zu kontrollieren. Der Soldat wußte genau, wo die richtige Stelle war und wie er zuschlagen mußte, damit die Niere bei jedem neuen Hieb empfindlicher reagierte. Und wie jeder Profi war auch er vermutlich stolz auf sein Können. «Dem hab ich's aber gegeben», würde er vor seiner Frau protzen.

«Seit wann bist du White Boy?»

Seamus keuchte und rang nach Luft, ehe er wieder sprechen konnte. «Nun, Euer Ehren, um die Wahrheit zu sagen: ich bin soeben in den Verein eingetreten. Und Sie und Ihre verfluchten Gorillas sind schuld daran! Aber ihr könnt machen, was ihr wollt, ihr Wichser, aus mir kriegt ihr kein Wort mehr raus!»

Einen Augenblick musterte der Sergeant ihn prüfend. «So einer bist du also», sagte er schließlich. «Ein typisch irischer Starrkopf! Ich hasse diese Szenen», fügte er hinzu, wie zu sich selbst, «Gott weiß, wie ich sie hasse. Aber du wolltest es ja so. Walten Sie Ihres Amtes, Corporal Murphy.» Damit erhob er sich und verließ das Zimmer, ohne die geringste Regung zu zeigen.

Corporal Murphy, ausgerechnet ein Corporal Murphy! Sie fanden immer wieder Iren, die ihnen die schmutzigsten Arbeiten abnahmen.

Dann fühlte er nur noch Schmerz. Sie stellten keine Fragen mehr, das würde erst wieder anfangen, wenn der Sergeant zurückkehrte. Dies war nur eine Lektion für die Störrischen, damit sie lernten, was ihnen blühte, wenn sie nicht redeten.

O'Lachlann von Meath hatte Seamus ein altes Druidengeheimnis gegen den Schmerz beigebracht. Im Geiste löst du dich von deinem Körper und betrachtest dich von einer höheren Warte aus, so als stündest du, sagen wir, auf dem Gipfel des

Howth. Und wenn du hinunterschaust, siehst du ganz tief unten deinen Körper und du sagst: das ist nicht mein Körper, es ist irgendein Körper.

Der Schmerz dauerte an. Seamus wollte es nicht gelingen, dort oben auf dem Howth zu bleiben – er kehrte immer wieder zu seinem Körper und dem Schmerz zurück.

Sollte es nicht auf Anhieb klappen, hatte O'Lachlann gesagt, dann denk zuerst an dein Hemd. Das ist nicht mein Hemd, es ist irgendein Hemd. Wenn ich es verliere, findet es ein anderer und trägt es. Wenn ich meinen Körper verliere, fressen ihn die Würmer. Ich bin weder das Hemd noch der Körper.

Nach zwei oder drei Stunden, gerade als Seamus anfing, das Druidengeheimnis zu verstehen, hörten sie auf.

Das sollte er in den nächsten Tagen lernen: sobald er ohnmächtig zu werden schien oder in Trance fiel, machten sie eine Pause und fingen erst wieder an, wenn er von neuem für den Schmerz empfänglich war.

Diesmal ging Seamus weit über den Howth hinaus, über den Nordpol, bis zu den Sternen. Doch er konnte die Vision nicht halten. Als sie zerplatzte wie eine Seifenblase, dachte er: ein Körper kann höllisch weh tun.

Im Morgengrauen schleiften sie ihn in eine Zelle und ließen ihn von einem Arzt untersuchen. Dieser hatte freilich nicht die Aufgabe, ihn zu behandeln; er sollte nur feststellen, wie lange es dauern würde, bis er sich erholt hatte und fit für die nächste Runde war. Sie wollten nicht, daß er starb, ehe er geredet hatte.

Der Arzt sagte dasselbe wie der Sergeant, nur mit anderen Worten: «Es ist vollkommen sinnlos, glaub mir. Jeder redet hier. Sag ihnen, was du weißt und bring es hinter dich. An die dreißig Mann werden hier festgehalten und keiner wird hinterher sagen können, wer als erster gesungen hat. Erspar dir die Schmerzen, mein Junge.»

«Sasanach ithean cac», keuchte Seamus.

Der Arzt wurde knallrot im Gesicht und verließ das Zimmer. War es möglich, daß er gälisch sprach, oder hatte er die Bedeutung aus Seamus' Tonfall erraten?

Eine Stunde später brachte man Seamus erneut in das Zimmer des Sergeanten.

«Ich hoffe, du bist dir inzwischen über deine aussichtslose Lage im klaren», sagte der. Er sah frisch und erholt aus, hatte sich wahrscheinlich ein paar Stündchen aufs Ohr gehauen. «Laß uns mal annehmen, daß du kein Verräter bist. Laß uns annehmen, du bist nur durch Zufall in diese Verschwörung bei Dalkey Island hineingeraten und unser Informant hat sich getäuscht. Wenn das so wäre, würden wir dir unter Umständen sogar glauben, dann nämlich, wenn du mit uns zusammenarbeitest. Also: wen hast du bei diesem Treffen gesehen?»

Verdammte Scheiße. Seamus sah jetzt klar, der Informant, wer immer es war, hatte die Wahrheit gesagt. Die Soldaten hatten die ganze Zeit gewußt, daß Seamus, der Fischer, nichts mit der Verschwörung zu tun hatte. Die nächtliche Folter hatte ihn nur auf diesen Augenblick vorbereiten sollen, damit er jetzt klug genug war, die Wahrheit zu sagen, statt noch mehr Schmerzen auf sich zu nehmen und Männer zu decken, die er nicht mal gut genug kannte, um sie zu grüßen. Die ganze Nacht hatte er geglaubt, er sei verflucht und würde doch am Galgen enden. Diese Gewißheit hatte ihm den Mut der Verzweiflung geschenkt. Und jetzt war er plötzlich wieder in der Rolle des unschuldigen Zuschauers. Um diese Rolle auszufüllen, brauchte er nur das einfachste und natürlichste von der Welt tun: die Wahrheit sagen. Dann wäre der Alptraum zu Ende.

Er sah vor sich, wie er durch diese Tür ging. Sie würden sich bei ihm entschuldigen, sicher, sie würden ihm sogar Schmerzensgeld anbieten.

Ja, es war das einfachste, natürlichste und ehrlichste, was er tun konnte. Seamus hatte vor, eines Tages Ladenbesitzer zu werden, nicht, sich in die Liste der Märtyrer für Irland aufnehmen zu lassen.

«Nun?» drängte der Sergeant.

Zwecklos: sie hatten ihn angeworben, wie er gesagt hatte. In dem Augenblick, wo der Schmerz seine Blase erreichte, war er zum White Boy geworden.

«Sasanach ithean cac», sagte er schwer atmend.

Der Sergeant seufzte und wirkte plötzlich viel älter als vorher. «Du willst es also nicht anders? Ihr Iren wißt aber auch nie, wenn der Kampf verloren ist. Wie heißt du?»

«Sasanach ithean cac.»

«Wo wohnst du?»

«Sasanach ithean cac.»

«Fällt dir sonst nichts mehr ein?»

«Sasanach ithean cac.»

Der Sergeant wandte sich halb um. «Corporal Murphy, können Sie mir sagen, was das heißt?»

«Tut mir leid, Sergenat, aber ich kenne die Sprache selbst nicht. Sie wird mehr im Westen gesprochen, in Connacht zum Beispiel.»

«Sie lügen, Corporal. Und ich habe keine Lust, mich von einem Rebellen zum Narren halten zu lassen, also was bedeutet es?»

Seamus konnte sich ein Grinsen nicht verkneifen. Es war das einzige, was ihn in dieser Nacht aufheitern konnte.

«Nun, Sergeant», stotterte der Corporal und trat von einem Fuß auf den andern. «Ich glaube, ich habe es schon mal bei einem anderen Gefangenen gehört, Sergeant, und, äh, Sergeant», er hielt inne und starrte auf den Fußboden, als hätte er einen Schilling verloren, «ich glaube, ich weiß, was es ungefähr heißt.» Er holte tief Luft. «Ich fürchte, es bedeutet, äh, daß die Engländer eine merkwürdige Art zu essen haben, Sir. Tut mir leid, Sir.»

Der Sergeant verzog keine Miene, nur seine Ohren liefen rot

an. «Das ist doch bestimmt nicht alles», sagte er sanft. Dann wandte er sich wieder an Seamus. «Du hast dich also für den harten Weg entschieden, junger Mann. Schön. Dann holen Sie den Eimer, Corporal Murphy.»

Der Sergeant lehnte sich zurück und nahm einen Schluck Tee. «Du scheinst etwas verrückt zu sein, junger Mann, aber ich will dir eine letzte Chance geben. Wir werden davon ausgehen, daß du gestern zufällig an der Insel vorbeigekommen bist. Wir werden keine Anklage gegen dich erheben. Du kannst nach Hause zurückkehren und weiter deinem Beruf als Fischer nachgehen. Wir bieten dir sogar ein hübsches Sümmchen als Schmerzensgeld, wenn du ehrlich mit uns bist. Doch ehe wir dir einen Schaden zufügen, der dich für dein ganzes Leben zeichnet, nenn uns die Namen der Männer, die sich gestern auf Dalkey Island befanden.» Bevor Seamus auch nur den Mund aufmachen konnte, setzte er noch hinzu: «Es ist ein Kampf der Bauern, das hast du selbst gesagt. Warum willst du für sie dein Leben aufs Spiel setzen? Also, mein Freund, ich höre.»

Seamus hätte um ein Haar gesagt: «Es gibt drei Dinge auf der Welt, denen ich nie vertrauen würde: dem Huf eines Pferdes, dem Horn eines Bullen und dem Versprechen eines Engländers!», aber er beherrschte sich gerade noch rechtzeitig. Wenn man sich mit so einem auf eine Diskussion einließ, verselbständigten sich die Worte, dann kam der erste Versprecher und dann war es irgendwann einfacher, weiterzureden als den Schmerz zu ertragen. Der einzige Weg in so einer Situation war eiserner Widerstand. Drei Worte oder gar nichts.

«Sasanach ithean cac.»

Corporal Murphy kam mit einem Blecheimer zurück.

«Das von heute nacht war nur der Anfang», erklärte der Sergeant traurig. «Jetzt werden wir dir erst richtig die Hölle heiß machen. Willst du dir das nicht lieber ersparen? Also ein letztes Mal, Junge, rede!»

«Sasanach ithean cac.»

Der Sergeant stand auf und verließ das Zimmer erneut. Er war ziemlich zartbesaitet für einen Engländer. Corporal Murphy und der andere banden Seamus an seinem Stuhl fest. Dann stülpten sie ihm den Eimer über den Kopf, so daß er nichts mehr sehen konnte. Als Corporal Murphy sich zu ihm herunterbückte, konnte Seamus seinen stinkigen Atem riechen.

«Jetzt mußt du dich entscheiden. Ein paar von den andern haben bereits gestanden und wir wissen mehr als du ahnst. Mach dich doch nicht unglücklich, Junge.»

In diesem Moment wäre Seamus beinahe weich geworden. Er hatte von dem Eimer gehört und wußte, daß viele danach nicht mehr richtig im Kopf waren. Er erinnerte sich, wie er mit den anderen Jungs vor langer Zeit darüber geredet hatte, wie sie sich gegenseitig auf die Probe gestellt und Angst eingejagt hatten: «Wenn du die Wahl hättest zwischen geblendet werden oder beide Beine verlieren... stell dir vor, du müßtest dich entscheiden zwischen Fingernägel ausreißen oder Schwanz abschneiden... was würdest du machen, wenn sie sagen, entweder Scheiße fressen oder rechtes Auge verlieren...» Bei all den imaginären Folterungen waren sie stets einhellig der Ansicht gewesen, daß sie alles in Kauf nehmen würden – Blindheit, Verkrüppelung, Tod – statt das Risiko einzugehen, den Verstand zu verlieren. Denn das war mit einigen passiert, die man mit dem Eimer gefoltert hatte.

Sie können mir alles nehmen, dachte Seamus mit einer plötzlichen Klarheit, die so kalt und schockierend war wie das Wasser von Glendalough, sogar mein Leben, wenn sie wollen, aber nicht den Mut, der nur mir gehört und den nur ich selbst aufgeben kann.

Er biß die Zähne zusammen und schloß die Augen, um auf den Anfang zu warten. Und dann barst ihm der Kopf, und er war blind und taub vor Schmerz, während die Soldaten den Eimer mit ihren Gewehrkolben traktierten.

Seamus kotzte über sein Hemd, genau wie damals, als er bei

einem Sturm zum ersten Mal seekrank geworden war, doch der Schwindel hatte nicht aufgehört, im Gegenteil, er war nur noch stärker geworden und er hatte gewürgt und immer weiter gekotzt und die Orientierung verloren und jeden Sinn für Realität. Zeit und Raum hatten sich auf bizarre Art verändert. Seamus brauchte das Druidengeheimnis nicht, um seinen Körper zu verlassen, denn er hatte ihn bereits verloren, als Zeit und Raum anfingen, sich um ihn zu drehen. Das Boot tanzte auf und ab, kippte nach Steuerbord und nach Backbord, einen Moment schoß es auf Howth Head zu und im nächsten ging es im Zickzack zurück über die Irische See, dann flog es hoch hinauf – er hätte nie geglaubt, daß eine Welle so hoch sein konnte – und im nächsten Augenblick stürzte es in einen Schacht pulsierender, brüllender Finsternis. Es war wie das erste Mal mit einem Mädchen – der Höhepunkt hatte sein Bewußtsein so vollkommen überwältigt, wie er es sich in seinen kühnsten Träumen nicht hatte ausmalen können, doch jetzt erschauerte er nicht vor Lust, es war wie damals, als er Zahnschmerzen hatte und seine Backe angeschwollen war wie eine Melone; er hatte zum Barbier gemußt, um sich den Zahn mit einer Zange herausziehen zu lassen. Es war psychischer Terror, schlimmer als die Seekrankheit, schlimmer als der Zahnschmerz, der Schwindel oder die Angst, es war das Gefühl, kein Mensch mehr zu sein, sondern ein dummes Tier, das nicht dachte, nur litt, ohne Verstand, ohne Ich, nur das grenzenlose Gefühl des Schreckens und der Verlassenheit, das sich von überall und seit Ewigkeiten um ihn zusammenballte. Er hatte Angst, verrückt zu werden, Angst, schon verrückt zu sein. Er war zu Tode erschöpft und wußte doch, daß dies erst der Anfang war.

Verstand und Wille setzten vollkommen aus. Es gab keine andere Form des Daseins als den Schmerz. Sie hatten ihm einen Eimer über den Kopf gestülpt und dagegen geschlagen, aber das war vor langer Zeit und an einem anderen Ort; jetzt wußte er nicht mehr, wo er war, was mit ihm geschah, nur, daß seine unsterbliche Seele verloren sein würde, wenn ihn der Verstand verließ und der konnte sich nicht mehr daran erinnern, an was man sich erinnern muß, um zu wissen, wer man war und wo man war.

Wenn nur dieses verfluchte Krachen, diese schrecklichen Explosionen aufhören würden, dann könnte er sich vielleicht erinnern, wie er nach Hause kommen sollte. Es war sehr wichtig, nach Hause zu kommen, doch er war zu müde und verwirrt – es fiel ihm nicht ein, welcher Weg ihn zum Planeten Erde zurückbrachte.

Die Feen kamen von allen Seiten her über den Berg, näher, immer näher.

«Ist das wirklich?» fragte Seamus.

«Ist was wirklich?»

«Das was mit Raum und Zeit geschieht.»

«Was ist los?»

«Bitte helft mir.»

«Bist du wirklich? Wer sind wir? Wer steckt dahinter?»

«Helft mir.»

«Ist Gott verrückt? Wie konnte das passieren?»

«Wenn du mir sagst, wo das Problem liegt, kann ich dir vielleicht helfen?»

«Wer ist denn das schon wieder?»

Es war, als würde er sterben. Doch dann überkam ihn Entsetzen: er würde niemals sterben können, dies würde in alle Ewigkeit so weitergehen. Alles war automatisch. Es gab kein Leben. Nur Maschinen, die dieselben mechanischen Vorgänge wiederholten. Er hatte geglaubt, ein menschliches Wesen zu sein; die Welt für stabil gehalten; Raum und Zeit hatten ihm nie etwas bedeutet. Die ganze Zeit hatte er gedacht, er hätte alles unter Kontrolle und nun kontrollierte ihn die Maschine. Er war nie geboren worden, würde niemals sterben. Rädchen in Rädchen, die sich drehten. Er übergab sich.

«Bitte helft mir.»
«Was brauchst du?»
«Bitte.»
«Wir verstehen dich nicht.»
«Es fängt wieder an.»
«Es fängt wieder an.»
«Wer seid ihr?»
«Wir sind eins.»

Alles, was er hatte verteidigen wollen, war verloren. Es ging zu schnell, als daß er die Kontrolle hätte behalten können. Wenn er alles ein bißchen bremsen könnte, würde er vielleicht wieder wissen, wer er war und was mit ihm passierte. Er war entweder ein Mensch oder eine Maschine, die so angelegt war, daß sie sich verhielt wie ein Mensch. Es gab weder Anfang noch Ende noch Zeit da draußen. Er hatte sein Leben, viele Leben, Millionen von Leben damit verbracht, etwas zu finden, um die Welt zu verbessern, aber nichts würde je besser werden. Es war immer dasselbe: Rädchen, die sich drehten, Puppen, die in ruckartigen Bewegungen übereinander herfielen, die niemals endende Tollheit eines blinden Universums, in dem Gott an gebrochenem Herzen gestorben war.

Und dann war es, als blicke er in einen tiefen Schacht, in reglose Finsternis, in die er plötzlich hineingesogen wurde, tiefer und immer tiefer. Er hörte einen schrecklichen, unmenschlichen Schrei, der nur sein eigener sein konnte, in jener Folterzelle, aber dann stürzte er in die innere Spirale, das älteste keltische Symbol für die Wiedergeburt und auch die Form der heidnischen Bestattungshügel, die die Bauern für Feenhügel hielten: Seamus stürzte hinein, glitt hindurch – ein alter Druidentrick – und dann trug er die Spirale auf seinem Gewand. Es war das Zeichen der Heere von Brian Kennedy von Borumu, der die Wikinger aus Irland vertrieben hatte. Nur ein ebenso tapferer Held wie er konnte die verfluchten Engländer aus dem Land jagen. Brian hatte seinen Feldzug begonnen, als er achtzehn war, ein Jahr älter als Seamus. Und er hatte siebzig verdammte Jahre gekämpft, bis am 23. April 1014 die letzte Hochburg der Wikinger in Dublin fiel. Und Seamus war dabei gewesen, damals bei Clontarf, als er noch Padraic Muadhen hieß, er war sein eigener Urahne, und Zeit hatte nichts damit zu tun, was einem Mann jenseits der ewigen Spirale von Geburt und Tod widerfuhr, in ausweichlicher Ewigkeit, die so unbeugsam wie ein Diamant war, wie ein Stein, Sand, Sternenglanz.

Er wußte, daß sein Haar grau geworden war. Er war alt, unglaublich alt.

«Könnten wir das Ganze nicht etwas beschleunigen? Es ist so langsam und unwirklich.»

«Keine Frau, kein Pferd, kein Schnurrbart.»

«Warum kann ich nicht sterben, oder verrückt werden oder so was?»

«Du gehörst Gott, nicht mir, du bist der Liebling der Engel.»

Augen wie die eines Spaniels erfüllt von einem hebräischen oder arabischen Wort – der Sohn der Witwe, der singende Sonnengott, der einen ersten Tod starb und ein funkelndes zweites Leben begann, verwelkt wie Gras, betrauert nur vom weindunstigen Wind –

«Wir sind eins. Nur eins. Für immer.»

Nichts kann Sonne und Mond aufhalten, mehr *mouches* als ein Sack voll Flöhe – ein verstecktes Grab, ein unterirdischer Fluß, ein Kode, chiffriertes, geheimes Wissen – Liebe, Lust, Einsamkeit und die ewige Klage der brüllenden See, vergangen wie Lorbeer und betrauert nur vom falkendurchschossenen Wind – immer müssen es Profis sein und *zufällig* stehen sie stets mit dem Stein in Verbindung.

«Ich löse mich auf. Stück um Stück.»

Tod, Schande und die Saat der Verzweiflung – grüne Hoffnung wie der Bulle, der durchs rauhe Rot der Brunftzeit tänzelt

– Donner und Blitz und der Mob mit menschlichen Köpfen auf Pfähle gespießt – wenn du die Welt wiederfindest, wirst du sie von Mauern übersät sehen –

«Die Geister verblichener Damen, Veilchenparfüm in einem alten Kleid ...»

Der Schrei eines Kindes aus einem Alptraum voller Gnome und die Tränen eines tapferen Mannes – das Unausweichliche: Sternenglanz, Sand und zertretene Muscheln, vergangen, vergangen und betrauert nur vom klagenden Wind –

Ich wurde auserwählt für die Folter und das Kreuz, denn *es gibt kein anderes Opfer.* Ich bin allein. All dies ist mein Werk.

«Ja, ich kann niemanden opfern als mich selber, sonst gibt es niemanden zu opfern.»

Als sie ihn schließlich in seine Zelle zurücktrugen, war er nur noch ein Bündel zuckender Nerven. Immer wieder löste er sich von seinem Körper, besuchte den Gipfel des Howth, den Nordpol, Connacht im Westen, wanderte kreuz und quer durch die Zeit, beobachtete die Schlacht von Clontarf, wo er gegen die Wikinger gekämpft hatte, geriet in eine Höhle, wo sie gerade einen Bären geopfert und sich mit dessen Blut beschmiert hatten, ging weiter und kam in ein Zimmer, wo er an einer Maschine arbeitete, die dachte wie ein Mensch und GWB-666 hieß, und landete endlich in einem Kaffeehaus, wo er sich mit einem sodomitischen Priester und einem Italiener namens Hagbard Celine verbündete.

Er brauchte mehr als eine Stunde, bis er sich bewußt wurde, daß er Seamus Muadhen aus Dun Laoghaire war und man das Jahr 1771 schrieb.

Er stank nach Kotze und Urin. Seine Nase war eine blutende Masse. *«Sasanach ithean cac»,* schleuderte er den kahlen Wänden entgegen, beschämt, daß er weinte, beschämt, daß er geschrien hatte, beschämt, daß er sich in die Hose gemacht hatte.

Sein einziger Gedanke war *Babcock.* So hießen die englischen Hunde, denen fast das ganze Land in der Gegend gehörte. Sie waren die Anführer; die Soldaten nur ihre Handlanger. Er würde sich die Verantwortlichen vorknöpfen und die anderen dem Teufel überlassen. Babcock. Den Namen würde er nicht vergessen.

Dann schleppten sie ihn wieder in die Folterzelle und machten sich daran, seine Fingernägel mit Zangen zu bearbeiten.

Zwölf Jahre zuvor hatte ein junger Protestant aus Dublin, der am Trinity College Rechtswissenschaften studierte, mit einem Werk über die Verfolgung der irischen Katholiken durch die englische Regierung begonnen. Er argumentierte gründlich und präzise, so wie es sich für die Rechtswissenschaftler des achtzehnten Jahrhunderts gehörte. Punkt für Punkt bewies er, daß es in der gesamten Weltgeschichte keinen Fall von Verfolgung gegeben hatte, der so brutal, grausam und langwierig gewesen war wie dieser. Da er selber Protestant war, konnte man ihn kaum als voreingenommen den Katholiken gegenüber bezeichnen.

Er hieß Edmund Burke, und er schrieb das Buch nie zu Ende. Er fand es zu hart, es würde das englische Feingefühl verletzen. Er zog nach England, wurde ins Parlament von Bristol gewählt und versuchte dort geduldig und langsam die Gesetze zu verändern, um das Leid der katholischen Mehrheit seines Landes zu lindern.

Burke mußte sehr geduldig arbeiten, denn er sah sich mit Angst und Vorurteilen konfrontiert, die auf Hunderte von Jahren Gewalt auf beiden Seiten zurückgingen.

Doch Edmund Burkes langsame Methode war nicht gerade dazu angetan, einem Mann wie Seamus Muadhen, der drei Fingernägel verloren hatte und sich stöhnend vor Schmerzen auf seiner Pritsche wand, Mut zu machen.

SIEBEN

Aus dem *Tagebuch Lady Maria Babcocks (1771):*

Schwanger zu sein und in England zu sein sind, in meinem Gedächtnis stets untrennbar miteinander verbunden. Die Aufregung, die Freude, die Angst und das Wissen, daß ich Mutter werden sollte, vermischten sich mit der Entdeckung eines neuen Landes, neuer Menschen, eines neuen Lebens. Es ist, als hätte Maria Maldonado, das junge Mädchen, aufgehört zu existieren und Lady Babcock ihren Platz eingenommen. Wenn ich zum protestantischen Glauben übergetreten wäre – was John, Gott segne ihn, nie von mir verlangt hat –, hätte die Verwandlung unmöglich stärker sein können.

Kein Neapolitaner würde glauben, daß Menschen in diesem Klima überleben können, besonders im Winter, trotzdem ist es mir leichtgefallen, mich daran zu gewöhnen. Viel schwieriger ist es, sich an die englische Lebensweise und ihre Art zu reden anzupassen. Es ist unsinnig, ich weiß, aber manchmal, wenn wir Gäste haben und das Gespräch auf die üblichen Themen kommt, die John und seine Freunde so brennend interessieren, fühle ich mich sehr unbehaglich und merke plötzlich, daß es die uralte Angst vor der Inquisition ist, die aus den tiefsten Winkeln meines Seins heraufkriecht. Wenn ich mir dann sage, daß es diese Institution hier nicht gibt, komme ich mir vor wie die Heldin eines Romans, die Schiffbruch erleidet und unter Piraten oder Araber fällt.

Dabei gibt es nichts Unzivilisiertes an diesen Menschen, im Gegenteil, sie sind so höflich und taktvoll, daß mir die Neapolitaner dagegen bereits wie lärmende Kinder erscheinen. Ich kann mir nicht vorstellen, daß ein Engländer vor Angst an den Fingernägeln kaut oder einen anderen im Streit erdolcht. John hat mir gesagt, daß auch sie Leidenschaften, ja sogar Rachegelüste kennen, daß sie in solchen Fällen jedoch bei bestimmten Persönlichkeiten des öffentlichen Lebens ein bestimmtes Wort fallenlassen, und schon ist die Karriere des Betreffenden ruiniert. Das Merkwürdige aber ist, daß all diese höflichen und freundlichen Menschen ständig fluchen wie die neapolitanischen Kesselflicker, sich darin gegenseitig zu überbieten suchen und sich dessen auch noch rühmen. Ich habe angefangen, Johns Lieblingsschriftsteller zu lesen, einen gewissen Mr. Swift, und wenngleich ich seinen Humor und seine moralischen Unterweisungen bewundern muß, stehen mir die Haare zu Berge, wenn ich an seine Sprache denke. Dabei war er ein Kirchenmann!

John und seine Freunde reden auch über den König und seine Vorfahren in einer Art, die mich manchmal beängstigt. In Neapel würde jeder, der so schäbig von König Ferdinand spricht, im Kerker landen. In der Tat habe ich manchmal das Gefühl, unter Mohren zu sein, obwohl diese Menschen auf ihre protestantische Weise hingebungsvolle Christen sind. Eine schreckliche Ausnahme, die ich glücklicherweise nie getroffen habe, ist Mr. John Wilkes, der für John und seine Freunde ebenso wie für das Volk ein Held ist, obwohl er mehrere Male aus dem Parlament ausgestoßen wurde und wegen Beleidigung und obszöner Reden im Gefängnis gesessen hat. Mr. Wilkes soll mit der berüchtigten «Abtei von St. Francis» in Verbindung stehen, einer Gesellschaft von Freidenkern und Atheisten, die ein perverses Vergnügen darin finden, die Sakramente des Christentums lächerlich zu machen.

Derselbe Wilkes hat Dinge über den König veröffentlicht, die sogar für John und seine Freunde extrem sind. Außerdem hat er einen gewissen *Essay on Woman* geschrieben, von dem John eine Kopie in seiner Schublade versteckt hat, wahrscheinlich weil er glaubte, dort würde ich sie nie finden. Ich muß gestehen, daß diese Verse selbst die Sprache von Mr. Swift in den Schatten stellen. Mr. Wilkes verunglimpft meine Geschlechtsgenossinnen nicht, wie es so viele Philosophen unfairerweise getan haben, sondern preist sie in einem hymnischen Wortschwall, den man fast als religiös bezeichnen könnte, wenn seine Ausdrucksweise nicht über alle Maßen vulgär und beleidigend wäre. In Neapel würde er für die Veröffentlichung solcher Texte verbrannt werden. Trotzdem ist er beim Volk äußerst beliebt, denn er hat sich kompromißloser als jeder andere für die Rechte der armen Arbeiter und Bauern eingesetzt. John sagt, er sei zwar ein unverschämter Kerl, habe aber zu viel Ehre im Leib, um zum Verbrecher zu werden.

Wie soll ich, die ich im katholischen Neapel aufwuchs, mich je an ein Land gewöhnen, in dem ein Straftäter wie John Wilkes ein Edelmann ist, der kurz vor seiner Wiederwahl ins Parlament steht?

Während ich mir alle Mühe gebe, diese freiheitliche Nation zu verstehen, in der die Adeligen mit jedem Satz über Gott und den König herziehen und Atheisten wie John Wilkes bewundern, werde ich von Tag zu Tag runder und bin mir stets von neuem des Wunders bewußt, das in mir wächst. Ich erinnere mich an das erste Mal, als ich die heilende Kraft in meinen Händen spürte oder das Oratorium aus Händels *Messias* hörte, und mich von meinem Körper löste, um zu den Sternen zu fliegen – aber dies ist noch schöner und noch ehrfurchtgebietender. Trotz der morgendlichen Übelkeit bin ich glücklich und so von Gottes Licht erfüllt, daß ich zuweilen wie auf Wolken gehe. Am liebsten würde ich einfach loslaufen und alle Menschen heilen, die ich treffe, obwohl das genau das ist, wovor Mutter Ursula mich so eindringlich gewarnt hat, als sie erkannte, daß ich die Gabe besitze. (Eigenartig: die Engländer würden mich dafür nicht als Hexe verbrennen, sondern zur Betrügerin erklären und fordern, daß ich meine «Tricks» offenbare.)

Ich bin eine Fremde in einem fremden Land. Ich verstehe weder die Menschen um mich herum noch das Wunder in mir, aber ich weiß, daß Gott mich benutzt, um eine neue menschliche Seele zu schaffen, die halb englisch, halb italienisch, halb katholisch und halb protestantisch sein wird, und die daher ein außerordentliches Schicksal erwartet.

Und jetzt sage ich etwas Dummes: wenn Gott mir in körperlicher Gestalt erschiene, würde ich nicht wie Maria Magdalena seine Füße waschen, sondern auf ihn zugehen und ihn umarmen. Jene, die Gott nicht so lieben wie ich, haben nie die Schönheit des Lebens gekostet.

ACHT

Unter dem drohenden Koloß des Vesuv, mitten im südländischen Gewimmel des sonnigen Neapel, las ein alter Mann namens Pietro Malatesta den Brief zum zweiten Mal und versuchte sich einzureden, es sei ein Mißverständnis oder ein grausamer Scherz.

Mit gebrochenem Herzen ... mein innigstes Beileid ...

Ich lernte Ihren geistreichen Neffen vor wenigen Monaten ... sprach häufig von Ihnen ... es ist zu grausam, die Eltern ... Sie ihnen die traurige Nachricht so schonend wie möglich ...

... Unfall beobachtet ... unerklärlich ... Wasser verschlang ihn in wenigen Sekunden ... mehrere tapfere Männer, die nach ihm tauchten ... nicht einmal die Leiche ... Bestattung in Neapel ... nochmals, mein innigstes Beileid ... ein fröhliches Wesen ... seine Musik ...

Ja, dachte Pietro, Sigismundo hatte eine Vision, nach der er durch Wasser sterben würde.

Sigismundo ist tot. Es ist nicht möglich und doch ist es

wahr. Der Cousin des Königs von Frankreich hat es mir geschrieben, kein Geringerer als der Herzog von Chartres. Und ich höre, daß er ein Bruder in der Bewegung ist.

Zwei Ertrunkene innerhalb weniger Jahre: Sigismundos Cousin Antonio 1767 und jetzt er. Wenn ich nicht aufpasse, werde ich selbst noch an den Fluch der Malatestas glauben.

Letztes Jahr hat er ein Duell überlebt, nur um jetzt in den Fluten zu ertrinken, das ist die verrückte Logik des Schicksals.

Und dann merkte der alte Pietro Malatesta, daß ihm die Tränen über die Wangen liefen.

Sigismundo war sein Liebling gewesen, sein ganzer Stolz, alle Freimaurer von Neapel, sogar der alte Abraham Orfali, der mehr *baraka* hatte als alle anderen, hielten Sigismundo für etwas Besonderes: für den Auserwählten, von dem in den Prophezeiungen die Rede war. Und jetzt ein solcher Tod, ein Unfall in einem fremden Land.

Die stille Luft berührte sein Gesicht. Tief einatmen, sagte er sich. Eine schwierige Aufgabe steht dir bevor. Trag sie wie ein Mann.

Das Schicksal ist fächerförmig, das ist eine der ersten Lektionen in der F. R. C. Die Zukunft, die manche Menschen voraussagen, kann nur eine von vielen Möglichkeiten sein. Die Welt ist ungewiß. Die Zukunft, die wir für ihn gesehen haben, existiert irgendwo – vielleicht in Gottes Geist –, aber hier auf der Welt wird sie sich nicht manifestieren.

Mit einem Schmerz in der Brust ähnlich dem im letzten Jahr, als er an einen Herzanfall glaubte, lief Pietro den Hügel hinunter zu den Celines, um seiner Schwester Liliana, Sigismundos Mutter, die traurige Nachricht zu überbringen.

Sigismundo Celine, der in der Bastille verschwunden war, hatte nun offiziell aufgehört zu existieren – selbst für seine Familie.

Sigismundo hatte sich mittlerweile so oft über die Kälte beschwert, daß man ihm einen großen Vorrat an Decken gegeben hatte.

Jede Nacht, sobald es dunkel wurde, hängte er sich zehnmal aus dem Fenster. Wie ein Seiltänzer trainierte er seine Muskeln und Reflexe, damit er die Angst vor dem Fallen verlor.

Dann setzte er sich, in Decken gehüllt und trotzdem am ganzen Leib zitternd, auf das Bett und machte sich an die Arbeit. Er hatte gelernt, die Decken Faden für Faden auseinanderzunehmen. Es war ein zermürbendes Geschäft, monoton und langwierig; nur ein Gefangener brachte diese Geduld auf.

Wenn er genug Fäden beisammen hatte, knüpfte er sie von Hand zu einem Strick zusammen.

Mit der Zeit wurde er immer geschickter. In der ersten Nacht hatte er dreißig Zentimeter geflochten, in der zweiten waren es bereits sechzig und in der dritten fast anderthalb Meter.

Wenn die Sehkraft nachließ und die Müdigkeit ihn zur Aufgabe zwang, schob er den Strick unter die Matratze und schlief sofort ein. Und jede Nacht kam früher oder später derselbe Alptraum: er kletterte an seinem Seil die Mauer herunter, als er mit einem Mal von Angst überwältigt wurde und losließ – und tiefer, tiefer, immer tiefer fiel...

Egal, dachte er beim Aufwachen. Ich kann mit der Angst fertig werden, wenn ich wach bin. Das Wort «unmöglich» haben Narren erfunden und Feiglinge, um ihr eigenes Versagen zu rechtfertigen. Hauptsache, sie kommt *nur* im Schlaf.

Mittlerweile taten sich diverse Alternativen auf:

Pater Benoits Quellen hatten verraten, daß er nicht auf der schwarzen Liste stand. Daraufhin hatte er einen Brief an den liberalen Herzog von Chartres schmuggeln lassen, in dem er ihn von seinem Verdacht gegen den Grafen Cagliostro und seiner unrechtmäßigen Verhaftung in Kenntnis setzte. Der Herzog würde Nachforschungen veranlassen; zumindest konnte man darauf hoffen.

Sigismundo hatte versucht, einen Brief an seine Familie in Neapel herauszuschmuggeln, obwohl Pater Benoit ihm gesagt hatte, daß Briefe ins Ausland niemals über die Mauern gelangten, auch, wenn man nicht auf der schwarzen Liste stand.

Weiterhin konnte es nicht schaden, die Wärter und ihre Gewohnheiten zu studieren. Mit einer gestohlenen Uniform und einem guten Bluff schaffte man es vielleicht über die Zugbrücke, wenn man kaltblütig genug war und etwas Glück hatte. Das setzte voraus, daß man einen Wärter allein erwischte und ihn rasch und unauffällig zum Schweigen brachte – diese hier waren jedoch stets zu zweit.

Inzwischen erweiterte Sigismundo seine Französischkenntnisse, indem er jedes einigermaßen interessante Buch aus der Gefängnisbibliothek verschlang. Als er mit den geistreichen und tiefgründigen Werken fertig war, griff er zu Romanen und machte sich einen Spaß daraus, sie in verschiedene Typen aufzuteilen. Erstens: Der Held ist Opfer einer ungeheuerlichen Ungerechtigkeit, tritt einen langen Leidensweg an, überwindet alle Hindernisse und rächt sich an seinen Feinden. Zweitens: Die Heldin ist Opfer einer ungeheuerlichen Ungerechtigkeit, tritt einen langen Leidensweg an, heiratet einen reichen Mann und vergibt der Hälfte ihrer Feinde (die andere Hälfte hat sich – meist durch eigenes Verschulden – bequemerweise selbst aus dem Weg geräumt). Drittens: Der Held, von niederer Geburt, zieht von Land zu Land, verführt eine Frau nach der anderen (wie durch ein Wunder, ohne sich je die *Pocken* zu holen) und erfährt am Ende, daß er der Sohn eines Marquis ist und dessen Titel und Ländereien erbt. Viertens: Die Heldin gerät in ein Spukschloß, wo sie unsäglichen Schrecken ausgesetzt ist, und heiratet wie die Heldin aus dem Modell zwei den reichen Schloßherrn, der in Wirklichkeit ein Vampir ist. Fünftens: Der

Autor hat anscheinend etwas Wichtiges zu sagen, vergißt jedoch unterwegs die Handlung. Die meisten Romane dieser Art waren «aus dem Englischen übertragen» und schienen von einem gewissen Sterne zu stammen.*

* Sigismundo lebte nicht lange genug, um Sechstens kennenzulernen: Der Held begibt sich auf die Jagd nach einem großen, wilden Tier, hält jedoch dauernd inne, um über Gott, die Natur und das Schicksal zu philosophieren; am Ende begegnet er dem Tier und tötet es oder wird von ihm getötet oder sie töten sich gegenseitig.

Dann wandte Sigismundo sich der Lyrik zu. Die langen Gedichte zeigten, daß der Autor dieselbe Verehrung für Homer hegte wie Sigismundo. Gewöhnlich zog der Held durch die Welt, bestand allerlei natürliche und übernatürliche Abenteuer und kehrte am Ende heim. Die kürzeren dagegen behaupteten in der Regel, diese oder jene Frau habe eine bemerkenswerte Ähnlichkeit mit diesem oder jenen Phänomen (Sonne, Blumen, Vögel, Sterne usw.) und das Herz des Dichters dementsprechend mit diesem oder jenen anderen Phänomen (einsame Wüste, verwundetes Tier, dunkle Höhle); schließlich lief es darauf hinaus, daß es nur eine natürliche Lösung für diese natürliche Verbindung von natürlichen Phänomenen gab. Sigismundo vermutete, daß die Dame sich ihrer Kleider entledigen solle.

Der Strick machte Frotschritte.

Und Sigismundo dachte, vielleicht unternimmt dieser Chartres etwas. Vielleicht schickt Onkel Pietro, wenn er nichts von mir hört, jemand um Nachforschungen anzustellen.

Eines Nachts schaffte Sigismundo es, zehn Minuten am Fenstersims zu baumeln, ehe er sich ins Zimmer zurückschwang, und dies war sein erster Versuch an diesem Tag. Er machte eine kurze Verschnaufpause und fing noch einmal von vorne an.

Er spürte keinen Schwindel. Allmählich gewöhnte er sich daran, in vierzig Meter Höhe zu hängen und sich auf Muskeln und Reflexe zu verlassen. Es ist wie beim Fechten, dachte er, was zuerst schwierig erscheint, wird später zum Kinderspiel. Nachdem er drei Stunden an seinem Strick gearbeitet hatte, schlief er wie eine Katze und träumte nicht mehr vom Fallen.

NEUN

Im irischen Dun Laoghaire war mittlerweile englische Gerechtigkeit widerfahren. Sechs geteerte Leichen baumelten an den frisch errichteten Galgen vor den Armeebaracken.

Die übrigen vierundzwanzig Gefangenen wurden entsprechend der Politik, die im Reich der nie untergehenden Sonne so erfolgreich war, entlassen. Man hängte die Anführer und begnadigte die anderen. Diese Strategie hatte zwei Funktionen: sie bewirkte einen oberflächlichen Eindruck von Milde und nährte zugleich das Mißtrauen unter den Überlebenden.

Als Seamus Muadhen zusammen mit den anderen dreiundzwanzig Krüppeln, die verhört worden waren, auf die Straße am Strand kam, entdeckte er die sechs geschwärzten Leichen: sechs Klumpen Fleisch, die einmal Menschen gewesen waren.

Darüber Sonne auf bunten Federn: ein lauter Schwarm von arktischen Seeschwalben, die wütend schrien, abdrehten und in Richtung Clontarf schossen.*

* Es war de Selby (*Golden Hours,* a.a.O., XLIV, S. 763), der diese Spezies als Seeschwalben identifizierte. Sie kommen nur während der Wintermonate und nur in Dublin vor. Hanfkopf (*Werke,* VI, S. 203–205) geht ausführlich auf diese Theorie ein und behauptet, sie sei das erste Anzeichen für de Selbys angeblichen «völligen geistigen Zusammenbruch» nach der Sophie-Deneuve-Affäre gewesen. La

Fournier, der getreu seiner Einstellung, daß man de Selby «rein medizinisch gesehen weder als normal noch krankhaft veranlagt, philosophisch jedoch als Monstrum» bezeichnen könne, hält die Seeschwalben-Debatte für «irrelevant» und spricht von «teutonischer Starrköpfigkeit» (vgl. *De Selby: l'Enigme de l'Occident*, a.a.O., S. 104).

Seamus' rechte Hand war eine verkrüppelte Klaue; es würde drei Jahre dauern, bis er sie wieder voll benutzen konnte. Er hatte immer noch Ohrensausen, und am Rand seines Blickfelds tauchen gelegentlich schlangen- und katzenartige Dinge auf, die jedoch verschwanden, wenn er sich entschlossen sagte, daß es nur Halluzinationen waren. Von der Bucht blies eine steife Brise herüber und forderte die Gehenkten zum Totentanz. Mein Gott, man roch sogar den Teer, mit dem sie die Leichen haltbar gemacht hatten.

Die vierundzwanzig Überlebenden musterten sich mißtrauisch. Alle schienen die gleichen Schmerzen zu haben und alle hinkten, trotzdem hatte die Begnadigung genau die Zweifel gesät, die beabsichtigt gewesen waren. Jeder fragte sich, wer der Spitzel war, jeder bezichtigte den anderen und suchte im Nachbarn jenen, der vielleicht nur so tat, als sei er gefoltert worden.

Keiner konnte sicher sein. Aber vielleicht befand sich der Informant auch gar nicht unter ihnen, vielleicht hatten sie ihn nicht mal zur Tarnung verhaftet. In diesem Fall könnte es jemand gewesen sein, den sie an diesem verfluchten Morgen in Dalkey Island nicht einmal bemerkt hatten, an jenem Morgen, der jetzt schon so weit weg schien, weil sie damals alle noch normale Menschen gewesen waren und gehen konnten, ohne zu stöhnen, und unter den Tisch schauen, ohne sich davon überzeugen zu müssen, daß die schrecklichen Sachen, die sie gesehen hatten, nur Halluzinationen gewesen waren.

Vierundzwanzig Krüppel, dachte Seamus, die sich untereinander nie wieder trauen werden, denn der Spitzel könnte einer von ihnen sein.

Die bittere Ironie an der Sache war, daß er selbst, trotz der nicht zu übersehenden Spuren der Folter, in den Augen der übrigen dreiundzwanzig der Hauptverdächtige war. Schließlich hatte er weder ihren Eid geschworen noch sich ihrer Sache angeschlossen. Er war ein Außenseiter, nicht mal ein Bauer wie die anderen.

«Sechs Märtyrer mehr für das alte Irland», hörte er Matt Lenehan hinter sich sagen. Sechs dumme Narren, die die Macht des britischen Imperiums unterschätzt hatten und nicht mal zum Zuge gekommen waren, als man sie ergriff und am Galgen aufknüpfte wie Fische zum Trocknen.

Nach dem Verhör war nun auch er auf dem besten Weg, ein solcher Narr zu werden. Er haßte die Engländer mehr als er seinen eigenen Tod fürchtete.

Dann sahen sie, wie die Händler des Ortes sich vor ihren Läden aufgebaut hatten. Sie werden sich unsere Gesichter merken, dachte Seamus. Für uns wird die Armee keine Spitzeldienste mehr zahlen müssen. Jeder Protestant in der Stadt wird auf uns aufpassen wie ein Schießhund.

Seamus und Matt und die anderen humpelten die Straße entlang, vorbei an den feindseligen Gesichtern.

Und dann stimmten die Händler, diese Männer der Kirche von England, denen die Insel gehörte, *ihr* Lied an, das noch aus der Zeit der Schlacht von Boyne stammte. Sie sangen laut und stolz, und ihre Stimmen waren erfüllt von Triumph und Drohung:

Ihr armen Rebellen, Eure Stunde hat geschlagen,
Wenn ihr den Klang uns'rer Trommeln vernehmt,
zu Williams Gedenken hißt seine Flaggen!
Orange über grün, das werdet ihr sehn –
Nieder, nieder, nieder mit den Aufständischen!

Diese Hymne des Hasses sangen sie seit achtzig Jahren und in Ulster würden sie auch die nächsten zweihundert Jahre noch bekannt sein.*

* Zum Beispiel, als Premierministerin Margaret Thatcher kürzlich äußerte, sie sähe keine Notwendigkeit für eine neue Politik in Nordirland, und die *Irish Press* vom 15. Oktober 1984 diese Ansicht unter der Schlagzeile «NIEDER MIT DEN AUFSTÄNDISCHEN» veröffentlichte.

Und dann fiel Seamus endlich ein, wo er das mit dem Sohn der Witwe gehört hatte. Es war in Dublin gewesen, auf dem Eden Quay, an der dunklen, tanzenden Anna Liffey, dem Fluß, von dem die *shanachies* sagten, er sei in heidnischer Zeit eine Hexe und eine Göttin gewesen. Ein Mann wäre nicht weit von ihm von einem durchgegangenen Pferd zu Tode getrampelt worden, hätte sich nicht in letzter Sekunde ein anderer dazwischengeworfen, um ihn zu retten. Und Seamus hatte so nah daneben gestanden, daß er den Schweiß des Pferdes gerochen und die Worte des Retters gehört hatte. «Für den Sohn der Witwe, Mann», hatte er gemurmelt, als der andere sich bedanken wollte; später hatte jemand aus der Menge gesagt, beide seien Freimaurer gewesen.

Dann stimmte Seamus ein Lied an und die übrigen dreiundzwanzig fielen ein und schleuderten es trotzig den Fremden entgegen, die ihre Insel besaßen, ohne sie zu kennen oder zu lieben:

Verbrannt das Haus; Exil und Tod
Zerstörten unser Glück
So fleht das Volk in schwerer Not
Daß Charlie kehrt zurück
Flieg, Bonnies Boot, schnell wie ein Pfeil
«Vorwärts!» der Schrei der Matrosen

Führe das Kind, zum König geboren
Über das Meer zum Heil.

Doch die Händler waren in der Überzahl und kein anderes irisches Gesicht ließ sich auf der Straße blicken. Das Lied der Loyalisten übertönte das von Bonnie Prince Charlie. Der Refrain hallte Seamus und seinen Kumpanen nach, als sie geschlagen aus der Stadt humpelten:

NIEDER, NIEDER, NIEDER MIT DEN
AUFSTÄNDISCHEN!

Im Jahre 1687 ließ Jakob II., der nach dem Tod seines Bruders Charles den englischen Thron bestiegen hatte, eine Erklärung zur Freiheit des Gewissens verlesen, in der er die bürgerlichen Freiheiten der Episkopalier, Juden, römischen Katholiken und anderer Ketzer, eingeschlossen diverse Sekten mit so bizarren Namen wie Ranters, Howlers oder Quäker wiederherstellte. Es war das liberalste Dekret, seit der unitarische Ketzer Johann Stanislaus, König von Transsylvanien, im Jahre 1568 seinem Land absolute religiöse Freiheit gewährt hatte.

Das Parlament, das fast ausschließlich aus Männern der Kirche von England bestand, mißbilligte Jakobs Deklaration zur Freiheit des Gewissens; die meisten hielten sie für einen Schwindel, mit dessen Hilfe Jakob eine katholische Diktatur errichten wollte. Daher setzten sie ihn 1688 wieder ab und erhoben seinen Halbbruder, Wilhelm von Oranien, auf den Thron, der die Deklaration seines Vorgängers prompt aufhob und die Kirche von England zur einzig legitimen im Reich erklärte.

Es folgten die Jakobitenkriege und Jakobs Niederlage 1690 in der Schlacht am Boyne, im Norden von Dublin. Trotzdem hatte die Sache der Jakobiten überlebt – unter den irischen Katholiken, den schottischen Episkopaliern und den englischen Unitariern. Die Stuarts lebten und waren von ihrem Pariser Exil aus international aktiv. 1746, nach der Niederlage von Jakobs Erben *Bonnie Prince Charles* bei Culloden, mußten die Jakobiten in den Untergrund; sie gingen seltsame Allianzen ein und akzeptierten die eigenartigsten Doktrinen. Als Seamus Muadhen und die White Boys von Dun Laoghaire das alte schottische Lied über Bonnie Prince Charlie sangen, meinten sie nicht mehr Charles Edward Stuart. Sie besangen den, der ihnen verheißen worden war: «das Kind, zum König geboren», das alle Menschen auf den britischen Inseln repräsentieren würde, nicht nur die Anhänger der Kirche von England.

Seamus wußte nicht, daß die White Boys an ein mystischeres Ziel glaubten. Er kannte weder ihre Version vom Sohn der Witwe noch ihre geheimen Lehren über den König der Welt.

Seamus hatte nur einen Gedanken: die Babcocks. Sie waren die Verantwortlichen, denen das Land hier gehörte; die englische Armee dagegen war nur ihr Werkzeug. Seamus hatte ein Hühnchen mit den Babcocks zu rupfen.

ZEHN

In Ingolstadt traf sich Graf Cagliostro, der Mann mit den violetten Augen und der samtweichen Stimme, mit dem Jesuitenpater Adam Weishaupt. Der Pater war jung, gutaussehend und hatte die schmierige Art eines Scharlatans. Für gewöhnlich hörte er lieber zu, als daß er sprach. Man mußte schon ganz genau hinsehen, um in seinen Augen dieselbe innere Kreuzigung zu erkennen wie in denen Cagliostros.

«Wer?» fragte Weishaupt gerade, sichtlich schockiert.

«Mein verdammter Bruder Sigismundo. Schon wieder!»

«Aber er ist doch der Eine ...»

«Er wird der Eine sein, *wenn die Sterne es wollen*. Im

Moment ist er nur unser gefährlichster Gegner. Obwohl er nicht ahnt, jedenfalls noch nicht, über welche Macht er verfügt. Er ist wie ein Pulverfaß, das sich seiner brennenden Lunte nicht bewußt ist.»

Weishaupt überlegte einen Augenblick. «Was hat er unternommen, seit Sie ihn den, äh, weltlichen Verlockungen entzogen haben?»

«Seinen Ausbruch geplant, schätze ich, er schmuggelte auch einen Brief an Chartres hinaus.» Cagliostro lächelte kurz. Es war ein Lächeln wie Mondschein auf einem Grabhügel.

«Er ist naiv», sagte Weishaupt. «Aber das ist Teil der Prophezeiung, nicht wahr? Wenn er der eine ist... *Et in Arcadia ego*... ich glaube es ja manchmal selbst. Was ist mit seiner Familie?»

«Chartres hat ihr kondoliert. Angeblich hat er mit eigenen Augen gesehen, wie Sigismundo in der Seine ertrunken ist. Leider ist die Leiche nie gefunden worden.»

«Sehr gut. Trotzdem war es klug, Frankreich eine Zeitlang zu verlassen. Besteht Chartres nicht mehr auf der scheinbar einfachsten Lösung?»

«Er fürchtet die Prophezeiung.»

«Und den Kode in der Parzival-Legende. Welche Stufe hat Sigismundo erreicht?»

«Wir glauben, den dritten oder vierten Grad einer italienischen Loge. Aber die sind Außenseiter, sie haben praktisch keine Ahnung, was das wirkliche Geheimnis angeht. Sigismundo hält sich immer noch für einen guten Menschen.»

«Was das betrifft – ‹Der Feind hat das Kreuz, wir haben Christus.› – Haben Sie das schon einmal gehört?»

«Ja. Und herzlich gelacht.»

«Sagen Sie, wird es eigentlich nie einsam, wenn man Gut und Böse so weit hinter sich gelassen hat?»

«Ich darf sie daran erinnern, Vater, daß es Ihr Orden war, der als erster erklärte, der Zweck heilige die Mittel.»

«Nicht jeder Zweck. Und nicht alle Mittel. Aber ich will Ihnen keine Vorlesung in Moraltheologie halten. Wir sprechen über ein bestimmtes, drängendes Problem. Ich habe einen praktischen Vorschlag zu machen.» Weishaupt beugte sich vor und flüsterte Cagliostro etwas ins Ohr.

«Das ist vollkommen unmöglich», erklärte dieser.

«Sie mögen den zweiunddreißigsten Grad erreicht haben, mein Lieber, aber Sie verstehen das Werk nicht wirklich.»

«Es gibt in der Freimaurerei von heute niemanden wie mich. Ein Wort von mir und die aussichtslosesten Fälle sind auf der Stelle geheilt.»

«Das heißt nichts, viele alte Bauersfrauen sind da genauso erfolgreich wie Sie, aber vorsichtig genug, die Öffentlichkeit zu meiden, damit man sie nicht als Hexen verbrennt. Das sind Kindereien. Worauf wir von der Priorei hinauswollen, ist viel anspruchsvoller, verstehen Sie...»

«Ich...»

«Denken Sie darüber nach.»

«Es ist unmöglich.»

«Das sind Worte der großen Lüge. Nichts ist unmöglich für den Wächter des Grals und des Baumes.»

«Die ganze Welt auf den Kopf stellen...»

«Was sagte König Salomon? Und was ist Ihnen passiert?»

«Nein, Sie sind nicht verrückt. Es *ist* möglich.»

«Und es wird geschehen. Wunder sind kein Problem. Nur die Immanentisierung braucht eine Weile.»

«Ewige Blumenkraft», sagte Cagliostro.

«Und ewige Schlangenkraft», schloß Weishaupt.

Der junge Pater Weishaupt wirkte auf den ersten Blick wie ein freundlicher und völlig unscheinbarer Mensch, hatte sich aber, ohne es zu wissen, bereits einen zweifelhaften Ruf in der Umgebung von Ingolstadt erworben. Die Leute fingen an zu tuscheln, sobald er außer Hörweite war. «Stille Wasser sind tief», sagten sie und tippten sich bedeutungsvoll an die Stirn. «Man weiß nie, was er in Wirklichkeit denkt.»*

* Adam Weishaupt hat möglicherweise für mehr Kontroversen innerhalb der Freimaurer-Illuminaten-Bewegung gesorgt als jede andere Gestalt des späten achtzehnten Jahrhunderts. Während konservative Autoren wie Guy Carr *(Pawns in the Game)* und Nesta Webster *(World Revolution: The Plot Against Civilisation)* ihn nur als dämonischen Schurken bezeichnen, spricht ein Vertreter der John Birch Society gar von einem «Monster» (vgl. Gary Allen: *Die Insider*), Will Durant wiederum *(Rousseau and Revolution)* tut ihn als naiven Menschenfreund ab. Aleister Crowley zählt Adam Weishaupt in *Confessions of a Drug Fiend* zu einem seiner Vorgänger als Großmeister des Argentum Astrum. Eine von Weishaupts Tarngesellschaften, die alten und erleuchteten Seher von Bayern, wurde von der bayerischen Regierung im Jahre 1785 verboten, änderte daraufhin ihren Namen in *Lesegesellschaft* um (wie Neal Wilgus in *The Illuminoids* belegt) und setzte ihre Aktivitäten ungeniert fort.

Nur seine Mitbrüder in der Loge Theodor zum guten Rat wußten, das Adam Weishaupt Freimaurer war. Nur der Großmeister der bayerischen Freimaurer wußte, daß Weishaupt in die sogenannte «Priorei» aufgenommen worden war. Und nur Cagliostro, Casanova und noch zwei oder drei andere wußten, daß Weishaupt entweder der äußere Führer des Argentum Astrum war oder die Tollkühnheit besaß, so zu tun, als sei er es.

Und nur die übrigen Mitglieder der «Priorei» wußten, daß Weishaupt im Besitz einer der sieben Kopien des sogenannten «Baumes» war. Es handelte sich um eine Art Stammbaum, dessen Name durch die geheimnisvolle Formel *Et in Arcadia ego* ersetzt worden war. Ganz oben standen die Namen, die die gegenwärtige Generation repräsentierten: der Herzog von Chartres, Charles Edward Stuart, der Münsteraner Bischof

Maximilian von Habsburg-Lothringen und mehrere andere – einschließlich Sigismundo Celine.

Am Tag nach seinem Treffen mit Cagliostro hatte Pater Weishaupt eine seiner berüchtigten «Zeitvisionen». Er dachte nicht mehr in Jahren oder Jahrzehnten, sondern in Äonen. Hastig brachte er seine neu gewonnenen Erkenntnisse zu Papier:

Ich glaube, es ist an der Zeit, daß wir uns in die Illegalität begeben. Sobald ich Zeit finde, werde ich mir ein Pseudonym ausdenken und ein Buch schreiben, das uns als Schwindler und Betrüger entlarvt.

Da die meisten Menschen dumm sind, werden viele dieser Maskerade Glauben schenken und es werden andere Bücher folgen, die ebenfalls vor uns warnen.

Es ist notwendig, daß die meisten dieser Werke fanatisch, irrational und haßerfüllt sind; es ist jedoch weder notwendig noch wünschenswert, daß alle so sind. Wichtig ist, daß die meisten dieser Untersuchungen völlig absurd klingen, damit die Gelehrten das Thema gar nicht erst ernst nehmen. Auf diese Weise wird man glauben, daß wir entweder nicht existieren oder aber die Verkörperung machiavellinischer Umtriebe sind. Nur so werden wir Gewähr dafür bieten können, daß die, denen es gelingt, sich von der unsäglichen Masse abzusetzen, den Weg zu uns finden, da sie sich nicht von dem beeinflussen lassen, was sie irgendwo lesen, sondern selbst nachdenken.

Es wären sogar Bücher denkbar, die nach außen vor uns warnen, insgeheim jedoch daran arbeiten, uns neue Mitglieder zuzuführen – Menschen, die sich weder von der öffentlichen Meinung noch von angeblichen «Experten» täuschen lassen, sondern in der Lage sind, zwischen den Zeilen zu lesen.

Pater Weishaupt war von seinen neuen Ideen so angetan, daß jedem in Ingolstadt an diesem Tag sein Lächeln auffiel.

Noch in derselben Nacht traf er sich mit seinem Vorgesetzten bei den Rittern von Malta und erstattete einen detaillierten Bericht über die angeblichen Pläne der bayerischen Freimaurer. Die meisten Details waren von A bis Z erfunden.

Er war entzückt zu sehen, daß man ihm jedes Wort glaubte.*

* Solche Doppelagenten sind häufiger als man aus der Lektüre gewisser Thriller vermuten könnte, denn die Autoren solcher Romane geben sich Mühe, das Vertrauen ihrer Leser nicht überzustrapazieren, und die Fakten zeichnen sich im allgemeinen nicht eben durch Glaubwürdigkeit aus. Vgl. zum Beispiel John Mastermans Werk *The Double Cross System in the War of 1939–1945,* Yale University Press 1972, in dem der Autor beweist, daß die Briten während des Zweiten Weltkriegs nicht nur viele oder die meisten, sondern buchstäblich alle deutschen Spione in England «umgedreht» (angeworben) hatten – ein Erfolg, der so überwältigend war, daß nicht einmal die M15 daran glaubte, bis der Krieg vorbei war und man die Berichte des deutschen Geheimdienstes in Händen hielt. Vgl. auch David A. Yallop: *Im Namen Gottes? Der mysteriöse Tod des 33-Tage-Papstes Johannes Paul I.,* München 1984. Yallop behauptet, daß die Freimaurer-Verschwörung Propaganda Due den Vatikan infiltrierte, die Kontrolle über die Vatikanische Bank übernahm und Papst Johannes Paul I. vergiftete. Yallop, ein Journalist, der sich durch Verantwortungsbewußtsein und sorgfältige Recherche auszeichnet, deutet an, daß einige seiner Informationen von Quellen im Vatikan stammen, die heute noch gegen die freimaurerische Unterwanderung kämpfen.

Doch Weishaupt hatte nie viel von der Intelligenz der Ritter von Malta gehalten.

«Machiavelli war kein politischer Philosoph», sagte Sir John Babcock mit schleppender Stimme, ein wenig belustigt von der Klarheit seines Geistes und der Tatsache, daß der Raum sich langsam um ihn zu drehen schien, «der alte Junge verfaßte verkappte Theologie, um dem Ärger mit der Inquisition aus dem Weg zu gehen. In Wirklichkeit ist der Fürst, den er beschreibt, Gott: der Erzverschwörer und kosmische Taschenspieler, der sich überall versteckt hält.»

Er hatte sich im Turk's Head Tavern auf der Gerard Street ein paar Krüge von dem neuen irischen Getränk – *Guinnes extra stout* – genehmigt. Es war ein langer und harter Tag im House of Commons gewesen, das fest entschlossen schien, die amerikanischen Kolonien wegen ihrer aufrührerischen Aktivitäten der letzten Jahre zu «bestrafen». Sir John war zusammen mit Edmund Burke, Pitt und noch ein paar anderen für eine Aussöhnung eingetreten, statt das Problem mit den Kolonien auf die Spitze zu treiben, aber sie waren überstimmt worden. Sir John befürchtete, daß ein Krieg mit den Kolonien unausweichlich war – eine Aussicht, die er verabscheute.

Vielleicht hatte er einen über den Durst getrunken, dachte er nach seinem etwas blasphemischen Scherz. Möglicherweise kam seine Verbitterung wieder zum Vorschein; er würde seine Zunge hüten müssen. Auch wenn der Raum sich im Kreise drehte.

«Nun ja», sagte Burke, ein Mann, der sich niemals unbestimmt ausdrückte, «ich schätze, Gott ist so groß und einzigartig, daß sich jeder sein eigenes, unvollkommenes Bild von ihm machen kann. Gewöhnlich ist es ein stark vergrößertes Abbild unserer selbst, behaupten die Zyniker.»

Sir John spürte, wie die Angst ihm die Kehle zuschnürte, als wäre in diesem Augenblick seine eigene Maske abgefallen, als hätte der stets aufmerksame und analytische Burke Sir Johns Rollenspiel durchschaut. «Ich wollte nicht sagen, daß Gott finstere Motive hat», beeilte er sich hinzuzusetzen, «nur, daß er in einer Art und Weise wirkt, die uns völlig fremd ist.»

«Die Philosophie ist eine große Erleichterung, wenn man den ganzen Tag versucht hat diesen Holzköpfen auf der anderen Seite Logik beizubringen», antwortete Burke milde.

Burke ist eine Spur zu milde, dachte Sir John, oder ich habe zu viel *stout* getrunken. Doch das Bild wollte ihm nicht mehr aus dem Kopf: Gott als Machiavellist war das Abbild seiner eigenen wahren Natur. Wenig später entschuldigte er sich und verließ die Schenke.

Moon, der neue Kutscher, wartete vor dem Haus.

«Zurück zum Hotel, Sir?»

«Nein» sagte Babcock. «Ich will heute nacht noch nach Hause. Bring mich nach Babcock Manor.» Es war eine lange Fahrt und morgen früh würde er mit Verspätung im House of Commons erscheinen, aber er wollte Maria sehen.

Als sie die Lichter der Stadt hinter sich gelassen hatten und in die Dunkelheit des Landes eintauchten, dachte Sir John: Burke weiß nichts. Ein so frommer Mann wie er würde sich sofort zurückziehen; er würde mich verachten. Er wäre keinesfalls so freundlich und höflich. Es ist nur das schlechte Gewissen, das mich plagt.

Außerdem war er Maria schon seit mehr als einem Jahr treu geblieben. Es hatte keine Jungs mehr gegeben.

Viele Männer, dachte er, mehr als man sich vorstellen kann, machen in ihrer Jugend solche Erfahrungen und wachsen darüber hinaus. Moon pfiff vor sich hin, während er von seinem Sitz aus die Pferde lenkte. Sir John dachte voller Mitgefühl an seinen Kutscher. Zweifellos hatte es ihn nach England verschlagen, weil er in Irland mit dem Gesetz in Konflikt geraten war. Die verkrüppelte rechte Hand und die drei fehlenden Fingernägel erzählten eine Geschichte, die Sir John ohne Schwierigkeiten verstand; immerhin war er selbst in Dublin aufgewachsen, als sein Vater dort Richter gewesen war.

Außerdem war Moons rechtes Auge nicht ganz in Ordnung. Er war nicht in der Lage, es zu fokussieren.

Sir John hatte sämltiche Anträge Burkes unterstützt, die die Iren von den Penal Laws befreien sollten. Doch jedesmal waren sie von einer überwältigenden Mehrheit überstimmt worden. Ich beruhige doch nur mein Gewissen, sagte sich Sir John, wenn ich einen Iren einstelle, der ganz offensichtlich mit Revolutionären unter einer Decke gesteckt hat.

Nun, Moon war ein tüchtiger Arbeiter. Ihn zu behalten bedeutete nicht nur Nächstenliebe, er war sein Geld wert.

Sir John erinnerte sich noch an ihre erste Begegnung:

«James Moon», hatte er gesagt. «Das war zu Hause in Meath wahrscheinlich Seamus Muadhen, nicht wahr?» Muadhen oder Moon gab vor, aus Meath zu stammen, was bedeutete, daß er wahrscheinlich aus Cork oder Wexford kam.

Die Überraschung auf dem Gesicht des Jungen war perfekt gewesen. Offensichtlich hatte er noch nie einen Engländer getroffen, der sich so sehr für Irland interessierte, daß er gälisch lernte.

Seamus pfiff vor sich hin, während er die Pferde zum Galopp antrieb. Sir John erkannte die Melodie:

Es war ein schöner Frühlingstag
Und hallt' ein groß Geschrei
Die Vöglein sangen früh bis spat
Von Irland, das war frei!

Ein Rebellenlied. Sir John lächelte. Der Junge konzentrierte sich auf die Pferde und merkte nicht einmal, wie belastend sein Pfeifen war.

Früher oder später verraten wir uns alle, dachte Sir John, und wieder überkam ihn die Angst, als er dabei an sich selbst dachte.

Gott zu einer Art Machiavelli zu erklären konnte nur jemandem einfallen, der selber machiavellistische Züge hatte.

Setze ich mich denn nicht immer für die menschliche Sache

ein? Versuche ich nicht, ein guter Ehemann zu sein? Lassen wir die Vergangenheit ruhen – ich habe die «kindischen Dinge» längst abgelegt.

Du lebst eine Lüge, sagte ihm eine innere Stimme. Du weißt genau, was du beim Anblick gewisser Jungs fühlst, Jungs, die so brutal gut aussehen, daß sie dich immer noch anrühren.

Im selben Moment sah Sir John etwas, das ihm zuerst wie ein weiterer machiavellistischer Trick Gottes erschien.

Ein donnerndes Etwas stürzte vom Himmel herab, weißglühend wie der Geist in einem Märchen oder die Feen von Irland, und landete mit ohrenbetäubendem Krachen auf einem Feld nicht weit vom Wegesrand.

Ein «Donnerkeil».

Ein Phänomen, das nicht existierte, wenn man der Royal Scientific Society folgen wollte. Ein Mythos, an den nur Bauern glaubten.

Und es glühte noch immer.

«Moon!» schrie Sir John und klopfte mit seinem Spazierstock auf das Dach der Kutsche. «Halt an, halt auf der Stelle an!»

Die beiden Männer standen neben der Kutsche und starrten auf den glühenden Stein. «Hast du gesehen, wie er herunterkam?» fragte Sir John und kam sich vor wie in einem Schauerroman von Walpole.

«Gewiß habe ich es gesehen, Sir.» Moon wirkte überhaupt nicht erschrocken. Natürlich, dachte Sir John: ihm waren schon öfter Spuren von Bildung an dem Jungen aufgefallen.

«Hast du keine Angst?»

«Angst vor einem Stein? Nein, Sir, das einzige, was mir Angst macht, sind die gottverdammten Menschen.»

Sir John war schnell von der Meinung abgekommen, Gott habe diesen Gegenstand geworfen, um ihm das Unergründliche eines machiavellistischen Gottes zu demonstrieren. Das hier war ein Naturphänomen besonderer Art und die Beziehung zu seinen Gedanken dabei rein zufällig.

«Ich will ihn ausgraben», sagte Sir John vorsichtig und unterdrückte seine Erregung. «Er könnte von großer wissenschaftlicher Bedeutung sein. Schauen wir nach, ob er noch zu heiß ist, um ihn zu bergen.»

Die beiden Männer gingen quer über das Feld, und Sir John fiel wieder einmal auf, daß Moon kein einfacher Bauer war. Er schien Sir Johns Wissensbegierde zu verstehen und zeigte auch nicht die geringste Angst, daß der Stein böse Feen beherbergen oder sie um hundert Jahre in der Zeit zurückversetzen könnte.

Als sie vor dem «Donnerkeil» standen, der sich bereits von hellgelb zu milchiggrau verfärbte, hatte Sir John dasselbe Gefühl wie bei den vier Initiationen zum Freimaurer. Die Royal Scientific Society hatte unrecht, was solche Objekte anbelangte; die Bauern hatten recht, und wieder einmal wurde dadurch *alles* in Frage gestellt. Eine derartige Ehrfurcht, ein solches Staunen hatte er in der Kirche niemals erfahren, und trotzdem spürte er jetzt und hier den Hauch des ewigen Mysteriums.

Wer war es doch gleich, der gesagt hatte: «Es gibt keine Steine im Himmel, daher fallen auch keine Steine vom Himmel»?

Aber offensichtlich gab es doch Steine im Himmel und Sir John hatte soeben einen davon zur Erde fallen sehen. Was mag es dort noch alles geben, was wir nicht wissen? fragte er sich. Das Himmelreich? Das war Aberglaube, andererseits – wo kam dieses verfluchte Ding sonst her?

«Such einen starken Ast», sagte er nervös, «irgendwas, mit dem wir ihn heben können.»

Sir John hatte sein Leben einem Ideal von Gerechtigkeit gewidmet, das allmählich durch eine Erkenntnis vergiftet wurde: es war verteufelt schwer, in dieser Welt auch nur annähernde Gerechtigkeit zu finden. Doch jetzt hatte ihn eine neue

Leidenschaft gepackt, nun würde er sich wie ein echter Naturphilosoph der nackten Wahrheit widmen. Die Royal Scientific Society hatte sich geirrt. Sir John hatte dieses Ding mit eigenen Augen vom Himmel fallen sehen; es war seine Pflicht, die Royal Scientific Society zu informieren. Er ahnte schon, daß das ein nicht gerade einfaches Unterfangen werden würde, aber das spielte keine Rolle – er war auch im Parlament oft genug scharf angegriffen worden, weil er die amerikanischen Kolonisten verteidigt, die Sklaverei verurteilt und sogar versucht hatte, die Penal Laws abzuschaffen, um die Religionsfreiheit wieder einzuführen. Er hatte keine Angst vor der öffentlichen Meinung. Außerdem war er im Besitz des Steins – kein Mensch würde die Existenz eines derart merkwürdigen Materials leugnen können.

Sir John hörte Moon hinter sich.

Seamus zögerte, zögerte nun schon seit Monaten. Das lag aber nur teilweise daran, daß Babcock nicht der Übeltäter war, den Seamus sich in der Folterzelle von Dun Laoghaire vorgestellt hatte. Er hatte auch deshalb immer wieder einen Rückzieher gemacht, weil er eine solche Tat einfach nicht fertigbrachte. Immer wieder hatte er sich eingeredet, es wäre klüger, auf den richtigen Augenblick zu warten, um dann zuzuschlagen und unerkannt zu entkommen. Aber das waren nur Vorwände gewesen, denn er hatte mehr als eine Gelegenheit gehabt, und alle waren verpufft und vergangen im wilden Wind dieses Sommers.

Seamus hatte gelernt, daß es nicht schwer war, einen Mord zu planen. Da war der Mann, den er haßte, der Mann, der den Tod verdient hatte, und da war er selbst, allein mit ihm. Er brauchte nur noch zuzustechen, zu schießen oder ihn niederzuknüppeln. In der Realität aber war das alles viel komplizierter. Der Mann hatte eine Frau und er konnte nicht umhin, sich ihren Blick vorzustellen in dem Moment, wenn sie es erfuhr. Obendrein war sie schwanger und er dachte an das ungeborene

Kind. Nebenbei erfuhr er, daß sie, Lady Babcock, einen Bruder hatte, der nach einer Verletzung bei einem Duell halb verrückt geworden war, und fragte sich, was noch mehr Gewalt in ihrem Leben anrichten würde.

Die Wahrheit ist, dachte Seamus, als er sich jetzt im Dunkeln an Sir John anschlich, daß große Eroberer und Erbauer von Reichen Menschen sind, die gelernt haben, solche Gedanken zu unterdrücken. Hier ist ein Mann, der sterben muß, denken sie und töten ihn. Und das ist das Ende. Wir, die wir an den nächsten Schritt und an den übernächsten denken, sind nicht diejenigen, die Geschichte machen. Wir sind deren Opfer. Und nur weil wir zuviel Phantasie haben. Wenn irgendein Minister in Europa soviel Einbildungskraft hätte wie ich, dachte Seamus kläglich weiter, hätte er nicht das Zeug, eine Armee zu mobilisieren und es gäbe keine Geschichte. Geschichte wird von Menschen gemacht, die keinen Gedanken an die Folgen ihres Handelns verschwenden. Von Engländern zum Beispiel.

Babcock war Engländer (zum Teufel mit seiner Frau und dem ungeborenen Kind, zum Teufel auch mit dem nächsten und übernächsten Schritt) und Irland würde erst frei sein, wenn genug Engländer den Tod gefunden hatten, das war die Logik der Geschichte.

Doch Seamus zögerte. Mir ist es nicht bestimmt, Geschichte zu machen, dachte er, ich bin nur ihr passives Opfer.

Hamlet hatte sich nicht zum Handeln entschließen können, weil er an der Universität von Heidelberg zuviele Bücher gelesen hatte. Vielleicht habe ich auch zu viel gelesen, dachte Seamus, zuviel jedenfalls für einen einfachen Fischer in einem eroberten und geknechteten Land.

Seamus umklammerte den dicken Buchenast. Ein Hieb und Babcock wäre am Boden. Vier oder fünf weitere Schläge und sein Hirn würde aufplatzen wie eine reife Melone. Es bedurfte kaum mehr Anstrengung als eine Ratte zu töten. Es war sogar einfacher, denn Ratten sind schlauer und hinterlistiger als ein idealistischer junger Mann, der sich noch nie Gedanken über den Ursprung seines Wohlstandes gemacht hatte.

Und ein Kind würde von der trauernden Witwe geboren werden, und dieses Geschöpf würde auf eine Art und Weise geprägt sein, die man unmöglich vorhersagen konnte.

Wenn das Kind überhaupt geboren würde: wenn Lady Babcock nicht durch Schmerz und Kummer eine Fehlgeburt erlitt.

Und doch: viele Engländer mußten den Tod finden, so wollte es die Logik der wirklichen Welt. Kein erobertes Land war freiwillig in die Unabhängigkeit entlassen worden, und jeder Engländer hatte eine Frau, eine alte Mutter, Schwestern oder irgend jemanden, der ihn liebte.

Ich kann mich zwingen, dachte Seamus. Ich brauche nur an die Zangen denken, mit denen sie meine Fingernägel rausgerissen, oder an die Gewehrkolben, die meine Nieren zertrümmert haben, an die Pisse, die mir die Beine herunterlief, und die Stunden mit dem Eimer über dem Kopf, als Raum und Zeit ein einziges Chaos bildeten, als mein Geist sich auflöste und ich einen Geschmack von dem bekam, was es heißt, wahnsinnig zu werden. Und dann schoß es ihm durch den Kopf: Dieser Donnerkeil sollte mir ein für alle Mal vor Augen führen, was für ein Mann ich in Wahrheit bin.

Er dachte an die Erniedrigung und die Qualen in der Folterzelle, schlich sich noch näher an Babcock heran, hob den Ast über den Kopf und sagte sich lautlos: *Ich tue es nicht für mich, sondern für die Freiheit Irlands; die Geschichte wird mir rechtgeben,** und im nächsten Augenblick hörte er einen donnernden Krach in der Ferne, bei dem er erstarrte (hatte O'Lachlann nicht gesagt, die Vorstellung von Gott ginge auf einen Mann zurück, der gerade, als er eine böse Tat begehen wollte, etwas hörte, das vom Himmel auf ihn herabstürzte?) und dann merkte er, daß es eine Kutsche war, und Pferde im vollen Galopp.

* Die Hegelsche und Marx'sche These von der Geschichte als Richter über menschliches Tun hat nie schneidendere Kritik erfahren als die von de Selby in *Golden Hours*, a.a.O., Bde. X–XII, wo er mit seiner üblichen unerschrockenen Logik beweist, daß die Anerkennung seiner Doktrin von der sechsdimensionalen komprimierten Zeit die gesamte Geschichte auf einen multidimensionalen Akt reduziere, «der sowohl vor- als auch rückwärts zusammenhängt.»

Tatsächlich tauchte de Selbys Theorie (ohne ihre merkwürdigen geschichtlichen Implikationen) in den Schriften des Quantenphysikers Dr. John Archibald Wheeler wieder auf, und zwar als der Gedanke, alle Elektronen könnten ein Elektron sein, das sich in der Zeit vor- und rückwärts bewege und so das Durcheinander der scheinbaren Realität bewirke; vgl. John Gribbin, *In Search of Schrödinger's Cat*, New York 1984, S. 192, passim, und Hoffman, *The Strange Story of the Quantum*, Pelican 1963, S. 317. In solch einer multidimensionalen Vor- und Rückwärtskausalität hätte de Selby eine Rechtfertigung für seine berüchtigten Paradoxie («Shakespeare plante Cäsars Tod ebenso wie Brutus»; «Die Kirche hat recht, wenn sie behauptet, Jesus sei vor zweitausend Jahren für meine heutigen Sünden gestorben»; «Da Elektronen durch den Akt des Beobachtens verursacht werden, ist der Urknall eine Folge von Quantenexperimenten, die jetzt im Gange sind» etc.) gefunden. Es war genau in dieser Zeit, in der de Selby die Geometrie seiner einzigartig irischen Kosmologie entwarf, als Sophie Deneuve, von dem Wunsch beseelt, die zahllosen, in klassischem Griechisch verfaßten Liebesbriefe, mit denen er sie von Dalkey aus bombardierte, zu beenden, ihre Freunde in Paris überredete, ihm zu ihrem angeblichen Tod zu kondolieren. In diesen ersten schrecklichen Wochen von de Selbys Schmerz über den vermeintlichen Verlust beging er den einen entscheidenden Fehler, der Hanfkopf zu sarkastischen Äußerungen herausforderte (vgl. *Werke*, a.a.O., IV, 44–46, 49, 73, 101–16, 223, 236–78): geistesabwesend hatte er seine phänomenologische Konstante durch $x - y$ geteilt, wobei x in Wirklichkeit $= y$ war, er sie mithin durch 0 teilte.

Dieser Lapsus sorgte für derart erstaunliche Resultate, daß nur noch die Hypothese von den teratologischen Molekülen das Gerüst der komprimierten Zeit vor dem intellektuellen Einsturz bewahren konnte.

Sie kamen aus der Richtung von Lousewartshire – von Babcock Manor?

Sir John drehte sich um, ohne den Stock in Moons Hand zu bemerken.

«Ich brauche weitere Zeugen hierfür», stieß er hervor und rannte zurück auf die Straße. Wer immer da kam, er würde die Kutsche anhalten.

Sie wird anhalten, dachte Moon. Sir John mit dem feinen Umhang und der Perücke würde man nicht mit einem Straßenräuber verwechseln.

James Moon, der Kutscher, folgte seinem Herrn auf die Straße, den Buchenast locker in der Hand schwenkend.

Als die andere Kutsche zum Stehen kam, und sie darauf zuliefen, erkannte Moon das Gesicht Dorns, des Gärtners von Babcock Manor.

«Lady Babcock –» keuchte Dorn, «es ist soweit! Man hat mich nach London geschickt, um Sie zu holen.»

«Seit wann?» fragte Sir John erregt.

«Sie kämpft seit etwa einer Stunde, Sir.»

Sir John nickte. «Ich muß nach Babcock Manor», sagte er, an Moon gewandt. «Du grab' unterdessen den Stein aus und schaff ihn nach Hause.»

Mit diesen Worten sprang er zu Dorn auf den Kutschbock, griff nach der Peitsche und schlug auf die Pferde ein.

Moon drehte sich um und trottete dorthin zurück, wo der Stein vom Himmel gefallen war.

Ich weiß nicht, was du bist, dachte er, während er ihn nachdenklich betrachtete, aber du bist mir nicht fremder als mein eigener Verstand. Bei Gott, ich weiß nicht, ob es Feigheit oder Mitleid war, was mich davon abhielt, ihn zu töten.

ELF

Sigismundo wartete bis sieben Uhr abends in einer Neumondnacht.

Um diese Zeit ist es im Herbst schon ziemlich dunkel in Paris. Aus Teilen des Bettgestells hatte er sich einen Haken gebastelt. Und der Strick verfügte über eine doppelte Schlaufe, damit er ihn, wenn er unten war, strammziehen und den Haken vom Fenstersims lösen konnte.

Der Wind war in dieser Nacht nicht besonders stark. So brauchte er sich nicht zu sorgen, daß eine heftige Bö ihn vom Turm fegen würde.

Sigismundo befestigte den Haken am Fensterbrett und prüfte den Widerstand und anschließend auch die Schlaufe, mit deren Hilfe er ihn von unten lösen wollte.

Alles in Ordnung. Es konnte losgehen.

Niemandem war je die Flucht aus der Bastille gelungen.

Nun denn, sagte sich Sigismundo, dann muß ich dieses «unmöglich», das die Welt zum Wahnsinn und zur Verzweiflung treibt, eben ein wenig zurechtbiegen.

Er schwang sich aus dem Fenster und rollte den Strick Stück um Stück von seiner Hüfte ab.

Er wußte, daß es von entscheidender Bedeutung war, jederzeit guten Halt zu haben. Wenn eine Hand ausrutschte, würde die Schwerkraft ihn derartig stark nach unten zerren, daß er sich die andere Hand aufscheuern würde. Da half auch kein Mut mehr, es wäre unmöglich, mit einer derart zerschundenen Hand noch einmal fest zupacken zu können. Das hier war Maßarbeit, so wie in den Nächten, in denen er die Decke auseinandergenommen und sich Faden um Faden seinen Strick geknüpft hatte.

Eine Handbreit nach der anderen kletterte er langsam und geduldig hinunter.

Ihm war nicht schwindlig, und er hatte auch keine Angst

vor dem Fallen. Er hatte monatelang trainiert. Jetzt war es wie das Fechten oder das Clavicembalospielen: sobald man es jeden Tag übte, ging es einem in Fleisch und Blut über.

Es war Neumond, trotzdem sah er nicht eine Straßenlaterne. Der Turm der Freiheit blickte auf offenes Feld im Norden. Das traf sich gut, denn so war er praktisch unsichtbar in der Dunkelheit, andererseits war es so schwieriger, festzustellen, wie tief er schon war. Er glaubte, schon mehr als ein Drittel des Weges geschafft zu haben, aber sicher war er nicht. Es konnte auch weniger sein.

Vielleicht blieben ihm noch fünfundzwanzig Meter, vielleicht auch dreißig. Je tiefer er kam, um so eher konnte er sich am Geräusch des Wassers orientieren.

Seine Schultern schmerzten. Aber das hatte er erwartet. Dieses langsame Herunterklettern war sehr anstrengend, auch wenn man monatelang geübt hatte.

Nach einer Zeit, die ihm wie eine Ewigkeit vorkam, schien er nicht einmal die Hälfte des Weges geschafft zu haben: das Geräusch des Wassers war noch weit entfernt. Sein Rücken schmerzte jetzt mehr als die Arme. Ich will hier raus, sagte er sich mit zusammengebissenen Zähnen, und das ist der Preis.

Es war unmöglich, haltzumachen und sich auszuruhen. Wenn er das Seil etwas lockerer ließ, schnürte es sich um seine Hüften und tat höllisch weh.

Dann kam Wind auf.

Er sah den Dampf, den sein Atem in der kalten Luft bildete.

Auch das noch, ein Temperatursturz. Bei seinem Spurt durch den Wassergraben würde er sich zu Tode frieren, noch ehe er die nächste Mauer erreichte.

Niemandem war je die Flucht aus der Bastille gelungen.

Sigismundos Finger waren eiskalt und fingen an, sich zu verkrampfen.

Ich weiß, warum meine Landsleute so gerne Schelmenromane lesen, dachte er. Diese Abenteuer sind sehr aufregend, wenn man gemütlich im Schaukelstuhl sitzt und liest, wie ein anderer sie erlebt.

Er spürte, daß die Angst in ihm hochkroch. Er hatte den Schrecken vor dem Fallen überwunden, indem er sich Nacht für Nacht aus dem Fenster geschwungen hatte, doch jetzt sah er sich der neuen Gefahr gegenüber: daß Hände und Rücken sich verkrampften und er, unfähig weiterzuklettern, wie eine Fliege im Spinnennetz hing.

Dann bliebe ihm nichts anderes übrig, als sich ins kalte Wasser fallen zu lassen. Jetzt war er wahrscheinlich tief genug, um den Sturz zu überleben. Und am Morgen würden sie ihn finden. Erfroren. Geschlagen.

Stück um Stück kletterte er weiter.

Ich bin der Sohn meines Vaters. Er wußte, wie man alle Menschlichkeit aus dem Herzen verbannt. Ich kann die Angst besiegen. Dazu braucht man nur den festen Willen und einen Schuß Wahnsinn, und ich glaube, ich habe beides geerbt.

Jetzt hörte er das Wasser deutlicher. Er mußte schon mehr als die Hälfte hinter sich haben.

Wunderbar. Nur noch knappe zwanzig Meter.

Plötzlich schleuderte ihn ein Windstoß, der stärker war als die vorangegangenen, vom Turm weg in den leeren Raum. Er klammerte sich mit beiden Händen am Seil fest und atmete tief ein.

Die Spannung des Seils zog ihn wieder zurück. Er wußte, daß er gegen die Mauer prallen würde, zog die Beine an und fing den Aufprall mit den Stiefeln ab. Die rechte Hand rutschte ab, ließ los, während die linke sich um so verzweifelter an den Strick klammerte.

Die schwächere Hand, dachte er. Verfluchte Scheiße, und mein Körper zittert jetzt noch von dem Aufprall.

Dann fand die rechte Hand wieder Halt. Einen Augenblick hing er nur wie gelähmt an seinem Strick und keuchte.

Dann kletterte er weiter.

Seine Augen hatten sich an die Dunkelheit gewöhnt. Er sah jetzt, wo er war. Etwas weiter weg ragte die fünfundzwanzig Meter hohe Außenmauer auf, fast auf gleicher Höhe wie er.

Er war erst fünfzehn Meter heruntergeklettert! Es hatte nur viel weiter geschienen.

Doch das brachte ihn auf eine neue Idee, die so einleuchtend war, daß er sich fragte, warum er nicht viel eher drauf gekommen war.

Es war gefährlich, vielleicht sogar unmöglich. Doch wenn es gelang, konnte er sich die restlichen fünfundzwanzig Meter schenken, brauchte auch nicht durch den Wassergraben zu schwimmen und einen zweiten Fünfundzwanziger zu überwinden.

Sigismundo fing an, vor- und zurückzuschwingen. Der Trick war der, sich jedesmal mit mehr Kraft vom Turm abzustoßen, gleichzeitig aber aufzupassen, daß er beim Aufprall nicht das Gleichgewicht verlor und abstürzte.

Wenn er weit genug käme und dann im richtigen Augenblick losließ, würde er die andere Mauer erreichen. Dann hätte er das Schlimmste geschafft.

Er verstärkte seinen Schwung.

Du mußt verrückt sein, dachte er belustigt. Nur ein Akrobat würde so etwas versuchen.

Dann kam die Außenmauer immer näher und er streckte den rechten Arm aus und wußte, es war jetzt oder nie, er hing nur noch an der linken Hand und wenn er zurückschwang, würde er beim Aufprall den Halt verlieren und abstürzen. Die Hand griff zu, die Finger krallten sich fest, und nach einem Moment voller Panik hing er mit beiden Händen an der Außenmauer.

Er zog sich hoch, der Rest des Seils hing noch um seine Hüften.

Sigismundo setzte sich auf die Mauer und ruhte sich aus. Dann zog er heftig an dem Seil. Der Haken löste sich vom

Fenstersims. Er zog ihn ein, ehe er den Graben erreichte. Er ruhte sich aus. Er hatte es bis zur Außenmauer geschafft; er war müde und alles tat ihm weh. Und eine lange Nacht stand ihm noch bevor.

Nun konnte er das Stadttor an der Rue St.-Antoine sehen. Zwei Soldaten schoben Wache.

Die falsche Stelle, um sich abzuseilen. Er mußte ein Stück über die Außenmauer gehen, ehe er abstieg.

Eine Stunde später sah er von der westlichen Seite aus einige Straßenlaternen, aber das war halb so wild. Zu dieser Zeit waren die Leute in ihren Häusern und die Läden fest geschlossen gegen den Wind.

Auf halbem Weg wurde er erneut von Panik erfaßt, als er das Gefühl hatte, seine Kraft schwünde und er bekäme Krämpfe, die ihn lähmten.

Er betete und konzentrierte sich auf das weiße Licht.

«Hin zu dem Einen, der vollkommenen Liebe, Harmonie und Schönheit, dem einzigen Wesen, vereint mit all den erleuchteten Seelen, die die Gestalt des Lehrers verkörpern, den Geist der Führung.»

Der Krampf verschwand, als er das weiße Licht visualisierte, das durch seinen Körper floß. Erwartungsvoll kletterte er weiter, die Straße kam immer näher. Ein echter Freimaurer kennt keine Verzweiflung. Vielleicht lernt das verdammte Pferd zu fliegen. Lerne zu wagen, lerne zu wollen...

Sigismundo spürte festen Boden unter den Füßen.

So gut hatte er sich nicht gefühlt, seit er seine Sonate *Die Zwei Nationen* geschrieben hatte, die im Teatro San Carlo Applaus und Buhrufe zugleich geerntet hatte.

Er drückte sich ekstatisch keuchend gegen die Mauer. Dann sah er die Gestalt mit der Lampe auf sich zukommen.

Ein Wächter, dessen Augen sich bei seinem Anblick ungläubig weiteten. Er bemerkte das Seil. «Wache!» schrie er. «Ein Ausbrecher! Hierher!»

Doch Sigismundo hatte sich schon auf ihn gestürzt und mit einem gezielten Handkantenschlag, den Tennone ihm für derartige Fälle beigebracht hatte, niedergestreckt.

Ein kleines Mißgeschick, dachte er, als er den Wachmann zu Boden sinken sah, aber noch lange kein Unglück. Wenn die Pariser Wachen bewaffnet wären, sähe die Sache schon anders aus.

Doch kaum war er in eine Gasse eingebogen, da war schon ein zweiter hinter ihm her. «Du da, bleib stehen, halt!»

Sigismundo flitzte um die Ecke, doch der andere war nicht faul und blieb ihm auf den Fersen.

Sigismundo sah die Brücke vor sich. Wahnsinn! Wenn er es schaffte, könnte er im Gewirr der Gassen untertauchen, und der Wächter hätte keine Chance.

Er lief schneller, den Wächter im Nacken.

Und dann sah er einen neuen Wachmann, dort, wo die Brücke auf das Gelände der Kirche Ste.-Marion Calpensis stieß.*

* Komischerweise war es genau in dieser Kirche, wo de Selby Sophie Deneuve kennenlernte; seine ersten Worte (sie suchten beide Schutz vor einem Regenguß) waren: «Sie sind naß, darf ich Ihnen mein Jackett anbieten?» und die ihren: «Verpiß dich!» Kein rein akademischer Bericht über de Selbys erstaunliche Spekulationen kann die Qualen und den Abgrund metaphysischer Angst wiedergeben, denen er sich gegenübersah, als die ersten Beileidsbriefe zum angeblichen Tod Sophies in Dalkey eintrafen. In diesen schwarzen Tagen kosmischer Verzweiflung faßte de Selby den Plan, «die komprimierte Zeit zu neutralisieren» und auf diese Weise alles Leben im Universum, das er als «obszönen Scherz» ansah, zu vernichten (vgl. O'Brien *Dalkey Archives,* London 1976, S. 23ff.).

Es darf jedoch als Zeichen für de Selbys geistige Flexibilität und seine einzigartige Neigung zu transzendentaler Bewußtseinserweiterung verstanden werden, daß er sich überaus rasch von diesem Schock erholte und sich unsterblich in Nora Barnacle verliebte, die er in der Tat niemals getroffen hatte. Seine Briefe, in denen er seine intellektuellen Fähigkeiten unter Beweis stellte – er glaubte fälschlicherweise, daß Nora mit James Joyce zusammenlebte, weil sie dessen makkaroniartige Metaphysik bewunderte – enthalten eine Vielzahl von genialen und auch pikanten Stellen.

Noras einziger überlieferter Kommentar zu de Selbys Episteln lautet: «Dieser Kerl in Dalkey scheint mir etwas daneben.»

«Himmelkreuzarschundzwirn», dachte Sigismundo und erinnerte sich, diesen Fluch aus dem Munde des Engländers Sir Edward Babcock gehört zu haben.

Die beiden Wachmänner kamen näher.

Sigismundo hechtete über die Brüstung.

Als er auf dem Wasser aufschlug, dachte er an dreierlei: wie er in der Bucht von Neapel nach seinem Cousin Antonio getaucht war; wie er geträumt hatte, selbst zu ertrinken und wie er zum ersten Mal in die Freimaurerei initialisiert worden war. Er tauchte, hielt den Atem an und schwamm so schnell er konnte mit dem Strom abwärts. Er dankte Gott, daß es erst Herbst war und das Wasser noch nicht so eisig, daß es ihn lähmte.

Er schnappte kurz nach Luft und sah einen der Wachmänner – welchen? – am Ufer entlangrennen, aber ziemlich weit weg. Er tauchte erneut und schwamm, als wäre ein Schwarm Haie hinter ihm her.

Als er wieder an die Oberfläche kam, konnte er keinen Wächter mehr sehen.

Klitschnaß schleppte er sich ans Ufer. Er fühlte die Kälte in seinen Gliedern.

Egal, dachte er, möglich, daß ich nach dieser Übung eine Lungenentzündung kriege und abkratze, aber darüber will ich lieber gar nicht erst nachdenken. Ich muß mich auf das konzentrieren, was jetzt ist. Denn jetzt noch mehr als vorhin bei der

Flucht aus der Bastille hängt alles vom Zufall und vom Glück ab, und ich muß jede Gelegenheit beim Schopf packen.

Um die Mittagszeit würden überall Steckbriefe von ihm hängen.

Und um die Stadt zu verlassen, mußte er an den Wachen am Stadttor vorbei; dazu brauchte er Papiere, und die hatte er nicht.

Außerdem würde er ohne Geld nicht weit kommen.

Er mußte also einen Weg um die Stadttore herum finden. Doch einem Typen, der die Mauern der Bastille überwunden hat, würde schon was einfallen. Unpassierbare Stadttore gab es für ihn nicht.

Aber wie? Nur Ruhe, kommt Zeit, kommt Rat.

Drüberfliegen? Und was dann? Nach Neapel konnte er nicht, er hatte nach dem Duell geschworen, nie wieder zurückzukehren, um den Frieden zwischen den Malatestas und den Maldonados zu erhalten. Außerdem müßte er dafür Hunderte von Meilen durch feindliches Terrain. Er würde Richtung Norden gehen, immer an der Seine entlang, sich jedoch von den Hauptstraßen fernhalten. Bis zum Ärmelkanal war es nur ein Katzensprung und ein Mann, auf den ein *lettre de cachet* ausgestellt ist, und der bereits einen Wachmann flachgelegt hat, würde auch keine Hemmungen haben, ein Boot zu klauen.

Dann wäre er in England. Im selben Land wie Maria.

Aber er wäre weiß Gott nicht so dumm, ihr auch nur auf hundert Meilen nahezukommen. Von diesem Wahnsinn war er geheilt und außerdem haßte sie ihn, weil er ihrem Bruder das angetan hatte.

Hurra! Auf nach England, dem Land der konstitutionellen Freiheit, wo man nicht mal weiß, was ein *lettre de cachet* überhaupt ist. Und Maria Babcock konnte ihm gestohlen bleiben.

Das würde er tun. Sobald er sich an den Wachen am Stadttor vorbeigeschmuggelt hatte, die nach einem Italiener seiner Statur Ausschau hielten und sicher schon mit einer Tuschezeichnung seines Gesichtes ausgerüstet waren.

Er nieste.

Achte nicht darauf, sagte er sich. Du hast jetzt keine Zeit für eine Lungenentzündung.

Er hockte sich in den Torbogen eines Hauses, naß und zitternd vor Kälte. Er nieste wieder.

Der ideale Augenblick, um mit jeder Faser seines Körpers Gott zu preisen, eins mit ihm zu sein in der vierten, universalen Seele, sich am Wunder des Lebens zu freuen.

Denn wenn er das nicht schaffte, würde er verzweifeln und das Spiel verlieren.

«Hin zu dem Einen, der vollkommenen...»

Eine Ratte huschte über seinen Fuß. Er zitterte, aber er betete weiter: «...der vollkommenen Liebe, Harmonie und Schönheit...»

DRITTER TEIL

Der Lebendige Eine

Noch soll der Demant im Bergrutsch zugrund
gehn, ob aus der Fassung gebrochen
Ezra Pound, *Pisaner Cantos*

EINS

Maria sah genauso aus wie immer, als Sir John die Treppe hinauf in ihr Schlafzimmer stürzte. In seiner fiebrigen Einbildungskraft hatte er sich eine Szene aus dem *Inferno* ausgemalt, mindestens aber das Geheul und Gejammer aus dem fünften Akt des *King Lear* erwartet.

«Die Wehen kommen alle zwanzig Minuten», sagte sie und lächelte beruhigend. «Ich habe auf die Großvateruhr in der Ecke geschaut.»

«Brauchst keine Uhr», gluckste die Stimme einer alten Frau in der Dunkelheit, während sie eine braungebrannte, rauhe Hand ausstreckte und sanft auf Marias wogende Brust legte. «Brauchst keine Uhr, meine Kleine. Die alte Kyte weiß schon, wann sie kommen. Und die kleine Dame hier gibt keinen Mucks von sich, trotz der Schmerzen. Macht höchstens mal ‹Mmmmmmmm.› Gut so, verschwendet ihre Kräfte nicht mit Schreien. Wird sie noch brauchen. Und ruht sich immer schön aus zwischendurch. Hält sich wacker dafür, daß es das erste Mal ist, Sir!»

Sir John kannte die alte Kyte, die angebliche «Dorfhexe». Er selbst hielt sie für harmlos und einige ihrer Mixturen schienen sogar zu helfen. Die alte Kyte war schon so lange Hebamme und Kräutersammlerin, daß niemand zu sagen wußte, wie alt sie war. Johns Vater, Sir Edward, hatte sie schon gekannt, als er noch ein kleiner Junge war. Einmal hatte ein Ranters-Prediger versucht, sie aus Lousewartshire zu vertreiben, doch da hatte er sich verrechnet – stattdessen war er selbst von den Dorfbewohnern verjagt worden. Der ansässige Arzt, Dr. Coali, zog zwar ständig über sie her, doch die meisten Leute (und nicht nur die Bauern, wie Sir John wohl wußte) kamen noch immer zu ihr, wenn er mal nicht da war oder einen Fall als «unheilbar» aufgegeben hatte.

Viele waren von ihr geheilt worden, zumindest behaupteten

sie das. Trotzdem, Sir John wollte die beste, modernste und *wissenschaftlichste* Behandlung für Maria, die es gab.

«Wo ist der Arzt?» fragte er und versuchte seine Panik so gut es ging zu unterdrücken.

«Ich seh' mal nach, ob noch Tee da ist, Sir», murmelte die Alte. Sie bewegte sich mit erstaunlicher Schnelligkeit und Anmut durchs Zimmer, und machte sich dann in einer Ecke zu schaffen, wo er einen dampfenden Teekessel und einige ihrer Kräuterbeutel entdeckte.

«Mistress Kyte bereitet mir einen ganz besonderen Tee, John», sagte Maria lächelnd, doch mit verschleiertem Blick. «Ich habe schon eine Tasse getrunken, und sie hat Wunder gewirkt, egal, was da drin ist. Aber sie sagt, ich dürfte nur zwei Tassen davon haben und müßte sie gleich wieder auspinkeln.»

«Wo zum Teufel ist Dr. Coali?» flüsterte Sir John ängstlich, aber leise, um die alte Frau nicht zu beleidigen.

«Wir haben schon vor Stunden nach ihm geschickt», antwortete Maria, «aber keiner weiß, wo er steckt. Vielleicht mußte er zu einem Notfall. Oder er spielt Karten mit seinen Freunden. Ich bin fast einen Monat zu früh dran, weißt du.»

Wenn ich erfahre, daß er in irgendeinem Wirtshaus herumsitzt, und Karten spielt, drehe ich ihm den Hals um, dachte John. Ich sorge dafür, daß er aus dem Berufsstand ausgeschlossen wird. Ich breche ihm sämtliche Knochen. Ich mache ihn fix und fertig!

Er lief unruhig vor dem Bett hin und her und fuhr sich mit der Hand durchs Haar. Die alte Kyte summte leise vor sich hin und rührte im Tee. Er hoffte, daß keine Molchaugen oder Froschzehen drin waren. Maria saß fast aufrecht im Bett.

«Solltest du nicht lieber liegen?» fragte er mit halberstickter Stimme.

«Ich sitze ganz bequem, *caro mio*.» Immer wenn sie ihn so nannte, mußte er an ihre Hochzeitsnacht denken. Er wurde rot, weil er befürchtete, die alte «Hexe» könnte die Welle von

Liebe, Lust und irrationalem Schuldgefühl entdecken, die ihn überschwemmte. «Ich bin sogar ein paarmal aufgestanden und etwas herumgegangen», fuhr Maria fort. «Aber ich glaube, jetzt geht es wieder los.»

«Gott Allmächtiger!» Er lief wieder vor dem Bett auf und ab. Der Arzt hatte ihn gewarnt: manche Frauen schrien ganz furchtbar während der Wehen. Wenn ein Ehemann das nicht erträgt, hatte Dr. Coali gesagt, sollte er sich lieber in einen abgelegenen Raum des Hauses verziehen, wo er das Geschrei nicht hörte. Aber Sir John konnte Maria jetzt unmöglich allein lassen.

Er setzte sich neben sie, nahm ihre Hand und wappnete sich gegen das, was ihnen bevorstand. «Wieso ist diese Frau hier?» fragte er ruhig. Wenn der Ehemann Panik zeigt, hatte Dr. Coali gesagt, erschreckt er seine Frau und macht alles nur noch schlimmer. So ein Idiot wollte Sir John nicht sein.

«Das ist eine etwas peinliche Geschichte», antwortete Maria lächelnd. (Was war bloß in dem Tee?) «Ich hatte ein paar Krämpfe heute früh, aber nichts von Bedeutung; ich wollte keinen falschen Alarm geben. Und dann, auf dem Topf – nein, bitte, lach' nicht – machte es plötzlich platsch! – und dann gab es eine Riesenüberschwemmung. Ich sagte zu Alice, daß die Fruchtblase geplatzt sei und sie den Arzt holen solle. Dann zog ich mich aus, die Röcke waren sowieso klitschnaß, streifte ein Nachthemd über und wartete. Und dann war plötzlich Mistreß Kyte hier. Sie habe Cook Kräuter verkauft, sagte sie. Ich habe da allerdings meine Zweifel. Solche Frauen wissen mehr als wir.»

Nun, immerhin war die alte Kyte noch nie angeklagt worden, einen ihrer Patienten umgebracht zu haben, dachte Sir John. Viele Leute schworen auf ihre Medizin.

«Sie war sehr freundlich», fuhr Maria fort. «Und sie hat mir viele interessante Dinge erzählt. Was ich zu erwarten habe, wie ich die Geburt beeinflussen kann, Dinge, von denen ich keine Ahnung hatte. Frauengeheimnisse eben.»

Sir John nickte. Trotzdem ging etwas Eigenartiges, Schauerliches, *Mittelalterliches* von dem groben, selbstgemachten Kleid der Alten aus, als sie zwischen dem feinen Satin, Musselin und Brokat von Marias Schlafzimmer hin- und herschwirrte. Und auch dieses ständige Gemurmel in einer Sprache, die ihm so fremd war wie Baskisch, erschien ihm unheimlich. Doch jedes Dorf hatte eine solche Hexe, gute alte Seelen meistens, die tatsächlich viel von dem verstanden, was Maria «Frauengeheimnisse» nannte. Und sauber war sie auch, verglichen mit den anderen. Das Haar, das unter dem Kopftuch hervorlugte, hing nicht in fettigen Strähnen herunter, sondern bauschte sich wie weiße Wolle um den Kopf, genauso wie Marias pechschwarzes Haar, wenn es frisch gewaschen war.

Das Schlimmste, was man über die alte Kyte sagen konnte, war, daß sie vor Jahren die Bauerntänze zum ersten Mai in den Wäldern angeführt hatte – einige Ranter und Methodisten hatten sie daraufhin der «Unzucht» bezichtigt.

«Die alte Kyte weiß schon Bescheid», gurrte sie, während sie mit dem Tee zum Bett kam. Maria streckte die Hand aus. «Nein, mein Liebes, noch nicht», sagte sie und legte ihre Hand auf Marias Bauch. «So, jetzt kannst du ... aber vergiß nicht, was die alte Kyte dir gesagt hat. Atme aus, atme ein, so beginnt es ohne Pein. Atme ein, atme aus, sieh, so fährt der Schmerz hinaus. Gut machst du das, ja, genauso so: kämpf nicht dagegen an. Mußt auf dem Schmerze balancieren, alles andere kommt von selbst.»

Maria stöhnte: «Mmmmmmmmmmm.»

Sir Johns Finger krampften sich um den Bettpfosten. Er war kreidebleich. Die Alte warf ihm einen schnellen Blick zu und sah dann wieder zu Maria.

«So ist's recht, nicht pressen, nicht anstrengen. Sage dir schon, wenn's so weit ist. Aber jetzt laß einfach los, es kommt von selbst. Nicht verkrampfen! Zehen bewegen, warum runzelst du die Stirn? Ja, so ist's besser.»

«Mmmmmmmm», machte Maria. «Diesmal war es ganz leicht. Ich glaube, es ist vorbei.»

«Nur für eine kurze Zeit, mein Liebes», murmelte die Alte leise. «Robin, Marian, Orfee, Bride, komm, du Völkchen, komm von Side!»

Maria atmete wieder normal. Ihre Augen standen offen. «Das sind die Geister, die die Frauen bei der Geburt schützen», erzählte sie John, ohne sich im geringsten über den Glauben der Alten lustig zu machen. «Side ist, wo sie leben, nicht wahr, Mistress Kyte?»

«Side ist kein Ort», antwortete die Alte. «Side ist eine andere Zeit. Die Geister kommen nicht von irgendwo her, sie sind die ganze Zeit da. Ich nenn' sie nur beim Namen, damit ich sie besser sehen kann.»

Ich glaube fast, sie spricht auf ihre Art von platonischen Formen, dachte Sir John, leicht amüsiert von dieser Art volkstümlicher Metaphysik. Geschöpfe, die nicht in der Zeit existieren, doch Wirkungen in der Zeit auslösen – das ist reiner Platonismus.

«Trinkt», befahl die Stimme der Alten. Sie reichte ihm eine Tasse. Er schüttelte den Kopf.

«Ich glaubte, sie wäre für mich», klagte Maria.

«Er hat es nötiger als du», sagte die Alte.

«Trinkt», wiederholte sie, ohne Sir zu sagen, und mit strenger Stimme.

Sir John trank, eher belustigt als beleidigt. Es schmeckte bitter, aber das tat Guinness auch.

«Und ich?» fragte Maria.

«Zeit, daß du den letzten Tee wieder auspinkelst, Kleines. Mußt jetzt nüchtern sein. Die letzten Wehen waren stark und die nächsten werden noch stärker, solltest lieber nichts mehr im Magen haben.»

«Wer sind denn diese Geister aus, äh, Side?» fragte Sir John, während Maria sich erleichterte.

«Wächter der vier Ecken», erklärte die Alte. «Norden, Osten, Süden, Westen. Sind die hellsten, wissen am besten Bescheid, sagen jedenfalls die weisen Frauen.»

«Die weisen Frauen?»

«Die aus der Bewegung.»

Sir John erschrak, aber natürlich konnte sie nicht die Freimaurer meinen. Es war nur ein Zufall.

Doch Sir Charles Putney Drake, seines Zeichens deputierter Großmeister der Liberty Lodge in London, hatte einmal gesagt, daß vor langer Zeit alle Menschen, die die *baraka* besaßen, in einer Loge vereinigt gewesen wären – bis die Inquisition gekommen und alle in den Untergrund getrieben hätte, und daraus wären dann viele Logen mit unterschiedlichen Überlieferungen entstanden.

«Ich habe Durst», sagte Maria. «Darf ich denn gar nichts mehr trinken?»

«Warte Kleines, das haben wir gleich», sagte die Alte und ging zur Kommode. «Frische Taschentücher?»

«Oberste Schublade», antwortete Maria.

«Nein, sind die hübsch! Seit Jahren hab ich so was Feines nicht gesehen!» Die alte Frau nahm eins der bestickten Tüchlein, tauchte es in die Teekanne und drückte es ein wenig aus. «Jetzt lassen wir es ein wenig abkühlen und dann kannst du daran saugen.»

«Ugh!» machte Maria.

«Wird dir den Mund feuchthalten. Und wirst nichts zum Auskotzen haben. Bitte um Verzeihung, mein Kleines, aber hast du heute schon dein Geschäft erledigt?»

«Heute morgen», antwortete Maria gleichgültig.

Sir John stöhnte. Die beiden Frauen sahen ihn an. Dann trat die Alte auf ihn zu und musterte ihn scharf.

«Sie sagte mir, daß sie Euch dabei haben will, Sir. Warum, weiß ich auch nicht. Glaub nicht, daß ein Mann bei einer Geburt je Gutes bewirkt hat.»

«Und die Ärzte?» protestierte John. «Das sind doch auch Männer.»

«Je weniger Worte man über sie verliert, um so besser», sagte die Alte bitter. «Keiner von ihnen hat je ein Kind geboren; haben keine Ahnung, was es bedeutet.»

«Ich bin Ihnen dankbar für alles, was Sie getan haben», sagte Sir John ruhig. «Aber wenn der Doktor kommt, müssen Sie gehen. Ich will, daß meine Frau nach wissenschaftlichen Erkenntnissen behandelt wird.»

«Wird nicht kommen», sagte die Alte. «Jedenfalls nicht rechtzeitig.»

Wieder packte ihn das Entsetzen. «Wie wollen Sie das wissen?» Er schaute Maria an. Sie war so jung, so zerbrechlich, so hilflos. Sie atmete tief, mit geschlossenen Augen. Ein tapferes Lächeln spielte um ihre Mundwinkel.

«Es wird schon werden, *caro mio*», sagte sie. Sie griff nach seiner Hand und drückte sie. Er schmolz dahin.

«Die alte Kyte weiß, wann es soweit ist. Kein Arzt wird es noch schaffen, es sei denn zu spät.»

«Was soll das heißen, zu spät?» fragte er nervös.

«Zu spät für ihn, zu spät, um irgend was zu tun, außer Euch eine Rechnung zu schreiben.» Kyte lachte. «Kommen nie zu spät dafür, die Herrschaften. Aber diesmal wird das Baby schneller sein als der Doktor. Ihr werdet schon sehen.»

Sir John nickte wortlos. Er fing an sich zu entspannen. Wahrscheinlich lag es an dem Tee, den sie ihm verabreicht hatte. Er fragte sich, welche Kräuter sie verwendete. Gab es in England dem Opium verwandte Pflanzen? Nicht, daß er wüßte. Dies hier erinnerte ihn an das Haschisch, das er in Kairo probiert hatte, wenn es auch weniger stark war. «Was haben Sie mir in den Tee getan?» fragte er.

«Ackerhahnenfuß, Salbei, wilden Hanf und noch ein paar andere Kleinigkeiten. Geheimnis liegt in der Mischung, sonst erreicht man nur das Gegenteil von dem, was man will.»

Maria stöhnte, lauter diesmal.

Die Alte legte eine Hand auf Marias Bauch und die andere auf ihre Stirn. «Ja, das war gut», sagte sie, als es vorbei war. «Hast du fein gemacht, Liebes. Kommen jetzt schneller, nicht wahr? Das ist gut.»

Maria sah ihr in die Augen. «Mache ich auch alles richtig?»

«Besser als du kann man es gar nicht machen, Kleines. Läßt es ganz von selbst geschehen. Bist erst ganz am Ende dran. Aber dann hast du ein hartes Stück Arbeit vor dir. Härteste Arbeit, die du je getan hast. Aber dauert nur ein paar Minuten, dann ist es vorbei und du hast ein wunderschönes Baby.»

Sie massierte sanft Marias Bauch. «Jawohl, ein wunderschönes Baby, meine Kleine.» Sie murmelte etwas Unverständliches und verkündete dann: «Hat sich schon gesenkt.»

«Gesenkt?» wiederholte Sir John.

«Liegt in der richtigen Stellung. Genau, wie es sein soll: Kopf voran, Gesicht nach unten.»

«Ich weiß», sagte Sir John. In Wirklichkeit hatte er keine Ahnung.

«Aber will dir was sagen, Kleines, wenn die beiden albernen Dinger, die die ganze Zeit ins Zimmer lugen, nichts Besseres zu tun haben, werde ich ihnen mit deiner Erlaubnis einige Anweisungen geben.»

«Nur zu», sagte Maria. Sie lächelte John an, und dieser küßte sie auf die schweißfeuchten Augenbrauen.

In der Halle hörte man die Alte ärgerlich schimpfen: «Und wieso weißt du das nicht, du dummes Ding? Höchste Zeit, daß du es lernst! Heißes Wasser, aber schnell. Und Laken, dreifach gefaltet, versteht ihr? Und jetzt los, du gehst in die Küche, und du besorgst den Rest. Und vergeßt nicht...»

«Ich bin froh, daß sie da ist», sagt Maria.

«Es heißt, daß sie ihre Sache sehr gut macht», antwortete er. «Die Leute auf dem Land sagen, sie ist Hebamme, seit sie zurückdenken können.»

«Ich mag ihre komische Art. Diese Verse, die sie vor sich hinmurmelt... sie gehen mir nicht aus dem Kopf, wenn –»

«Armes Kleines! Tut es sehr weh?»

«Es tut weh, aber es ist nicht schlimm.» Sie schaute ihn ernst an, auf der Suche nach Worten, die ihm etwas erklären sollten, was er selbst nicht erleben konnte. Es ist so, wie wenn man einem Blinden klarmachen will, was rot ist, dachte er träge. «Der Schmerz macht mir nichts aus, denn ich will das Kind haben. Es ist keine Beleidigung wie der gewöhnliche Schmerz. Ich weiß, daß er dazugehört. Er gibt mir das Gefühl, immer näher ans Ziel zu kommen. Ich bereue es nicht. Und ich weiß jetzt auch, was sie damit meinte, auf dem Schmerze balancieren. So kann er mich nicht überwältigen.» Sie verstummte, plötzlich erschöpft.

«Ruh dich aus», sagte er und küßte ihre feuchte Stirn. Sie schlug die Augen auf; ihre Müdigkeit schien genauso schnell verflogen zu sein, wie sie gekommen war. «Weißt du, was sie getan hat, als sie kam? Sie hat mir alle Ringe abgestreift, die Haare gelöst und sämtliche Schleifen an meinem Nachthemd aufgezogen, und dann ist sie im ganzen Zimmer herumgegangen und hat alles, was Schlaufen oder Knoten hatte, aufgemacht, sogar an den Schärpen der Vorhänge. Und die ganze Zeit hat sie vor sich hin gemurmelt: Nichts soll hemmen deinen Lauf; etwas, etwas, nun geh auf! Dabei summte sie so merkwürdig vor sich hin. Du wirst es nicht glauben, aber ich wurde sofort ganz ruhig dabei. Dann erzählte sie mir von den vier Wächtern, als wären sie wirklich da in den vier Ecken des Zimmers: Robin, Marian, Orfee, Bride. Wie kommt sie bloß auf diese Namen?»

«Alte Überlieferungen von Hebammen auf dem Land, vermute ich.» Bride, das wußte er aus seiner Zeit in Dublin, war die alte keltische Göttin der Fruchtbarkeit. Die katholische Kirche hatte sie akzeptiert, besser gesagt, sie integriert, und zu einer Heiligen erklärt. Plötzlich war er ganz erfüllt von der jahrhundertealten Vergangenheit: diese Verse hatten Wurzeln, die älter waren als die Normannen, älter als die Sachsen, älter sogar als die Römer und die Zeit, als dieses Land noch den Kelten gehörte. Vielleicht so alt wie Stonehenge, dachte er, und durch unaufhörliche Überlieferung bis heute erhalten.

Im selben Augenblick kam Mistress Kyte zurück, gefolgt von Floss, der Kammerzofe, die einen Stapel reine Tücher trug.

«Leg sie hierhin», befahl die Alte. «Und tu, was ich dir gesagt habe. Wenn du damit fertig bist, kannst du der anderen mit dem heißen Wasser helfen. Und vergiß nicht die weichen Tücher und die Seife. Was stehst du denn noch hier herum und starrst die Dame an, na los, beweg dich!» Die Zofe eilte aus dem Zimmer.

Als sie sich jetzt an Maria wandte, hatte sich der Tonfall der Alten völlig verändert. «Nun wie fühlt sich mein Liebes?» Maria preßte ihre Hand. Eine neue Wehe kündigte sich an – und war vorbei. «Ahh, sehe schon, das war die beste bisher, kann man wohl sagen.»

Maria wirkte sehr müde. «Wird es noch lange dauern?»

«Weiß nur die heilige Mutter Gottes. Bei ihr bist du gut aufgehoben. Aber wenn du mich fragst – und ich habe mehr Seelen auf die Welt gebracht, als ich zählen kann – sehr lange kann es nicht mehr dauern. Noch ein paar, und dann keine Pause mehr, weißt von selbst, daß es soweit ist. Hat wohl schon heute morgen mit diesen Krämpfen begonnen, die du nicht richtig ernst genommen hast. Hast doch wohl nicht vergessen, wie es weitergeht?»

«Nein, ich habe es nicht vergessen. Wie ein Hund», sagte Maria.

«Wie ein Hund nach einer anstrengenden Jagd», nickte die Alte zufrieden. «Und dann?»

«Pressen? Werde ich denn überhaupt noch Kraft haben? Nach jeder Wehe fühle ich mich schwächer.»

«Ob du noch Kraft haben wirst? Schau dich doch an», rief die Alte, «was für ein starkes und gesundes Mädchen du bist! Schau deine Gesichtsfarbe an!» Sie sah Maria eindringlich in die Augen und wurde mit einem Mal ernst. «Weißt ja nicht, wie stark du bist in deinem Alter. Wirst alles tun können, was du tun mußt: wenn du sie brauchst, wird die Kraft da sein. Habe schon viele ängstliche Wesen gesehen, die gejammert und geschrien haben, doch als es soweit war, hatten sie alle die nötige Kraft. Und du bist tapfer, nicht so zimperlich wie diese dummen Dinger.»

«Mein Kruzifix», sagte Maria und langte über die Bettkante zum Nachttisch. Doch es war zu weit weg. Die Alte sprang auf, nahm das Kruzifix, küßte es mit geschlossenen Augen und flüsterte: «Heilige Jungfrau, schön und lind, segne die Mutter, segne das Kind.» Als sie dann Maria die goldene Kette reichte und auf sie herablächelte, strahlte sie soviel Liebe aus, als sei Maria ihr eigenes Kind. Doch im Nu war dieser Augenblick vorbei.

Sie wandte sich ab und fing an, die Schubladen aufzuziehen. «Nun, wo hast du die Babysachen versteckt?» fragte sie.

«Sie sind im ...» Marias Stimme erstarb, «... im Korb.» Wieder eine Wehe. Sie schloß die Augen, umklammerte mit beiden Händen das Kruzifix zwischen ihren Brüsten, konzentrierte sich auf den Schmerz. Und wieder wurde John von einer Welle aus Liebe, Lust und Schuldgefühl überschwemmt. Schuldgefühl, weil sie die Lust der Zeugung geteilt hatten, den Schmerz der Geburt aber sie allein tragen mußte. Er sah, wie sich ihre Lippen bewegten, hätte jedoch nicht zu sagen vermocht, ob sie betete oder die Verse der alten Kyte vor sich hinmurmelte.

«Mmmmmmmmmmm.»

«Gut», sagte die Alte knapp. Dann sah sie die Babyausstattung und rief: «Nein, ist das fein! So etwas Hübsches habe ich schon lange nicht mehr gesehen! Was für niedliche kleine Nachthemdchen! Und dieser Spitzenschal!»

Gegen Morgen fuhr Sir John plötzlich hoch, weil Maria noch schrecklicher stöhnte als zuvor. Schuldbewußt merkte er, daß er im Sessel eingenickt war. Er griff nach ihrer Hand und drückte sie. Sie erwiderte den Druck, ihre Handfläche war feucht. Mehrere Male sah sie ihm dankbar in die Augen und versuchte zu lächeln. Und er versuchte es auch, versagte jedoch kläglich und gab schnell auf. Er hielt ihre Hand in der Hoffnung, daß durch diese Berührung seine ganze Liebe auf sie übergehen könnte.

Die Krämpfe wurden stärker, kamen ohne Pause.

Kein Mann auf Erden ist die Liebe einer Frau wert, dachte Sir John elend. Er mußte an die Trauer denken, die er beim Tod seiner Mutter empfunden hatte, und während er jetzt diese Trauer von neuem erfuhr, wußte er, daß sie ihn nie verlassen hatte; er hatte die Erinnerung nur verdrängt in eine dunkle Ecke seines Bewußtseins, wo er sie nicht sah. Jetzt wollte er all das Leid, das die Frauen im Lauf der Geschichte getragen hatten, auf sich nehmen. Es war wie damals in Kairo, als er Haschisch geraucht hatte und plötzlich mit jeder Faser seines Körpers spürte, daß die Palmen vor seinen Augen lebendig waren. Aber es war auch wie bei seiner *Mark-Master*-Initiation und Maria hechelte wie ein Hund, und dann spürte er, wie die Schmerzen auf ihn übergingen, und er sie mit ihr teilte. Die Alte beugte sich herunter und hob das Laken, das den unteren Teil von Marias Körper bedeckte. Sie schien sie ein wenig anzuheben, um die gefalteten Tücher unter sie zu legen und dann spreizte sie Marias Beine, und Maria hörte auf zu hecheln und schrie auf, und Mistress Kyte hob den Kopf und sagte: «Wie ein Hund, mein Kleines, wie ein Hund. Ist jetzt gleich soweit.»

Maria litt unsägliche Schmerzen; sie stöhnte mit offenem Mund. Sie schien in einer Art Trance, Ekstase beinahe.

«Da, ein Stück vom Kopf», sagte die Alte.

Was meinte sie, ein Stück vom Kopf? Was für eine schreckliche Sache ging hier vor? John sprang auf, hob das Laken und schaute nach. Das Geschlecht, das er «Rose der Welt» nannte, wenn sie sich liebten, war violett und geschwollen. Er wußte zwar, daß das Baby hier durch mußte, erschrak aber trotzdem, als er sah, wie weit es sich ausgedehnt hatte. Und da war noch etwas. Ein ovales, nein rundes Etwas, so groß wie ein Hühnerei. «Der Kopf?» flüsterte er. Die Alte nickte.

«Jetzt», sagte sie energisch, «tue deine Arbeit, mein Kind. Willst doch pressen, oder? Ist wie der Druck im Unterleib, wenn man zum Topf muß, nur ein bißchen stärker, nicht? Und Ihr –», fuhr sie, an Sir John gewandt, fort. «Ihr müßt ihr Halt geben. Legt Euren Arm unter ihre Schulter und stützt sie mit beiden Händen. Mit beiden! Haltet sie, so fest Ihr könnt. Gebt ihr Eure Kraft. Ich werde jetzt hier unten zu tun haben.» Er tat wie ihm geheißen. «So, Kindchen und nun geht es los: Pressen!» Maria preßte, bis ihr Gesicht rot anlief. Sir John spürte, wie sehr sich ihr ganzer Körper anstrengte.

«War sehr gut», rief die Alte aufmunternd. «Bist ein feines, starkes Mädchen und wirst deine Sache gut machen. Und jetzt gleich noch einmal! So, da kommt das Köpfchen, langsam! Nein, nicht ausruhen! Noch ein paarmal und es ist geschafft.» Wieder murmelte sie leise vor sich hin: «Nichts kann Mond und Sonne halten; leben muß, was Gott läßt walten.» Sie hob den Kopf. «Nicht lockerlassen, Kleines. Bist stark und das Baby will kommen. Noch eine letzte Anstrengung, pressen ... pressen ... so ist gut. Jawohl! Drehen wir seine kleine Schulter ein wenig – oder ist es ihre? Werden wir gleich wissen. Halt den Atem an, brauchst dich nicht mehr anzustrengen. Und da ist es. Wohlauf und gesund. Atmet, meine Kleinen, alle beide! So, ja, so ist's recht!»

Man hörte einen Klaps, dann ein ersticktes Gurgeln und schließlich einen hohen, quäkenden Schrei. Die Alte hielt das seltsame kleine Geschöpf mit dem Kopf nach unten an den Füßen.

Marias Augen flogen auf. «Ist es da?»

John konnte kaum etwas erkennen, so ergriffen war er, nur einen Streifen Blut auf dem Köpfchen.

«Ist es –» «Gib es mir!» John und Maria sprachen durcheinander. Sie versuchte sich aufzurichten.

«Sofort», sagte Mistreß Kyte. «Aber ist noch viel hübscher nach einem kurzen Bad, die Kleine.» Sie machte eine Geste über dem Kopf des Babys und wandte sich dann dem warmen Wasser und den Tüchern zu.

«Ein Mädchen?» rief Maria.

«Ja, eine wunderhübsche Tochter», lächelte die Alte mit zahnlosem Mund. «Gott segne dieses Haus und seine Bewohner.» Dann überreichte sie Maria das gebadete und gewickelte Baby.

John war so verwirrt, daß er gar nicht bemerkt hatte, wie die alte Kyte die Nabelschnur abgeschnitten und verknotet hatte.

«Eine leichte Geburt», sagte die alte Frau zufrieden.

Eine schwere würde ich nicht überstehen, dachte Sir John.

Er stieg die Treppe hinunter, auf der Suche nach einem Diener, der ihm das Frühstück bringen sollte. Einen Augenblick hatte er seine Tochter auf dem Arm gehalten – furchtbar nervös, voller Angst, sie fallenzulassen oder etwas falsch zu machen, voller Staunen über die Zerbrechlichkeit des kleinen Geschöpfs – doch dann hatte Maria es wieder an die Brust genommen.

«Jenseits eines bestimmten Punktes wird das ganze Leben zu einer unaufhörlichen Initiation.» Welcher Freimaurer hatte das noch gesagt? War es in England oder auf dem Kontinent gewesen?

Er stand in der Halle seines Hauses und wußte nicht mehr, was er dort eigentlich wollte. Ach ja, Frühstück.

Es war unfaßbar, daß ein so kleines Geschöpf soviel Macht

hatte. Nicht einmal der König könnte ihn dazu bringen, seinem Ruf so schnell zu gehorchen, gar sein Leben zu riskieren, wie ein einziger Schrei dieses Kindes.

So ist das also, wenn man Vater ist, dachte er. Kein Wunder, daß es so beliebt ist.

Er überlegte wieder, was er hier eigentlich machte. Ach ja, er suchte nach einem Diener. Frühstück.

Die Zofen waren alle oben, um das Kind zu bewundern und die Mutter zu beglückwünschen. Wo zum Teufel steckte Fenwick, der Butler?

«Ich habe den verdammten Stein hergeschafft, Sir.»

Sir John wandte sich um, kaum noch imstande, sich an das erste Wunder dieser Nacht zu erinnern.

Moon hatte bei der Vordertür gesessen und auf ihn gewartet.

Dem will ich zu essen geben von dem weißen Manna und will ihm geben einen weißen Stein...

«Ich bin Vater geworden», stammelte er benommen, unfähig, die Neuigkeit für sich zu behalten.

Moons Gesicht verzog sich zu einer seltsamen Grimasse, einem irischen, flüchtigen Ausdruck, der den Eroberern stets verborgen geblieben war. Dann lächelte er über das ganze Gesicht.

«Gott, Maria, Patrick und Brigit seien mit Ihnen, Sir», sagte er, kam etwas näher und langte in seine Jacke. «Und darf ich Ihnen als erster einen Schluck des göttlichen Tropfens anbieten?»

Er zog eine Whiskyflasche aus der Tasche.

Sir John trank. Seine Kindheit in Dublin stand wieder vor ihm. *Einen Schluck des göttlichen Tropfens...*, als er diesen Ausdruck zum ersten Mal gehört hatte, war er vier gewesen und hatte ihn natürlich nicht verstanden. Damals war ich ein Kind und heute bin ich Vater eines Kindes: die Zeit spielt einem eigenartige Streiche. Das Gesicht seiner Mutter und der sprudelnde Fluß Anna Liffey waren in seinem Kopf so lebendig wie das Kind, das er gerade auf dem Arm gehalten hatte.

Die alte Kyte hatte sich mittlerweile um die Nachgeburt gekümmert und das Kind in seine Wiege gelegt. Der Damm war nur wenig gerissen, trotzdem hatte sie gesagt: «Besser, ich bleibe noch ein wenig, für alle Fälle.» Jetzt saß sie am Fenster und summte leise über der Wiege.

Maria, die weder wach war noch schlief, hatte die Wehen schon vergessen und würde sich erst sehr viel später wieder daran erinnern. Sie träumte, daß sie mit ihrer Tochter, die schon fünf Jahre alt war, durch die Villa ihres Vaters in Neapel spazierte. Da sie noch nicht richtig schlief, arbeitete sie jedes Geräusch in ihren Traum ein. Es war ein wunderbarer Frühlingstag, wie es ihn nur in Neapel gibt, und Papa war so stolz auf sie, daß er hätte platzen können. Carlo hatte sich erholt und war sehr lieb zu ihr. Die Sonne brannte überall auf ihren Körper. Und ihre Tochter hatte Johns Mund und Johns Augen, aber dasselbe pechschwarze Haar wie sie.

Das war besser als damals, als sie Händels *Messias* gehört und sich zum ersten Mal von ihrem Körper gelöst hatte, besser als sich mit John zu lieben, besser als die Kraft in den Händen zu spüren, wenn sie jemanden heilte. Sie erinnerte sich, daß sie vor einigen Monaten in ihr Tagebuch geschrieben hatte, sie wolle Gott umarmen. Und nun war er in ihren Körper eingedrungen. Bei der Geburt war er realer gewesen als John oder Mistress Kyte; er hatte ihr den Schmerz genommen und seine Liebe war so, wie Händel es gesagt hatte: wie ein läuterndes Feuer. Gott war nicht irgendwo im Himmel, hoch über ihnen, wie die Leute immer sagten. Er war in ihr, sie spürte ihn in ihrem Bauch, ihren Muskeln, ihrem Blut. Er teilte ihre Freuden, er litt ihre Qualen und im Krieg kämpfte er auf beiden Seiten. Er ist überhaupt nicht groß und herrlich, dachte sie. Er ist so bescheiden, daß ihm der Körper einer Laus nicht zu armselig ist.

Sie träumte, wie sie versuchte Mutter Ursula all dies zu erklären und Mutter Ursula antwortete: «Ich bin so glücklich, daß du ihn erfahren hast, denn die Menschen, die ihn niemals erfahren, bleiben ihr ganzes Leben lang einsam und ängstlich. Sie leiden an einer Schwermut, die sie nicht verstehen.» Dann führte Mutter Ursula sie in eine Kapelle. Sie knieten vor einer Statue der Muttergottes nieder und die Heilige Jungfrau lächelte auf sie herab. Sie strahlte dieselbe ewige Liebe aus wie Gott, als er in Maria eindrang und ihr den Schmerz nahm ..., aber dann war es kein Traum mehr – sie schlief.

«Du wirst ein glückliches Leben haben», flüsterte die alte Kyte dem Kind zu. «Deine Eltern sind beide in der Bewegung. Ich frage mich nur, ob sie es selbst wissen? Was meinst du, mein Kleines? Glaubst du, sie wissen von Side? Wird sich zeigen, wird sich zeigen.»

ZWEI

Aus: *Die Revolution, wie ich sie sah,* von Luigi Duccio

Selbst wenn es festzustehen scheint, daß die Freimaurerlogen (und andere ähnliche oder verwandte Geheimgesellschaften) die Hauptkanäle waren, durch die die *Ideen* der Aufklärung verbreitet wurden, müssen wir, um der Wissenschaft gerecht zu werden, fragen, warum diese Gruppen soviel Macht besaßen. Man kann keinen Weizen auf steinigen Boden säen. Ebensowenig werden Innovationen Wurzeln schlagen, solange die soziale Umwelt nicht bereit ist, sie zu akzeptieren. Tatsache ist, daß zweiundneunzig Prozent der dreiundzwanzig Millionen Seelen in Frankreich Bauern waren und nur wenige von ihnen vor 1770 der Freimaurerei angehörten. Auch wenn Orléans (damals noch Chartres) und seine Clique von Satrapen mittels der Großloge der hohen ägyptischen Freimaurerei sich des Scharlatans Cagliostro als Kontaktperson bedienten, um Männer aller Stände zu rekrutieren, wäre dieser Anstrengung kein Erfolg beschieden gewesen, wenn nicht Menschen aller Klassen unter Ludwig XIV. auf Grund des bereits erwähnten Bevölkerungswachstums und der damit einhergehenden Kluft zwischen Löhnen und Preisen wachsender Not ausgesetzt gewesen wären. Die Tatsache, daß beide, Ludwig XIV. und Ludwig XV. Steuern und Pachtzölle erhöhten, spitzte diese Entwicklung nur zu, war jedoch nicht entscheidend. Die Menschen werden sich eher über Steuern beklagen, die unmittelbar spürbar sind als über andere wirtschaftliche Lasten, die sie zwar zu spüren bekommen, jedoch weder analysieren noch benennen können. Auf ähnliche Weise verschlimmerten die Machenschaften der wenigen Großgrundbesitzer, die die Mehrheit der französischen Kleinbauern in den Ruin trieben und so das Land der vielen kleinen Bauernhöfe in eines weniger, großer Latifundien verwandelten, im Grunde nur die Auswirkungen von Landflucht und Bevölkerungswachstum.

Dasselbe Muster war in ganz Europa erkennbar, ohne daß irgend jemand Notiz davon nahm, denn der menschliche Verstand, der in der Analyse nicht sonderlich geübt ist, nimmt zuerst die sichtbaren Verbesserungen wahr (mehr Säuglinge überleben die ersten Monate, weil die medizinische Versorgung besser geworden ist) und verschließen nur allzugern die Augen vor einer unsichtbaren Bedrohung (beispielsweise der Tatsache, daß das Bevölkerungswachstum alle früheren ökonomischen Strukturen destabilisiert). So wurden die Aufstände in der Schweiz und Holland, von denen ich bereits gesprochen habe, «radikalen und subversiven Elementen» zugeschrieben und nicht der wirtschaftlichen Verzweiflung; so wurden auch in einem kleinen Land wie Irland aufständische Gruppierungen wie die O'Day Boys oder White Boys dem radikalen Flügel (oder papistischen Komplotten) angelastet, ohne die wirtschaftlichen Faktoren zu berücksichtigen; daher wurden die Gordon-Aufstände 1780 in London, denen ebensoviel Eigentum zum Opfer fiel wie ein Jahrhundert zuvor dem großen Feuer, auf antikatholische Hysterie zurückgeführt. Daß dies nur ein Vorwand war, ergab die spätere Auswertung der Akten der Verhafteten: Die Mehrheit der Brandstifter und Aufwiegler war arbeitslos – ein Menschenpotential mithin, das ein Ventil für seine Wut und Verzweiflung suchte, und die wiederum waren darauf zurückzuführen, daß es in London weit mehr Menschen gab als Arbeitsplätze.

Ich schreibe dieses Buch, um zu zeigen, wie Menschen im allgemeinen, gleichgültig, welche Motive sie selbst für ihr Handeln angeben mögen, Teil eines geschichtlichen Prozesses sind, der jenseits ihres Auffassungsvermögens liegt. Es ist ein Prozeß, der sich nur in der Bewegung von Millionen von Personen und über mehrere Generationen hinweg beobachten läßt, ebenso vorhersagbar und verständlich wie Newtons Bewegungsgleichung. Wenn der verrückte Ludwig XV. länger gelebt hätte und nicht von dem gesünderen (aber dümmeren) Ludwig XVI. abgelöst worden wäre, dann wäre die Revolution vielleicht etwas, aber nicht viel früher ausgebrochen. Wenn Wilkes und Burke mehr Konzessionen für die Kolonisten in der Neuen Welt herausgeschunden hätten, wäre die Revolution zwar aufgeschoben, aber nicht aufgehoben worden. Man könnte noch ein Dutzend solcher Zufälle aufzählen und trotzdem wäre die Entwicklung der Geschichte langfristig nicht viel anders verlaufen.

Ich bin überzeugt, daß die Französische Revolution «gescheitert ist», und daß alle ähnlichen Revolutionen unwiderruflich scheitern werden, bis der Tag kommt, an dem die neuen Wissenschaften die Industrie dermaßen verändert haben werden, daß das, was die heutigen Revolutionäre nur zu träumen wagen, möglich sein wird, nämlich Nahrung, Kleidung und

Behausung für alle Bürger zu garantieren. Dies wird jedoch erst dann möglich, wenn die Kenntnis der Naturgesetze so weit fortgeschritten ist, daß ein Gouverneur all dies Bürger A gewähren kann, ohne es Bürger B wegzunehmen und dadurch dessen Rebellion herauszufordern. Mit anderen Worten: wenn es von allem mehr als genug für alle gibt.

Dies, ich wiederhole es, wird nur dann erreichbar, wenn das Christentum und anderer Aberglauben zerstört ist – wenn Diderots letzter sabbernder Pfaffe von einem Stein der letzten bröckelnden Kirche erschlagen wurde – und Mädchen und Jungen im ganzen Land nach den Gesetzen von Wissenschaft und Logik erzogen werden.

Aus: *Die geheimen Lehren des Argentum Astrum*

Das Tor, das nicht das Tor ist – die Quelle des Lebendigen Einen – wurde von allen antiken Völkern verehrt, wie die Kunst der Griechen, Ägypter usw. beweist. Heute noch wird es in abgeschiedenen Regionen Indiens, Tibets und Chinas angebetet. Maskiert erscheint es sogar in der Kunst und Architektur unserer Feinde, der schwarzen Brüder, die dies auch wissen und nicht zögern würden, jeden zu töten, der es in der Öffentlichkeit kundtut. Das Herz Jesu ist ein solches maskiertes Symbol, ebenso der gotische Bogen, das Gleichnis vom Brot und den Fischen, das Zeichen des Fisches selbst, der Gral usw. Denn die lange Erinnerung, die in den meisten Menschen schläft, kontrolliert diese durch Träume und Visionen, und so schaffen sie, wenn sie von der Kunst inspiriert sind, immer wieder nur Bilder dieses geheimen und heiligen Phantoms, das die weisen Rabbis *daleth* nannten.

Wisset denn, oh, Brüder und Schwestern in der Bewegung, daß das Wünschenswerte das Leben und das Herrliche die Liebe ist, *daleth* aber das Tor zu beiden darstellt.

Verbrennt dieses Blatt!

DREI

Marcel sagte, Pierre wäre der richtige Mann für Drecksarbeit.»

«Pierre macht keine Drecksarbeit mehr», antwortete Louis. «Er hat sich jetzt auf, äh, du weißt schon, auf den Transport von Waren verlegt. Schließlich ist er nicht mehr der Jüngste. Außerdem hatte er letzten Winter mit einem besonders schweren Fall zu tun. Ein Hurensohn von *diego* hat's ihm gezeigt. Nein, nein, der macht keine Drecksarbeit mehr.«

»Na schön», sagte Henri, «du willst sagen, Pierre hat die Hosen voll. Wie dem auch sei, die Sache bringt eine Menge Kohle, und wir brauchen mindestens vier Mann. Die Frage ist, macht ihr mit oder nicht?»

«Also ich bin dabei», antwortete Marcel. «Ich brauche die Kröten. Mir wär's egal, auch wenn's so ein Hurensohn von *diego* wäre, wie der, der Pierre fertiggemacht hat. Ich habe keine Angst vor *diegos*.»

«Ich auch nicht», sagte Louis, «sind doch eh bloß blöde Schreihälse.»

«Tja», sagte Henri, «um ehrlich zu sein, es ist tatsächlich ein *diego*. Ich weiß nichts von dem, mit dem sich Pierre angelegt hat, doch mit diesem hier fertig zu werden, dürfte ein Kinderspiel sein. Der Kerl ist gerade über die Mauern der Bastille entkommen.»

«Was sagst du da, du Spinner?» rief Louis. «Ist er ein verdammter Seiltänzer oder was? Über die Mauern der Bastille. So ein Quatsch. Es sind zwei Mauern. Das schafft höchstens ein Neapolitaner!»

«Ich hab nicht gefragt, wo er her ist», sagte Henri. «Was zählt, ist, daß er garantiert keinen Degen, letzte Nacht garantiert kein Auge zugetan und außerdem garantiert nichts zu beißen hat. Der Kerl irrt halb verhungert durch Paris und wird von Stunde zu Stunde schwächer.»

«Armer Kerl», sagte Marcel. «Er tut mir beinahe leid. Aber ich würde mir selbst noch mehr leid tun, wenn mir die Kohle durch die Lappen ginge. Also, worauf warten wir noch? Machen wir uns auf die Socken.»

Leutnant Sartines begutachtete ein eigenartiges Dokument. Er hatte es von einem seiner *mouches*, der darauf wartete, in die Großloge der hohen ägyptischen Freimaurerei aufgenommen zu werden und herauskriegen sollte, was dieser verdammte Chartres und seine Vasallen mit all dem Hokuspokus eigentlich bezweckten.

Dem *mouche* zufolge handelte es sich um ein wichtiges Dokument, das normalerweise nur die höheren Tiere zu Gesicht bekamen. «Ich habe diese Kopie», flüsterte er mit vielsagendem Blick, «unter *Lebensgefahr* angefertigt!»

Was bedeutete, daß er eine Prämie erwartete.

Sartines machte einen Kompromiß und zahlte ihm etwas mehr als üblich. Für ihn war das Dokument nutzlos, doch er glaubte dem Spitzel, daß es den Okkultisten der Loge eine Menge bedeutete.

Es war kein Stammbaum, wenn auch einige der Personen miteinander verwandt waren.

Könnte wichtige Fakten enthalten, dachte Sartines, könnte gar der Schlüssel zu diesem System von Lügen sein, mit dem die Großlogisten ihre Mitglieder ködern. Sartines hatte lange genug ermittelt, um zu wissen, daß alle Freimaurer irgendein tiefes, dunkles Geheimnis ihr eigen nannten. Gewöhnlich entpuppte es sich als ein hebräisches oder arabisches Wort, mit dem nur ein professioneller Mystiker etwas anfangen konnte.

Sartines studierte die Urkunde von neuem.

Louis Phillipe, Herzog von Chartres

Na klar, dachte Sartines, hätte mich auch gewundert, wenn der nicht an erster Stelle gestanden hätte. Aber schon beim nächsten Namen stolperte er.

Charles Radclyffe, C.R.C.

Radclyffe, ein Engländer, hatte vor zwei Generationen in ganz Frankreich von sich reden gemacht. Er war verwickelt in ... was war es doch gleich? Hatte mit den Jakobiten zu tun, die versuchten, die Stuarts wieder auf den englischen Thron zu heben. Ach ja, und es hatte Gerüchte gegeben, Radclyffe sei Alchimist und Organisator einer obskuren Freimaurersekte. C.R.C. – das hieß Chevalier de la Rose-Croix. Das übliche Rosenkreuzerbrimborium.

Aber da war noch etwas. Radclyffe war der uneheliche Sohn von Charles II. Wenn die Jakobiten sich durchgesetzt und Jakob II. den Thron wieder bestiegen hätte, dann wäre dieser Radclyffe der Erbfolge nach ebensoweit vom Thron entfernt gewesen wie heute Chartres vom französischen Thron.

Das könnte eine Bedeutung haben; es könnte aber auch Zufall sein.

Isaac Newton

Sartines lächelte. Er wußte genug über Geheimbündler, um sich einen Reim darauf zu machen. Sie brüsteten sich gern mit berühmten Verblichenen, denn diese konnten sich nicht mehr dagegen wehren. Aber Newton für sich zu beanspruchen, das war schon ein dicker Hund.

Robert Boyle

Johann Valentin Andreä

Robert Fludd

Alles Wissenschaftler mit einem Hang zur Alchimie. So wie Newton ...

Luis de Gonzaga

Ferrante de Gonzaga

Connétable de Bourbon

Alles Mitglieder der untereinander verwandten Königshäuser, die Europa in den letzten Jahrhunderten regiert hatten. Chartres konnte mit einigem Grund behaupten, mit jedem von ihnen verwandt zu sein, sogar mit Radclyffe, wenn er tatsächlich ein illegitimer Stuart war. Aber Newton, Fludd, Andreä?

So setzte sich die Liste fort: alle zwei oder drei Stufen der Repräsentant einer königlichen Familie und dazwischen lauter eindeutig bürgerliche, aber schillernde Persönlichkeiten: Giordano Bruno, Leonardo da Vinci, Nicolas Flamel. Dann, ganz unten:

Jacques de Molay, K.K.J.
Dagobert II.
Le Fils de la Veuve
Et in Arcadia Ego

Na bestens – datiert zurück bis zu den Merowingern und dann... «der Sohn der Witwe» – «und in Arkadien ich»

Der letzte Teil war also in einem Kode verfaßt. Der wurde niemals schriftlich, sondern nur mündlich weitergegeben. Wahrscheinlich um Mitternacht auf einem Friedhof.

Fassen wir mal zusammen, sagte er sich. Die Großloge hat ein Ziel: Chartres auf den Thron zu bringen.

Ist dann diese Liste nur eine mystische oder metaphorische Rechtfertigung für dieses Vorhaben? Nicht zwangsläufig. Wenn die richtigen Leute zur richtigen Zeit sterben, kann Chartres automatisch Erbe werden; er bräuchte dazu keine andere Rechtfertigung als seinen allgemein bekannten Stammbaum.

Tja, wenn das so ist, überlegte Sartines, dann muß es ein höheres Ziel geben als den französischen Thron.

Herrscher über ein vereintes Europa? Das würde die Verbindungen zu den Stuarts und Gonzagas erklären...

Sartines hatte das Gefühl, daß ihm etwas entging. Es war geheimnisvoller, esoterischer als das.

Et in Arcadia Ego

Das kenne ich von irgendwoher, dachte Sartines plötzlich.

Ich kann mich so deutlich daran erinnern wie an das Gesicht meines Vaters und den Gestank der Docks, auf denen ich aufgewachsen bin.

Aber wo und wann?

Ein Bild von Schäfern.

Sartines wartete geduldig. Das Gedächtnis funktioniert am besten, wenn man es nicht zwingt.

Ein Bild in den Räumen des Königs, in Versailles.

Plötzlich hatte er alles ganz deutlich vor Augen. Es war ein Gemälde, das Ludwig XV. besonders verehrte und in seinen Privatgemächern hatte aufhängen lassen, abseits der Porträtgalerie. Sartines hatte es Dutzende von Malen gesehen, wenn er einer Konferenz beiwohnte, es jedoch nie besonders beachtet. Trotzdem sah er es jetzt klar vor sich. Poussin, der Künstler, gehörte wohl kaum zu den Meistern, noch war dieses Bild sein bestes. Doch warum hielt der König es dann in solchen Ehren? Es hieß *Die Schäfer von Arkadien* und zeigte – natürlich – ein paar Schäfer, allerdings nicht im antiken Griechenland, wie der Titel hätte vermuten lassen können, sondern irgendwo im Süden Frankreichs. Sartines kannte die Landschaft – es konnte die Provence unweit von Montségur sein, dort, wo die Albigenser von den Dominikanern massakriert worden waren und Jacques de Molay einst mit seinen Tempelrittern geherrscht hatte.

Die Schäfer blickten auf ein Grab. Ihre Gesichter spiegelten keine Trauer, nein, sie schienen den Betrachter aus der Leinwand heraus prüfend zu mustern, fast so, als wollten sie sagen: «Wir wissen etwas, was du nicht weißt.» Und auf dem Grab standen die vier Worte, die seiner Erinnerung auf die Sprünge geholfen hatten:

ET IN ARCADIA EGO

Sartines spürte, wie eine verrückte These in ihm aufkeimte. Die Großloge hatte tatsächlich ein Geheimnis und der König wußte davon. Er hatte das Gemälde aus der Hauptgalerie genommen, weil er immer mißtrauischer wurde und jede Kleinigkeit fürchtete. Er hatte Angst, daß jemand den Kode oder die Allegorie oder was auch immer dieser Poussin bezweckt hatte, durchschauen könnte.

Ich *weiß* es, dachte Sartines. Diesmal kann ich meiner Intuition vertrauen.

Es ist das Grab einer bedeutenden Persönlichkeit, die in der Provence lebte. Jemand über den wir nicht allzuviel erfahren sollen.

Le fils de la veuve...

Im gleichen Moment steckte Lenoir den Kopf durch die Tür. «Schlechte Nachrichten», sagte er. «Irgendein Hurensohn ist letzte Nacht aus der Bastille getürmt.»

VIER

Sigismundo Celine, dessen Kleider in der Sonne getrocknet waren, schlenderte durch Faubourg St.-Germain, einem Stadtteil der Bürger und Kaufleute, in dem ein fein gekleideter Mann wie er nicht auffiel. Er hatte eine Weile bei *Les Halles* herumgelungert, in der Hoffnung, sich unter den vielen zu verlieren, die hier frühmorgens ihrer Arbeit nachgingen, doch schnell war ihm bewußt geworden, daß unter den Handwerkern seine feinen Lederstiefel mindestens so auffällig waren wie ein kariertes Zebra.

Sigismundo taumelte ein wenig, um den Eindruck zu erwecken, er habe letzte Nacht einen über den Durst getrunken. Das würde auch die Tatsache erklären, warum seine seidenen Kleider so zerknittert und schmutzig waren.

Niemandem war je die Flucht aus der Bastille gelungen, aber er hatte es geschafft. Das war ein Triumph, den er nie vergessen und bis ins hohe Alter auskosten würde.

Im Moment war ihm allerdings wenig nach Triumph zumute. Allmählich dämmerte ihm nämlich, daß die Flucht aus der Bastille nur halb so schwierig war wie die Anstrengung, draußen zu bleiben. Er kam an nichts Eßbares ran, es sei denn er stahl sich etwas, und das war ein weiteres Risiko. Außerdem waren sämtliche Stadttore von Paris bewacht und die Wächter mit Steckbriefen ausgerüstet.

In Italien hätte er in einer solchen Situation bei einer Freimaurerloge Unterschlupf finden können. Doch hier traute er sich nicht: Charles und Cagliostro hatten die französischen Freimaurer anscheinend vom Eid der Bruderliebe entbunden. Sigismundo war sich jetzt sicher, daß diese beiden hinter seiner Festnahme steckten. In Italien wäre ein solches Komplott von Freimaurern gegen ihre eigenen Gesinnungsgenossen völlig undenkbar, ebenso in England oder irgendwo anders.

Es war schon beinahe Mittag. Sigismundo hatte die Straßen bereits mehrere Male durchwandert. Es wurde Zeit, aus Faubourg St.-Germain zu verschwinden.

Signor Pietro Malatesta
Malatesta und Celine
Via Roma
Napoli

Hochwohlgeboren,

Sie werden mich nicht kennen, doch ich gehöre einem alten neapolitanischen Geschlecht an und hatte des öfteren Gelegenheit, Ihre herrlichen Weine zu kosten. Doch will ich gleich zur Sache kommen, Signor. Ich bin Steinmetz und lebe seit einiger Zeit in Paris, weil hier angeblich die Löhne höher sind als bei uns. Da ich eine rege Korrespondenz mit meiner Familie in

Neapel führe, ist mir bekannt, daß Ihr Neffe hier ertrunken ist. Ich empfand tiefes Mitgefühl für Ihre Schwester, seine Mutter, Signora Liliana. Ich darf Ihnen jedoch die freudige Mitteilung machen, daß Ihre Tränen umsonst vergossen wurden: Ihr Neffe lebt, und, was noch besser ist, er hält die französische Justiz zum Narren, da ihm die Flucht aus der berüchtigten Bastille gelungen ist und die Polizei ihn trotz Hunderter von Steckbriefen, die in ganz Paris verteilt wurden, bisher nicht wieder hat ergreifen können.

Ich will Ihnen daher folgenden Vorschlag unterbreiten. Sollte ich ihn finden, werde ich Sigismundo im falschen Boden einer Kutsche verstecken und nach Süden befördern. Ein Bekannter, der im Transportgewerbe tätig ist – wenn auch, wie ich leider gestehen muß, ohne die dazu notwendigen Papiere und Lizenzen zu besitzen –, wird uns behilflich sein. Sollte ich den Jungen nicht finden, wissen Sie durch diesen Brief zumindest, daß er am Leben ist und können die Schritte einleiten, die Sie für geeignet halten.

Zugleich bitte ich, mich nicht für einen Menschen zu halten, der einem Landsmann nur gegen Belohnung hilft. Ich bin stolz auf meinen Beruf und verdiene nicht schlecht; ich brauche keine Almosen. Ich habe jedoch eine Schwester in Neapel, Signora Bianca Mazzini, deren Mann vor kurzem den Pocken zum Opfer gefallen ist – wenn Sie sich erkenntlich zeigen wollen, so setzen Sie sich mit ihr in Verbindung.

Ergebenst,
Luigi Duccio, Steinmetz

Durchlaucht,

wie Sie sicher schon gehört haben, ist S. die Flucht aus der Bastille gelungen. Ich weiß nicht, wie er das geschafft hat, der Hundesohn muß eine Art Bergaffe sein, um solche Mauern überwinden zu können. Jedenfalls gehe ich davon aus, daß Sie unter diesen Umständen unsere Abmachung aufrechterhalten wollen, und werde daher dafür Sorge tragen, daß wir ihn vor der Justiz ausfindig machen. Diesmal werden meine Schergen ihm endgültig den Garaus machen, so wahr ich hier sitze. Und ich hoffe, daß Sie den vereinbarten Betrag von zehntausend Francs auf mein Bankkonto in Paris überweisen, sobald Sie Nachricht von seinem Tod erhalten. Ich bitte um Verzeihung, daß wir ihn nicht schon in der Bastille erledigen konnten, diesmal aber werden wir ganze Arbeit leisten – ich verspreche es beim Grab meiner Mutter. Sie werden wissen, daß ich die Wünsche meiner Kunden stets zur vollsten Zufriedenheit erledigt habe, wie ich es meinem guten Ruf schuldig bin. Deshalb habe ich bereits drei erfahrene Männer beauftragt, sich der Sache anzunehmen, wenn wir auch keine drei benötigen werden, denn diesmal hat er gewiß keinen Degen bei sich. Ich will jedoch auf Nummer Sicher gehen und hoffe, Sie in Kürze mit erfreulichen Nachrichten beglücken zu dürfen.

Ihr untertäniger Diener,

P.

Mein lieber Chartres,

ja, ich weiß, er ist draußen. Doch hab keine Angst; die Vorbereitungen für den *Übergang* sind abgeschlossen und unsere Büttel werden ihn haben, ehe die Tölpel von der Justiz auch nur Wind davon kriegen, wo er sich versteckt hat. Wir werden Italiener einsetzen, die angeblich für seinen Onkel in Neapel arbeiten. Es ist ein Kinderspiel, glaub mir.

Cagliostro

Nachmittags war Sigismundo im Faubourg St.-Paul angelangt. Die Luft war erfüllt vom Staub der Gießereien und Steinmetzbetriebe, doch dies war besser als der Gestank in der Stadtmitte.

Außerdem wohnten hier viele Italiener; Handwerker, die in den Norden gegangen waren, weil die Franzosen zur Zeit ganz vernarrt in italienische Architektur waren. Es war zwar auch hier gefährlich, aber die einzige Alternative hätte darin bestanden, sich in den Straßen herumzutreiben, bis er der Justiz in die Hände fiel. Sigismundo hoffte, daß das Glück ihm auch weiterhin hold war. Vielleicht lief ihm jemand aus Neapel über den Weg, der Tennone oder Pater Ratti oder Onkel Pietro kannte und einem in Not geratenen Landsmann half.

Sigismundo hatte schon zwei Steckbriefe von sich entdeckt. Als er die Bastille verließ, hatte er ein neues Paris betreten, das für jedermann sonst das alte Paris war, sich für ihn jedoch zu einem Ort ständiger Gefahren verwandelt hatte. Jedenfalls war es einfacher, Gefangener als flüchtiger Gefangener zu sein.

Wenn er nur über die Stadtmauern gelänge, dann wäre die Flucht nach England so gut wie gesichert. Solange er sich aber in Paris aufhielt, war jedes Gesicht ein Buch, das in aller Eile gelesen werden mußte – war der Typ ein Spitzel? Wunderte er sich, was Sigismundo mit diesen Kleidern in einer solchen Gegend suchte? Hatte der andere ihn etwa wiedererkannt?

Im selben Augenblick fiel ihm ein Gesicht auf. Es starrte ihn ungeniert an und es sah italienisch aus. Süditalienisch. Vielleicht sogar neapolitisch –

«Haben Sie sich verirrt, Signor?» sagte es und kam auf ihn zu. Ein Mann in Handwerkerkleidung, sprach italienisch.

«Ich suche nach einem Steinmetz», antwortete Sigismundo vorsichtig. «Aber ich kann mich nicht an den Namen des Geschäftes erinnern ... Sind Sie auch aus Neapel?» fragte er.

«Natürlich. Wie Sie. Jetzt erkenne ich Ihren Akzent.»

Sigismundo erinnerte sich, daß die Belohnung, die auf seine Ergreifung ausgesetzt war, zehntausend Francs betrug. Doch in solch einer Lage mußte man alles auf eine Karte setzen.

«Und Sie erkennen mein Gesicht wieder?» fragte er.

«Ich sehe eine gewisse Ähnlichkeit mit den Malatestas. Habe ich recht?»

«Sie werden mein Gesicht bald auf jeder Mauer von Paris

bewundern können», platzte Sigismundo heraus. «Ich bin überrascht, daß es Ihnen noch nicht aufgefallen ist.»

«Ich habe es gesehen», antwortete der Handwerker. «Ich verstehe Ihre Lage. Sie brauchen Hilfe, dürfen aber nicht wagen, der falschen Person zu trauen.»

«Laut Steckbrief bin ich gefährlich», wandte Sigismundo ein. «Einer, der es auf die Belohnung abgesehen hat, könnte mein Vertrauen mißbrauchen und mich in einen Hinterhalt locken.»

«Sicher. Aber ein Risiko müssen Sie schon eingehen, sonst kommen Sie nie aus der Stadt.»

«Zehntausend Francs ist eine Menge Geld.»

Der Mann lächelte. «Die mächtigen Malatestas werden es sich mehr kosten lassen, wenn ich Sie heil zu Hause abliefere.»

«Tut mir leid», sagte Sigismundo. «Aber Sie sind mir zu gewandt und zu glatt, Signor. Verzeihen Sie, wenn ich mich irren sollte.»

Damit versetzte er ihm einen Schlag in den Unterleib und rannte in die nächste Gasse. Er wußte, daß ihm zwei Männer auf den Fersen waren, die sich während des Gesprächs genähert hatten. Als der eine den Arm hob, hatte er etwas aufblitzen sehen.

Sigismundo schlüpfte durch ein Tor in den Hinterhof eines Steinmetzes, gerade als das Messer im Holzrahmen neben ihm einschlug.

Er fand sich in einem Durcheinander von Engelsstatuen wieder – offenbar hatte sich der Besitzer dieses Geschäfts auf Grabschmuck spezialisiert. Leere weiße Steinaugen beobachteten, wie er sich duckte und rasch zur Seite sprang, als das Tor aufging und die Mörder in den Hof stürmten.

Er sah keine Arbeiter, er sah überhaupt niemanden. Der Besitzer mußte einen freien Tag eingelegt haben, um fischen zu gehen.

Er tastete sich durch das Durcheinander von kalten steinernen Figuren bis zum Haus, es war seine einzige Fluchtmöglichkeit. Dann entdeckte er die Hintertür und ein Fenster. Doch einer der Mörder kannte die Gegend offensichtlich besser als Sigismundo und erwartete ihn bereits mit gezücktem Messer.

FÜNF

Sigismundo trat den Rückzug in den Wald steinerner Figuren an und sah sich dabei verzweifelt nach irgend etwas um, das ihm als Waffe hätte dienen können. Es war nicht die Erschöpfung, die ihn fertigmachte, auch nicht die Angst: es war die reine Wut, das Gefühl, daß das Universum kein Recht hatte, so grausam und unerbittlich zu sein. Da überschlug man sich vor Mut und Willenskraft, tat, was man selbst nicht für möglich gehalten hätte, tat sogar noch mehr und dachte, so, jetzt ist es genug, mehr kann man nicht von mir verlangen, und dann stellte sich heraus, daß das Universum sich einen Dreck darum scherte, was man dachte.

Und jetzt, nur um zu zeigen, daß es auch noch hinterhältig genug war, ihn neue Hoffnung schöpfen zu lassen, wenn man gerade zu dem Schluß gelangte, daß alles für die Katz war, fiel Sigismundos forschender Blick auf einen Holzhammer.

Ein Holzhammer gegen zwei Messer. Nicht viel, aber immerhin. Sigismundo erinnerte sich an seine *Mark-Master*-Initiation (Hilfe kann unvermutet von den unmöglichsten Stellen kommen), griff nach dem Hammer und schlich wieder vorwärts.

Die leeren weißen Augen der Statuen blickten auf ihn herab.

Der Mörder wartete, wohl wissend, daß er an ihm vorbei mußte. Er war um einiges größer als Sigismundo und viel schwerer.

Als Sigismundo ausholte, entdeckte ihn der andere und wich schnell zur Seite.

Sigismundo hielt den Hammer fest und stürzte sich auf ihn.

Im gleichen Moment kam der andere in seine Richtung, gebückt, um keine allzu große Zielscheibe abzugeben, das Messer niedrig haltend wie ein professioneller Killer.

Sie starrten sich prüfend an. Nie hatten zwei Liebende so sehr versucht, sich in den anderen hineinzuversetzen wie diese beiden, die jeder des anderen Gedanken zu lesen trachteten.

Dann entschied sich der Mörder zum Angriff und Sigismundo sah es, sah ihn in einer schnellen Bewegung auf sich zugeschlängelt kommen wie eine Kobra. Er schwang den Hammer und traf die Messerhand des anderen – eine Sekunde, ehe sie ihn erwischt hatte.

«Ahh!» schrie der Mörder und ließ das Messer fallen, doch schon hatte Sigismundo ein zweites und ein drittes Mal ausgeholt, er hörte es krachen, Blut spritzte aus dem Schädel des anderen, ihm wurde übel, aber er riß sich zusammen und schlug noch einmal zu, bis der Mann zu Boden sackte und sich eine dunkelrote Blutlache um ihn ausbreitete.

Er ist tot, dachte Sigismundo. Mein Gott, letztes Jahr habe ich drei mit dem Degen umgebracht, aber das war nur halb so grauenvoll wie das hier. Vielleicht bin ich eines Tages so abgebrüht, daß ich sie mit bloßen Händen erwürge und noch Spaß daran habe. Denn es *hat* Spaß gemacht. Schließlich bin ich meines Vaters Sohn. Nein. Sei vernünftig. Es hat keinen Spaß gemacht, du hattest nur das Gefühl des Siegers: Spaß ist nicht gepaart mit Abscheu und Ekel vor sich selbst. Aber er war froh, daß es den anderen und nicht ihn erwischt hatte.

Dann hörte er jemand hinter sich atmen – das unfreiwillige Schnappen nach Luft eines Mannes, der sich verzweifelt bemüht, kein Geräusch zu verursachen. Ohne zu überlegen, warf er sich zu Boden und rollte zur Seite so schnell er konnte, bis er fast am Haus war und wieder aufsprang.

Der zweite Mörder war nicht viel kleiner als der erste. Alles, was Sigismundo auffiel, war, daß er blaue Augen hatte und schon den Arm mit dem Messer hob. Sigismundo wiegte sich hin und her, und der Arm hielt in der Bewegung inne, während der Mann überlegte. Er wußte, wenn er Sigismundo verfehlte, stand er unbewaffnet da, also duckte er sich und lief im Zickzack auf ihn zu, um ihm keine Angriffsmöglichkeit zu bieten.

Schon wieder ein Killer, schoß es Sigismundo durch den Kopf. Was für ein Tag! Lauter Profis, und alle waren größer und stärker als er. Und dann standen sie sich gegenüber, Sigismundo holte aus, der andere wich zur Seite, doch Sigismundo war schneller und traf ihn an der Schulter. Der Mann stöhnte vor Schmerz, stach jedoch blitzschnell zu, und ehe Sigismundo zur Seite springen konnte, hatte der Killer ihn am Bauch getroffen (zuerst spürte er überhaupt keinen Schmerz, nur das Gefühl, daß er getroffen war und blutete). Er schwang den Hammer in Wut und Verzweiflung, ein verwundetes Tier, schlug wie rasend um sich, und jetzt bluteten sie beide.

Einen Augenblick starrten sie sich mit demselben Gefühl von Schmerz und Niederlage an und dachten: *Du hast mich erwischt, du Hurensohn,* und beide glaubten, sie würden jetzt sterben.*

* Laut de Selby (*Golden Hours,* a.a.O., XXXIII, S. 1049–73) ist diese Nanosekunde und jede andere Nanosekunde im Raum-Zeit-Kontinuum die Folge jeder anderen Nanosekunde, gleichgültig, ob diese anderen in der konventionellen, linearen Zeit «vorher» oder «nachher» kommen. Tatsächlich ist diese konventionelle oder subjektive Zeit, wie de Selby sie versteht, nicht mehr und nicht weniger als «eine Geschichte, die wir uns erzählen, ähnlich den Bildern auf einer Leinwand, die sich zu bewegen scheinen, obwohl jedes in Wirklichkeit ein deutliches Quantum oder Ding an sich ist. Die Illusion einer Bewegung oder eines Ablaufs entsteht nur als Folge der geselligen Natur des Geistes und des instinktiven Klatschtriebes». Es war wäh-

rend ihrer Debatte über diese strittige Stelle – einer erbitterten und immer hitzigeren Diskussion, die in den Kolumnen diverser Journale wie *Edinburgh Philosophical Review; Der Naturwissenschaftler; New Scientist; The Zetetic Scholar; Annuaire de la Societée Météroloqique; Bulletin de la Societée Astronomique; Ciel et Terre; Omni; Comptes Rendus; Entomological Journal of London; National Enquirer; Journal de Debats; Monthly Notices of the Royal Phrenological Society; Scientific American; The Journal of Plenumary Time* und am Schluß sogar im *Simcoe Reformer* geführt wurde, daß Prof. Ferguson und Prof. Hanfkopf zum Gegenstand umfangreicher Ermittlungen durch den CIA, den KGB und die M15 wurden. Alle drei Organisationen waren zu der Überzeugung gelangt, daß ein Großteil der Diskussion, die völlig unverständlich für jemanden war, der mit den komplizierten Schlüssen von de Selbys kosmologischen Theoremen, der Quantenmechanik und der Kabbala nicht vertraut war, eine Art Kode darstellen mußte, in dem bestimmte Informationen oder subversive Meinungen an den Mann gebracht werden sollten. Es ist nicht zu leugnen, daß beide Herren mehrmals im Verlauf der Auseinandersetzung die akademische Würde verletzten, obgleich man sich nur zögernd Hamburgers Vorwurf (*Werke,* a. a. O., II, S. 66) erschließen wird, daß Ferguson der Kopf hinter der mangelhaften Briefbombe war, die Hanfkopf nach der Veröffentlichung seines Essays *Fergusonismus und Schweinerei* erreichte. Die offizielle Version des Polizeiberichts lautete dahingehend, daß der Absender der Bombe (die nicht zündete) die Royal Orange Lodge von Ulster war, die fälschlicherweise vermutete, Hanfkopf sei Hersteller und Zulieferer von Gelatinedynamit für die IRA geworden.

Dann sackte der Mörder zu Boden. Sigismundo stürzte sich auf ihn, landete mit den Knien auf seinem Brustkorb und schlug zu, wieder und wieder, voller Angst, er könne ohnmächtig werden, zu wütend, um auf die blutige Masse zu achten, die einmal der Schädel des Angreifers gewesen war. Er keuchte und schluckte und wimmerte, ohne es zu merken. Und endlich begriff er, daß der Mann längst tot war und er eine Leiche attackierte.

Er stand taumelnd auf und fühlte sich hundeelend.

Der erste, schoß es ihm mit einem Mal durch den Kopf, der, den ich auf der Straße niedergeschlagen habe...

Er schaute wild um sich. Der Wald gelassenen weißen Marmors, der ihn umgab, war so still wie das Weltall.

Sigismundo lehnte sich gegen die Hauswand und zog Jacke und Hemd hoch. Blut sprudelte aus der Wunde wie aus einem Springbrunnen, aber noch immer verspürte er keinen Schmerz. Also war entweder kein wichtiges Organ getrofffen oder er stand unter Schock.

Irgendwo bellte ein hungriger Hund.

Sigismundo sah auf, wachsam wie ein gejagter Otter, ein wildes Funkeln in den Augen. Doch die Marmorstatuen waren alles, was er sah.

Ein zweiter Hund antwortete: «Soll-das-heißen-daß-du-mit-mir-spielen-willst?»

Der erste Hund bellte zurück: «Quatsch-ich-will-nicht-spielen-sondern-fressen-du-Blödmann!»

Im weißen Marmorwald herrschte absolute Stille.

Vielleicht war der auf der Straße so hart gefallen, daß er nicht mitgekriegt hatte, in welche Gasse Sigismundo gerannt oder hinter welchem Tor er verschwunden war. Andererseits – vielleicht holte er nur Verstärkung. Gott steh mir bei, dachte Sigismundo.

Vielleicht lauerte er hinter einer der Säulen und wartete, daß er sich zur Tür umwandte, um sich von hinten auf ihn zu stürzen...

Sigismundo lauschte.

Ein dritter Hund mischte sich ein: «Haltet-die-Schnauzen-das-ist-mein-Revier!»

Der erste und der zweite antworteten: «Komm-uns-doch-holen-du-alter-Mistköter!»

Der dritte wurde langsam wütend: «Haltet-die-Klappe-oder-ich-mach-euch-Beine!»

Sigismundo fragte sich, ob er die Hundesprache wirklich verstand oder nur dabei war, durchzudrehen.

Er hatte das Gefühl, allein zu sein.

Der erste Hund bellte, unsicher und wenig überzeugend: «Wenn-du-so-stark-bist-dann-komm-doch-her-und-zeig-was du-kannst!» Der zweite hielt diskret die Schnauze.

Sigismundo drehte sich um und stieß mit der Schulter die Tür auf.

Kaum war er drinnen, krümmte er sich und sackte gegen die Wand. Die kleine Anstrengung hatte ihn eine Menge Blut gekostet.

Niemand zu Hause, genau wie er erwartet hatte.

Ein verlassener Hof, ein leeres Haus: vielleicht hatte sich doch nicht alles gegen ihn verschworen.

Er blutete heftig.

Dann entdeckte er ein Hemd, das über der Rückenlehne eines Stuhls hing. Er setzte sich auf den Diwan und starrte auf die größer werdende Blutlache zu seinen Füßen. Er riß das Hemd in Streifen und knotete es sich um den Bauch. Vielleicht würde die Bandage den dunkelroten Blutfluß stoppen.

Sie war im Nu vollgesogen.

Alles hat seinen Grund, dachte Sigismundo. Vielleicht hat dieser Steinmetz ein langweiliges Leben geführt und jetzt kommt er von einer Reise zurück und findet mich tot in seinem Haus und noch zwei Leichen im Hof. Der hat jahrelang Gesprächsstoff.

Er stand auf, hörte wie das Blut in seinen Stiefeln gluckste und suchte nach dem Schlafzimmer. Als er es fand, riß er ein Bettlaken in Streifen und band es sich um den Bauch. Diesmal zog er es stärker zusammen als beim ersten Mal.

Kein Blut, jedenfalls noch nicht.

Kein Grund zur Panik, dachte er. Vielleicht stoppt es die

Blutung. Vielleicht schaffe ich es bis in die Küche und kann etwas essen, ehe ich umkippe.

Er fand die Küche. Dort gab es gutes braunes Brot und echtes Bier, kein Porter. Er aß und trank und zwischendurch schaute er immer wieder auf die Wunde. Sie blutete nicht mehr.

So, jetzt geht es mir besser, dachte er. Wenn ich die Tür aufmache und vor den nächsten fünf Killern stehe, bin ich bereit.

Und dann wachsen mir Flügel, und ich schwirre ab nach England. Er aß noch ein Stück von dem guten braunen Brot und trank einen Schluck Bier.

Als nächstes mußte er rauskriegen, wo der Steinmetz sein Geld versteckt hatte. Ein widerlicher Gedanke.

Was soll das, dachte er. Erst bringst du zwei Männer um und dann machst du dir wegen ein paar Francs in die Hosen? Na ja, das war was anderes, war Notwehr gewesen. Und was war mit den dreien letzten Winter? Das war auch Notwehr. Ja aber fünf Tote in knapp einem Jahr? Du bist ein *desperado*, Signor!

Die Not gehorcht keinem Gesetz, so ist es nun mal. Irgendein römischer Senator hatte das gesagt. Oder vielleicht ein togagewandeter Grieche, in Gedanken über die ursprüngliche Natur der Dinge versunken. Diese Jungs hatten jede Menge Zeit gehabt, sich Gedanken zu machen. Sie wurden auch nicht andauernd entführt, von Satansanbetern unter Drogen gesetzt, von Mördern verfolgt und in die Bastille geworfen.

Sigismundo inspizierte seine Bandage. Immer noch kein Blut.

Dann drehte sich ein Schlüssel im Schloß.

Ach, du Scheiße, dachte er. Jetzt muß ich auch noch einen völlig unschuldigen Kerl niedermachen. Die Not gehorcht keinem Gesetz.

War ich wirklich mal ein idealistischer junger Mann, der noch größere Musik schreiben wollte als Scarlatti?

Er griff nach dem blutverschmierten Hammer und schlich auf die Küchentür zu. Das Blut in seinen Stiefeln gluckste.

Die Fußtritte, die durch die Tür gekommen waren, verstummten. Der Steinmetz hatte das Glucksen auch gehört.

Sigismundo sprang mit einem Satz, den Hammer schwingend, durch die Tür. Ein kleiner dunkelhaariger Neapolitaner starrte ihn an wie gelähmt.

«Ein Laut», drohte Sigismundo, «nur einen Mucks, Signor, und Sie sind ein toter Mann!»

Dann wurde ihm schwarz vor Augen.

Ab in die Bastille, war sein letzter Gedanke.

SECHS

Als er wieder zu sich kam, war er nicht in der Bastille, sondern lag im Bett des Steinmetz. Zwei Männer saßen neben ihm und wachten – der kleine neapolitanische Steinmetz und ein französischer Arbeiter mit mehr Pockennarben im Gesicht, als Sigismundo je gesehen hatte.

«Schönen guten Abend, Signor Celine», sagte der Steinmetz im neapolitanischen Dialekt.

«Guten Abend», murmelte Sigismundo mechanisch, während er sich verwundert umsah.

«Keine Justiz», sagte der Steinmetz schnell, als er Sigismundos Befürchtungen erkannte. «Ich persönlich halte nicht viel von diesen Herrschaften. Und von der Bastille noch weniger. Aber ich will Ihnen sagen, was mir gefällt. Mir gefallen Neapolitaner, wilde verrückte Neapolitaner. Vor allem ein ganz bestimmter, total durchgedrehter Typ, der die Mauern der Bastille für Kletterübungen benutzt und der französischen Justiz auf der Nase herumtanzt.» Er grinste über das ganze Gesicht.

Sigismundo schossen die Tränen in die Augen. «Verzeihen

Sie», sagte er. «Ich habe Sie angegriffen – bedroht – mit einem Hammer –» Seine Stimme versagte. Er schluchzte und zitterte, endlich löste sich der Schrecken der vergangenen Tage.

«Weit schlimmer», entgegnete der Steinmetz grimmig. «Ich fürchte, Sie haben mein Haus und meinen Hof in einen Trümmerhaufen verwandelt. So benimmt sich kein Gast.»

Der Franzose lachte.

«Luigi Duccio», sagte der Steinmetz und reichte Sigismundo die Hand. «Baumeister phantastischer Ideen.»

Sigismundo kämpfte gegen die Tränen an. «Ich muß Ihnen wie ein Schwächling vorkommen», sagte er verschämt und wurde rot.

Duccio wandte sich dem Franzosen zu. «Ein schrecklicher Schwächling, findest du nicht auch? Ein Schwächling, der die Mauern der Bastille bezwingt, einen Wachmann zusammenschlägt und unbewaffnet zwei mit Messern ausgerüstete Profikiller ins Jenseits befördert. Der sich schämt, weil Blutverlust und Erschöpfung ihm mehr zusetzen, als ihm lieb ist.»

«Ihr Neapolitaner seid doch alle verrückt», antwortete der Franzose und streckte Sigismundo die Hand hin.

«Mein Freund», erklärte Duccio, «behält seinen Namen lieber für sich. Während ich nur leichte Antipathie gegen die Justiz habe, hegt er nämlich größere Ressentiments.»

«Das Problem ist, daß wir viel zu sehr zentralisiert werden, verstehen Sie?» sagte der Franzose. «Diese verfluchte Sardine ist so schlau, daß sie schon wieder dumm ist. Das Schlimmste, was einem Land passieren kann, ist eine durchschlagende Polizeitruppe. Am Schluß enden wir alle als Rekruten in der Armee.»

«Außerdem wird es heutzutage immer schwerer, ein unehrliches Leben zu führen», warf Duccio ein und lächelte.

«Immerhin leichter als ein ehrliches», gab der Franzose zurück und ignorierte die Ironie. «Glaubst du, ich hätte es nicht versucht, Luigi? Und ob ich es versucht habe. Ich habe alles gemacht, und trotzdem bin ich ständig pleite. Na ja, alles außer Drecksarbeit, das nicht, das liegt mir nicht. Ich hab keine Nerven dafür. Aber es hilft nichts, alles ist fest in deren Hand, wie Spartakus sagt. Ein armer Hund hat heutzutage keine Chance.»

«Spartakus», sagte Luigi und starrte ins Leere, «ich frage mich, wer dahinter steckt.»

«Das tut jeder», antwortete der Franzose. «Vor allem natürlich die Sardine. Sie würde 'ne Menge springen lassen, wenn ihr einer verraten könnte, wer Spartakus wirklich ist.»

«Aber der ist zu schlau», sagte Duccio.

«Stimmt», sagte der Franzose. «Schlau wie ein Fuchs. Ich wette, nicht mal seine besten Freunde wissen Bescheid. Übrigens, ich bin Fuhrmann», sagte er, an Sigismundo gewandt. «Ich habe eine Spezialkutsche, die Sie zu schätzen wissen werden. Sie hat einen doppelten Boden. Ich hoffe nur, Sie stellen keine unangenehmen Fragen. Sie können nämlich heilfroh sein, darin reisen zu dürfen, wenn Sie sich einigermaßen erholt haben.»

Einer von den beiden ist Spartakus, dachte Sigismundo. Die Frage ist nur welcher.

«Vielleicht brauche ich einen Arzt», wandte Sigismundo ein. «Kennen Sie vielleicht zufällig einen, der ... unsere Gefühle für die Justiz teilt?»

«Wir kennen einige», nickte der Franzose. «Einer war bereits hier.»

«Während Sie noch ziemlich weit weg waren», setzte Duccio hinzu. «Mein Gott, wirklich weit weg, muß am Schock und am Blutverlust gelegen haben.»

«Was hat er gesagt?» fragte Sigismundo.

«Daß Sie unter einem günstigen Stern zur Welt gekommen sind», antwortete Duccio. (Oh, nein, nicht schon wieder, dachte Sigismundo.) «Sie haben viel Blut verloren, aber der Arzt sagt, die inneren Organe sind unverletzt.»

«Ja», sagte Sigismundo. «Es ging alles sehr schnell. Ich habe auf ihn eingeschlagen, und er hat mich mit dem Messer erwischt. Einen Augenblick starrten wir uns in die Augen und wußten beide, daß wir getroffen waren; wir fragten uns nur, wen es härter erwischt hatte. Und ich schwöre, in diesem Moment waren wir uns näher als Brüder. Wir teilten denselben Schmerz, dieselbe Angst..., dann fiel er, und ich stürzte mich auf ihn, damit er mich nicht noch einmal erwischte... mein Gott...»

«Deshalb mache ich keine Drecksarbeit», sagte der Fuhrmann. «Da braucht man Nerven wie Stahl. Wie Pierre, ein Freund von mir, der früher auch so was gemacht hat. Bis er an einen geraten ist, der Ähnlichkeit mit Ihnen hatte.»

«Pierre», sagte Duccio, «Pierre und seine Hunde.» Er lachte.

«Es liegt an seinen Augen. Er will es nicht zugeben, wissen Sie? Er hat panische Angst davor. Hätte ich auch, wenn ich langsam das Augenlicht verlöre.»

«Ich werde dafür sorgen, daß Sie beide eine angemessene Belohnung erhalten», sagte Sigismundo. «Meine Familie in Neapel...»

«Ich will keine Belohnung», sagte Duccio rasch. «Mir genügt es, wenn die Sardine und die Justiz in die Röhre gucken. Das ist mir Belohnung genug, da kann ich jahrelang von zehren.»

Noch in derselben Nacht wurden die beiden Leichen aus dem Hof geschafft. Sigismundo vermutete, daß ein paar Marmorsteine als Gewicht dienten und die Mörder zu all dem anderen Abfall auf den Grund der Seine befördert wurden.

Am nächsten Morgen frühstückten Duccio und Sigismundo in der Küche. «Also, das einzige, worüber meiner Meinung nach zu diskutieren lohnt, sind Politik, Sex oder Religion», sagte Duccio. «Welchem der drei geben Sie den Vorzug?»

«Der Religion», antwortete Sigismundo. «Nachdem ich monatelang in der Bastille eingesperrt war, ohne zu wissen, warum, bin ich, was Sex und Politik betrifft, etwas empfindlich.»

«Gewiß», sagte Duccio und öffnete seine dritte Bierflasche. «Ich vermute, Sie sind wie alle Studenten Deist?»

«Der Gott der Kirche erscheint allerdings klein und unbedeutend im Vergleich zu dem, was wir über das Universum wissen», antwortete Sigismundo.

«Dann glauben Sie an den kosmischen Uhrmacher Newtons?»

«Nein. Ich glaube, daß Gott viel größer ist, als der orientalische Despot, den die Kirche uns anbietet.»

«Wie groß ist also Ihr Gott?»

«Er füllt allen Raum», zitierte Sigismundo.

«Dann gibt es nichts, was nicht Gott wäre?»

«Genau.»

«Das ist ernst. Damit begeben Sie sich auf den Boden pantheistischer Ketzerei.»

«Das fürchte ich auch.»

Duccio trank sein drittes Bier aus und öffnete ein viertes. Er hatte etwas merkwürdige Ansichten über ein gutes Frühstück; sein Brot hatte er kaum angerührt. «Sie behaupten, daß das Universum intelligent sei?»

«Warum sonst wüßte der Kirschkern, wie er zum Baum wird?»

«Dann sind Katzen und Hunde auch Gott?» fragte Duccio, während seine Augen vor Vergnügen funkelten. «Läuse, Bettwanzen und Flöhe...?»

«In der Tat.»

«Das klingt großartig, will aber nichts besagen», erklärte Duccio. «Wenn man behauptet, alles sei blau, dann ist gar nichts blau. Wenn rot und gelb und weiß und schwarz blau sind, dann brauchen wir die Bezeichnung blau nicht mehr.

Wenn alles Gott ist, brauchen wir auch den Begriff Gott nicht mehr. Sie sind Atheist, ohne es zu wissen.»

«Nein, denn die Atheisten sagen, alles sei Zufall. Ich dagegen behaupte, daß alles zusammenhängt. Um diese Kohärenz zu definieren, muß ich mich zwangsläufig eines Begriffes wie Gott oder einer anderen Abstraktion bedienen. Ein kluger Mann wie Sie würde sofort dagegen halten, daß sie nur ein Ersatz für Gott ist.»

«Das, was das Universum verbindet, was in allen Dingen ist und was Sie Gott nennen – ist das auch in den Männern, die Sie so ungerecht in die Bastille brachten und Mörder auf Sie hetzten?»

«Ja.»

Duccio öffnete seine fünfte Flasche. «Glauben Sie das wirklich oder ist es nur etwas, das Sie sich einreden, um den Mumm zu haben, sich gegen diese schreckliche Welt zu stellen?»

«Ich glaube daran. Was glauben Sie denn?»

«Ich glaube, daß ich die Miete nur zahlen kann, wenn ich genügend Statuen im Monat verkaufe. Wenn nicht, lande ich auf der Straße wie ein Hund.»

«Sie lesen Bücher, das merkt man.»

«Ich lese Bücher, aber die Miete will in Sous bezahlt sein. Ich glaube mehr an Sous als an Bücher.»

«Warum mögen Sie die Justiz nicht?»

«Das gehört zu meiner Religion.»

«Sie gehen ein großes Risiko ein, wenn Sie einem Fremden, den Sie nicht kennen, helfen.»

«Ein Neapolitaner ist kein Fremder. Auch das gehört zu meiner Religion.»

«Sie haben etwas gegen die Justiz, lieben Ihre Landsleute und glauben, daß Geld das Wichtigste auf der Welt ist – ist das Ihre Religion?»

«Geld ist das Wichtigste auf der Welt, wenn man keins hat.

Wenn man Geld hat, kann man Bücher lesen und schönen Gedanken nachhängen.»

«Wieso machen Sie so viele Engel?»

«Weil es das ist, was die meisten Narren auf ihren Gräbern haben wollen.» Damit öffnete Duccio seine siebte Flasche.

Sigismundo war erst bei der zweiten. «Wissen Sie, ich komme aus einer vornehmen Familie. Ich verstehe nicht viel von Handwerkern und Arbeitern. Denken alle so wie Sie?»

Duccio lachte. «Nein, die meisten glauben an das, was die Priester ihnen predigen. Und die predigen Unterwürfigkeit und Demut. Erst wenn die Bastille gestürmt und Stein um Stein abgetragen ist, wird man sagen können: Jetzt denkt die Masse wie Luigi Duccio.»

Durchlaucht,

nur eine kleine Notiz, um Sie davon zu verständigen, daß wir den Aufenthaltsort von S. ermittelt haben. Zwei unserer Männer verschwanden in einer Gegend, in der viele Neapolitaner wohnen. Er wird sich mit großer Wahrscheinlichkeit bei einem Landsmann versteckt halten. Wir werden Hausdurchsuchungen machen und ihn erledigen. Ich küsse Ihre Hand,

P.

Die Kutsche mit dem anonymen Fuhrmann hielt vor Duccios Haus, sobald es dunkel war. Sigismundo, der mit Duccio im Eingang wartete, fiel auf, daß sie in einem erbärmlichen Zustand war. Er schlüpfte in sein Versteck unter dem Rücksitz und verschloß die Schiebetür, so wie man es ihm erklärt hatte.

Sigismundo befand sich in einem dunklen Raum, kaum größer als der Kohleverschlag eines Bauern. Ein Hauch von Schießpulver stieg ihm in die Nase; er fragte sich, was für einer Art Gewerbe der Fuhrmann wohl sonst nachging. Ob er Waffen an Wegelagerer verscherbelte, die dann die wohlhabenderen Kutschen überfielen?

Das hat man nun davon, dachte er, wenn man einmal im Knast war, bleibt einem nichts anderes übrig, als sich mit Kriminellen zu verbrüdern.

Nach kurzer Zeit hielt die Kutsche an und ließ vier Männer zusteigen. Wahrscheinlich die restlichen Mitglieder der Bande, die als Tarnung mitfuhren. Eine leere Kutsche würde auffallen.

«Man sollte sie alle abknallen», schimpfte einer von ihnen beim Hinsetzen. «Alle auf einen Haufen werfen und draufhalten!»

«Also, ein Tierfreund bist du wirklich nicht, Pierre», sagte eine andere Stimme.

«Es kotzt mich an», entgegnete Pierre, «als würde diese Stadt nicht schon genug stinken! Heute abend bin ich schon wieder in einen Haufen getreten, in Les Halles, ausgerechnet. Ich frage euch: Was soll aus Paris werden, wenn man nicht mal mehr in Les Halles spazierengehen kann, ohne sich die Holzschuhe mit Hundescheiße zu beschmieren?»

«Irgendwohin müssen sie doch scheißen, Pierre!»

«Aber doch nicht auf die verdammten Straßen und Bürgersteige. Drecksköter, kotzen mich an!»

«Also, meine Kleine liebt ihren Hund über alles», mischte sich eine dritte Stimme ein. «Mein Gott, hat die einen Spaß mit ihm.»

«So sind Kinder nun mal», sagte der zweite. «Wir hätten weder Katzen noch Hunde, wenn die Kinder nicht wären. Papa, kann ich den Hund da mitnehmen? Papa, schenkst du mir ein Kätzchen? Da kann man doch nicht nein sagen!»

«Ich würde nein sagen», widersprach Pierre. «Wenn ich eine Tochter hätte und sie wollte eine von diesen verfluchten Tölen, ich würde nein sagen. Ich würde ihr erklären: ‹Weißt du, wieviel Hundescheiße es in Paris gibt, Kleines? Und weißt du, wohin das in hundert Jahren führen wird?› Würde ich sagen, jawohl! Schaut euch meine Schuhe an, voller Scheiße! Und ausgerechnet in Les Halles.»

«Du hast keine Kinder», sagte der zweite Mann. «So kann man denen nichts erklären. Wenn die sich einen Hund in den Kopf gesetzt haben, bringst du sie nicht mehr davon ab. Im Gegenteil, du reißt dir ein Bein aus, um ihnen einen zu besorgen. Mein Gott, wenn wir das gewußt hätten, als wir's unseren Frauen besorgten – wir wären alle Mönche geworden. Bei Gott! Aber was soll's. Man muß sie einfach gern haben, die kleinen Racker.»

«Was ist eigentlich mit Jules passiert?»

«Hast du denn nichts davon gehört?» fragte Pierre. «Dem haben sie die Kehle aufgeschlitzt. Drecksarbeit.»

«Das weiß ich, aber warum?»

«Weil er ein *mouche* war.»

«Das war doch nichts Neues...»

«Aber diesmal ist er an die Falschen geraten, die Rouen-Clique...»

«Mein Gott! Er war kein übler Bursche. Die Kehle aufgeschlitzt – was für eine Welt.»

«Es gibt zwei Sorten in unserem Geschäft, wißt ihr: Die, die ab und zu singen, und die, die das Maul nicht aufkriegen und zur Belohnung geteert am nächsten Baum aufgeknüpft werden.»

«Klar. Aber über die falschen Leute sagt man besser nichts.»

«Was ist mit Jules' Mädchen passiert? Wie hieß sie noch... Blanche?»

«Die geht jetzt auf den Strich.»

«Was für eine Stadt!»

«Welche Stadt ist besser? Zeig sie mir und ich ziehe auf der Stelle hin!»

«Alle Städte sind gleich. Es sei denn, man hat Kohle.»

«Hundesöhne. Wißt ihr, was der Unterschied ist zwischen denen und uns? Hab ich gestern in einem von diesen Spartakus-Blättchen gelesen. Wißt ihr den Unterschied?»

«Sie haben mehr Kohle.»

«Nein. Also klar, stimmt schon, aber ich meine noch weiter zurück. Nein? Sie machen die Gesetze so, daß wenn sie klauen, es legal ist. Dieser Spartakus ist ein kluger Kopf.»

Auch das gehört zu meiner Ausbildung, dachte Sigismundo. Ich kriege hier Dinge mit, die man mir auf keiner Universität beibringen könnte. In wenigen Minuten habe ich jede Menge über die städtische Hygiene erfahren und gelernt, daß sich selbst Kriminelle von ihren Kindern tyrannisieren lassen. Außerdem habe ich eine höchst originelle und provozierende Theorie über die Entstehung von Gesetzen gehört und, daß man sich keinesfalls mit der Rouen-Clique anlegen darf.

«Armer Jules», sagte der Mann, der seiner Kleinen keinen Wunsch abschlagen konnte. «Er war ein verflucht anständiger Kerl, wirklich. Der hätte einen nie hängenlassen.»

«Stimmt. Und er hat geflucht und gelästert genauso wie wir, aber nie ein böses Wort über seine Mutter!»

«Und dann war er verrückt nach dieser Blanche. Hab noch nie jemand gesehen, der so vernarrt in ein Mädchen war wie er.»

«Na ja, er hätte den Mund halten sollen.»

Ich habe diesen Jules nie gesehen, dachte Sigismundo, aber ich weiß, daß er die Bedürftigen unterstützt, seine Mutter respektiert und eine gewisse Blanche über alles geliebt hat. Ich frage mich, welcher kriminellen Tätigkeit er nachging und ob seine Opfer wußten, was für ein netter Kerl er im Grunde war?

«Aber diese Köter», kam Pierre wieder auf sein Lieblingsthema zurück, «die sind noch schlimmer als Pferde. Pferdeäpfel sieht man wenigstens und riecht sie aus einer halben Meile Entfernung. Da ist man vorgewarnt. Aber diese Hundescheiße, da muß man unentwegt auf die Straße starren, damit man ja nicht drauftritt und sich das Genick bricht. Eine öffentliche Gefahr ist das!»

«Du bist zu empfindlich, Pierre. Du hättest als Adliger auf

die Welt kommen sollen. Dann könntest du die ganze Zeit in einer Kutsche fahren.»

«Ich bin nicht der einzige, der sich daran stört. Ich sage, es ist eine öffentliche Gefahr! Wenn da nicht bald was passiert, stecken wir über kurz oder lang bis zum Hals in Hundescheiße.»

«Wenn dich das so stört, warum schnappst du dir dann nicht eine Schaufel und fängst vor deinem Haus in der Rue St.-Denis an?»

«Wir kommen zum Tor.»

Die Kutsche verlangsamte ihre Fahrt und hielt dann an.

«Jessas, das darf doch nicht wahr sein», murmelte Pierre, «die Sardine persönlich!»

Im selben Moment flogen alle vier Türen der Kutsche auf, und man hörte das eilige Getrappel vieler Füße und schließlich einen Schrei. «Halt, im Namen des Königs!» Wieder Schritte und dann Schüsse.

Sieht so aus, als hätte ich die falsche Kutsche erwischt, dachte Sigismundo.

Die Tür seines Verstecks ging auf, und ein Inspektor in voller Uniform leuchtete mit seiner Fackel hinein.

«Würden Sie mir glauben, daß ich mich vor einem eifersüchtigen Ehemann verstecke?» fragte Sigismundo.

Der Inspektor verzog keine Miene. «Keine Waffen», sagte er. «Wir haben zwar den falschen Tag erwischt, aber trotzdem einen interessanten Fund gemacht.»

Bei diesen Worten eilte Leutnant Gabriel Sartines herbei, geschmückt mit sämtlichen Orden, die er besaß, und einer tadellosen Perücke. Er warf einen Blick in das Versteck und sagte: «Sieh an, sieh an, ein Herr, der *unter* der Kutsche reist. Das könnte ergiebiger sein als eine Ladung Waffen.»

Also ab in die Bastille, dachte Sigismundo. Verdammt, ich wünschte, ich wüßte, warum.

SIEBEN

Aus: *Schlangenbrut: Eine Warnung an alle Freimaurer auf den Britischen Inseln,* von John J. A. MacKenzie, M.A., F.R.C.S. (1795)*

* MacKenzie (1735–1826) war einer der Pioniere der modernen Hypnose und einer der ersten, der sie eindeutig vom Mesmerismus unterschied. Ein für damalige Verhältnisse kompetenter Chirurg, machte er sich zugleich durch bedeutende Beiträge zur vergleichenden Botanik einen Namen (vgl. seinen klassischen Kommentar zu Banks *Floralegium*) und galt als begabter Interpret der Bratsche, des Waldhorns, des Spinetts und des Pianos, der häufig mit dem Kammermusikensemble der Royal University von Edinburgh auftrat. Seine letzten Jahre waren vergiftet von zwei langwierigen Auseinandersetzungen – die eine über MacPhersons *Ossian* (das er noch immer als Original ansah, obwohl seine Kollegen es längst als Fälschung klassifiziert hatten) und die andere eine endlose Polemik gegen John Robison, den Verfasser des Werkes *Proofs of a Conspirancy* (1792). MacKenzie vertrat die Ansicht, daß Robison viel zu nachgiebig mit den Illuminaten im allgemeinen und Adam Weishaupt im besonderen war. Im Verlauf der immer hitzigeren und erbitterteren Auseinandersetzung ließ MacKenzie sich sogar dazu hinreißen, Robison selbst als möglichen Agenten der Illuminaten hinzustellen. In einem seiner seltenen Aussetzer behauptete de Selby, daß sowohl MacKenzie wie auch Robison in Wirklichkeit Agenten der Malteserritter seien (vgl. *Golden Hours,* a. a. O., XLI, S. 1459). (Ferguson dagegen bezeichnete beide Männer in *Armageddon,* a. a. O., S. 31–38, als «Idioten».) Hanfkopfs Urteil erscheint wenigstens dies eine Mal zwingend, als der nämlich auf «erstaunliche» und «überzeugende» Parallelen zwischen den von MacKenzie beschriebenen Illuminaten und den aktuellen Aktivitäten einer italienischen Freimaurergruppierung namens Propaganda Due hinweist, vgl. *Werke,* a. a. O., VI, S. 333–336; dazu siehe auch Yallop, *Im Namen Gottes?,* op. cit. und Richard Hammer: *Eine*

Messe für den Paten. Das Milliardending zwischen Mafia und Vatikan, Zürich 1983.

Die Fakten, so wie sie in den überzeugenden Erinnerungen an das Jakobinertum des Abtes Barruel dokumentiert, und durch die geheimen Unterlagen der Illuminaten, die kürzlich von den bayerischen Autoritäten veröffentlicht wurden, untermauert werden, beweisen, daß über viele Jahrzehnte hinweg eine durchorganisierte und skrupellose Verschwörung die Freimaurerei auf dem Kontinent beherrscht hat, und diese von Atheisten, Verbrechern und revolutionären Enthusiasten, alles eingefleischte Feinde Gottes und des Christentums, gelenkt wurde. Hinter dem okkulten und magischen Hokuspokus, der einem englischen Freimaurer höchstens ein müdes Lächeln entlockt hätte, verbarg sich das Bestreben, Chaos zu schüren, die Zivilisation, so wie wir sie kennen, zu zerstören und eine Herrschaft der Anarchie zu begründen – ein wahres Teufelswerk also.

Wenn ich das meinen Freimaurerbrüdern in England und Schottland erzähle, lächeln sie höflich und ziehen skeptisch die Augenbrauen hoch. Dann weisen sie mich darauf hin, daß Abt Barruel ein papistischer Priester gewesen sei und die Papisten die Freimaurerei stets verleumdet hätten, was aber die Dokumente in Bayern angeht, so seien diese nur in Deutschland erschienen und hierzulande wenig bekannt. Wie auch immer, ich hoffe, im folgenden genügend Beweise erbringen zu können, um alle nüchternen und vernünftigen Männer überzeugen zu können, daß ich weder falschen Alarm schlage noch den Teufel an die Wand male, sondern daß diese satanistische Verschwörung mitten unter uns wirkt, und nicht nur in Frankreich, sondern auch in Deutschland, Österreich und Gott weiß wo existiert. Daß die Rebellion der amerikanischen Kolonisten, in deren sogenannter Unabhängigkeitserklärung Prinzipien extremen Libertinismus offen zutage traten, Teil dieser

Verschwörung sei, kann meiner Ansicht nach zwar nicht bewiesen werden, ist aber wahrscheinlich. Der amerikanische Verräter Benjamin Franklin war nicht nur Mitglied der R.A. und der S.R. – echter Freimaurer also –, sondern auch diverser berüchtigter französischer Logen, die sich als Freimaurer ausgeben, in Wirklichkeit jedoch ganz andere Ziele verfolgen. Franklin führte auch den Vorsitz, als das Monster Voltaire in die Pariser Loge der neun Schwestern eingeführt wurde – dieselbe Loge, die, wie ich noch schildern werde, zusammen mit der Großloge der hohen ägyptischen Freimaurerei die Schlüsselfiguren in der revolutionären Regierung stellte und alle Welt schockierte, als sie mit Mord und Totschlag und der offenen Proklamation atheistischer Thesen das Zepter schwang.

Männer, die diese Fakten nicht kennen, mögen einwenden, daß Ludwig XVI. ein schlechter Regent war und mit seiner Unfähigkeit die Revolution begünstigte. Die Verschwörung, von der ich spreche, ist jedoch weit älter, sie geht bis auf die Zeiten König Ludwig XV. zurück, wenn nicht noch weiter. Wie wir noch sehen werden, existieren nicht wenige Beweise, wonach es eine direkte Verbindung zwischen Jakobiten und Jakobinern gibt, zwischen der Großloge und der hohen ägyptischen Freimaurerei und Geheimgesellschaften, die sich *carbonari*, Hermeneutiker, Rosenkreuzer und so weiter nennen, bis hin zu Hexenkulten und den Auswüchsen bizarrer Anarchie, die man mit den *alumbrados* in Spanien, den Albigensern in Frankreich oder den *rossi* in Italien assoziiert. Dies sollte uns jedoch nicht verwundern, denn schon die Bibel, die in allen wahren Freimaurerlogen gelehrt, in den französischen Pseudologen jedoch verbannt wird, spricht von einer Quelle des Übels, einem Vater aller Lügen, einer dämonischen Intelligenz hinter der Rebellion gegen die von Gott gegebene Ordnung...*

* Eine nüchternere, wenn auch gleichermaßen feindselige Analyse der anarchistischen Untergrundtradition im europäischen Okkultismus findet sich in Prof. Cohns *The Pursuit of the Millenium*, London 1970.

ACHT

Man schaffte Sigismundo in Sartines' Büro, wo man ihn von vier Wachen umgeben schmoren ließ. Zwei mit Degen bewaffnete Soldaten standen an der Tür, die beiden anderen – ebenfalls mit Degen ausgerüstet – am Fenster. Sigismundo schloß daraus, daß Leutnant Lenoir Sartines von dem verfluchten Neapolitaner erzählt hatte, der schon halb aus dem Fenster war, ehe er auch nur mitkriegte, was los war.

Er bereitete sich innerlich auf das Verhör vor. «Ich habe ihn in einer Kneipe kennengelernt.» «Nein, seinen Namen hat er mir nicht gesagt.» «Nein, Sire, ich habe keine Ahnung, was er sonst in seiner Kutsche transportiert.» Er war entschlossen, Luigi Duccio da rauszuhalten.

Endlich trat Sartines ein und nahm hinter seinem Schreibtisch Platz. «Sie sind Sigismundo Celine», begann er schlicht. «Sie sind vor zwei Tagen aus der Bastille ausgebrochen. Ich gratuliere Ihnen zu Ihrer Beharrlichkeit und Ihrem Einfallsreichtum. Ich hoffe, Sie stellen sich nicht so dumm an und leugnen.»

«Ja, ich bin Sigismundo Celine.»

«Und Freimaurer.» Das war kaum eine Frage.

«Ja, ich bin aus der Bastille ausgebrochen.»

«Und Freimaurer, das ist kein Verbrechen. Warum geben Sie es nicht zu?»

«Ich bin Sigismundo Celine und aus der Bastille ausgebrochen.»

«Nun gut, Sie haben einen Schwur geleistet, als Sie Freimaurer wurden. Sie haben geschworen, einem Fremden gegenüber niemals Geheimnisse der Freimaurer zuzugeben. Sie haben auch geschworen, einem Bruder in der Bewegung nie Ihre Hilfe zu verweigern. Wollen Sie noch mehr hören?»

«Sie haben also auch in den Logen Ihre Spitzel. Wieso fragen Sie mich eigentlich, wenn Sie ohnehin schon alles wissen?»

«Wer ist Großmeister der größten Freimaurerloge von Frankreich?»

«Das weiß ich nicht.»

«Natürlich wissen Sie das, es ist der Herzog von Chartres.»

«Das kann ich gar nicht wissen.»

«Haben Sie eine Ahnung, warum Sie in der Bastille waren?»

«Wie sollte ich?»

«Ihr Name stand auf einem *lettre du cachet.* Wollen Sie wissen, wer ihn beantragt hat?»

«Ich nehme an, solche Informationen dürfen Sie nicht preisgeben.»

«Diese vier Soldaten sind taub, solange ich es wünsche. Und wenn Sie je behaupten würden, ich hätte es Ihnen gesagt, würde ich Sie als Lügner hinstellen, und man würde mir glauben. Wollen Sie also wissen, wer den *lettre de chachet* beantragt hat?»

«Ja.»

«Der Herzog von Chartres.»

Sigismundo lächelte.

«Was ist daran so komisch?»

«Ich habe ihm von der Bastille aus geschrieben und um Hilfe gebeten. Er muß sich krank gelacht haben.»

«In der Tat. Es scheint, als hätte er seinen Freimaurereid verletzt und Sie im Stich gelassen.»

«Verstehe», sagte Sigismundo, «und jetzt soll ich meinen Eid vergessen und Geheimnisse ausplaudern. Aber das ist nicht so einfach, Leutnant. Ich kenne seine Geheimnisse nicht. Ich weiß nicht einmal, warum er mich aus dem Weg haben wollte.»

«Vielleicht wissen Sie mehr, als Sie glauben. Wer war der Sohn der Witwe?»

«Ich bin Sigismundo Celine und aus der Bastille geflohen.»

«Wir wissen mehr, als Sie glauben», fuhr Sartines fort. Er wirkte ein wenig ungeduldig. «Der Sohn der Witwe ist bei den gewöhnlichen Freimaurern Hiram, der Erbauer des Tempels von Salomon.»*

* Vgl. I, Könige, 7, 13–21, aber auch Idries Shah, *Die Sufis*, Köln 1986.

«Diesmal gratuliere ich, Ihre Spitzel besitzen den dritten Grad.»

«Sie besitzen höhere. Doch wer war der wirkliche Sohn der Witwe, der, der hinter der Allegorie von Hiram steckt?»

«Ich habe keine Ahnung, wovon Sie sprechen.»

«Was fanden die Tempelritter im Tempel Salomons?»

«Ich habe keine Ahnung, wovon Sie sprechen.»

Sartines lehnte sich zurück und formte mit den Händen eine Pyramide. «Sie sind nur wenige Monate, ehe der ganze Ärger begann, in Paris angekommen. Ich gehe davon aus, daß Sie schon in Neapel mit der Freimaurerei zu tun hatten. Ich gehe weiterhin davon aus, daß Sie nur wenig darüber wissen, was sich hier in der französischen Freimaurerei tut. Nehmen wir an, ich verriete Ihnen, daß die italienischen Logen alle Beziehungen zu den französischen abgebrochen haben – wegen der Dinge, die hier passieren. Würden sie mir glauben oder es für einen miesen Polizeitrick halten?»

«Ich glaube, daß Sie gewisse Informationen aus mir herauslocken wollen. Ich glaube, daß Sie aus irgendwelchen Gründen mehr daran interessiert sind, Chartres zu treffen als mir zu helfen. Wann schicken Sie mich zurück in die Bastille?»

«Vielleicht schicke ich Sie gar nicht zurück.»

«Na, hören Sie, wenn das kein mieser Trick ist...»

«Sie haben einen Onkel namens Pietro Malatesta, dem ein großes Weinhandelsgeschäft in Neapel gehört. Er hat Verbindung zu Ferdinand, Ihrem König, aufgenommen. Die neapolitanische Botschaft spricht nun am französischen Hof vor, um gegen die Mißhandlung eines ihrer Untertanen zu protestieren.»

Sigismundo studierte Sartines' Gesicht. «Ich glaube, daß Sie mich vielleicht doch nicht belügen. Vielleicht.»

«Das klügste wäre es, Sie nach Hause zu schicken und sich wegen dieses, ähem, Mißverständnisses bei Ferdinand zu entschuldigen. Andererseits halten Chartres und Ludwig gerade eine Konferenz ab und wer weiß, was dabei herauskommt.» Sartines beugte sich angespannt vor. «Es ist weder mein Interesse, Ihnen zu helfen – Sie sind für mich ein Fremder und dabei bleibt es – noch Chartres zu treffen, was äußerst gefährlich werden könnte. Ich bin Polizist, und ich hoffe, ein guter. Mich reizt die Vorstellung, das beste Spionagenetz in ganz Europa zu haben. Daher mag ich keine Verschwörungen vor meiner Nase. Ich verabscheue sie. Ich will wissen, was zum Teufel hier vor sich geht. Ist das klar?»

«Ja. Sie fangen an, mich an meinen Onkel Pietro zu erinnern. Er will auch lieber die Wahrheit wissen – selbst wenn sie tödlich ist – als sich aus Trägheit für das Naheliegendste zu entscheiden.»

«*Bien.* Wir kommen uns vielleicht etwas näher. Ich kann Sie auf der Stelle wieder in die Bastille schicken. Ich kann Sie aber auch nach Neapel abschieben, ehe ich andere Anweisungen aus dem Palast erhalte – wenn überhaupt. Es würde so aussehen, als gäbe ich mir alle Mühe, uns vor einem internationalen Konflikt zu bewahren. Also: Befriedigen Sie meine Neugier und ich werde sehen, was ich für Sie tun kann. Aber bedenken Sie, viel Zeit haben wir nicht.»

Sigismundo überlegte. «Ich glaube, daß ich über kurz oder lang sowieso wieder in der Bastille lande. Sie scheinen mehr über die Verschwörung zu wissen als ich.»

«Das wird sich zeigen. Wissen Sie, daß Sie mit Chartres verwandt sind?»

«Nein», antwortete Sigismundo überrascht. «Es muß eine entfernte Verwandtschaft sein.»

«Entfernt, aber eindeutig. Ich habe in letzter Zeit Stammbäume studiert. Wurde die Freimaurerei von den Jakobiten erfunden?»

«Manche behaupten es, aber ich glaube nicht daran.»

«Glauben Sie wirklich, daß sie bis zu Salomons Tempel zurückgeht?»

«Nein, das glaube ich nicht. Sie geht zurück auf die Rosenkreuzer; alles, was davor war, liegt unter einem Schleier verborgen.»

«Jedenfalls haben die Jakobiten eine bedeutende Rolle bei ihrer Verbreitung in Europa gespielt. Wußten Sie, daß Chartres mit Charles Edward Stuart verwandt ist?»

«Natürlich. Über das Haus Lothringen.»*

* Die bedeutendste französische Kapazität auf diesem Gebiet, Gérard de Sède, hat diese genealogischen Verbindungen in seinem Werk *Le Vrai Dossier de l'énigme de Rennes*, Paris 1975, analysiert. In *La Race Fabuleuse* nennt de Sède als seine Hauptquelle einen mysteriösen Marquis de B., der angeblich am 23. Dezember 1971 in den Ardennen ermordet wurde. Baigent, Leigh und Lincoln *(Der Heilige Gral und seine Erben)* halten dagegen, daß der Marquis de B. nie existiert habe und in Wirklichkeit eine Tarnung für de Sèdes tatsächlichen Informanten sei, einen gewissen Pierre Plantard de Saint-Clair, einen Helden der Résistance im Zweiten Weltkrieg (er wurde von der Gestapo gefoltert, ohne seine Mitstreiter zu verraten) und direkter Nachkomme der merowingischen Könige. Merkwürdigerweise zeigt das Wappen der Plantards einen Davidstern und das Motto: *Et in Arcadia*

Ego (vgl. *Der Heilige Gral und seine Erben*, a. a. O.). Noch merkwürdiger: Das Datum, das de Sède für den Tod des scheinbar unwirklichen Marquis de B. nennt, fällt mit dem Todestag des letzten merowingischen Königs Dagobert II. im Jahre 679 zusammen. Der wirkliche Dagobert wurde, genau wie der falsche Marquis de B., in den Ardennen erstochen.

«Wer war Charles Radclyffe?»

Sigismundo zögerte. «Der erste Großmeister des Strikten-Observanz-Ritus von Schottland. Manche behaupten sogar, er sei Mitglied der *carbonari* gewesen.»

«Und?»

«Und der natürliche Sohn von Charles II. von England; daher ein weiterer Verwandter von Bonnie Prince Charlie. Und von Chartres. Und von mir, wenn Ihre Stammbaumforschung etwas wert ist.»

«Sie haben das Kreuz, wir haben Christus – was bedeutet das?»

«Es ist symbolisch gemeint. Es bezieht sich auf einen bestimmten Bewußtseinsgrad, einen besonderen Zustand.»

«Ist das alles? Hat es nicht eine spezifischere Bedeutung?»

«Nicht, daß ich wüßte.»

«Noch einmal: Was fanden die Tempelritter, als sie den Tempel von Salomon ausgruben?»

Sigismundo zögerte wieder. «Es ist ein Geheimnis, das nur die Illuminaten kennen. Ich habe diesen Grad noch nicht erreicht. Aber sie fanden tatsächlich etwas.»*

* Die umfangreichen Freilegungsarbeiten der Tempelritter in und unter dem Tempel Salomons sind fast acht Jahrhunderte Gegenstand okkulter und konspirativer Spekulationen gewesen. In der frühen Renaissance glaubten viele, daß die Templer einen «sprechenden Kopf» mitgebracht hätten, in dem moderne Theoretiker alles mögliche sehen wollten, angefangen von einem außerirdischen Radio bis

hin zu einem Minicomputer; er wurde als ihr «Gott», Baphomet, identifiziert. Das geheimnisvolle Turiner Grabtuch wurde ebenfalls als Schatz der Tempelritter bezeichnet. Dabei handelt es sich um ein Stück Tuch, auf dem – wie, hat man bis heute nicht erklären können –, die Umrisse eines gekreuzigten Mannes abgebildet sind, angeblich Christi. 32-Grad-Freimaurern wird erklärt, daß alle Vorwürfe gegen die Templer Verleumdungen ihrer Erzfeinde, der Malteserritter waren. Aleister Crowley, angeblicher Großmeister des Argentum Astrum, der den 33. Grad der Freimaurer besaß, definierte den Kopf Baphomets als Abbild des manichäischen Sonnengottes Papa Meithra und behauptete, daß Papa Meithra bei den Manichäern des Nahen Ostens zu Bapho Met korrumpiert worden sei. Baigent, Leigh und Lincoln *(Der Heilige Gral und seine Erben)* stützen die Theorie, daß das, was die Templer in Jerusalem fanden, Dokumente seien, die den Sohn der Witwe eindeutig identifizierten.

Sartines nahm einen Zettel und kritzelte einige Worte darauf. «Was bedeutet dies?» Sigismundo las: ET IN ARCADIA EGO.

«Es bedeutet, daß die Zeit unwirklich ist. Der erleuchtete Geist sieht durch die Zeit hindurch.»

«Und was passiert, wenn ich die Buchstaben vertausche – etwa so?» Sigismundo las: I TEGO ARCANA DEI.

«Lieber Himmel», sagte Sigismundo und übersetzte: «Ich beherberge die Geheimnisse Gottes.» Er war überrascht.

«Ihr Vorfahre, Sigismundo Malatesta, hatte einen Tempel gebaut, von dem man sagt, es sei eine steinerne Allegorie, eine Zusammenfassung von Geheimnissen der Freimaurern. Was haben die Meeresgötter darauf zu bedeuten?»

«Es heißt, mein Urahne sei Materialist gewesen. Er bewunderte Thales, den griechischen Philosophen, der behauptete, das ganze Leben habe seinen Ursprung im Wasser und sich dann langsam fortentwickelt.»

Sartines seufzte. «Ich glaube, Sie wissen tatsächlich noch

weniger als ich», sagte er nervös. «Noch einmal: Wer war der Sohn der Witwe?»

Es klopfte. Sartines trat hinaus in den Gang.

Sigismundo dachte an den einzigartigen Tempel seines Ururururgroßvaters in Rimini. 1765, als er ihn besucht hatte, waren ihm nur die Göttinnen aufgefallen, aber er kannte die berühmten Meeresgötter an den Außenwänden. Das Motto der Familie Malatesta lautete: *Tempus loquendi, tempus tacendi.* Es gibt eine Zeit zum Sprechen, und es gibt eine Zeit zum Schweigen. Der Tempel sprach und doch schwieg er. Die Kirche hatte ihn für heidnisch erklärt, ohne ihn wirklich zu verstehen; sie wußte jedoch, daß er eine ketzerische Doktrin verbarg. Lerne zu wissen, lerne zu wagen, lerne zu wollen, lerne zu schweigen: Das waren die vier freimaurerischen Säulen, die den Tempel von Salomon stützten. Der Sohn der Witwe war sicherlich Parzival, hatte Sigismundo schon vor langer Zeit gefolgert, und die Legende von Hiram mußte erst später dazugekommen sein. Parzival, der arme Tor, der den Gral fand, den die Weisen der Welt nicht sehen konnten...

Sartines kehrte zurück; er wirkte wütend. Er sah Sigismundo nicht an.

«Schafft den Gefangenen in die Bastille», befahl er barsch. «Und vergeßt, was ihr gehört habt.»

Die Soldaten führten Sigismundo ab. Der Befehl muß aus Versailles stammen, dachte er. Chartres hat den König überzeugt, daß ich eine Gefahr bin und von der Bildfläche verschwinden muß.

Er fragte sich, welche Lügen sie nun dem neapolitanischen Gesandten auftischen würden.

Sie traten auf die Straße. Die Kutsche wartete.

Ab in die Bastille, dachte Sigismundo.

Es war sein letzter bewußter Gedanke, ehe die Kugel ihn traf. Er war nicht einmal dazu gekommen, den Pistolenschuß zu hören.

NEUN

Zehn Minuten später tobte Sartines vor Wut. «Was soll das heißen, der Mörder ist entkommen?» brüllte er.

Mortimère, der wachhabende Offizier, versuchte sich aus der Affäre zu ziehen: «Er muß von einer der gegenüberliegenden Mauern geschossen haben. Wir suchen noch nach ihm, aber offensichtlich befindet er sich nicht mehr in der Nähe.»

«So, so», sagte Sartines, «mit anderen Worten, wir können unsere Gefangenen nicht mal vor die Tür bringen, ohne daß sie zusammengeschossen werden und die Attentäter seelenruhig davonspazieren. Ist das hier eine Polizeistation oder ein Irrenhaus?»

«Der Gefangene wird durchkommen», beteuerte Mortimère. «Er wollte gerade in die Kutsche steigen, als der Schuß fiel ... es war ein glatter Schulterdurchschuß.»

«Der Mann hat vor zwei Tagen ein Messer in den Bauch gekriegt», brüllte Sartines und hieb mit der Faust auf den Tisch. «Wie viele Schocks kann ein Mensch überleben? Ich führe ein Irrenhaus! Und obendrein bin ich der größte Narr, denn ich versuche auch noch, herauszukriegen, was hier eigentlich los ist! Chartres will diesen obskuren italienischen Studenten in der Bastille wissen. Der König will das ebenfalls. Ein dritter will seinen Kopf. Mir verbietet man, weitere Ermittlungen anzustellen. Schon morgen könnten wir in eine kriegerische Auseinandersetzung mit Neapel verwickelt werden, und ich weiß nicht mal den Grund. Mein Gott, dabei glaubte ich, das beste Spionagenetz in ganz Europa zu besitzen. Aber ich werde dieser Farce ein Ende bereiten. Morgen trete ich in ein Kloster ein. Ihr werdet euch wundern!»

«Ja, *mon capitain*, tut mir leid.»

«Halt die Schnauze! Man hat mir zwar verboten, weiter gegen diesen Sigismundo Celine zu ermitteln. Aber noch darf ich wohl tätig werden, wenn man mir meine Gefangenen vor der Tür über den Haufen schießt. Ich will sämtliche bekannten Waffenhändler innerhalb von zwei Stunden hier im Haus haben!»

Mortimère salutierte und verschwand eilig.

Ich werde ein Pamphlet schreiben, dachte Sartines. Und ich werde mit Spartakus unterschreiben, damit alle denken, es wäre von dem anderen. Ich werde die ganze Wahrheit ausposaunen: Der König ist ein Narr, die Adligen Verbrecher, das Volk ist dumm und kriegt das, was es verdient, und die Kirche ist eine Lüge, die von der Wirklichkeit ablenken soll. Das werde ich veröffentlichen und dann einen meiner intelligenten Schergen beauftragten, den Urheber zu finden. Mal sehen, ob einer den Mut hat, mich mit der Sache zu verdächtigen.*

* Der unsägliche de Selby steht wie gewöhnlich allein mit seinem Versuch, zu beweisen, daß Sartines der Autor der Spartakus-Pamphlete war, vgl. *Golden Hours,* LXI, S. 78–203. Hanfkopfs typischer Kommentar (*Werke,* a. a. O., III, 14): «Was kann man schon von einem Mann erwarten, der mit Ziegen redet und behauptet, sie antworteten ihm in Versen?» La Fourniers Versuch, Spartakus als den Marquis de Sade (*Œuvre,* a. a. O., II, S. 7–21) zu definieren, ist plausibler, aber nicht ohne Makel; und außerdem ist da immer noch Fergusons wiederholte Behauptung, La Fournier sei mit de Selby identisch.

Sigismundo kam auf der Krankenstation der Bastille wieder zu sich. Nach ein paar Tagen Erholung brachten sie ihn zurück in den Turm der Freiheit.

Eine Veränderung fiel ihm sofort auf: sie hatten Eisenstäbe vor dem Fenster angebracht.

Lieber Chartres,

Ende gut, alles gut. Die Vorbereitungen für den Übergang sind jetzt abgeschlossen.

Cagliostro

ZEHN

Aus dem *Tagebuch von Maria, Lady Babcock* (1772):
Es war wunderbar zu erfahren, daß Carlo geheiratet hat. Auch wenn Papa viel zu diskret ist, um Einzelheiten zu verraten (er behandelt mich immer noch wie eine dumme Gans), scheint es doch so, als ob die Wunde seine Zeugungsfähigkeit nicht beeinträchtigt hat. Wahrscheinlich hat sich Carlo in all den Monaten, in denen Papa Angst hatte, er hecke eine *vendetta* aus, nur Mut gemacht, um mit einem Mädchen ins Bett zu gehen, und als es dann klappte, hat er anständigerweise um ihre Hand angehalten – eine d'Este sogar.

Komisch, aber ich habe wieder von diesem Rüpel geträumt, Celine. Er wurde von Männern mit Messern verfolgt und schaute mich an, als bäte er um Hilfe. Mutter Ursula würde sagen, der Traum kommt vom großen Ich, nicht von dem kleinen, das wir im Wachzustand kennen. Diese Botschaft in Bildersprache bedeutete wahrscheinlich, daß ich als Christin allen Sündern vergeben soll, selbst einem so niederträchtigen Kerl wie Sigismundo Celine. Deshalb werde ich heute abend für ihn beten – auch er hat eine Seele, die gerettet werden kann.

Ich frage mich, ob Celine tatsächlich Feinde dieser Art hat. Eigentlich würde es mich nicht wundern: Er ist genau der Typ, der sich überall Feinde macht. Vor einem Jahr habe ich sogar geglaubt, daß Carlo solche skrupellosen Killer gedungen hätte, um Celine in Frankreich zu jagen. War es Angst oder eher eine Vorahnung, und ist Celine tatsächlich in Gefahr und braucht jemand, der für ihn betet? Ich muß zugeben, daß er ein attraktiver junger Mann wäre, wenn er sich bloß nicht so wichtig nehmen würde.

Genug davon: Ich werde für den Grobian beten, aber ich werde nicht länger an ihn denken.

Die gute alte Kyte kommt immer noch jeden Abend vorbei, um nach Ursula zu sehen und mir alle möglichen Ratschläge zur Kindererziehung zu geben. Ich weiß, daß die Dienstboten das gar nicht gern sehen; sie sind der Meinung, ich solle mich nicht mehr als nötig mit so einfachen Menschen abgeben, aber John findet sie und ihr Gerede ebenso faszinierend wie ich. (Nicht, daß er bei all der Energie, die er braucht, um die amerikanischen Kolonisten zu verteidigen, Mr. John Wilkes ins Parlament zurückzuhelfen oder die Royal Scientific Society zu überzeugen, seinen Donnerkeil zu untersuchen, noch viel Zeit hätte. Er verbringt viele Nächte in London, und manchmal sehe ich ihn nur an den Wochenenden, doch ich darf nicht eifersüchtig sein. Diese Angelegenheiten sind ihm sehr wichtig, und ich bewundere seinen Mut, so viele unpopuläre Positionen zu vertreten – auch wenn ich zuweilen einsam bin.)

Die alte Kyte sagt, sie habe von meiner Kraft zu heilen gewußt, schon ehe ich es ihr erzählte. Sie behauptete, sie könne einen Lichtschimmer um meine Hände erkennen. Alle, die dieses Licht besitzen, könnten heilen, sagt sie. Es ist kein gewöhnliches Licht; nur diejenigen nehmen es wahr, die das Zweite Gesicht haben. Sie sagt auch, solche Gaben erhielte man von der Heiligen Jungfrau Maria, nicht von Gott direkt. Sie ist die einzige Frau in England, die über die Heilige Jungfrau spricht, denn die Protestanten erkennen ihre Bedeutung im allgemeinen nicht an. Dabei muß die alte Kyte Protestantin sein –, Katholikin ist sie jedenfalls nicht.

Der einzige unter den Dienstboten, den meine Vertrautheit mit der alten Kyte nicht stört, ist Moon, der Ire. Er scheint sie ganz besonders zu achten. Einmal hat er sie gebeten, ihm die Karten zu legen. Das hat natürlich meine Neugier geweckt und ich bestand darauf, daß die Prozedur in meinen Gemächern stattfand, damit ich selber sehen konnte, wie es ging. Seine Karte war die des Gehängten; Kyte war sehr entsetzt und bot ihm an, die Karten noch einmal zu legen, er aber grinste nur und sagte, das wäre die Karte jedes Iren.

Natürlich wollte auch ich die Zukunft wissen. Meine Karte

ist offenbar der Stern, was so viel heißt wie, daß mein Schicksal nicht von dieser Welt ist. Johns Karte ist der Prinz der Stäbe, eine Figur, die halb männlich, halb weiblich aussieht, doch Kyte sagte mir, es bedeute Weisheit.

Ich wäre keine richtige Mutter, wenn ich nicht der Meinung wäre, daß Klein-Ursula – die ich nach meiner Lehrerin aus der Nonnenschule benannt habe – das süßeste Baby der Welt ist. Wenn dies aber eine Illusion ist, so trifft sie Väter genauso wie Mütter, denn auch John ist ganz vernarrt in sie. Wenn er zu Hause ist, verbringt er Stunden damit, sie zu füttern, mit ihr zu spielen und sich zu vergewissern, daß dieses Wunder tatsächlich Wirklichkeit ist: daß wir (wie er am Anfang der Schwangerschaft immer sagte) Gott gezwungen haben, eine neue Seele zu erschaffen. Er behauptet, unsere Kleine sei eine lebendige Widerlegung des Dogmas der Erbsünde, denn sie sei das Produkt reiner Liebe. Manchmal bin ich mit John einer Meinung, daß die Erbsünde ein Trugschluß ist, und je mehr ich mit der alten Kyte rede, um so klarer wird mir, daß meine wahre Religion der ihren näher ist als alles, was ich von der Kirche gelernt habe, inklusive einer so liberalen Lehrerin wie Mutter Ursula.

Der Amerikaner Mr. Franklin war wieder hier. Diesmal unternahm er keinen Annäherungsversuch; ich habe jedoch beobachtet, wie er eins der Mädchen belästigte. Er hielt auch keinen Vorrag über die Elektrizität, denn er war voll staunender Erregung über die Rückkehr Captain Cooks aus dem Pazifischen Ozean und die fremdartigen botanischen Proben, die der Naturforscher in Captain Cooks Mannschaft, Mr. Barks, mitgebracht hat. Für einen Deisten wie Mr. Franklin ist jede dieser bisher nicht bekannten Gattungen ebenso eine Offenbarung wie für einen gewöhnlichen Christen ein Wunder, und bis zu einem gewissen Punkt ist John derselben Ansicht. Beim Abschied bemerkte ich wieder diesen seltsamen Händedruck.

ELF

In Boston, Massachussetts, wurde eine Gruppe mit dem harmlosen Namen Committee of Correspondence gegründet. Die Behörden ließen sich jedoch nicht täuschen: Sie wußten, daß die Organisatoren zwei unverbesserliche Radikale namens Samuel Adams und Joseph Warren waren. Bald erreichte die Nachricht London, und die Tories waren einmal mehr davon überzeugt, daß die aufmüpfigen Kolonisten eine verdammte Lektion verdienten.

Whigs wie Burke, Babcock und Wilkes sahen die Sache anders. Sie vertraten die Meinung, daß man die Beschwerden der Kolonisten gründlich überprüfen solle, doch die Whigs waren in der Minderheit, und die Tories regierten.

Noch ehe das Jahr 1772 vorbei war, wurde ganz Ingolstadt von einem Skandal erschüttert: Pater Adam Weishaupt trat von einem Tag auf den anderen aus dem Jesuitenorden aus. Es stellte sich jedoch schnell heraus, daß er keineswegs ein Abtrünniger war; er griff die Kirche nicht an, sondern äußerte sich bei allen Gelegenheiten mit großem Respekt über sie. Er gab zu, daß es seine eigenen Schwächen waren, die ihn davon überzeugt hatten, daß er nicht das Zeug zu einem wahren Priester hätte.

Als man ihm eine Professur für Kanonisches Recht an der Universität anbot, arbeitete er sogar weiter für die Kirche; ihr gehörte die Universität.

In Salzburg wurde Wolfgang Amadeus Mozarts Symphonie Nr. 21 uraufgeführt. Mit siebzehn Jahren trug der junge Mozart mehr zum Ruhm Österreichs bei als jeder andere, und niemand konnte leugnen, daß das Wunderkind größere Musik schrieb als jeder seiner Zeitgenossen. Es hieß, er sei ein Libertin, fast ein zweiter Casanova, der sich gern in Begleitung von Freidenkern und Freimaurern zeige.

Sein Vater Leopold, der arme, unschuldige Mann, war tief

beunruhigt über den Lebenswandel seines Sohnes. Er war stolz auf dessen Erfolge, bemühte sich aber zugleich, sein respektables Ansehen zu wahren, ohne zu wissen, daß Genie sich niemals den engen Gesetzen der gewöhnlichen Sterblichen unterwirft.

In London ist mittlerweile Captain Cook zu seiner zweiten Expedition in den Pazifischen Ozean aufgebrochen. George III. und sein illegitimer Bruder Lord North, Premierminister des Reiches der nicht untergehenden Sonne sind höchst zufrieden: Die Macht des Empires auf den sieben Weltmeeren ist ungebrochen.

Im sonnigen La Coste hat der blonde Marquis de Sade mit dem Engelsgesicht wieder einmal zugeschlagen. Die Behörden hatten ihn nach dem *lettre de relief* des Königs auf seine Besitztümer verbannt; man sollte meinen, daß selbst ein de Sade jetzt kürzertreten würde. Weit gefehlt! Der Wüstling verführte die Schwester seiner Frau und trieb damit seine Schwiegermutter, die für den *lettre de relief* gesorgt hatte, in einen hysterischen Anfall. Anschließend schändete er die Tochter des ortsansässigen Richters, der nur mit ohnmächtigem Zorn auf die Spielchen reagieren konnte, die de Sade seiner Kleinen beigebracht hatte.

Doch der war nicht zu bremsen. Eines Samstag nachmittags arrangierte er ein Stelldichein mit vier Huren; die Details kann man sich denken: Peitschen, Kruzifixe usw. Am Abend bestellte er noch eine fünfte dazu und gerade, als er dabei war, sie zu beglücken, erschien die Justiz.

Die vier Damen des Nachmittags waren dem Tode nahe und gaben an, de Sade hätte sie vergiftet. Er stritt alles ab: «Na, hören Sie, meine Herren, halten Sie mich etwa für ein Monster?» Die Polizisten warfen sich unsichere Blicke zu. Dies war in der Tat genau das, was sie dachten, genau wie die meisten anderen Leute. Nun wurde der blonde, blauäugige de Sade vernünftig und gab sogar zu, den Damen eine Droge verabreicht zu haben – aber doch kein Gift, um Gottes willen! Spanische Fliege, erklärte er. Erhitze das Blut. Die Damen hätten wahrscheinlich nervöse Mägen. Und überhaupt, wo sollte dieses Land enden, wenn sich ein Adliger – mit königlichem Blut, nebenbei bemerkt – nicht mehr auf seine Art zerstreuen könne, ohne gleich von der Justiz behelligt zu werden?

Die Damen erholten sich, aber die Geschichte verbreitete sich in ganz Frankreich wie ein Lauffeuer. Jetzt stellte sich seine Schwiegermutter erneut gegen ihn und der Richter, der immer noch kochte vor Wut, war auf ihrer Seite. Diesmal gab es keinen *lettre de relief*. De Sade wurde zum Tode verurteilt.

Aber der Mensch war *formidable*! Er ergriff die Flucht und zettelte die größte Verfolgungsjagd an, die Frankreich je gesehen hatte.

Jean Jacques Jeder aus Paris hat inzwischen lange genug gearbeitet, um seiner Frau hin und wieder zu erlauben, ein Stück Fleisch für das Abendessen zu kaufen. Sein ältester Sohn, elf Jahre alt, ist in der Tapetenfabrik des großen Monsieur Reveillon angestellt, der die höchsten Löhne der Stadt bezahlt, früher selber Arbeiter war und eine liberale Gesinnung zur Schau trägt. Da sie von zwei Löhnen zehren kann, ist die Familie Jeder im Vergleich zu früher gut dran.

Jeder hat ein paar von den aufwieglerischen Pamphleten gelesen, die Luigi Duccio, der Steinmetz, unter den Handwerkern verbreitet. Jeder ist von diesen Blättchen ganz und gar nicht angetan. Der König ist also ein Narr, ja, und Madame du Barry kostet das Volk weit mehr, als sie wert ist. Die Indianer leben vielleicht tatsächlich ohne Regierungen und ohne Adlige – wie schön für sie in ihren *tipis* – doch Jeder versucht jede Woche etwas zu sparen und versteckt es unter seiner Matratze. Der Brotpreis ist um keinen Sous gestiegen, seit Leutnant Sartines mit drakonischen Strafen den Markt kontrolliert. Unter diesen Bedingungen sieht Jeder keinen Grund, sich für Politik zu interessieren.

Der Gefangene Celine muß derweil feststellen, daß sein Ruhm nach wenigen Monaten anfängt zu verblassen. Niemand bleibt auf dem Gefängnishof stehen, um ihm zu gratulieren, und die kleinen Grüppchen unterbrechen auch nicht mehr ihre Gespräche und starren ihm nach, wenn er vorbeikommt. Nur die Wächter haben ein langes Gedächtnis: ihre Augen scheinen an ihm zu kleben.

Sigismundo verfällt der ewigen Langeweile des Gefängnislebens. Des Morgens spaziert er im Gefängnishof und diskutiert mit Pater Benoit über Philosophie. Nachmittags liest er in der Bibliothek oder schreibt in sein Tagebuch. Am Abend arbeitet er – lustlos – an einem neuen Strick, ohne bisher zu wissen, was er mit den Eisengittern anstellen soll, wenn der Strick fertig ist.

Er merkt nicht einmal, daß er langsam verzweifelt.

ZWÖLF

Sigismundos Tagebuch war der Versuch, die Zeit totzuschlagen – Gefangene haben nichts anderes als Zeit. Und während die Zeit verging, verwandelte sich das Buch auch in den Versuch, herauszufinden, ob es tatsächlich Trost in der Philosophie gab, wie man ihn gelehrt hatte. Er komponierte keine Musik. Sein erster Eintrag erläuterte dies:

Es gibt Vögel, die in Gefangenschaft nicht singen.

Am Anfang hielt er nicht seine eigenen Gedanken fest, die sich in Rachegelüsten, Enttäuschung und Verbitterung erschöpften, denn er wußte, daß sie parteiisch und subjektiv waren. Er kramte die Ideen der großen Denker der Vergangenheit aus dem Gedächtnis, von denen er sich eine Erhellung seiner deprimierenden Einsamkeit erhoffte.

Zu lieben, heißt zu sehen (Richard St. Victor).
Für den Liebenden ist nichts unmöglich (St. Victor).
Die Intelligenz sollte den Willen lenken (Thomas von Aquin).
Reife ist alles (Shakespeare).
Wenn der Geist nichts Gutes will, stirbt er (St. Victor).
Verrat ist ein so schreckliches Wort, daß es im allgemeinen nur von Verlierern benutzt wird (Onkel Pietro).

Er füllte ganze Bände mit solchen geliehenen Weisheiten, doch die Eisengitter ließen sich nicht erweichen. Die Tage waren lang und die Wochen noch länger. Schließlich begann er, über das zu schreiben, was ihm durch den Kopf ging.

Der dickste Brocken im Gefängnis wird einen in Ruhe lassen, wenn man ihm klarmacht, daß man nicht nur verrückt, sondern wirklich unberechenbar ist. Er muß überzeugt sein, daß es einem völlig egal ist, ob man draufgeht. Das ist das große Geheimnis des Überlebens. *Nota bene*, das gilt natürlich nur innerhalb der Gefängnismauern. Wendet man diese Taktik draußen an, geraten die Menschen in Panik und sperren einen wieder ein.

Pater Benoit ist so ruhig, weil er sich dem Schicksal ergeben hat. Ich aber bin noch zu jung, um es ihm gleichzutun. Das Elend ist der Preis, den wir der Natur für die Vermessenheit zahlen, weiter hoffen zu dürfen.

Doch mit der Zeit wurde er immer konkreter und kühner in bezug auf das, was mit ihm geschah, und wie der Einfluß des Gefängnislebens sich auf ihn auswirkte.

Manchmal ist der Trost, den wir aus der Philosophie gewinnen, echt; hier drinnen muß man jedoch so oft zur Philosophie greifen wie ein Alkoholsüchtiger zur Flasche.

Antonio verübte Selbstmord, weil er glaubte, alle hätten sich gegen ihn verschworen. Auch mir fällt es jetzt überaus schwer, nicht an eine Verschwörung zu glauben. Ich bin überzeugt, daß Sartines ebenso ratlos ist wie ich, denn diese Verschwörung sprengt selbst sein Spionagenetz. Bin ich wahnsinnig oder ist das der Versuch, meinen Fall logisch zu erklären?

Zuweilen stelle ich mir vor, daß die Verschwörung ganz Europa ergriffen hat. Sicherlich ist das ein Anzeichen für Wahnsinn – oder kann es sein, daß ich nur aus der Naivität erwache, die die Leute für «Sensibilität» und «Kreativität» hielten, seit ich ein kleiner Junge war? Immer wieder muß ich an diese schreckliche Prophezeiung der Sterne* denken, die behauptet, ich würde eines Tages die Welt erschüttern. Gelegentlich schwelge ich in Vorstellungen davon, wie meine Feinde, die mich hierhergebracht und sogar versucht haben, mich zu töten, in der Stunde meines Triumphes vernichtet werden. Ich bin sicher, daß dies Anzeichen von Wahnsinn sind, trotzdem kann ich solche Gedanken nicht abschütteln.

* De Selby war gezwungen, eine Art astrologischen Determinismus zu akzeptieren, um die komprimierte Zeit konsistent zu halten und mit Hilfe des evolutionären Pantheismus zu synthetisieren, doch seine Astrologie wirkt natürlich zeitverkehrt. Wie er in *Golden Hours,* a. a. O., I, S. 17–23 erläutert, bewirkt die Todesstunde eines Menschen alle kosmischen und terrestrischen «Resonanzen», welche das Leben, das ihm (in der konventionellen Zeit) vorausgeht, und die geschlechtliche Vereinigung des Paares, das dieses Leben produziert, usw., verursachen, worauf Hanfkopf besonders sarkastisch und ausfallend reagierte, vgl. *Werke,* a. a. O., II, S. 5–1065.

Am Boden zu sein, voller Verzweiflung, macht einen Menschen

nicht moralisch besser oder reinigt ihn, wie Aristoteles glaubte. Aber es sorgt dafür, daß er um einiges weniger oberflächlich wird.

Ich fange an zu hassen, und das ist die größte Gefahr für die, die das *baraka* besitzen. So beginnen auch die schwarzen Magier. Es ist der Pfad, den mein Vater und mein Bruder einschlugen und von dem Onkel Pietro und der F.R.C. mich abzuhalten suchten.

Ich fröne immer häufiger dem Laster des Onan, nicht aus Lust, sondern um der Grübelei über universelle Verschwörungen und diabolische Rache zu entfliehen.

Dann bekam er Angst, solche Launen festzuhalten – es machte sie wirklicher und stärker, statt sie aus seinem Kopf zu vertreiben. Erneut wandte er sich den Ideen der Philosophen zu.

«Die intellektuelle Liebe zu den Dingen entsteht aus dem Verständnis ihrer Vollkommenheit» (Baruch Spinoza). Bruno sagt, es gäbe nur einen einzigen Geist in dem Knecht, der im Hof seines Herrn ein Loch gräbt; in der Frau, die im Haus, zu dem dieser Hof gehört, in den Wehen liegt; in allen Tieren und Insekten Neapels und auf der Welt und in Millionen von Millionen anderer Welten. Ich habe mit diesem Universum Verbindung gehabt. Ich bin ganz sicher!*

* Es scheint angemessen, an dieser Stelle ein für allemal festzuhalten, daß de Selby nicht behauptet, das elektrische Licht allein vertreibe die teratologischen Moleküle aus unserer Umgebung, wie Hanfkopf in seiner unsäglichen Polemik immer wieder glauben machen will. *Golden Hours,* a.a.O., III, S. 44–72, belegt eindeutig, daß de Selby alle teratologischen Moleküle für eine Folge des Urknalls hielt, den er natürlich an das Ende des Universums plaziert, nicht an den Anfang. Seine Gleichungen, vgl. III.3–III.7 beweisen präzise, wie die Beschleunigung seiner variablen Konstante Moleküle produziert, die vom Knall ausgehen und sich in den «früheren» Perioden der Ich-Zeit exponentiell akkumulieren.

«Die wahre Natur der Existenz zeigt sich unseren Augen nicht» (Heraklitus). Komm raus, alter Machiavellist, ich habe dich damals von Angesicht zu Angesicht gesehen!

Bischof Berkeley behauptet, das Hinterbein einer Milbe, das wir nicht sehen, sei im Verhältnis zur Milbe genauso groß wie das Bein eines Menschen im Verhältnis zu seiner Körpergröße. Daher ist Größe keine Realität, sondern ein *Konstrukt* des Geistes, und Raum ein *Konstrukt, um Konstrukte aufzunehmen.*

David Hume sagt, ich sähe nicht diese Feder und dieses Papier, sondern meine Vorstellung von Feder und Papier. Sehe ich dann auch nicht die Bastille, sondern nur meine Vorstellung von ihr?

«Zeit, die periodisch ist, ist das bewegte Bild der Ewigkeit, die eins ist» (Plato). Ich glaube, er meint dasselbe wie Berkeley, wenn er von der Größe spricht. Es ist der Geist, der die «Dinge» in «Raum und Zeit» zu «bewegen» scheint – die alle Konstrukte sind.

Eines Tages schrieb Sigismundo nur:

$$F = m \cdot a$$

Das war genug für den Augenblick. Für ihn bedeutete es in diesen Tagen des Kampfes gegen die Verzweiflung viel mehr als alles, was St. Victor über die Liebe oder Berkeley über die Relativität gesagt hatte. In über hundert Jahren hatte niemand eine Ausnahme von dieser großen Gleichung finden können, obwohl in dieser Zeit mehr wissenschaftliche Forschung betrieben worden war, als in der gesamten Geschichte zuvor. Kraft ist gleich Masse mal Beschleunigung – überall und jederzeit. Newton war durch die Erscheinung zu einer verbindenden Ordnung gelangt, die wirklich und ewig war. Wie Zirkel und Rechteck in der Freimaurerei war diese Gleichung ein Beweis dafür, daß trotz aller Tragödien und jenseits allen Zweifels ein rationaler Kern im Herzen der Existenz steckte. Der menschliche Verstand war nicht auf ewig in aussichtslosen

Phantasien befangen: manchmal fand er auch ein Körnchen Wahrheit.

Der neue Strick wuchs nur langsam, da man Sigismundo diesmal keine zusätzlichen Decken erlaubte. Es war zwar möglich, mit Hilfe der Sprungfedern aus dem Bett an den Eisengittern hinter den Fenstern herumzufeilen, aber es würde Jahre dauern, auch nur einen davon durchzukriegen.

Sigismundo begann, seine Autobiographie zu schreiben, in der dritten Person, um Distanz zu sich zu gewinnen:

> Da unser melancholischer Held ein Narr und ein Bastard war, hielt er stets einen gewissen Abstand zum normalen sozialen Standard. Er wußte, daß die Welt verrückt war, konnte daher über sie lachen, vermutete aber zugleich, daß er selbst auch ein bißchen verrückt war, und so besaß das Lachen einen morbiden Nachgeschmack.
>
> Seine erste Seele, der vegetative Teil seines Ichs, war von einer liebevollen Mutter geprägt, so daß er durchaus fähig zu zärtlichen Empfindungen war. Diese wurde jedoch von einer gleichermaßen ausgeprägten Fähigkeit zur Angst aufgehoben, für die ebenfalls seine Mutter verantwortlich war, denn sie wußte, wer und was sein wirklicher Vater war und sorgte sich, daß das Teufelsblut in ihm eines Tages die Oberhand gewinnen könnte. So kam es, daß unser Held dazu neigte, weibliches Mitleid und Sympathie für andere zu empfinden, sich selbst aber zu fürchten und zu mißtrauen. Kurz gesagt, der ideale Märtyrer oder ein vollkommenes Opfer messianischer Selbsttäuschung.
>
> Seine zweite Seele, der emotionale, tierische Teil eines Menschen, der versucht, Raum zu erobern, war durch einen schwachen und schüchternen Vater geprägt. Dies wurde möglicherweise ausgeglichen durch die vollendete Fechttechnik, die er Giancarlo Tennone verdankte, dem großen Meister des Degens. Ja, er konnte tapfer sein, unser Held, aber er war nie von seinem eigenen Mut überzeugt. Er fürchtete stets, bei einem wichtigen Anlaß zu versagen. Dies war vielleicht der Grund für die außerordentliche

Dummheit, mit der er sich immer wieder in riskante Abenteuer stürzte und sein Leben aufs Spiel setzte.

Die dritte Seele, die menschliche Vernunft, wurde von einem zynischen Onkel geprägt, der ihn unmerklich seinem Glauben an die Kirche entfremdete und Schritt für Schritt in die Geheimnisse der Freimaurerei und der Naturphilosophie einführte. Trotzdem analysierte er alles um sich herum, analysierte sogar sich selbst, bis er zu einem gespaltenen Wesen wurde – einem Teil, der handelt und erschafft, und einem anderen, der jede Handlung und jedes Werk hinterfragt, so wie ein Inquisitor einen der Ketzerei Beschuldigten ausquetscht.

Die vierte Seele oder das wahre Ich, das in den meisten Menschen schläft, wurde auf brutale Weise durch seinen Vater geweckt, der ihn mit teuflischen Drogen vollpumpte und in den Abgrund stürzte, damit er dort draußen, allein und nur in sich jene Macht fände, die ganze Universen erschafft und vernichtet. Ein alter Mystiker namens Orfali versuchte ihm beizubringen, wie er sein Wissen benutzen konnte, um Heiliger zu werden, statt Satansanbeter, aber noch ist die Entscheidung nicht gefallen.

Natürlich weiß er auch nicht, welche Seele diese Zeilen schreibt. Nachdem er an der Universität von Paris unter Atheisten studiert hat, ist er nicht mal mehr sicher, ob man die Seele überhaupt Seele nennen darf. Vielleicht ist sie ja nur ein physikalischer Teil des Gehirns.

Am nächsten Morgen erwachte Sigismundo an der Decke seiner Zelle.

Als erstes fiel ihm auf, daß er kein bißchen fror, obwohl er nicht zugedeckt war.

Sigismundo schaute auf den Fußboden hinab. Dort stand sein Bett, der Schreibtisch, der Stuhl und sogar sein Nachttopf.

Er blieb ruhig. Wahrscheinlich hatte ihn eine geballte Ladung *baraka* aus dem Bett levitiert. Er hielt sich an der nächstgelegenen Wand fest und versuchte hinunterzusteigen.

Doch er verlor den Halt und fiel zurück an die Decke.

Mittlerweile war er ganz wach und versuchte, eine vernünftige Erklärung zu finden. Er probierte noch mehrere Male, hinunterzusteigen, wobei er sich verzweifelt an der Wand festhielt, aber es war vergebens: jedesmal rutschte er wieder zur Decke zurück.

Da packte ihn blankes Entsetzen.

DREIZEHN

Ich muß der Sache auf den Grund gehen, dachte Sigismundo entschlossen. Oben und unten sind relativ, wie Berkeley sagt: Was für einen Europäer oben ist, ist für den Australier unten. Auf einem kugelförmigen Planeten gibt es kein absolutes Oben und Unten.

Andererseits wird der Sinn für oben und unten von der Schwerkraft diktiert, und die ist nicht relativ.

Trotzdem blieb der Fußboden unten, und er schaffte es nicht, von der Decke herunterzusteigen.

Er erinnerte sich an das, was wirklich und ewig war:

$$F = m \cdot a$$

Das war die wunderbare Gleichung, der Grundstein des großen Baumeisters aller Welten. Auf das planetarische System angewendet, offenbarte es das Gravitationsgesetz:

$$F = \frac{m_1 m_2}{d^2}$$

Sigismundo fielen jetzt Details auf. Er konnte das Stadttor nicht mehr sehen. Das Fenster war vernagelt.

Die Schwerkraft war also doch nicht aufgehoben. Sie hatten ihn während der Nacht in einen speziell vorbereiteten Raum gebracht, der genauso aussah wie der Turm der Freiheit, nur auf den Kopf gestellt.

Sie?

Die internationale Verschwörung natürlich.

An sie zu glauben, war fast genauso schlimm wie am Gesetz der Schwerkraft zu zweifeln. Er hatte versucht, sich einzureden, daß der Gedanke daran ein Zeichen des Wahnsinns war, dem er widerstehen mußte.

Wie auch immer, entweder war das Gesetz der Schwerkraft aufgehoben und er hing an der Decke oder es gab *sie* in irgendeiner Form tatsächlich. *Sie*, die den Direktor der Bastille mit der gleichen Leichtigkeit bestechen konnten, wie sie zuvor einen *lettre de cachet* beantragt oder Sartines' Ermittlungen vereitelt hatten.

Der Herzog von Chartres, dieser «Freund des Volkes», war Mitglied der Verschwörung. Zweifellos. Es war die einzig plausible Erklärung für das alles.

So denken alle Wahnsinnigen, mahnte sich Sigismundo.

Doch angenommen, sie versetzten einen wirklich in eine Situation, in der der gesunde Menschenverstand ausgeschaltet wird, und nur noch die Logik eines Verrückten Einsichten gewährte? Dann mußte man jede Hoffnung auf das Verstehen abschreiben, oder aber sich damit abfinden, daß nur ein Irrer begreifen konnte, was hier geschah.

In so einem Fall bedeutete Verrücktsein eine Chance zum Überleben.

Sigismundo hockte an der Decke, starrte auf den Boden hinunter – der in Wirklichkeit natürlich oben war – und versuchte logisch zu denken.

Als die *rossi* ihm Belladonna gegeben hatten, verfolgten sie einen bestimmten Zweck. Sie wollten, daß er die Konstrukte von Raum und Zeit vergaß, um sein wirkliches Ich, die vierte

Seele, zu finden. Das, was Atheisten den ruhenden Teil des Gehirns nannten, wenn sie ihn überhaupt akzeptierten.

Heute hatten die *rossi* natürlich keinerlei Einfluß mehr auf ihn. Die neapolitanische Justiz hatte sie zerschlagen.

Und doch beeinflußte ihn etwas und führte das, was die *rossi* begonnen hatten, weiter, indem es ihn all seiner konditionierten Konstrukte von «Raum» und «Zeit» und «Objekt» beraubte.

Es war also tatsächlich eine internationale Verschwörung am Werk, und die *rossi* nur Teil davon.

Das klang ziemlich logisch, wenn man daran dachte, was Sigismundo alles erlebt hatte.

Aber den Verrückten selbst erschienen ihre Illusionen immer sehr einleuchtend.

Ich bin nicht verrückt, sagte sich Sigismundo. Ich sitze in einem Zimmer, das irgend jemand auf den Kopf gestellt hat, um mir weiszumachen, daß ich verrückt bin. Und es ist kein Wahnsinn, an internationale Verschwörungen zu glauben: Die Malteserritter sind international, und jeder Freimaurer schwört, sie zu bekämpfen. Auch die Freimaurer wirken auf internationaler Ebene und könnten von Außenstehenden, die ihre wahren und edlen Ziele nicht kennen, für eine Verschwörerclique gehalten werden.

Plötzlich wurde Sigismundo schwindlig.

Und was, wenn die Freimaurer doch Verschwörer wären? Er hatte erst den vierten Grad erreicht. Angenommen, die ganz hohen Tiere hätten Ziele und Pläne, die alles andere als edel waren? Angenommen, sie leiteten mit der einen Hand die Freimaurer und hielten in der anderen die Fäden, an denen die *rossi* oder andere Gruppen tanzten? Angenommen, Onkel Pietro und Abraham Orfali hätten trotz ihrer Weisheit keine Ahnung von den Drahtziehern hinter den Kulissen?*

* Vgl. *Jack the Ripper: The Final Solution* von Stephen Knight,

London 1977, in dem er behauptet, daß die Jack-the-Ripper-Morde in Wirklichkeit Teil einer Freimaurerverschwörung waren, um die Existenz eines irisch-katholischen Erben des britischen Throns zu verschleiern. Nach dieser These wurden die (drei) Freimaurerkiller von ihren Brüdren bei Scotland Yard gedeckt, dazu vgl. auch Knights *The Brotherhood,* in dem er nachgewiesen hat, daß die Freimaurer bei Scotland Yard heute noch Tatsachen über den Mord an Roberto Calvi unter Verschluß halten. Dieser war Freimaurer und Bankier, dessen Banco Ambrosiano, die Vatikanbank, in diverse kriminelle Handlungen verstrickte, einschließlich Aktienschwindel und Drogenhandel. Der Begründer der Freimaurergruppe, der Calvi angehörte, P-2, war natürlich Liccio Gelli, angeblicher Agent des CIA, der wiederum von den Malteserrittern gesteuert sein soll; siehe dazu Penny Leroux: *In Banks We Trust.*

Und was ist, wenn ich doch im Turm der Freiheit bin und sie wirklich die Schwerkraft aufheben können?

Sigismundo stand auf, tat ein paar Schritte und stand buchstäblich unter dem Nachttopf. Nichts Unangenehmes tropfte auf ihn herunter, und wenn er sich anstrengte, konnte er sogar erkennen, daß der Nachttopf leer war. Als er einschlief, war er nicht leer gewesen.

Natürlich war es ein Kinderspiel, einen leeren Nachttopf an die Decke zu nageln, wenn man wollte, daß die Decke aussah wie der Fußboden. Mit einem vollen Nachttopf dürfte das allerdings kaum gelingen, ohne eine Riesenschweinerei zu veranstalten. Also waren sie aus Fleisch und Blut, waren Menschen, die die Schwerkraft nicht außer Kraft setzen konnten.

Sigismundo trat «unter» den Schreibtisch. Mit einiger Mühe konnte er sehen, daß Papier und Feder mit winzigen Nägeln an den Tisch genagelt waren.

Alles nur Tricks!

Natürlich konnten Menschen, die einen aus der Bastille

holten, auch einen Raum so präparieren, daß er auf dem Kopf zu stehen schien. Sie hatten Geld, sehr viel Geld – immerhin gehörte der Cousin des Königs zu ihnen –, was bedeutete, daß es nur noch schlimmer kommen konnte.

Diese verfluchte Prophezeiung, dachte Sigismundo. Sie sind reich, klug und abergläubisch. Sie glauben, sie bräuchten mich nur auf das richtige Feld ihres Schachbretts zu setzen und schon sei der Teufel los. Jeder «Zufall» in meinem Leben könnte auf ihre Machenschaften zurückzuführen sein.*

* Vgl. den seltsamen Tod von Roberto Calvi, früherer Präsident der Banco Ambrosiano und Schlüsselfigur in der Verschwörung der Freimaurerorganisation P-2. Wenn, wie immer wieder behauptet wurde, sein Tod nicht Selbstmord, sondern Mord war, mußten die Mörder – ob es nun echte Freimaurer waren oder, wie La Tournier sagt, Männer, die uns inbrünstig glauben machen wollten, sie seien Freimaurer gewesen – Calvi zwischen Mitternacht und zwei Uhr morgens zu einer Brücke gelockt haben, damit sein gehängter Körper im Einklang mit der ersten Initiation der Freimaurer, die diese Todesform für jedermann, der seine Mitbrüder verrät, vorsieht, von der aufkommenden Flut überspült wurde, ehe er im Morgengrauen gefunden werden würde. (Vgl. *Unsolved* von Foot und della Torre, a. a. O., S. 93–95.) Calvi war Unterhändler in den Transaktionen gewesen, mit denen Leopold Ledl der Vatikanbank eine Million Dollar in falschen Aktien sicherte. Laut Yallop (*In Gottes Namen?*, op.cit.) gehörte Calvi auch zu jener Gruppe, die unter Mitwirkung von Erzbischof Marcinkus (Direktor der Vatikanbank) Papst Johannes Paul I. vergiftete. Vgl. dazu Pater Malachi Martin: *The Decline and Fall of the Roman Church,* New York 1983.

Sie hatten die *rossi* nicht aus den Gründen geschickt, die er vermutet hatte. Sie hatten Onkel Leonardo töten lassen, um Sigismundo in eine ganz bestimmte Richtung zu treiben, die ihn schließlich zu den Freimaurern führte. Und Onkel Pietro blieb verschont, weil er derjenige war, der ihn in die Freimaurerei einweisen sollte.

Hatten sie dann etwa Babcock geschickt, um Maria zu heiraten, nur damit er in dieses verhängnisvolle Duell stolperte?

Zu weit hergeholt. Er dachte schon wie ein echter Verrückter und ließ sich von seiner Phantasie mitreißen.

Er erinnerte sich, wie er vor acht Jahren, als es begonnen hatte, alles für ein Komplott der Jakobiten hielt, die die Stuarts wieder auf den Thron bringen wollten. Jetzt war es logischer, von einer Vielzahl von Verschwörungen auszugehen. Die Geschichte der königlichen Familien war voll von Verrat, und ein kluger Fürst hielt sich einen Vorkoster. Also viele Drahtzieher und kein Kopf, der alles unter Kontrolle hatte? Vielleicht versuchte er nur, das Chaos in verständliche Bahnen zu steuern.

Er fragte sich, was ihm als nächstes bevorstünde.

Einst verirrte sich der König von Frankreich während der Jagd und fand sich in Schottland wieder...

Das war die Legende vom Ursprung der *carbonari*, der ersten Freimaurer, wie manche sagten. Sigismundo hatte immer geglaubt, daß diese Legende ein Kode war, doch jetzt fiel ihm die Ähnlichkeit auf, die sie mit seiner ersten Initiation hatte und dem, was gerade passierte. Der König bewegte sich im Raum, ohne es zu wissen. Er hatte keine Ahnung, wie er über den Ärmelkanal gelangt war. Er ritt über festen Boden, und plötzlich war die Entfernung zwischen Frankreich und Schottland aufgehoben.

«Und Enoch war und war nicht.» So stand es in der Bibel. Raum war für den menschlichen Verstand relativ. Platon, Berkeley und Hume hatten dies, jeder auf seine Weise, bewiesen.

Ich bin das ideale Versuchskaninchen für solche Experimente, dachte Sigismundo. Mein Kopf ist so voll mit Philosophie, daß ich nicht mehr zwischen Dichtung und Wahrheit unterscheiden kann.

Dann ging er praktischer vor: Sie werden mir etwas zu essen

bringen müssen. Schließlich wollen sie mich nicht verhungern lassen, nachdem sie sich so vieles haben einfallen lassen, um mich zu täuschen.

Wer auch immer das Essen brachte, er würde nicht auf dem Fußboden gehen können, denn der Fußboden war in Wirklichkeit die Decke. Dann würde der Trick zum Teufel sein, oder?

Der König von Frankreich fand sich in Schottland wieder ...

Sigismundo erinnerte sich an den Bauern in Neapel, der 1765 behauptet hatte, er habe einen glühenden Stein vom Himmel fallen sehen. Damals hatte Sigismundo angefangen, an den Wundern der Kirche zu zweifeln, und wußte nicht richtig, was er glauben sollte. Er erinnerte sich, wie er gedacht hatte: «Eins weiß ich jedenfalls – Steine fallen nicht vom Himmel!» Doch angenommen, er wäre jener Bauer gewesen. Hätte er seinen eigenen Augen getraut oder den Meinungen der «Experten» geglaubt?

Er hatte gedacht, er säße an der Decke seiner Zelle – doch dann hatte er eine Erklärung gefunden. Eine unglaubliche, fast verrückte Verschwörung. Wäre es nicht «ökonomischer», wie die Naturphilosophen sagten, eine einfachere Erklärung zu suchen und zu akzeptieren, daß er wahnsinnig geworden war?

Jeder Zufall hat seine Bedeutung, darauf hatte der alte Orfali stets gepocht, als er Sigismundo in die ersten Geheimnisse der spekulativen Freimaurerei einweihte. Also war der Stein in dem Augenblick gefallen, oder der Bauer hatte ihn halluziniert, als Sigismundo sich fragte, was «Wirklichkeit» sei, weil – weil? – Gott ihn noch mehr verwirren wollte? War es nicht ein bißchen überheblich, sich einzubilden, Gott würde ein solches Spektakel nur für einen verwirrten fünfzehnjährigen Musiker wie ihn abziehen?

Aber war es nicht ebenso überheblich, zu glauben, eine internationale Verschwörerclique habe einen Raum auf den Kopf gestellt, um denselben jetzt zweiundzwanzigjährigen Musiker noch mehr zu verwirren oder zu belehren?

Sigismundo erinnerte sich an etwas anderes, das er mit fünfzehn Jahren gedacht hatte: «Ich bin Sigismundo Celine und nicht der Mann im Mond.»

Nur wenige Monate später hatte er erfahren, daß er Sigismundo Balsamo war – nicht nur der Sohn eines Bauern, sondern eines sizilianischen Bauern, und nicht nur eines sizilianischen Bauern, sondern eines Mörders und Satanisten.

Wenn ich hier je heil herauskomme, und mein Verstand noch in Ordnung ist, werde ich mich nur noch Sigismundo Malatesta nennen – so wie mein Urahn, der den berühmten Tempel in Rimini gebaut hat. Es war ebenso unmöglich, in einem Raum zu sein, der auf dem Kopf stand, wie in der Öffentlichkeit Celine zu sein und insgeheim Balsamo: Sigismundo Balsamo, Sohn des Satanisten Peppino Balsamo...

Und die Malatestas waren in der Tat ein nobles Geschlecht. Sie hatten nicht nur in Rimini regiert, sondern im neunten Jahrhundert auch das Weströmische Reich beherrscht. Sie stammten von den Merowingern ab, den Priesterkönigen des alten Gallien.

Und die Merowinger kamen ursprünglich vom Meer, wie die Meerjungfrau, die einmal an den Küsten von Neapel aufgetaucht war, und sich dort einigen nüchternen Gelehrten gezeigt hatte, wie man sich erzählt. Aber man weiß ja, was so alles erzählt wird.

Oder der Typ in der babylonischen Mythologie – wie war doch gleich sein Name? Ach ja: Oannes. Er stammte auch aus dem Meer und hatte den Babyloniern Landwirtschaft, Astronomie und andere Wissenschaften beigebracht.*

* Robert K. G. Temple behauptet in seinem Werk *Das Sirius-Rätsel*, Frankfurt 1977, daß es sich bei Oannes in Wirklichkeit um ein außerirdisches Wesen von einem Planeten im System des Doppelgestirns Sirius handelte.

Die Welt ist genauso unglaublich wie dieses Zimmer, dachte Sigismundo. Merovée und Oannes waren natürlich nur Mythen, aber woher kam es, daß, wohin man auch blickte, Geschichte und mündliche Überlieferung unweigerlich in absurde Allegorien und Unmöglichkeit mündeten – ein König, der halb Mensch und halb Fisch war; ein anderer König, der erst in Frankreich und dann plötzlich in Schottland war – Sigismundo, der in der Bastille und dann – ja, wo – war?

Und Enoch war, und war nicht.

*Der König von Frankreich verirrte sich auf der Jagd und fand sich plötzlich in Schottland wieder ...**

* Dagobert II., der letzte Merowingerkönig, verbrachte seine Jugend in Irland, damals *Scotia* genannt. Als er nach Frankreich zurückgekehrt war und die Herrschaft angetreten hatte, wurde er – offensichtlich von Mittelsmännern des Vatikans – aus ungeklärten Gründen ermordet. Vgl. de Sède, *La Race Fabuleuse*, op. cit.

Wie auch immer, spannend würde es erst, wenn sie das Essen brachten. Ob sie auch über die Decke spazieren würden?

Auf diese Frage gab es keine Antwort. Sigismundo fühlte sich müde. Zuerst fragte er sich noch, warum er so schläfrig war, obwohl er doch gerade erst aufgewacht war, doch dann war ihm die Antwort klar.

Sie hatten ihn unter Drogen gesetzt, als sie ihn hierher brachten. Klarer Fall! Der Schock funktionierte nur dann, wenn er sich nicht daran erinnern konnte, verlegt worden zu sein.

Abraham Orfali hatte ihm einmal erklärt, daß man Drogen so mischen konnte, daß sie erst im Verlauf mehrerer Stunden und nacheinander Wirkung zeitigten. Diese Methode stammte angeblich von den Sufis in Kairo. Es waren dieselben Drogen, so Orfali, die Hassan I Sabbah, «der alte Mann aus den Bergen», eingesetzt hatte, um seinen Jüngern weiszumachen, sie seien im Himmel, während sie sich in Wirklichkeit unter dem Einfluß verschiedener Drogen im Garten seines Palastes amüsierten.

Oh, Gott, dachte Sigismundo. Vielleicht waren es die Hashashins, der Geheimbund, der vor siebenhundert Jahren von Hassan I Sabbah gegründet worden war. Unglaubliche Erfahrungen verlangen nach unglaublichen Erklärungen. Vielleicht war ich die ganze Zeit nur ein Bauer im Komplott einer moslemischen Bruderschaft.

«Und was die stinkenden Mohammedaner angeht», hatte Peppino ihm vor langer Zeit gesagt, «so bist du ja bereits einer von ihnen.» Aber fast alles, was sein Vater von sich gegeben hatte, war eine Lüge.

Vielleicht bringen sie mich in den Garten der Lüste, dachte er noch, ehe er ganz das Bewußtsein verlor. Das war Hassan I Sabbahs Privatbordell gewesen, wo er den Hashashins vorgaukelte, es mit Engeln getrieben zu haben.

Wäre gar nicht schlecht, dachte er, schon halb im Schlaf, und visualisierte einen Engel, der so aussah wie Maria Babcock. Wenn sie schon Unfug mit seinem Verstand trieben, sollte ruhig auch etwas für die Sinne herausspringen. Ein bißchen Verführung statt immer nur Schrecken könnte nicht schaden.

Maria, sein Engel, tanzte für ihn. Dann erkannte er, daß sie Flossen statt Füße hatte. Sie stammte aus dem Meer und würde ihn mit sich ins Wasser ziehen, tief hinein, und er würde ertrinken, wie er schon immer befürchtet hatte. Dann stolzierte ein blauer Löwe an ihm vorbei, und nicht nur sein Körper war blau, sondern alles um ihn schien in leuchtendes Blau getaucht, und dann sagte er langsam und deutlich: «Merke dir, du wirst Gott sehen!» und eine Glocke erklang: «Siehe, siehe, siehe, zu verlassen ist das Wasser.» Und die engelhafte Meerjungfrau sagte: «Es geht um den Raum, um die Zeit, um den Verstand. Du wirst zu neuen Gunsten gelangen.»

Und Sigismundo wurde gezeichnet und passierte den Löwen und war unbezeichnet: und Sigismundo war: und er war nicht.

VIERZEHN

Sigismundo erwachte mit einem tierischen Kater. Er hatte zwar keine Ahnung, wo er sich befand, aber mit dem Garten der Lüste hatte der Ort keinesfalls Ähnlichkeit.

Wenigstens war er auf dem Boden und nicht an der Decke.

«Verdammte Scheiße», sagte er aus tiefstem Herzen. Abraham Orfali hatte ihm beigebracht, wie er Kopfschmerzen bekämpfen konnte, indem er sich auf das weiße Licht konzentrierte, doch er war viel zu weggetreten, um eine solche Anstrengung auch nur zu versuchen. Mach, was du willst, sagte er seinem Kopf.

Er befand sich in einer Zelle, die in jeder Hinsicht unter dem Niveau des Turms der Freiheit war. Es stank, war dreckig und düster, und in den Ecken hörte er Ratten umherhuschen.

Vom Turm in den Kerker. Es war wie bei der teuflischen Karikatur einer freimaurerischen Initiation.

Schritte hallten durch den Gang – etwas zu laut. Sie galten ihm. Sie hatten gewartet, bis er halbwegs wach war, um ihn zur nächsten Maskerade zu schleifen. Wahrscheinlich wußten sie auch, daß die Droge, egal, um was es sich handeln mochte, tierische Kopfschmerzen verursachte.

Schöne Aussichten.

Die Tür wurde aufgeriegelt. Zwei Neapolitaner in italienischen Gefängnisuniformen standen vor ihm.

«Das heilige Offizium wird dich jetzt ins Verhör nehmen», verkündete der eine mit unverhohlenem Haß.

Das war natürlich eine Farce. Man hatte die beiden für ihren

Auftritt bezahlt. Sie hatten keinen Grund, ihn zu hassen. Und er war nicht in Neapel, natürlich nicht, sondern irgendwo in Frankreich, wahrscheinlich in der Nähe von Paris.

Der König von Frankreich, der sich plötzlich in Neapel wiederfand...

Sigismundo hatte das Gefühl, der Schädel würde ihm platzen. Die beiden Wächter führten ihn einen Gang entlang, um eine Ecke, durch einen anderen Gang und in einen Raum, in dem das heilige Offizium über ihn richten sollte. Mönche mit typisch neapolitanischen Gesichtern saßen an einem langen Tisch. Sie trugen die Kleidung der Dominikaner, diese schwarzen Kutten, die Sigismundo stets an die teuflischen *rossi* erinnerten.

Die beiden Wächter setzten Sigismundo unsanft auf einen Stuhl gegenüber den Inquisitoren.

Vielleicht bin ich tatsächlich in Neapel, dachte er. Wer weiß, wie lange sie mich unter Drogen gesetzt haben.

«Verlest die Anklage», rief der Mönch, der in der Mitte des Tisches saß.

Was natürlich nur ein Spiel war.

«Erstens», begann ein anderer, der eine lange Schriftrolle in der Hand hielt, «daß der Angeklagte Sigismundo Celine Verbindung zu jüdischen Hexenmeistern und anderen ketzerischen Vereinigungen wie den Freimaurern und Rosenkreuzern unterhielt; daß er Christus abgeschworen hat und wie seine Freunde den Teufel Baphomet verehrt.

Zweitens, daß der Angeklagte Sigismundo Celine bei seiner Initiation auf das Kreuz gespuckt und den Teufel als seinen Herrn und Meister angerufen hat.

Drittens, daß der Angeklagte Sigismundo Celine Musik geschrieben hat, die so abscheulich ist, daß sie von Kirchengelehrten nach gründlicher Überprüfung zum Werk des Satans erklärt wurde.

Viertens, daß der Angeklagte Sigismundo Celine wiederholt und vermutlich aus Gewohnheit der Sünde des Onan verfallen ist, daß er entgegen dem göttlichen Willen die Frau eines anderen Mannes begehrte, sich mit Huren der Unzucht hingab und bestimmte sogenannte Kunstwerke betrachtet hat, die die weibliche Nacktheit darstellen.

Fünftens, daß der Angeklagte Sigismundo Celine von so vielen Teufeln besessen ist, daß er weder zu sagen weiß, wo er sich befindet, ob in Europa, Asien oder auf dem Mond, noch welches Jahr wir schreiben oder wie alt er ist. Daß er behauptet, wie es die Teufel ihm eingeben, dies sei das Frankreich des Jahres 1772, nicht das Neapel von 1765.

Sechstens, daß der Angeklagte Sigismundo Celine Dämonen Einlaß in sein Herz gewährt hat, als er die diabolische Mixtur seines Vaters, des *rossi* und Satanisten Peppino Balsamo trank. Seitdem ist er besessen und kann nicht ordentlich verurteilt werden, solange die Dämonen nicht mit Peitschen aus seinem Körper vertrieben worden sind.»

Es folgte eine Pause.

«Siebtens», fuhr Sigismundo ruhig fort, «daß ihr die durchtriebenste Ansammlung von Schauspielern und Gauklern seid, die mir je unter die Augen gekommen sind. Ich applaudiere eurer Kunst, aber ganz ernstnehmen kann ich euch nicht!»

«Der Teufel spricht aus seinem Mund», sagte ein Mönch hastig, «dies soll nicht als Sünde des Hochmuts gelten. Wir müssen ihm die Dämonen austreiben, ehe wir ihn richten.»

«Laßt mich den Jungen etwas fragen», sagte der Großinquisitor milde. «Sag mir, mein Freund, weißt du, wer ich bin?»

«Ein bemerkenswerter Schauspieler», antwortete Sigismundo.

«Soll das eine Beleidigung sein?»

«Mitnichten. Ich bewundere Ihre Begabung. Sie spielen die Rolle ohne jede Übertreibung.»

«Weißt du, wo du bist?»

Also los geht's – spielen wir das Spielchen mit, dachte Sigismundo. «Der Raum ist eine Erfindung des menschlichen Verstandes, wie einige Philosophen behaupten. Ich denke viel darüber nach, bin aber noch zu keinem endgültigen Ergebnis gekommen.»

«So reden sie oft», murmelte einer der Mönche.

«Andererseits», fuhr Sigismundo fort, «war das erste Mal, daß man mir Drogen verpaßte, tatsächlich 1764 in Neapel. Gehen wir also von der Hypothese aus, ich sei noch immer in Neapel und alles, was seitdem geschah, nur eine Halluzination.»

«Die menschliche Seele hat ihn noch nicht verlassen», sagte ein anderer Mönch leise. «Er kann noch klar denken, trotz der Dämonen, die seinen Geist verwirren.»

«Doch ich mache mir Gedanken über die Herrschaften, die euch für derartige Jobs bezahlen», fuhr Sigismundo ungerührt fort. «Ich frage mich, ob sie mit euch nicht auch ihre Spielchen spielen? Ob sie euch nicht auch was in den Tee getan haben? Habt ihr schon einmal darüber nachgedacht, daß auch ihr Opfer sein könntet?»

Nicht übel für einen Mann mit einem tierischen Kater, der keine Ahnung hat, wo er sich befindet und schon lange nicht mehr sicher ist, in welchem Jahr er all dem ausgesetzt ist.

«Mein Kind – erkennst du, daß du von Dämonen besessen bist?» fragte der Großinquisitor sanft.

«Ich vermute eigentlich eher Drogen.»

«Jedenfalls ist dir klar, daß man dir Drogen verabreicht hat», sagte der Großinquisitor leise. «Siehst du, daß wir die Kirche repräsentieren, deine einzige Hoffnung auf Rettung, und daß es die bösen Dämonen sind, die dich daran hindern, uns zu vertrauen?»

«Ich habe keine Kirche», stieß Sigismundo wütend hervor. «Zwischen Gott und die Menschen eine Kirche zu stellen, ist die größte Ketzerei, die ich mir vorstellen kann. Einer Kirche zu gehorchen, heißt, nicht länger auf die Stimme Gottes zu hören.»

«Das ist protestantische Ketzerei!» empörte sich der Großinquisitor. «Merkst du denn nicht, daß der Teufel aus dir spricht?»

Wunderbar, dachte Sigismundo. Eine theologische Debatte. «Mag sein, daß Sie recht haben. Möglich aber auch, daß der Teufel in Ihnen steckt, Vater, und Ihnen einredet, Sie seien Dominikaner und nicht ein hergelaufener Schauspieler, der für einen miesen Trick engagiert wurde. Können Sie sich noch erinnern, daß man Ihnen Geld für Ihre Rolle angeboten hat?»

David Hume hatte einmal gesagt, daß «Realität» eine Bezeichnung für Hypothesen ist, die zu einer solchen Gewohnheit geworden sind, daß wir vergessen, daß sie nur Hypothesen sind. Vielleicht war Hume «der geheime Anführer von Schottland», der Ursprung aller Freimaurer. Vielleicht war er der Erfinder dieser Riten und Schocks des Übergangs, um der Menschheit klarzumachen, daß es in dieser Welt nichts gibt, das als sicher gelten kann.

Vielleicht mußte man nach der vierten Initiation nicht mehr zu einer Loge, um weiterzukommen. Vielleicht holten sie einen einfach ab, um einem zu zeigen, daß man nie wissen kann, was Schein und was Sein ist.

Die Mönche tuschelten kurz miteinander.

«Der Angeklagte Sigismundo Celine kann nichts vorbringen, was ihn entlastet oder zur Minderung seiner Bestrafung beitragen könnte», sagte der Großinquisitor schließlich. «Man muß den Teufel aus ihm herauspeitschen. Schafft ihn zum Exorzisten.»

Sigismundo wußte, was er zu erwarten hatte. Diese Schweinepriester machten Ernst!

«Halt!» rief er. «Ich will bekennen und bereuen, Euer Gnaden. Die Dämonen haben von mir abgelassen.»

«Solche Tricks haben sie öfter drauf», murmelte ein Mönch.

«Es waren wohl ziemlich feige Dämonen», sagte Sigismundo hastig. «Schon die bloße Erwähnung der Peitsche hat sie vertrieben.»

Es folgte eine Pause. Sigismundo fragte sich, ob ein unbeteiligter Zuschauer dies für eine Komödie oder eine Tragödie halten würde.

«Bist du bereit, uns die Namen deiner Mitverschwörer zu nennen? Alle, die hier in Neapel leben?»

Sie wissen ja eine Menge über mich, dachte Sigismundo. Nur, es sind keine echten Kirchenmänner, sondern Schauspieler. Also ist es auch kein echter Verrat, wenn ich etwas ausplaudere.

«Du hast nichts zu gewinnen, wenn du jene deckst, die dich zur Hexerei verführen», sagte der Inquisitor streng. «Sie sind deine wahren Feinde, nicht wir.»

«Du kannst uns nicht täuschen», sagte ein anderer Mönch. *«Wir wissen mehr als du glaubst.»*

«Wir haben deinen Onkel Pietro und Giancarlo Tennone und viele andere festgenommen», setzte ein anderer hinzu. *«Niemand wird erfahren, wer als erster etwas gesagt hat.»*

«Nenne uns die Namen», drängte ihn der Großinquisitor.

Verrate uns das Wort, hatten die drei Raufbolde Hiram, den Sohn der Witwe bedrängt. Es war dieselbe Geschichte – überall und jederzeit. Sie quälen mich nicht, dachte Sigismundo verzweifelt, sie zeigen mir nur, worum es in Wirklichkeit geht.

Vor vielen Jahren hatte ein Dominikaner Sigismundo einmal so sehr terrorisiert, daß er um ein Haar die Freimaurer Neapels verraten hätte. Damals hatte man ihm mit der Hölle gedroht, diesmal war es die Peitsche.

«Die Namen!» wiederholte der Großinquisitor ungeduldig.

Zuerst die Hölle und jetzt die Peitsche, dachte Sigismundo. Vielleicht mußte man das Ritual so oft durchmachen, bis man entdeckte, daß es kein Ritual, sondern die Essenz des wirklichen Lebens war.

Aber dies ist nicht Neapel im Jahre 1765, erinnerte sich Sigismundo. Wir schreiben 1772, und ich bin irgendwo in Frankreich (hoffe ich).

Nur, die Inquisition gab es wirklich, nicht nur in Frankreich, sondern auch in anderen Ländern. Womöglich gelangten die Namen auf Umwegen doch noch zu den Dominikanern von Neapel.

«Freunde, die mir vertrauen, kann ich nicht verraten», sagte er unsicher. Heldentum schien absurd in dieser Schmierenkomödie, nur – vielleicht waren die Peitschen echt.

«Die Männer, die dich vom wahren Glauben abbrachten, sind deine Feinde, nicht deine Freunde», mahnte ihn der Inquisitor sanft. «Sie haben deine unsterbliche Seele in Gefahr gebracht. Wir sind deine wirklichen Freunde – wir versuchen, dich zu retten. Ewiges Heil oder ewige Verdammnis hängen davon ab, was du jetzt sagst.»

«Aber Sie drohen mir mit Peitschen», protestierte Sigismundo, «das ist doch keine Art, Euer Gnaden. Ich bin verwirrt; ich weiß nicht mehr, wer wirklich mein Freund ist.»

«Seht ihr», rief der mißtrauische Mönch dazwischen, «der Teufel hat noch nicht von ihm abgelassen. Er hat uns nur was vorgemacht.»

«Ich glaube, *ihr* macht mir was vor», entgegnete Sigismundo. «Könnt ihr euch nicht erinnern, wann ihr für dieses Theater angeheuert worden seid?»

«Die Dämonen bringen ihn um den Verstand», sagte ein anderer Mönch traurig. «So steht es im *Malleus Maleficorum.* Kramer und Sprenger sagen, Peitschen seien unumgänglich in solchen Fällen.»

Der Großinquisitor befahl Ruhe. «Die Namen!» wiederholte er ernst.

Treffe ich jetzt eine moralische Entscheidung, fragte sich Sigismundo, oder mache ich nur den nächsten Zug in einer verrückten Farce, die dazu dienen soll, mich einzuschüchtern?

Er zwang sich, nicht zu zittern, und sagte ruhig:

«Der Herr ist mein Hirte; mir wird an nichts mangeln. Er weidet mich auf einer grünen Aue und führet mich zum frischen Wasser. Er erquicket meine Seele; er führet mich auf rechter Straße um seines Namens willen.»

Der Großinquisitor verzog das Gesicht zu einem gespannten Lächeln. «Auspeitschen», befahl er knapp.

Die Wächter schleppten Sigismundo aus dem Raum. Einige der Mönche am Tisch schienen beunruhigt, als seine Stimme durch die Gänge hallte:

«Und ob ich schon wanderte im finsteren Tal, fürchte ich kein Unglück, denn du bist bei mir; dein Stecken und Stab trösten mich.»

FÜNFZEHN

Nach monatelanger, verbissener Korrespondenz wurde Sir John Babcock schließlich gestattet, der Royal Scientific Society seinen Donnerkeil vorzuführen.

Der Stein war von unregelmäßiger Form, ziemlich rund und maß an der dicksten Stelle zirka einsfünfzig im Durchmesser. Es gab eigentlich nichts Besonderes an dem verdammten Ding, bis auf die Tatsache, daß Sir John darauf bestand, es vom Himmel fallen gesehen zu haben. Rechteckig ist er nicht, dachte Sir John zynisch, doch er besitzt eine einzigartige Schönheit.

Er hatte James Moon zu der Vorführung mitgebracht; er sollte Sir Johns paranormale Geschichte bezeugen und den Stein in den Untersuchungsraum karren.

Moon war, wie Sir John nicht entging, sichtlich nervös. Dem jungen Mann war zweifellos klar, daß die Engländer alle Iren von vorneherein für notorische Lügner und abergläubische Papisten hielten. Und in der Tat sah Moon genauso aus, wie man sich den typischen irischen Rebellen oder Gauner vorstellte: Auge und Hand verkrüppelt, rote Haare. Es würde nicht einfach sein, einem gewöhnlichen Engländer Moons Äußerungen glaubhaft zu machen.

Zum Glück hatten sie es nicht mit gewöhnlichen Männern zu tun. Sie standen vor der Royal Scientific Society, deren Mitglieder sich selbstlos dem harschen Primat von Logik und Vernunft unterwarfen. Diese Männer unterdrückten erbarmungslos ihre Vorurteile, wenn es um die unabhängige Suche nach der objektiven Wahrheit ging.

Eröffnet wurde die Befragung durch Sir Charles Nagas, der über einen Ruf als großer Astronom verfügte, auch wenn niemand wußte, welche bedeutenden Entdeckungen er eigentlich gemacht hatte. Nagas veröffentlichte einen Artikel nach dem anderen in diversen Fachzeitschriften und Zeitungen und war daher der Astronom, der bei den Leuten am bekanntesten war. Er sah gut aus, trug eine kostbare Perücke, kleidete sich nach der neuesten Mode, sprach mit sanfter Stimme und lächelte viel. «Sie behaupten also, Sie hätten mit eigenen Augen diesen Stein vom Himmel fallen sehen, Sir John?»

«So ist es. Ich habe meinen Kutscher mitgebracht, der es bezeugen kann.»

Nagas nickte. Sein Lächeln war schief, ein bißchen mitleidig sogar, dachte Sir John.

«Haben Sie jemals Astronomie studiert, Sir John?»

«Nicht eigentlich. Ich habe natürlich in Oxford Kurse über allgemeine Physik und Mechanik besucht und weiß, wie die Gesetze Newtons auf das planetarische System angewendet werden.» Sir John holte tief Luft. «Ich halte mich nicht für einen Fachmann. Ich trage nur das vor, was ich mit meinen eigenen Augen gesehen habe.»

Nagas seufzte. «Sie haben ein Licht gesehen, wenn ich richtig unterrichtet bin. Dann haben Sie den Stein gefunden.

Sie zogen daraus den Schluß, daß eine Verbindung zwischen dem Licht und dem Stein bestehen müßte. Meinen Sie nicht, daß dieser Schluß möglicherweise übereilt war?»

Sir John lächelte. «Sie wollen sagen, die Verbindung zwischen dem Licht und dem Stein könne rein zufällig gewesen sein? Dies scheint, abstrakt gesehen und im Nachhinein, durchaus möglich, aber es entspricht nicht dem, was ich gesehen und gehört habe. Er machte ein eigenartiges Geräusch, als er fiel und schlug dann mit lautem Krachen auf.»

Jetzt meldete sich Herbert Sharper zu Wort, ein pockennarbiger junger Dandy mit ungeduldiger Stimme. «Wollen Sie den Zwischenfall vielleicht nutzen, um die Politik der Whigs voranzutreiben, Mr. Babcock?»

Das «Mr.» war kein Versprecher, sondern die demonstrative Beleidigung eines Mannes, der es wagte, gegen altüberlieferte Vorurteile anzugehen.

Sir John war vorsichtig. Ich will verflucht sein, wenn ich ihn auf den «Sir» aufmerksam mache, dachte er, dies würde nur den Eindruck erwecken, daß ich mir auf meinen Titel was einbilde. «Ich hatte gehofft, daß wir dieses Phänomen objektiv, im Geist der Wissenschaft erörtern könnten – ganz unabhängig von der Politik.»

«Im Himmel gibt es keine Steine», erklärte Sharper gereizt. «Warum sollen wir Sie anders behandeln als jeden hergelaufenen Schwindler, der versucht uns einen Bären aufzubinden?»

Noch ehe Sir John darauf antworten konnte, mischte sich Nagas wieder ein. «Ohne Ihnen nahetreten zu wollen, muß ich doch zugeben, daß die Zweifel meines gelehrten Herrn Kollegen berechtigt sind. Es wäre ein Leichtes, wenn auch vielleicht unbedacht, die Angelegenheit auf sich beruhen zu lassen, indem wir Sie des Betruges bezichtigen. Seien Sie jedoch versichert, daß wir weder den leichten, noch den unbedachten Weg wählen und Eure Ehre keineswegs zu beleidigen wünschen. Ich persönlich ziehe es vor, zu glauben, daß Sie tatsächlich etwas gesehen haben, nämlich, wie der Stein von einem Blitz getroffen wurde.»

Sir John merkte, daß er nervös an seiner Weste zupfte. Ich darf mich nicht aufregen, dachte er. Es ist doch nur natürlich, daß ein Ereignis solcher Tragweite am Anfang Mißtrauen erzeugt. «Das Krachen, das ich gehört habe, glich keinesfalls einem Donner, der gewöhnlich auf den Blitz folgt. Es ähnelte mehr einem herabfallenden Projektil – einer Kanonenkugel zum Beispiel.»

«Wollen Sie allen Ernstes behaupten, ein Engel habe mit Kanonen auf Sie geschosssen?» fragte Sharper erbost. Er ist verwirrt, dachte Sir John. Es ist, als wäre er Katholik und ich würde die jungfräuliche Empfängnis in Zweifel ziehen.

«Ich nehme kaum an, daß dieser eigenartige Gegenstand aus einer Kanone abgefeuert wurde», antwortete er. «Ich sage nur, daß das Geräusch, das er verursachte, dem einer Kanonenkugel ähnelte, nicht dem eines Donners. Und der Stein lag nicht auf dem Boden, ehe das Licht fiel, da bin ich ganz sicher. Mein Kutscher hier und ich, wir hörten beide den Aufprall ganz deutlich.»

Nun ergriff ein drittes Mitglied des Komitees, ein gewisser Gardner Marvins, seines Zeichens Mathematiker, das Wort. Er wirkte eher belustigt als wütend. «Nun, Sir, das ist die Art, wie Sie Ihre Eindrücke wiedergeben», sagte er ruhig. «Wäre es nicht angemessener und einsichtiger, sich einzugestehen, daß Ihre Schlüsse falsch sein könnten, als sich dem voreiligen Wahn hinzugeben, alle bisher bekannten Gesetze der Himmelsmechanik seien falsch?»

Sir John ermahnte sich insgeheim, nicht an seiner Weste zu nesteln. «Ich muß gestehen, daß mein theoretisches Wissen nicht ausreicht, um darüber zu diskutieren», sagte er, «ich hatte jedoch gehofft, Sie zum Nachdenken darüber bewegen zu können, ob es nicht unter Umständen Massen gibt, die wir mit unseren heutigen Instrumenten noch gar nicht sichten können. Vielleicht kann das Gesetz der Schwerkraft oder irgendein anderes Gesetz zur Erklärung dieses Phänomens beitragen, wie wenn es beispielsweise unbekannte Massen verschiedener Größen im Sonnensystem gäbe, von denen die kleineren durch die Schwerkraft der Erde angezogen werden.»

«Was Sie uns hier unterbreiten, ist eine völlig neue Astronomie», protestierte Nagas. «Das ist sehr scharfsinnig und auch heldenhaft von Ihnen, Sir, insbesondere, da Sie weder über die notwendigen mathematischen noch sonstigen Kenntnisse verfügen, um ein solches System aufzustellen. Bevor wir jedoch ein solch großes und, hm, verworrenes Geschenk annehmen, müssen wir die Frage stellen, ob Ihre *Eindrücke* der Wirklichkeit entsprechen. Wie uns zu Ohren gekommen ist, hat Ihnen in derselben Nacht Lady Babcock eine gesunde kleine Tochter geschenkt, die Sie Ursula tauften. Meine aufrichtigen Glückwünsche, Sir, aber erlauben Sie mir die Frage, ob eine solche Gefühlsaufwallung wie in jener Nacht nicht möglicherweise Einfluß auf Ihren gesunden Menschenverstand gehabt haben könnte?»

«Wir waren zu zweit; wir haben beide gesehen, wie das verdammte Ding vom Himmel fiel», sagte Sir John und achtete darauf, seine Stimme nicht allzusehr zu erheben. «Es gibt Hunderte, vielleicht Tausende solcher Berichte in der Geschichte, wie Sie wissen und ich weiß und alle wissen, die Plinius oder Aristoteles gelesen haben. Ist es nicht an der Zeit, einzuräumen, daß diese Berichte der Wahrheit entsprechen könnten, statt unbeirrt dabei zu bleiben, daß sie auf eine verzerrte Wahrnehmung zurückzuführen seien?»

«*Mr.* Babcock», fuhr Sharper mit schneidender Stimme dazwischen. «Ich habe nicht so viel Geduld wie einige meiner Kollegen in diesem Komitee. Ich weiß, daß es Lügner und Schwindler auf dieser Welt gibt, und bin entschlossen, sie zu entlarven. Ich habe Nachforschungen über Sie angestellt, *Mr.*

Babcock. Würden Sie uns verraten, welchen Spitznamen Ihre Mitschüler in Eton Ihnen gegeben haben?»

Sir John wurde rot. «Der logische Babcock», sagte er steif.

«Und wie kamen Sie zu dieser Ehre?»

«Ich habe im Geometrieunterricht zu bedenken gegeben, ob so, wie die kopernikanische Astronomie die ptolemäische abgelöst hat, eines Tages nicht auch die aristotelische Logik durch eine neue ersetzt werden könnte.»

Ein langes Schweigen breitete sich im Raum aus.

«Sie sind ein origineller und wagemutiger Denker», sagte Nagas schließlich. Sein Lächeln war schiefer und mitleidiger als je zuvor. «Würden Sie uns bitte erklären, inwieweit eine derart verbesserte Logik zwischen richtig und falsch unterscheiden könnte?»

«Ich wollte damit nur sagen, daß alle alten Systeme irgendwann verbessert oder durch fortgeschrittene ersetzt werden.»

«Ist Ihre Frau nicht Papistin?» fauchte Sharper, rot vor Wut.

«Das ist kein Verbrechen, obwohl es von Nachteil sein kann», antwortete Sir John. «Sie wollen doch nur andeuten, daß ich einen verwerflichen Charakter habe, weil ich mit einer Andersgläubigen verheiratet bin und mich nicht am gängigen Religionshaß beteilige.»

«Sie haben eine Papistin geheiratet», fuhr Sharper mit lauterer Stimme fort, «und besitzen die Dreistigkeit, uns einen anderen Papisten als Zeugen Ihrer angeblichen Entdeckung zu präsentieren! Unverschämter geht es nicht! Sie spekulieren mit astronomischen Gesetzmäßigkeiten, obwohl Sie zugegeben haben, keine blasse Ahnung von diesen Dingen zu besitzen. Sie behaupten, Sie ließen sich nicht von der gewöhnlichen Logik einschränken. Haben Sie nicht auch diesen Jakobitenverschwörer Burke bei seinen kürzlichen Anstrengungen unterstützt, die irischen Papisten gegen uns aufzuhetzen?»

«Was?» fragte Sir John. «Die irischen Papisten aufzuhetzen ... spielen Sie vielleicht auf den Antrag an, der den irischen Katholiken das Recht einräumen soll, *Besitz zu erwerben?*»

«*Waffen* zu erwerben, darum geht es doch bei diesem Antrag!»

«Burke ist kein Jakobit», rief Sir John und versuchte mit allen Anschuldigungen Schritt zu halten. «Er ist ein gutes Mitglied der anglikanischen Kirche. Außerdem hat er nicht das geringste mit dem Stein zu tun. Ich glaube, Sie können Äpfel nicht von Birnen unterscheiden, mein Herr: Sie fangen an, mir leid zu tun.»

«Kein Grund, beleidigend zu werden», mischte Gardner Marvis sich ein. «Ich dachte, Sie wünschten eine rationale Diskussion, Sir John?»

«Das wünschte ich, in der Tat, aber dieser Mann –»

«Haben Sie nicht lange Zeit in papistischen Ländern verbracht?» fragte Sharper dazwischen.

«Ebenso wie in moslemischen, Sie Tor! Was hat das mit einem soliden, greifbaren, physischen Stein direkt vor Ihrer Nase zu tun?»

«Bitte, beruhigen Sie sich, Sir John», sagte Nagas. «Ich weiß, daß Sie Ihre Meinung sehr leidenschaftlich vertreten und gewöhnliche wissenschaftliche Skepsis als Zumutung empfinden. Sie müssen jedoch verstehen, daß uns die merkwürdigsten Berichte vorgelegt werden – beispielsweise von Menschen, die behaupten, England wäre einst von Wassermassen überspült gewesen, daher gelte es als sicher, daß es die Sintflut und die Arche Noah tatsächlich gegeben habe.» Er lächelte traurig über die Narrheiten solch unwissenschaftlicher Geister. «Wir sind Ihnen sehr entgegengekommen, als wir Ihnen Gelegenheit gaben, uns Ihre merkwürdigen Ansichten vorzutragen.»

«Ich habe überhaupt nichts gegen normale wissenschaftliche Skepsis», sagte Sir John, seine Worte sorgfältig abwiegend. «Mir gefällt nur nicht, wie Sharper mit bösartigen politischen Anspielungen gegen mich zu Felde zieht, obgleich sie nichts mit meinem Stein zu tun haben. Bestimmt ist Ihnen doch allen bekannt, daß Ihre Gesellschaft von einem Mann gegründet wurde, der der Sympathie mit den Papisten bezichtigt wurde. Wenn Mr. Sharpers Bigotterie hier die Beweise ersetzen soll, stehen Sie dann nicht auch alle unter dem Verdacht, unter dem ich jetzt stehe? Ist denn nicht genau das der sektiererische Wahnsinn, den die Wissenschaft mit Hilfe der objektiven Vernunft ausrotten will?»

«Ich wußte, daß er anfangen würde, *mich* anzugreifen», rief Sharper, «so sind sie nämlich alle, wenn man ihren Schwindel entlarvt. Was haben die religiösen Einstellungen Charles II. mit dem hier zu tun?»

«Ebensowenig wie die Politik Burkes», rief Sir John. «Sie sind doch derjenige, der hier dauernd politische oder religiöse Anspielungen macht!»

«Ich bitte Sie», sagte Nagas, noch immer lächelnd, «wie kommen Sie darauf, daß Charles II. Papist gewesen sei?»

«Ich behaupte nicht, daß er es war. Es ist nur ein weitverbreitetes Gerücht. Ich wollte damit zum Ausdruck bringen, daß, wenn meine Glaubwürdigkeit in Frage gestellt wird, nur weil ich mit einer Papistin verheiratet bin, man die hier zusammengekommenen Mitglieder dieses Hauses derselben Schuld bezichtigen kann, wenn auch natürlich in abgewandelter Form. Es ist allgemein bekannt, daß Charles für fanatische Papistengegner nichts übrig hatte und sein eigener Bruder Jakob II. Papist war. Ich habe keine Lust, mich mit den Absurditäten des Sektierertums auseinanderzusetzen, wenn der Stein vor uns liegt und unabhängig von Sekten oder Politik weiter existiert.»

«Haben Sie je den Thronanwärter Charles Edward Stuart in Rom besucht?» fragte Sharper.

«Mein Gott», sagte Sir John, an Nagas gewandt, «wie lange wollen Sie diese Zeitverschwendung noch dulden?»

«Sie weichen der Antwort aus», fuhr Sharper fort. «Haben

Sie Charles Edward Stuart oder irgendeinen anderen jakobitischen Verräter in Rom oder Frankreich finanziell unterstützt?»

Wir wissen mehr als du glaubst, dachte Sir John verzweifelt. *Verrate uns die Namen.* Überall und jederzeit das gleiche Spiel.

«Ich habe weder den Thronanwärter der Stuarts besucht», sagte er gefaßt, «noch die Sache der Jakobiten unterstützt. Das ist doch lächerlich. Eine Untersuchung der Zusammensetzung des Gesteins würde wenigstens einen objektiven Befund ermöglichen.»*

* Erzbischof Marcinkus, der wiederholt als Mitverschwörer bei den Unterschlagungen im Vatikan genannt wurde und sich weigert, den Vatikan zu verlassen, um die Fragen der italienischen Behörden zu beantworten, wird in Yallops *In Gottes Namen?* op. cit. als einer der Mörder Papst Johannes Pauls I. genannt; die genaue Verbindung oder Verbindungen zwischen Erzbischof Marcinkus' «Vatikanbank», Calvis Banco Ambrosiano und den Grauen Wölfen, jener rechtsgerichteten moslemischen Organisation, die in den Untersuchungen über die im Zusammenhang mit Heroinhandel und der Mafia genannten Banco Ambrosiano zitiert werden, sind jedoch bis heute nicht geklärt. Mehmet Ali Agca, der im Jahre 1981 ein Attentat auf Papst Johannes Paul II. verübte, war nach neueren Erkenntnissen der italienischen Regierung Mitglied der Grauen Wölfe, Pater Juan Fernandez Krohn jedoch, der 1982 in Fatima ebenfalls einen Attentatsversuch auf Papst Johannes Paul II. unternahm, war ein Schüler von Erzbischof Lefèbre, den Baigent, Leigh und Lincoln in *Der Heilige Gral und seine Erben*, a.a.O., mit dem Prioriat von Sion und den Merowingern in Verbindung bringen. Alles höchst merkwürdig!

«Ich glaube, wir sollten die Politik in dieser Angelegenheit außer acht lassen», schlug Gardner Marvins lächelnd vor. «Gehen wir doch mit weniger Leidenschaft, dafür aber um so größerer Sorgfalt an die Sache heran. Dürften wir jetzt Ihren Kutscher befragen, Sir John?»

«Gewiß.»

Moon machte ein böses Gesicht. Na klar, hätte ein Jude sich die ganze Zeit über jüdische Veschwörungen belehren lassen müssen, wäre er auch böse gewesen. Aber es verhieß nichts Gutes.

«Sie heißen James Moon?»

«Jawohl, Euer Gnaden.»

«Und Sie sind Kutscher bei Sir John Babcock?»

«Das bin ich.»

«Er bezahlt Ihnen Lohn?»

«Jawohl, Euer Gnaden.»

«Mögen Sie ihn?»

«Nun, Euer Gnaden, er scheint mir weitaus weniger Vorurteile zu haben als die meisten Leute, einschließlich einige der hier Anwesenden. Er behandelt mich gut.»

«Sie glauben also», sagte Marvins freundlich, «daß Sie diesen Stein, ähem, vom Himmel haben fallen sehen?»

«Ja, Euer Gnaden, ebenso wie einem Mann gegenüber zu sitzen, der gar nicht daran denkt, mir zu glauben.»

Moon macht denselben Fehler wie ich, dachte Sir John. Er läßt sich von ihnen provozieren.

«Würden Sie uns erklären, welches unglückliche Mißgeschick zur Verkrüppelung Ihrer Hand führte, James?» sagte Marvins.

Es folgte eine Pause.

«Ein Karren ist mir darüber gefahren.»

«Ist Ihnen auch ein Karren über das Auge gefahren?»

«Eine kleine Auseinandersetzung mit einem Kerl namens Murphy.»

«Sind Sie jemals wegen Unruhestiftung angeklagt worden?»

«Nein, Euer Gnaden.»

Jeder im Raum, auch Sir John, fühlte intuitiv, daß Moon log. In seiner Stimme fehlte etwas; er hatte sichtlich Angst bei diesen Fragen.

«Haben Sie Verbindung zu Gruppen wie den White Boys oder ähnlichem?»

«Nein, Euer Gnaden, niemals.»

Es folgte eine weitere Pause. «Sie glauben, wir hier in England seien unfair den Iren gegenüber», sagte Marvins. «Sie glauben, Sir John bringe den Papisten mehr Sympathie entgegen als wir. Sie sagen, er behandle Sie gut und ehrlich. Würden Sie für ihn lügen?»

«Mein Vater hat mir beigebracht, daß Lügen nur berechtigt sind, wenn es darum geht, eine brave Frau zu beruhigen oder ein Leben zu retten. Ich habe die Wahrheit über den Stein gesagt.»

«Woher kam der Stein, was glauben Sie, James?»

«Ich hatte gehofft, daß gelehrte Herren wie Sie diese Frage beantworten könnten.»

«Glauben Sie vielleicht, daß er vom Himmelreich kam?»

«Ich bezweifle, daß die da oben so unvorsichtig sind.»

«Glauben Sie an den Himmel?»

«Ich habe gewisse Hoffnungen, wie sie von allen Religionen genährt werden, aber ich bezweifle, daß der Himmel dort oben ist.»

«Dann sind Sie kein orthodoxer Papist.»

«Thomas von Aquinus hat gesagt, der Himmel sei ein Zustand, nicht ein Ort.»

Wieder herrschte Stille. Sir John wußte, was die Mitglieder des Komitees dachten. Sharper sprach es als erster aus:

«Für einen Kutscher machen Sie einen äußerst gebildeten Eindruck. Woher haben Sie diese theologischen Kenntnisse?»

«Ich fuhr ein paar Jahre als Matrose zur See», improvisierte Moon. «In vielen Länden verbietet das Gesetz den Iren nicht, ein Buch zu lesen.»

«Haben Sie während Ihrer Reisen auch Rom besucht?»

«Nein, und Bonnie Prince Charlie habe ich auch nicht getroffen, falls Sie darauf hinaus wollen.»

«Hatten Sie je Verbindung zu Jesuiten?»

«Nein, Euer Gnaden, niemals.»

«Ein irischer Junge, der in der Theologie bewandert ist und noch nie mit den Jesuiten zu tun hatte», wiederholte Sharper. «Das Ausmaß dieses Schwindels wird immer größer.» Er wandte sich an das Komitee. «Ich habe keine weiteren Zweifel, meine Herren. Wir haben es mit einem Mann zu tun, der mit einer Papistin verheiratet ist, sich von einem papistischen Kutscher fahren läßt und wahrscheinlich selbst ein verkappter Papist ist. Es ist ein Komplott von Jesuiten oder Jakobiten, um uns von der Existenz des Himmelreichs zu überzeugen, Aberglauben zu schüren und die Lügen der Kirche von Rom zu verbreiten.»

«Meine Herren», antwortete Sir John gefaßt. «Ich gehöre dem liberalen Flügel der anglikanischen Kirche an. Ich habe keinerlei Verbindungen zu Rom oder den Jesuiten. Als Politiker habe ich mir Feinde gemacht, die mich längst aus dem Unterhaus gejagt hätten, wenn ich tatsächlich etwas mit einer solchen Verschwörung zu tun gehabt hätte. Ich habe keinen Augenblick geglaubt und auch Sie nicht glauben lassen, daß dieser Gegenstand aus dem Himmelreich gefallen oder gar von einem Engel geworfen wurde. Im Gegenteil, ich bin fest davon überzeugt, daß es sich hier um ein natürliches Phänomen handelt, das Wissenschaft und Forschung herausfordert. Ich appelliere an Sie, lassen Sie Ihre Vorurteile beiseite, ziehen Sie die Möglichkeit in Erwägung, daß mein Kutscher und ich ehrliche Leute sind, und wenden Sie Ihr Wissen an – das viel größer ist als das unsrige –, um eine wissenschaftliche Erklärung für unsere Beobachtungen zu finden. Sie wissen ebenso wie ich, daß zu allen Zeiten und in allen Teilen der Welt über derartige Phänomene berichtet worden ist.

Und wenn ich noch etwas hinzufügen darf», fuhr Sir John fort, da er erkannt hatte, daß er es keineswegs mit unparteiischen und rationalen Forschern zu tun hatte, sondern mit

Männern, die ihn an die Regierungspartei im Parlament erinnerten, «bitte, befassen Sie sich auch mit folgendem Sachverhalt. Mein Kutscher und ich haben gesehen, daß der Stein noch glühte, als er fiel, auf dem Boden aber rasch abkühlte. Wir haben das Geräusch eines fallenden schweren Gegenstands gehört. Und wir haben gesehen, daß der Stein beim Aufprall teilweise in den Erdboden eindrang. Diese Beobachtungen stimmen mit denen von unzähligen Männern und Frauen überein, die an anderen Orten dasselbe beobachtet haben. Mag sein, daß all diese Zeugen verwirrt waren und das, was sie sahen, mißdeuteten; mag sein, daß auch ich einer Täuschung erlag – genausogut aber ist es möglich, daß es mehr als die sieben Planeten gibt, die uns bekannt sind, und andere, ganz unterschiedliche Himmelskörper im Sonnensystem, deren leichtere möglicherweise von der Schwerkraft der Erde angezogen werden. Ich kann nur wiederholen, eine unabhängige Untersuchungskommission müßte beide Theorien in Erwägung ziehen und nicht unbequeme Zeugen der Halluzination oder des Schwindels bezichtigen. Meine Herren, ich danke Ihnen für Ihre Aufmerksamkeit!»

«Sie sind beredt, wie es sich für einen Parlamentsabgeordneten geziemt», erwiderte Nagas mit gleicher Sanftmut. Sein Lächeln war jetzt traurig und ein wenig herablassend. «Der Mann, der behauptet hat, England sei einst unter Wassermassen begraben gewesen, bediente sich ähnlicher Argumente, doch die einzigen Beweise, die er vorbringen konnte, waren einige *Muscheln*, die er auf dem Beachy Head gefunden hatte. Es ist ökonomischer, anzunehmen, daß irgendein Bauernjunge sie dort verloren hat, als die biblischen Märchen allzu wörtlich zu nehmen. Es ist ökonomischer, davon auszugehen, daß Menschen sich in ihrer Wahrnehmung täuschen, wenn ein Blitz in einen Stein fährt, als zu glauben, daß ein Stein glühen kann und das Sonnensystem voll von solchen fremdartigen, feurigen Dingen ist, die hin und wieder aus ihrer eigenen Umlaufbahn geraten und auf die Erde fallen. Als Laie können Sie sich kein Bild davon machen, welche enormen technischen und mathematischen Probleme die Existenz eines solchen Objektes mit sich brächte, Sir John. Die ganze Theorie der Schwerkraft wäre gefährdet. Wie auch immer, ich glaube, daß der Geist der freien Wissenschaft unser wertvollstes nationales Erbe ist, und von daher bedaure ich, daß einige der hier Versammelten Sie so unsanft behandelt haben. Ich schlage dem Komitee daher vor, daß wir eine Untersuchungskommission beauftragen, den Stein chemisch und anderweitig zu erforschen. Sollte er tatsächlich aus dem Weltall stammen, wird er Zeichen einer nichtirdischen Herkunft tragen, und wir werden unser Wissen revidieren müssen. Wenn er aber, wie ich vermute, nur ein ganz gewöhnlicher Stein ist, werden Sie, Sir John, hoffentlich verstehen, daß wir unsere Zeit nicht länger mit dieser Angelegenheit vergeuden können.»

Einen kurzen Augenblick tuschelten die Versammelten miteinander. Sir John konnte deutlich hören, wie Sharper «Papistenkomplott» murmelte. Gardner Marvis machte eine Bemerkung, die unterdrücktes Gelächter hervorrief. Dann wandte Nagas sich wieder an Sir John:

«Es wird eine Untersuchung stattfinden, und wir werden Sie von den Ergebnissen unterrichten.»

Sir John war euphorisch. Er war sicher, daß der Stein, da er nicht von hier stammte, chemische Abweichungen aufweisen mußte, die seine Vermutungen erhärten würden. Er konnte nicht wissen, daß das gesamte Universum aus insgesamt zweiundneunzig chemischen Elementen besteht, von denen der damaligen Forschung erst siebzehn bekannt waren.

SECHZEHN

Sigismundo Celine wußte, daß er von auf dem Kopf stehenden Räumen, sprechenden Löwen und Inquisitoren geträumt hatte.

Er wußte auch, daß sie seinem Essen Drogen beimischten. Trotzdem aß er, denn sonst wäre er verhungert, und er wollte lang genug leben, um dahinterzusteigen, wer zum Teufel ihn in Raum und Zeit umherschubste, seine Gedanken verwirrte und solche merkwürdigen Spielchen mit ihm spielte.

Sie hatten ihn nicht ausgepeitscht, obgleich es ihm mehrmals angedroht worden war. Er *glaubte*, einmal bis zum Schandpfahl geschleppt worden zu sein, aber vielleicht war das auch nur ein Traum gewesen.

Er *glaubte*, daß sie, als er an den Pfahl gebunden, den ersten Peitschenhieb erwartete, ihm eine Spritze verpaßt hatten, aber er *glaubte* auch, wieder in Neapel und an Bord dieses komischen Bootes gewesen zu sein, das unter Wasser fuhr.

Man hatte ihm so viele Drogen gegeben – so viele verschiedene –, daß er einfach nicht mehr sicher war, ob das alles Erinnerungen, Träume oder Halluzinationen waren.

Im Moment *glaubte* er, im Kerker zu sein. Dort fand er sich gewöhnlich wieder, wenn sein Geist sich eine Weile erholte.

Der letzte Traum, wenn es denn einer war, hatte mit einer Gruppe von Ärzten zu tun gehabt. Sie waren natürlich Teil der Verschwörung, so weit konnte er noch denken. Die Ärzte – oder Verschwörer – oder Traumgestalten – schienen ihn zu behandeln. Sie waren sehr zuvorkommend. Es stand nicht fest, woran er erkrankt war, doch es hatte mit seiner Vermutung zu tun, daß sie alle zu einer Verschwörung gehörten.

Sie sagten, er befände sich im St. John of God's Hospital, einem Londoner Irrenhaus.

Sigismundo dachte zuweilen, daß sie sogar recht haben könnten. Vielleicht waren die Ärzte echt und keine Verschwörer. Wenn ihn die wirklichen Verschwörer abgeliefert hatten, solange er noch unter dem Einfluß der Drogen stand, hätten die Ärzte ihn ohne weiteres für verrückt halten können.

Aber wenn er ihnen von seinen Abenteuern erzählte, wären sie erst recht überzeugt, daß er wahnsinnig war.

Andererseits glaubte Sigismundo in seinem tiefsten Inneren nicht daran.

Ich glaube einfach nicht, daß das hier ein Krankenhaus ist, sagte er sich starrköpfig. Das sind keine Ärzte. Ich glaube nicht, daß es 1814 ist, wie sie behaupten; ich meine, wir schreiben das Jahr 1764 oder 1771 oder 1772 oder 1773.*

* Professor Dhuigneain *(De Selby and the Celtic Imagination)* behauptet, daß de Selby, Erigena und Berkeley «nur typische irische Starrköpfigkeit» bewiesen, als sie sich weigerten, die Objektivität der gewöhnlichen Zeit anzuerkennen. Er stellt die berüchtigten Tatsachen heraus, daß nicht zwei Uhren in Dublin gleichgehen und alle vier Uhren auf der Cork City Hall stets vier unterschiedliche Zeiten angeben (und im Volksmund «die vier Lügner» heißen).

Professor Vinkenoog *(De Selby: De Onbekende Filosoof)* gibt zu bedenken, daß so, wie die Christen erst das zwanzigste Jahrhundert feiern (im Gegensatz zum neunundfünfzigsten der Juden, dem dreizehnten der Moslems, dem ersten der Crowleyaner usw.) und so, wie in der speziellen Relativität auf der Erde und auf dem Sirius nicht zwei Dinge «gleichzeitig» passieren können – da es eine neunjährige Zeitspanne zwischen ihnen gibt, wenn sie als «simultan» wahrgenommen werden – das «ewige Jetzt» der Mystiker und die «komprimierte Zeit» de Selbys «näher an der existentiellen Realität als die konzeptuelle Zeit der Kalender und positivistischen Wissenschaft» sind. Vinkenoog beschäftigt sich besonders eingehend mit dem obskuren Thema von de Selbys rück- und seitwärts gerichteten «Strudeln» und erklärt präzise (S. 115–116), wie die teratologischen Moleküle, die vom Urknall am Ende zum Chaos am Anfang wegrauschen, immer mehr sogenannte Monster (Drachen, Zyklopen, Dinosaurier usw.) produzieren.

Er hörte Schritte.
Da kamen sie wieder.
Er fragte sich, was ihn diesmal erwartete.
Zwei Männer in weißen Uniformen.
Ach ja, er war in einem Hospital.

Die beiden Männer holten ihn aus der Zelle und führten ihn schnell einen spärlich beleuchteten Gang hinunter. Es war nicht derselbe Gang wie vorher. Nicht ganz.

Aber sicher war er natürlich nicht.

Sie gelangten an eine Tür mit dem Namensschild «Dr. Sanson». Diese Tür war Sigismundo vertraut. Dr. Sanson war ein heiterer, rotbärtiger Mann, der sich anscheinend bemühte, Sigismundo von der Vorstellung abzubringen, er würde von Verschwörern festgehalten.

Doch diesmal war Dr. Sanson nicht in seinem Büro. An seinem Platz saß ein kleinerer, dunkelhaariger Mann ohne Bart.

«Wer sind Sie?» fragte Sigismundo.

«Dr. Sanson. Ich habe noch gestern mit Ihnen gesprochen, Joseph.»

«Dann haben Sie über Nacht aber mächtig abgenommen.»

«Setzen Sie sich und verraten Sie mir, warum Ihnen mein Gewicht so wichtig ist.»

Sigismundo nahm Platz. «Das ist ein Problem der Schwerkraft», sagte er. «Ohne Schwerkraft würden wir alle an der Decke hängen.»

«Verstehe», sagte der Arzt nachdenklich. «Haben Sie öfter Angst, Sie könnten ‹an der Decke hängen›?»

«Aber nein», sagte Sigismundo unschuldig. «Sie etwa?»

«Aber die Schwerkraft ist Ihnen wichtig.»

«Nicht so wichtig wie die Leichtigkeit.»

«Sie wollen also doch an die Decke? Sich sozusagen über die anderen Menschen erheben?»

«Entschuldigen Sie bitte», sagte Sigismundo, «aber warum reiten Sie eigentlich dauernd auf der Decke herum? Ist dort etwas, das Sie beunruhigt?»

«Was bedeutet Ihnen Newton, Joseph?»

«Er erinnert mich an Sie.»

Der Arzt machte sich eine Notiz. «Wieso?»

«Er hat auch eine Menge Fragen gestellt.»

«Was bedeutet Ihnen der Fußboden?»

«Bohnerwachs», sagte Sigismundo wie aus der Pistole geschossen. «Dinge verbergen sich darunter.»

«Verstehe. Was sagt Ihnen der Name Charles Radclyffe?»

«Daß Sie mich gleich nach dem Sohn der Witwe fragen werden.»

«Und wer war der Sohn der Witwe?»

Sigismundo schüttelte den Kopf. «Nicht ehe Sie mir das Zeichen des dritten Grades gezeigt haben», sagte er.

Der Arzt bildete korrekt das rechteckige Zeichen. «Nun», sagte er dann, «wer war der Sohn der Witwe?»

«Hiram, der Erbauer des Tempels von Salomon.»

«War es ein physischer oder ein symbolischer Tempel?»

«Ein symbolischer.»

«Was symbolisiert er?»

«Der Vater lebt im Sohn.»

«Das ist ziemlich orthodox. Hat es auch noch eine geheime Bedeutung?»

«Ja. Der Zeugungsakt an sich symbolisiert die Unsterblichkeit. Die Kirche hat das vergessen und die Gnosis verloren.»

«Das ist Ketzerei, Joseph!»

«Deshalb wird es auch nur symbolisch, allegorisch oder kodiert weitergegeben. Die Gnosis ist seit Jahrhunderten untergetaucht.»

«In welchem Sinne lebt der Vater im Sohn?»

«Wortwörtlich und konkret. Der Samen ist lebendig und intelligent.»

«So, so», sagte der Arzt. «Fahren Sie fort.»

«Unsere Intelligenz ist vergleichsweise klein. Die Intelligenz eines Samens ist groß, weil sie alt ist, sehr alt. Jeder von uns stellt einen zeitlich begrenzten Raum da, dem der Same auf seiner Reise durch die Äonen eine Zeitlang innewohnt. ‹Im Haus meines Vaters gibt es viele Räume.›»

«Sie meinen den menschlichen Samen?»

«Nein. Der Kirschkern weiß, wie er zu einem Kirschbaum werden kann. Auch er ist intelligent und lebendig. Es gibt viele Arten von Intelligenz, die weit über das hinausgehen, was wir kennen.»

«Ist Ihnen dies von einem Rosenkreuzer anvertraut worden?»

«Nein, ich bin selbst dahintergekommen, indem ich über die Symbole der Freimaurer nachdachte.»

«Das Rosenkreuz zum Beispiel?»

«Zum Beispiel. Es ist ziemlich einleuchtend, wenn man darüber nachdenkt. Vor allem, wenn man sich an den alchimistischen Spruch erinnert: Nur am Kreuz wird die Rose blühen. Die Rose ist der Schoß und das Kreuz das männliche Geschlecht. Ich kam darauf, als ich über den scheinbar albernen Witz in dem Buch *Der Schlüssel Salomons* nachdachte – in der Formel für den *homunculus,* einer Imitation des Menschen aus seinem eigenen Samen. Wie die meisten Scherze in der hermeneutischen Literatur ist es ein verschlüsselter Trick, um einem die Bedeutung des Samens vorzuführen.»

«Sehr gut, Joseph. Was haben Sie herausgefunden?»

«Der Stammbaum Jesu beginnt bei Lukas 3:23. Das macht Jesus zum Sohn Gottes, aber nicht direkt, sondern durch Joseph und Josephs Vater Heli und so weiter, bis zurück zur Entstehung der Menschheit. Er beweist, daß der Samen auf seiner Reise durch die Ewigkeit in vielen Körpern lebt», sprudelte es aus Sigismundo heraus.

«Und was noch?»

«*Die Chymische Hochzeit von Christian Rosenkreutz.* Der Schlüssel liegt im Titel, und der Text selbst läßt keinen Zweifel daran, daß Mann und Frau vonnöten sind, um die erste Substanz zu schaffen. Das Auge im Dreieck natürlich. Die Schriften von Nicholas Flamel, dem alten Witzbold. Er schildert ganz offen, daß seine Frau Perenella ihm assistierte, wenn er das Elixier der Unsterblichkeit herstellte. Das Symbol des verworfenen Steins, der zum Eckstein wird: Der verworfene Stein des Christentums ist die Frau.»

«Ich beglückwünsche Sie, das war sehr gut. Was ist dann der Gral?»

«Es kann nur der Schoß der Geliebten gemeint sein.»

«Und Parzival, der reine Narr?»

«Er ist rein, weil er nie die Schuld und Scham erfahren hat, die die falsche Gnosis der Kirchen uns anderen aufgezwungen hat. Das Symbol der Lanze, die das weite Land befreit, ist ziemlich offensichtlich.»

«Was folgern Sie daraus?»

«Das *baraka* ist verboten, verborgen, mit sieben Siegeln versehen, denn die Macht wird von Menschen ausgeführt, die nicht wollen, daß wir von diesen Dingen erfahren. Es gibt eine internationale Verschwörung, die versucht, uns in die Irre zu leiten und blind zu machen; sie ist Tausende von Jahren alt. Bei unserer ersten Initiation sagen wir Tyrannei und Aberglauben den Kampf an. Diese gehen vor allem auf das Konto von Männern, die gelernt haben, das *baraka* zu beschwören und sich daran berauscht haben und verrückt wurden, weil sie eben nur Männer sind. Die wahre Gnosis fordert die Vereinigung von Mann und Frau im Werk. Das ist die Chymische Hochzeit von Christian Rosenkreutz.»

«Sie haben es fast raus. Wer war die Frau von Osiris?»

«Isis.»

«Und die Frau von Shiva?»

«Kali.»

«Die Frau von Zeus?»

«Hera.»

«Wie hieß Jupiters Frau?»

«Juno.»

«Und was symbolisieren sie, Joseph?»

«Die Chymische Hochzeit, wie ich bereits sagte. Die Fusion von Mann und Frau bei der gemeinsamen Ausübung des *baraka*.»

«Ist es nur der Same, der intelligent ist, Joseph?»

«Nein, jetzt wird es mir klar. Auch das Ei ist intelligent.»

«Und was fanden die Tempelritter in Salomons Tempel?»

Sigismundo seufzte. «Da bin ich eben noch nicht hintergekommen.»

«Verstehe. Tut mir leid, Joseph, Sie waren nahe dran, aber ... ich fürchte, Ihr Fall ist hoffnungslos.»

Der Arzt klopfte dreimal auf den Tisch, in der Art der Freimaurer.

«Wer da? Wer da? Wer da?» rief eine Stimme vom Gang her.

«Der Sohn einer armen Witwe», antwortete der Arzt, «der sich auf der Suche nach dem Licht verirrt hat.»

Drei als Jubela, Jubelo und Jubelum aus der Initiation zum dritten Grad verkleidete Kerle stürzten herein, packten Sigismundo und zerrten ihn auf den Gang.

Jetzt werfen sie mich in den Brunnen, dachte er.

Doch sie brachten ihn nur in seine Zelle.

SIEBZEHN

Aus: *Vertrauliche Aufzeichnungen zum Freimaurertum* von Henri Benoit:

Aristoteles kannte also nur drei Seelen (die vegetative, die tierische und die menschliche, oder die Fähigkeit zum Überleben, die Fähigkeit zu Emotionen und die reine Vernunft), die Aufgabe der Freimaurerei jedoch besteht darin, eine vierte Seele oder einen höheren geistigen Zustand zu entwickeln. Dies, davon bin ich überzeugt, war auch das Ziel der Mysterien, jener geheimen Rituale, die in Eleusis ausgeübt wurden. Platon und viele andere antike Philosophen gehörten zu ihren Mitgliedern. Es war auch der ursprüngliche Sinn der christlichen Sakramente; es war und ist das Ziel der indianischen Riten und der Derwische in Afrika oder im Nahen Osten. Ich vermute, daß darüber hinaus manche unverständliche Praktiken der Alchimisten ähnliche Beweggründe hatten.*

* Trotzdem steht die Theorie der komprimierten Zeit als die einzige mathematisch fortgeschrittene und konsequent existentielle Erklärung dafür da, wie Meteoriten (die erst von der Forschung des neunzehnten Jahrhunderts akzeptiert wurden) sich ins achtzehnte Jahrhundert verirren konnten (in dem sie offiziell nicht existierten); wie La Fournier ein Buch über de Selby schreiben konne, ehe de Selby geboren war; warum die ältesten Epochen die größte Anzahl an paranormalen und «wunderbaren» Phänomenen und gleichzeitig die längsten Zeitabschnitte enthalten, in denen anscheinend überhaupt nichts passierte; warum beispielsweise John Adams am 19. Oktober 1735 und am 30. Oktober 1735 geboren wurde (und jeder, der vor 1750 zur Welt kam, zwei Geburtstage hatte). Sie werfen auch ein Licht auf die widersprüchlichen und unwahrscheinlichen Begebenheiten der Geschichte (im Gegensatz zum geordneten Universum eines Romans); vgl. Gribbins *In Search of Schrödingers Cat*, a. a. O., S. 184–194, der nachweist, daß die Feynman-Diagramme der Quantenmechanik mathematisch ebenso schlüssig sind, wenn man davon ausgeht, daß die Teilchen sich in der Zeit zurückbewegen wie, wenn man voraussetzt, daß sie sich (in der herkömmlichen Zeit) vorwärts bewegen. Dem ernsthaften Studenten sei auch *Turning Einstein Upside Down* (Science Digest, Oktober 1984) empfohlen, in dem Professor John Archibald Wheelers Beweis dafür erläutert wird, wie Ereignisse aus

der Zukunft mit Hilfe von Bells Nicht-Lokalitäts-Theorem Begebenheiten der entfernten Vergangenheit beeinflussen können.

Die Notwendigkeit dieser vierten Seele oder höheren Geistesebene hat ihren Grund darin, daß der Mensch ein unvollkommenes Geschöpf ist, das im Begriff steht, seine eigene Vergangenheit zu transzendieren («Denn das ängstliche Harren der Kreatur wartet auf die Offenbarung der Kinder Gottes»; Römer 8:19). Noch schlafen wir, wie die Mystiker sagen: noch wissen wir nicht, wer wir sind, noch was uns möglich ist...

Aus *Schlangenbrut* von John J. A. MacKenzie:

...und das Licht, von dem sie sprechen, ist weder das Licht der Vernunft noch das heilige Licht des Glaubens, die die Freimaurerei in der Chymischen Hochzeit zu vereinen sucht, während sie sich des *Plans* des großen Baumeisters mehr und mehr bewußt wird; nein, bei *Illuminaten* wie Weishaupt, Cagliostro und dem schändlichen Schwindler Robison, der vorgibt, diese Teufelei zu entlarven, während er sie in Wirklichkeit schürt (und das direkt vor unserer Nase), aber auch bei anderen, deren Namen wir nicht kennen (den verborgenen Anführern dieser Brigade) – mit diesen, sage ich, ist das Licht Luzifers, des gefallenen Engels, des Herrschers der Hölle. Denn so wie der verwerfliche Danton, der verrückte Marat und der abscheuliche Robespierre nur Werkzeuge waren, so auch jene Übeltäter, die diese Verschwörung gegen Gott in Gang setzten; sie dienten Mächten, die sie nicht kannten. Wenn man die Techniken von Schock und Mysterium verstanden hat, ist es ein Leichtes, das Bewußtsein zu manipulieren, sei es zum Guten oder zum Schlechten; Methoden, die zu Erfüllung und Erlösung führen, lassen sich bewußt mißbrauchen, um Wahnsinn, Gewalt und Revolution zu entfesseln.

Sir John Babcock war in Camden Town, außerhalb von London – ein ganzes Stück vom Parlament entfernt, aber er wollte niemandem begegnen, den er kannte.

Er hockte in einer der Kneipen, in denen sich die Iren trafen, und die von einer frechen alten Irin, «Mutter Verwerflich», geführt wurde. Sir John vermutete, daß Mutter Verwerflich auch anderen Aktivitäten nachging, denn einige der Gäste brachten ihr Waren statt Geld – Waren, die sie wohl kaum auf rechtmäßigem Weg erlangt hatten.

Die Alte war eine Hehlerin und die Kneipe ein Unterschlupf für Gauner aller Art. Doch das war Sir John egal. Er saß in einem kleinen Nebenraum und ließ sich vollaufen.

Er klopfte mit seinem Gehstock gegen die Wand und bedeutete der Alten, daß sein Guinness alle war. «Wein des Landes» nannten sie es in Irland, manchmal auch einfach nur «das Übliche».

«Was darf es sein, Junge?»

«Ich glaube, mein Arzt würde das Übliche empfehlen.»

Wie oft hatte er das in seiner Jugend gehört?

Ich bin nicht nur eine «führende Persönlichkeit», wie die Presse schreibt, sondern auch Vater und Ehemann, dachte er, Vater des süßesten kleinen Mädchens auf den Britischen Inseln.

Ein Gehilfe brachte ihm das Bier. Sir John rollte ihm einen Penny über den Tisch.

Als er wieder allein war, starrte Sir John die Wand an und hielt ein Selbstgespräch.

Ehebruch, sagte er in bester parlamentarischer Manier, wird zwar hier gesellschaftlich noch nicht in der Weise toleriert wie beispielsweise in Frankreich, aber so ganz unbekannt ist er auch nicht. Manche unserer Mitbürger sollen sogar schon die Ansicht geäußert haben, das Seltsamste an unserem seltsamen deutschen König sei die Treue gegenüber seiner Gattin.

In diesem Zusammenhang rufe ich Ihnen die Skandale um Wilkes und Dashwood in Erinnerung, die der Öffentlichkeit nur allzugut bekannt sind, und in die auch der ehrenwerte Earl of Sandwich verwickelt war, jedenfalls so lange, bis er von einem Orang Utan gebissen wurde.

Ich weise ausdrücklich darauf hin, daß schon in der Bibel geschrieben steht, alle Menschen seien Sünder.

«Verdamm mich, wenn das nich Langfinger Joe is», rief Mutter Verwerflich im Schankraum. Sir John klopfte erneut mit seinem Gehstock an die Wand.

Die größte Dummheit, die man machen kann, ist die, über etwas nachzugrübeln, das längst vorbei, das weder zu ändern noch auszulöschen, das im ewigen Verzeichnis der Zeiten für immer festgehalten ist. Was auch immer das heißen mag.

Ich habe stets gewußt, daß dies Teil meiner Natur ist; nur Sentimentalität hat mir glauben machen wollen, ich könne mich auf ewig ändern.

Lassen Sie mich zusammenfassend sagen, meine Herren Geschworenen, daß er einfach unwiderstehlich war (und es auch wußte, der Schuft), daß ich meine Frau aufrichtig liebe und daß ich es niemals wieder tun werde.

«Ich fress'n Besen, wenn das nich Tropfloch-Mary is!» rief Mutter Verwerflich im anderen Raum.

Ich glaube, ich habe mächtig einen sitzen, dachte Sir John. Immerhin war mein Vater Richter, also weiß ich, daß mir kein nüchternes Gericht ein solches Plädoyer abkaufen würde. Die Wahrheit ist: einer der tapfersten Verfechter fortschrittlicher Politik in ganz England ist ein Heuchler und ein Schurke, der sich verstellt und in einer billigen Kneipe vollaufen läßt, nur weil er zu feige ist, seiner anbetungswürdigen Gattin unter die Augen zu treten. Schlimmer noch: er wird sich immer weiter besaufen, denn er kann sich nicht einmal selbst in die Augen sehen, nach allem, was er über sich weiß:

Meine Damen und Herren des größten christlichen Imperiums auf Erden, ich übergebe Ihnen Sir John Babcock, Held der Unterdrückten, Verfechter der Freiheit, Gatte der wunderschönen Contessa Maldonado, Vater der engelsgleichen Ursula, Besitzer Gott weiß wie vieler Ländereien in England und Irland, und heimlicher Verehrer von Knabenpopos. Einen Mann mit zwei Gesichtern, zwei Seelen, zwei Naturen, die in seiner Brust streiten. Ich übergebe Ihnen den vollendeten Machiavellisten, den Anhänger eines so schändlichen und entsetzlichen Lasters, daß Gott zwei Städte dafür dem Erdboden gleichmachte, wenn die erleuchteten Schreiber der Bibel sich nicht getäuscht haben.

Ich übergebe Ihnen den Mann, der sich eines Tages eine Kugel durch den Kopf jagen wird, und alle werden verstört um seine Leiche stehen und sich fragen: «Warum – in seiner Lage?»

Ich übergebe Ihnen ein gespaltenes Wesen.

«Bei allen Pißpötten unsrer Heiligen Jungfrau!» rief Mutter Verwerflich im anderen Raum. «Wenn das nich Captain Vogelsang is!» Plötzlich verstummten alle.

Sir John lief es kalt über den Rücken, und er fragte sich, was da wohl los war. Dann hörte er einen lauten Knall und anschließend die Stimme von Mutter Verwerflich:

«Gut gemacht, Mike!»

Die Leute setzten ihre Gespräche fort, doch zugleich hörte man, wie ein Körper weggeschleift wurde. Die schillernden Namen hier schienen eher funktionelle Bedeutung zu haben als dekorative – offensichtlich hatte ein gewisser Mike ihnen gerade einen Spitzel vom Hals geschafft.

Sir John klopfte nach einem weiteren Krug.

Ich bin ein schlechter Schauspieler, sagte er sich. Ich habe allen Grund, anzunehmen, daß es vielen Männern so geht wie mir. Ich bin ihnen in Rom, Paris, Kairo, Athen, Bagdad (vor allem Bagdad!) und auch hier, überall im ehrlichen, protestantischen England begegnet. Die Wahrheit ist, daß ich mich nicht so sehr hasse, wie ich glaubte.

Da kam sein Bier.

Die Wahrheit ist ...? Ach ja, die Wahrheit ist, daß ich mich nicht wirklich hasse. Ich glaube nur, daß ich es tun sollte; das ist eine Folge meiner gründlichen christlichen Erziehung. Ich habe mich bestraft, um Ruhe zu finden. Das war nötig, damit ich mir jetzt wieder verzeihen kann.

«Das Nötige?» fragte der Gehilfe.

Sir John erwachte aus seiner Trance, faßte in seine Westentasche und warf einen weiteren Penny auf den Tisch. Eine schmutzige Hand griff danach. Dann war er wieder allein.

Er betrachtete sich mit der desillusionierten Selbsterkenntnis eines Betrunkenen: Ich weiß, daß ich der bin, der ich bin.

Ja: Ich bin, der ich bin. Ein Kakerlak ist ein Kakerlak und ein Wal ein Wal und ein Baum ist kein Tiger; ein Fisch ist ein Fisch, keine Rose. Jeder Teil der Natur ist notwendig, sonst gäbe es ihn nicht, dürfte es ihn nicht geben. Ist das Unterhaus weniger *natürlich* als ein Ameisenhaufen? *Au contraire,* Rousseau, das möchte ich bezweifeln. «Gott sieht die Person nicht an»; der Geist hinter dem Kosmos hat nichts am Hut mit konventioneller Moral, sonst würde er nicht dermaßen viele Variationen und Abweichungen der Spezies einführen. Weisheit führt dazu, sich zu erkennen und zu akzeptieren. Und ich schneidere meine Politik und meine Philosophie nicht nach dem mittelmäßigen Durchschnitt. Warum sollte ich versuchen, den lebendigsten Teil meiner selbst zu verstümmeln?

Ich frage mich, ob ich das alles wirklich glaube?

Wie auch immer, der Bursche war verdammt attraktiv, und außerdem war es eine gute Übung.

Eine gute Übung? Nein: Liebe. Eine bestimmte Art von Liebe. Und wenn keine Liebe, dann eben Verlangen, aber degradieren wir die Sache nicht, indem wir sie Spiel nennen.

Meine Herren Geschworenen, nennen Sie es, wie Sie wollen. Ich überlasse mich Ihrer Gnade. Oder besser gesagt meiner eigenen, denn anscheinend bin ich der einzige Richter hier.

Ach, hör doch auf, dachte er müde. Trink und laß das Denken sein: ist immer noch das beste in Zeiten der Anspannung. Du bist von dem Wunsch, «gut» zu sein, ebenso besessen wie von deinem Verlangen, das sich nicht von einer Frau allein befriedigen läßt, sondern eines Mannes bedarf. Du hast dein Bewußtsein und Verlangen weder verstanden noch bist du dafür verantwortlich: du wirst nur von ihm beherrscht. Natürlich wirst du versuchen, Maria in Zukunft ein treuer Ehemann zu sein.

Doch nur Gott allein weiß, ob du es schaffst.

ACHTZEHN

Ich gratuliere dir, du bist mit dieser Krise hervorragend fertig geworden», sagte Onkel Pietro.

«Es ist nur eine Frage des Willens», antwortete Sigismundo großspurig. «Man kann die Bastion einer Armee brechen, nicht aber den Willen eines Freimaurers.»

«Lerne zu wissen, lerne zu wagen, lerne zu wollen, lerne zu schweigen», zitierte Onkel Pietro. «Du hast das ganze Geheimnis gemeistert. Du hast den Grad eines Rosenkreuzers verdient.»

«Oh», sagte Sigismundo bescheiden, «den verstehe ich schon. Maria hat die Rose und ich das Kreuz. Wenn beide sich vereinen, ist die Chymische Hochzeit vollzogen und die Tragödie hat ein Ende. Dann erwachen wir aus der Geschichte und treten ein in die Ewigkeit.»

«Du hast in der Tat das Geheimnis der Geheimnisse gelüftet», sagte Onkel Pietro leise. «Horus, das gekrönte Kind der Eroberung, entspringt aus der Vereinigung von Vater Osiris und Mutter Isis. Sonne und Mond.»

«Die Vereinigung von Priester und Priesterin», fuhr Sigismundo fort. «Ich habe alles begriffen. Na ja, fast alles.»

«Was fehlt dir denn noch?»

«Die Identität des echten Sohns der Witwe, von dem all dies sich ableitet.»

«Dann wirf einen Blick auf die Stammbäume», sagte Onkel Pietro. Seine Augen blitzten wie Diamanten. «Das Haus Stuart, das Haus Lothringen, die Bourbonen ... die Malatestas ... Et in Arcadia Ego ... keine Frau, kein Pferd, kein Schnurrbart ...»

«Wie bitte?»

Onkel Pietros Stimme schien von immer weiter weg zu kommen: «Sie kamen von den Sternen und brachten ihre Bilder mit ...»

«Warte doch, geh noch nicht!»

«Abendessen, Joseph!» Der Wächter schob den Blechnapf durch das Gitter. Onkel Pietro war verschwunden.

«Nimm deinen Teller, Joseph.»

Sigismundo griff nach seinem Teller. Er war benommen und ein wenig ängstlich. Vage erinnerte er sich an ein imaginäres Gespräch mit Onkel Pietro, das er begonnen hatte, um die Zeit totzuschlagen. Doch er wußte nicht mehr, wie lange das her war. Es war niederschmetternd, aber wahr: Onkel Pietro war hier in seiner Zelle so faßbar und wirklich geworden, daß er ganz vergessen hatte, daß es ein imaginäres Gespräch war.

Man kommt schnell ins Halluzinieren, wenn man tagelang allein in einem Raum ist, hatte er gelernt. Es war in der Tat ziemlich schwierig, sich davor zu hüten, wenn eine leere Stunde auf die andere folgte.

In letzter Zeit spielten sie keine Spielchen mehr mit seinem Kopf – außer, daß sie ihn ständig Joseph nannten.

Sie hatten ihn eingesperrt und sich selbst überlassen, um ihm zu demonstrieren, was sein Kopf für Spielchen spielte, wenn er vom Rest der Menschheit isoliert wurde.

Immerhin wußte er, daß er «Sigismundo» war, nicht Joseph, obwohl es natürlich auf der Hand lag, daß er nicht wirklich Sigismundo war, denn dies war nur eine Konvention.

Das wahre Ich ist unsichtbar und unnennbar, daher spielt es keine Rolle, ob man sich Jean Paul, Fionula oder Therese nannte.

Trotzdem hatte es einen Sinn, an der Konvention «Sigismundo» festzuhalten, denn wenn man die verlor, ging auch alles mögliche andere den Bach runter.

Ebenso wie es seinen Sinn gehabt hatte, daß Onkel Pietro «Sigismundo» – das heißt, dem unsichtbaren Wesen, das sich hinter diesem Namen verbarg –, Vico zu lesen gegeben hatte, als er vierzehn war, ehe er zum ersten Mal auf Reisen ging. Vico brachte Sigismundo bei, daß jede Gruppe von Menschen einen separaten Realitätstunnel bildet: Die Neapolitaner schaffen sich ihre Realität, indem sie dieselbe Sprache und dieselben Konzepte benutzten; die Spanier tun dasselbe mit ihrer Sprache und die Engländer ebenfalls. All diese Realitätsraster werden von Menschen entworfen, die miteinander, untereinander kommunizieren. Sie bilden ihre Geschichte aus vergessenen Gedichten, wie Vico sagte.

Deshalb war Sigismundo oder das formlose, ewige Bewußtsein, das sich vorübergehend als «Sigismundo» manifestierte, nicht überrascht, daß alle Realitätstunnel zusammenbrachen, als er aufhörte, mit anderen Menschen zu sprechen. Die dritte Seele oder die Vernunft ist das gemeinsame Produkt von Menschen, die miteinander kommunizieren. Sobald die Kommunikation aufhört, übernimmt die vierte Seele oder das stille Ich. Und die vierte Seele weiß nichts von Raum, Zeit oder Materie – alles Begriffe der dritten Seele, um gemeinsam mit anderen dritten Seelen Realität zu definieren.

Sigismundo bemerkte, daß sein Teller leer war.

Komisch, er hatte kaum etwas von dem Essen mitgekriegt. Das lag daran, daß die Nahrungsaufnahme die Sorge der ersten Seele war, und Sigismundo hatte das Interesse an der ersten Seele schon lange verloren. Nicht daß er sich bewußt gewesen wäre, wieviel «Zeit» tatsächlich vergangen war, seit die Veränderung in ihm begonnen hatte. Doch die erste (oder Körper-) Seele sorgt sich um die Nahrungsaufnahme, weil sie für das Überleben des Körpers zuständig ist. Für Sigismundo aber war das Überleben schon längst nicht mehr wichtig. Ihm ging es um das *Verstehen.*

Entweder sie foltern mich oder sie erziehen mich. Sie sind Folterknechte oder Lehrer.

Und das Paradoxe war, daß nicht einmal sie selbst hätten sagen können, was sie waren.

Das Gitterfenster in der Tür öffnete sich.

«Gib mir deinen Teller, Joseph.»

Das Wesen in der Zelle schob den Blechnapf durch die Öffnung.

Er versuchte sich daran zu erinnern, an was er sich erinnern wollte.

Ach ja, er war Sigismundo Celine und nicht der Mann im Mond.

Und dann *war* er der Mann im Mond. Die Erde war nur noch eine ferne Lichtkugel am Himmel, weit, weit weg. Mehrere berühmte Lunatiker standen um ihn herum und erklärten ihm die Mondlogik. «Du kommst nicht raus, denn was du ‹draußen› nennst, ist nur ein Teil von ‹drinnen›. Kapito?»

«Ja», sagte er, «ich habe noch nie ein anderes menschliches Wesen erfahren. Ich habe nur meine Eindrücke erfahren. Sogar Fatima, meine schwarze Göttin aus dem Maison Rouge habe ich streng genommen nicht erfahren: es war nur eine Erfahrung *mit* ihr. – Dann ist das ganze Universum in meinem Geist?»

«Aber dein Geist ist Teil des Universums. Wie willst du das erklären?»

«Tja. Vielleicht habe ich zwei Köpfe, sozusagen. Das Universum steckt in meinem empirischen Geist, doch dieser Geist und das Universum müssen zugleich Teil meines logisch spekulativen Geistes sein, der wiederum natürlich auch mein empirischer Geist ist.»

«Vorsicht! Du stolperst in eine unendliche Geschichte!»

«Die Gefahr sehe ich durchaus, aber es muß sein, denn das Bewußtsein selbst ist eine unendliche Geschichte. Ich glaube, das erklärt den Zufall.»

«Hast du eigentlich die geringste Ahnung, was du da redest?»

«Klar. Ein Zufall ist ein Isomorphismus zwischen den Inhalten meines spekulativen Geistes außerhalb des Universums und meines empirischen Geistes innerhalb des Universums.»

«Warum sollte es so etwas geben?»

«Weil meine beiden Köpfe in Wirklichkeit einer sind, verdammt. Ich habe sie bloß getrennt, damit eine logische Analyse möglich wurde.»

«Aber warum ist dein spekulativer Geist außerhalb des Universums und dein empirischer Geist innerhalb des Universums?»

«Weil ... weil ...»

«Nun?»

«Weil Spekulationen auch Erfahrungen sind. Mein spekulativer Geist wird zu einer Erfahrung und verwandelt sich dann in meinen empirischen Geist, wenn ich etwa anfange, über Mathematik oder reine Logik nachzudenken. Ja, zum Teufel! Wenn ich beispielsweise einen gesprenkelten Hund sehe, dann tue ich das mit meinem empirischen Geist, wie Hume bewiesen hat. Wenn ich aber über den tatsächlichen Hund nachdenke, der dieses Bild in meinem empirischen Geist erzeugt, muß ich den spekulativen so ausdehnen, daß ich den tatsächlichen – nicht sein Bild! – mit einschließe. Der Hund und das übrige Universum befinden sich also in meinem spekulativen und nicht im empirischen Geist, der nur über ihre Bilder verfügt.»

«Dann ist der empirische Geist sowohl innerhalb als auch außerhalb meines spekulativen Geistes – was bedeutet, daß er sowohl innerhalb wie auch außerhalb des Universums ist.»

«Du drehst dich immer noch im Kreis.»

«Mit deiner gütigen Erlaubnis! Übrigens, unterhalte ich mich hier eigentlich mit dir oder mit mir?»

«Wo ist da ein Unterschied?»*

* O'Broichain (*A Chara,* a.a.O., S. 93) weist darauf hin, daß de Selbys System gänzlich phänomenologisch – nicht theoretisch – aufgebaut ist. Mit anderen Worten, teratologische Moleküle werden in de Selbys Patapsychologie von elektrischem Licht vertrieben, weil es nicht schwer ist, merkwürdige und manchmal auch monströse Gestalten in einem finsteren Raum zu sehen (besonders, wenn man so nervös ist wie de Selby) und diese Phänomene (sinnliche Erfahrungen) verschwinden, wenn das Licht eingeschaltet wird.

Die Patapsychologie behauptet auch (vgl. *Golden Hours,* a.a.O., III, S. 23 ff.), daß Objekte mit zunehmender Distanz schrumpfen, daß Eisenbahngleise konvergieren, je mehr sie sich dem Horizont nähern, und daß alle literarischen oder künstlerischen Beurteilungen (zum Beispiel «Beethoven ist größer als Mozart» oder «Mozart ist größer als Beethoven») präzise wissenschaftliche Beobachtungen sind – über das Nervensystem desjenigen, der sie vornimmt. Wegen dieser unerschütterlichen Offenheit für alle tatsächlichen Erfahrungen hält La Tournier de Selby für einen «brutalen Empiriker» und verteidigt Conneghen ihn als «den einzig konsequenten Mann Irlands».

In der Tat benannte de Selby diesen Aspekt seiner Kosmologie in Anlehnung an Alfred Jarrys «Pataphysik» – der Wissenschaft von einzigartigen (nicht wiederholbaren) Begebenheiten. Die Patapsychologie beginnt mit der distanzierten, objektiven und leidenschaftslosen Betrachtung von einzigartigen neurologischen Prozessen, die weder vorausgesagt werden noch genau erinnert werden können, etwa, was man dachte, als man letzten Sonntag abend den ersten Bissen aß oder welche Eindrücke man hatte, als man an diesem Tag vor einem Jahr eine Busfahrkarte löste usw. De Selby definiert «Existenz» (er glaubte nicht an «das Universum» als Objekt) als «die Summe von Zuständen, die vor einer durch den Klatschtrieb verursachten Verzerrung oder Übertreibung erlebt und durchgestanden wurden.»

«Ist doch klar», sagte Sigismundo selbstsicher, «wenn man mit anderen redet, hält man sich an eine allgemeine Gruppenrealität, wie Vico sagt. Spricht man aber mit sich selbst, dann gibt es so viele Realitäten, wie man will.»

«Dann wirst du aber auch von allem, was einen Eindruck auf dich macht, gefesselt. Vollkommene Freiheit erlangt man nur in vollkommener Stille, allein in einem dunklen Raum, in dem man sich seine eigenen Realitäten erzählt.»

«Klingt einleuchtend», sagte Sigismundo, «aber irgendwie habe ich das Gefühl, ich würde mich nach einer Zeitlang einsam fühlen.»

Ein anderer Lunatiker ergriff das Wort und sagte entschieden: «Realität ist der Begriff, mit dem wir Zufälle bezeichnen, die so alltäglich geworden sind, daß wir vergessen haben, daß es Zufälle sind. Hat Hume bewiesen.»

«Stimmt», pflichtete Sigismundo bei.

«Früher hast du an das thomistische Universum geglaubt: Gott saß hoch und herrlich oben auf seinem Thron, über Massen von Heerscharen und Engelschören, und ganz unten war der Mensch, der zu ihm aufsah. Aber das waren nur vorgeformte Hypothesen.»

«Stimmt.»*

* Wie Professor Han sagt (*De Selby Te Ching*, a. a. O., S. 31): «Tao fa t'ien; t'ien fa ti; ti fa jen; po de Selby tzu-jan.» (Etwa: «Universelle Prozesse schaffen die Sterne, die Sterne die Erde; diese schuf das menschliche Bewußtsein; de Selby ist seine eigene Schöpfung.»)

«Dann hast du dich Newtons Universum zugewandt mit seinen Kräften, Massen, Beschleunigungen und allen möglichen Abstraktionen – etwa dem Erfassen von hypothetischen Bewegungen imaginärer Objekte in vermeintlichen Zeit- und Raumkontinuen. Aber auch das waren nur vorgeformte Hypothesen.»

«Stimmt.»

«In der Nacht vor dem Duell mit Carlo Maldonado hast du eine nie gekannte Bewußtseinsebene erreicht. Du hast geglaubt, daß dies die vierte Seele sei und du die wahre Realität erlebtest. Doch das war nur ein Geisteszustand. Und alle Geisteszustände sind gleich.»

«Stimmt.»

«Keine Frau, kein Pferd, kein Schnurrbart.»

«WAS?»*

* Nichts ist innerhalb der Patapsychologie und der Theochemie umstrittener als de Selbys beharrliches Festhalten daran, daß King Kong, der Heilige Geist, die Photonen der Quantentheorie und Kants kategorischer Imperativ alle gleich real seien, weil der menschliche Geist sie «erlebt und durchgestanden» habe (*Golden Hours*, a.a.O., CXXI, S. 333–336). Dies stimmt vollkommen mit seiner Theorie von einer flachen Erdscheibe überein, da niemand eine kugelförmige Erde «erlebt und durchgestanden» hat (eine Theorie, die auf den Klatschtrieb zurückzuführen sei).

Wie Flahive heraushebt, hat de Selby die Meinung später revidiert, ohne sein phänomenologisches Prinzip der variablen Konstanten aufzugeben, da mittlerweile mehrere Astronauten und Kosmonauten die Erde als Kugel «erlebt und durchgestanden» hatten. Hanfkopfs Kommentar, eine solche Ontologie sei nur eine Folge dessen, daß «de Selby zuviel irischen Whisky erlebt und durchgestanden» habe (*Werke*, a.a.O., I, S. 3), ist reine Häme.

«Was fanden die Tempelritter im Tempel Salomons?»

«Die Geburtsurkunde.»

«Keine Frau, kein Pferd, kein Schnurrbart.»

«Ich hatte schon richtig gehört.»

«Was also fanden die Tempelritter im Tempel Salomons?»

«Die Geburtsurkunde.»

«Wessen Geburtsurkunde?»

«Die des Sohnes der Witwe.»

«Und wer war der Sohn der Witwe?»

«Das weiß ich nicht», schrie Sigismundo. «Ich weiß es nicht! Ich weiß es nicht!»

«Tut mir leid», erklärte der Lunatiker, «aber dann bist du noch nicht imstande, einer von uns zu werden.»

NEUNZEHN

Aus einem Brief Sir John Babcocks an Charles Nagas, Ph. D., F. R. S.:

...und ich versichere Ihnen, Sir, daß ich Ockhams Logik durchaus verstehe und auch die jahrhundertelangen Erfahrungen zu schätzen weiß, die zu dem wissenschaftlichen Prinzip geführt haben, daß die am wenigsten komplizierte Erklärung im allgemeinen auch die bevorzugte ist. Ich muß jedoch darauf hinweisen, daß im vorliegenden Fall das Fehlen außergewöhnlicher Chemikalien in meinem Donnerkeil nichts zu besagen hat, im Gegenteil meine Behauptungen sogar untermauert, da es weniger kompliziert ist, anzunehmen, alle Körper im Universum seien aus denselben Elementen zusammengesetzt, als daß die Gegenstände des täglichen Gebrauchs auf unserem Planeten aus speziellen Elementen bestünden, die sonst nirgendwo vorkommen.

Doch darum geht es ja nicht. Unser Thema lautete dahingehend, daß auch weiterhin Menschen in allen Teilen der Welt Dinge sehen, die nicht in Newtons System passen, und zu diesen Dingen gehören die umstrittenen Donnerkeile. Ich bin mit Ockham einer Meinung: es ist weniger kompliziert, zu akzeptieren, daß Newtons System trotz all seiner Vorzüge nur eine vorübergehende Methode ist, unser Wissen zu organisieren, als daß es zu der Hypothese verleitet, Menschen aller

Altersstufen und Rassen in vielen Ländern der Welt neigten merkwürdigerweise genau zu dieser einen, besonderen Halluzination. Ziehen Sie bitte in Betracht, daß sich Berichte über diese Donnerkeile bei den unterschiedlichsten klassischen Autoren finden, und heute noch in Frankreich, Irland, Italien, dem Deutschen Reich und Griechenland auftauchen. Ein Blick in die Geschichte zeigt, daß ebenso wie heute das Newtonsche System anscheinend unfehlbar ist, damals das Keplersche, das Kopernikanische oder das des Ptolemäus vollkommen erschienen.

Die Frage, über die ich Sie nachzudenken bitte, lautet: Gehen wir nach System, irgendeinem System vor oder bestaunen wir die Natur wie ein Kind (wie Newton selbst es uns in seiner *Principia*, mit der ich mich in letzter Zeit beschäftige, ans Herz legt), halten wir es also für möglich, daß auch wir noch etwas zu lernen haben? Sehen wir ein, daß auch Newtons System irgendwann abgelöst werden wird wie zuvor andere vor ihm oder verschließen wir die Augen vor neuen Fakten und bringen sie dem heiligen Newton als Opfer dar? Denken wir frei oder schaffen wir einen neuen Kult?

Ich versichere Ihnen von ganzem Herzen, Sir, daß ich seit dieser Erfahrung mit dem Donnerkeil und Ihrer Gesellschaft begriffen habe, was philosophische Zweifel sind und Sie mir auf diesem Gebiet nichts mehr beibringen können. Ich bin mir bewußt, daß ich einst an Newton geglaubt habe wie ein naiver Knabe an Teile der Bibel glaubt, obwohl seine Lehrer wissen, daß sie Fabeln und Allegorien sind. Ich bin davon überzeugt, daß jeder unschuldige oder blinde Glaube an ein System dieselbe Wirkung hat wie Scheuklappen, nein, wie ein geistiges Gefängnis. Sind auch Sie sich dieser Gefahr bewußt? Sind Sie sich darüber im klaren, daß wenn wir heute tausend Donnerkeile als Lügen und Halluzinationen abtun, wir morgen zehntausend andere Wunder leugnen werden, bis sämtliche Informationen, die im Widerspruch zu Newtons System stehen, im

Keim erstickt sind? Blinde Verehrung für Newton, Sir, kann, ebenso wie damals die für Aristoteles', wissenschaftlichen Stillstand bedeuten.

Ich fürchte, daß wir nur verlieren können, wenn wir die Fähigkeit einbüßen, uns vom Universum schockieren zu lassen, wenn wir unsere Wahrnehmungen so zurecht stutzen, daß sie in ein abstraktes System passen, das über diesen Wahrnehmungen steht, wenn wir Berichte, die nicht in dieses System passen, einfach übergehen und nicht länger daran glauben, daß das Universum voller Geheimnisse und Wunder ist, die uns eines Tages dazu zwingen werden, alles bisher Gedachte zu revidieren.

Bei dieser Gelegenheit bitte ich Sie, Ihre Aufmerksamkeit auf die Kritik des klugen Bischofs von Boyne, Dr. Berkeley, zu richten. Dieser beweist, daß erstens Newtons Mechanik auf der Differentialrechnung basiert; zweitens die Differentialrechnung auf der Theorie der Infinitesimalrechnung gründet und drittens die Infinitesimalrechnung, so wie von Newton vorgegeben, einen entscheidenden Fehler enthält. Dem Infinitesimal, definiert als etwas unendlich Kleines, sind wir noch nie begegnet, und werden wir auch nie begegnen. Je mehr ich darüber nachdenke, um so klarer wird mir, daß wenn ich beispielsweise ein Stück Holz nehme und daraus ein kleinstmögliches Stückchen herausschneide und diesen Prozeß einige Male wiederhole, ich zu einem winzig kleinen Stück komme, immerhin jedoch einem Stück mit definierbarer Größe, nicht einem unendlich kleinen. So oft ich diesen Vorgang auch vollziehe, nie werde ich eine Welt der Nichtgröße erreichen, wie sie der Infinitesimalrechnung zugrunde liegt. (Mag sein, daß das Stückchen Holz so winzig ist, daß ich ein Vergrößerungsglas brauche, um es zu erkennen, es hat immer noch eine definierbare Größe und ist nicht «unendlich klein» geworden.) Oder haben Sie, Sir, jemals etwas unendlich Kleines gesehen? Müssen wir nicht zugeben, daß in dieser Hinsicht Bischof Berkeley präziser ist als Isaac

Newton? Und wenn ein scharfsinniger Ire einen Fehler im System dieses großen Wissenschaftlers entdecken kann, wie viele andere mögen dann noch darin schlummern?

ZWANZIG

Eines Tages kamen sie und schleppten das Wesen Sigismundo oder Joseph oder wer immer es war, in einen Raum mit zwei wunderschönen nackten Frauen. Die Wächter banden es an einen Stuhl. Die Frauen sprachen es weder an noch schauten sie zu ihm hin; sie taten so, als sei es gar nicht da.

Dann begann die kleinere, blonde Frau langsam und aufreizend zu masturbieren. Die Dunkelhaarige beobachtete sie mit wachsender Erregung, ebenso wie das männliche Wesen, das an seinen Stuhl gefesselt war. Nach einer Zeit, die ihm ziemlich lang vorkam, gelangte die Frau in dem bis auf vereinzeltes Stöhnen der Lust vollkommen stillen Raum zu ihrem ersten Höhepunkt. Im selben Moment fing die Dunkle an, sich zu streicheln. Das männliche Wesen schaute zu, unfähig, sich zu rühren.

Es hatte von solchen Vorführungen gehört: es gab gewisse Häuser für Männer, die gerne zusahen. Damals hatte es sich über die Verschrobenheit dieser Männer gewundert: jetzt erfuhr es sie am eigenen Leib. Dummerweise erlebte es sie nur als vages Gefühl; das Beobachten wurde zusehends ungemütlich, weil es lieber eine aktive Rolle in der ganzen Sache gespielt hätte. Wenigstens die Hände hätten sie ihm freilassen können, damit es sich Erleichterung verschaffen konnte. Doch das war natürlich der Sinn des Ganzen: es mußte ausharren und entdecken, was passierte, wenn die Lust immer stärker wurde und keinerlei Aussicht auf Erlösung bestand.

Die dunkelhaarige Frau, die Sigismundo oder Joseph an

eine sizilianische Hexe erinnerte, erreichte keuchend ihren Höhepunkt. Die Blonde streichelte sich zärtlich über Schenkel und Bauch; langsam verschwanden die Finger in ihrer Spalte. Das männliche Wesen schaute zu wie gebannt.

Höchst lehrreich, dachte es, und ich brauche nicht mal dafür zu bezahlen.

Trotzdem wünschte es, es hätte die Hände frei.

Die Zeit verstrich, langsam, unendlich langsam und es sah nur nacktes Frauenfleisch, hörte nur leises Lustgestöhn, war umgeben von einem Panorama weiblicher Leidenschaft.

Die Frauen starrten sich an, ohne zu sprechen, ohne einander zu berühren, ohne ein einziges Mal in seine Richtung zu sehen.

Das männliche Wesen, Sigismundo oder Joseph oder wer auch immer, merkte, wie der Zustand passiver Erregung ihm allmählich zu gefallen begann. Es war anders als sonst, besaß aber durchaus seine Vorzüge. Es kam ihm vor, als schwebte er in der Luft, glitte schwerelos dahin, seine Haut prickelte, sein ganzer Körper empfand, was sonst nur sein Penis erfuhr. Und die Zeit verstrich so langsam, daß man Kristalle hätte wachsen sehen können.

Dann erscholl ein Gongschlag – ein einziger Ton, der sechstausend Jahre in der Luft hing, während ganze Kulturen entstanden und vergingen –, und die Frauen kamen sich ein wenig näher, masturbierten jetzt gemeinsam, ohne sich jedoch zu berühren, bis sie beide zum Höhepunkt gelangten. Wieder erscholl der Gong, und sie lagen aufeinander. Die dunkle Frau kniete und spreizte die Beine der anderen, ihr Kopf verschwand dazwischen, und das männliche Wesen beobachtete, was eine Frau für eine andere Frau tun kann, um den Mann zu ersetzen (und verstand endlich, warum es hieß, einige adlige Damen hielten sich Liebesdienerinnen statt Liebhaber). Es dauerte unendlich lange; das männliche Wesen schaute – an seinen Stuhl gefesselt – zu.

Doch als die Wächter kamen und es in seine Zelle zurückbrachten, riß es sich nicht sofort den Hosenschlitz auf, sondern ließ sich auf die Pritsche fallen und schwebte weiter, glücklich, erregt und unfähig, all diese erquickende Energie in einer einzigen genitalischen Explosion zu vergeuden.

Hin und wieder zitterte es. Oder stöhnte, wie die Frauen gestöhnt hatten – vor Lust; meistens jedoch schwebte es einfach durch den Raum.

Nach mehreren Stunden schlief es ein, ohne ejakuliert zu haben.

Sigismundo konnte sich nicht daran erinnern, wie lange er geschlafen hatte. Plötzlich standen die Wächter um seine Pritsche, schüttelten ihn wach und führten ihn wie üblich durch den Korridor. Es fiel ihm auf, daß man die Wände gestrichen – blau diesmal – oder ihn im Schlaf wieder einmal woandershin geschafft hatte; dann wäre dies in Wirklichkeit ein ganz anderer Korridor.

Sie kamen in einen Hof. Dem Stand der Sonne nach zu urteilen, war es kurz nach Tagesanbruch – das erste Anzeichen «objektiver» Zeit und «wirklicher» Welt nach Äonen.

Mitten im Hof erhob sich auf einem Podest ein Schafott.

Er befand sich noch immer in jenem Schwebezustand der vergangenen Nacht und nahm jedes Detail wahr.

Ein zweiter Gefangener wurde in den Hof geführt. Er kämpfte verzweifelt gegen seine Bewacher an, weinte. Sie zerrten ihn schnell die kleine Treppe hinauf. Ein Priester – oder jemand, der sich als Priester verkleidet hatte – versah ihn mit den Sterbesakramenten. Dann legten sie ihm den Strick um den Hals, öffneten die Falltür und ein schlaffer Körper baumelte im Wind.

Sigismundo kicherte. Er wollte sich einreden, daß das Ganze ein Schauspiel war, ein Zaubertrick, aber er kicherte auch, weil er merkte, daß er gerade ejakuliert hatte.

Sie führten ihn durch den Korridor zum Zimmer des Arztes.

Diesmal saß der echte Dr. Sanson da, rotbärtig und väterlich wie immer.

«Nun, Joseph», sagte er freundlich, «wie geht es uns denn heute?»

Sigismundo kicherte. «Ein bißchen wacklig auf den Beinen, aber sonst okay.»

«Was beunruhigt Sie denn so, Joseph?»

«Der Kerl, den ihr im Hof aufgehängt habt.»

«Sie haben eine Hinrichtung gesehen?»

«Ja, aber das ist noch nicht alles. Ich habe hier in diesem Zimmer einen anderen Dr. Sanson gesehen, der alles mögliche über die Freimaurerei von mir erfahren wollte.»

«Die Freimaurerei? Welche Freimaurerei?»

«Ach, vergessen Sie's! Wie lange soll das Spiel eigentlich noch weitergehen?»

«Bis Sie geheilt sind.»

«Und wie wollen Sie wissen, ob ich schon geheilt bin?»

«Oh, dafür gibt es Anzeichen. Glauben Sie immer noch, daß wir Ihnen Böses wollen?»

«Ganz und gar nicht. Ich bin überzeugt, daß alles zu meinem Wohl geschieht.»

Der Arzt zog die Augenbrauen hoch. «Ich meine, Ironie in Ihrer Stimme auszumachen. Natürlich sehen Sie langsam ein, daß Sie Hilfe brauchen, nicht wahr? Sie sind ziemlich verwirrt.»

«Wie kommen Sie denn darauf?»

«Noch vor einer Minute haben Sie mir erzählt, Sie hätten im Hof eine Hinrichtung miterlebt. Aber dies ist ein Krankenhaus, kein Gefängnis.»

Sigismundo zuckte die Achseln. «Nur ein Narr streitet sich mit seinem Arzt.»

«Gut. Auf dieser Grundlage können wir uns unterhalten.

Nun will ich Ihnen gestehen, daß ich kein wirklicher Arzt bin, und dieses Krankenhaus sehr spezieller Natur ist. Hier werden Menschen behandelt, die verrückt sind, obwohl alle Welt sie für normal hält.»

«Welche Ehre für mich!»

«Sie wurden auserwählt, weil Sie ein ganz besonderer Mensch sind.»

«Ich weiß: mein Horoskop ist einmalig.»

«In der Tat. Jene, die ein außergewöhnliches Schicksal erwartet, bedürfen außerordentlicher Prüfungen. Herkules mußte zwölf Arbeiten verrichten, Moses vierzig Jahre in der Wüste verbringen. Jesus wurde gesteinigt und gekreuzigt...»

«Und ich lande in einem Irrenhaus.»

«Genau.»

«Alles wegen eines Horoskops. Ist das Leben nicht voller Überraschungen?»

Der Arzt beugte sich vor. «Es liegt nicht nur am Horoskop», sagte er bedächtig. «Es hat auch mit Ihrer Abstammung zu tun. Der Vater lebt im Sohn.»

«Verstehe.»

«Die Mutter lebt auch im Sohn.»

«Die Chymische Hochzeit, klar.»

«Stellen Sie sich eine arme Witwe vor. Sie verrät ihrem Sohn nicht, wer sein Vater war. Doch es gibt Männer, die verpflichtet sind, ihr zu helfen. Der Sohn wächst auf, ohne zu wissen, wer er ist. Es kommt eine Zeit, in der man es ihm sagen muß. Doch zuvor muß man ihn vorbereiten.»

«Ich weiß, wer mein Vater ist.»

Der Arzt zog die Augenbrauen hoch. «Ich sprach nur von Parzival und dem Gral.»

«Das ist nicht wahr. Sie wollten mir einen Hinweis geben.»

«Vielleicht.» Der Arzt strich sich über den roten Bart. «Wofür steht das dreimalige Klopfen in der Initiation zum dritten Grad?»

«Für die Heilige Dreifaltigkeit.»

«Die was symbolisiert?»

«Die Vereinigung von Mann und Frau und die neue Seele, die daraus ersteht.»

«Wird bei jeder sexuellen Vereinigung eine neue Seele erschaffen?»

Sigismundo lachte auf. «Das ergibt schon fast einen Sinn», sagte er mit schriller Stimme. Das erstaunte ihn – er glaubte, seine Stimme unter Kontrolle zu haben. Jetzt rücken sie mir langsam auf den Pelz, dachte er.

«Was passiert mit den Seelen, die nicht als Körper geboren werden?»

«Warum ist die Banane krumm? Machen Sie Witze?»

«Nein, denken Sie nach, Joseph. Alle Symbole haben eine Bedeutung. Das wissen Sie.»

«Das klingt immer noch nach Banane mit Seele. Weil sie gelb ist. Ist das die Antwort?»

Der Arzt klopfte dreimal auf den Tisch. Nicht die drei als Jubela, Jubelo und Jubelum verkleideten Gefängniswärter kamen herein, sondern drei Krankenwärter.

«Bringen Sie ihn auf sein Zimmer zurück, damit er nachdenken kann», sagte der Arzt verärgert. «Sie sollten über die wörtliche Bedeutung des Steins meditieren, der erst von den Bauleuten verworfen und dann zum Mittelstein des Bogens wurde, Joseph!»

Sie schleiften Sigismundo zurück in die Zelle.

Die Sache wird immer undurchsichtiger, dachte er, aber ich weiß, das sind meine Feinde. Sie wollen mir nichts Gutes.

EINUNDZWANZIG

Seamus Muadhen schreckte aus dem Schlaf auf; sein Herz klopfte heftig.

Zeit und Raum waren verdreht wie in einem Traum. Er befand sich weder ganz in der Kutscherwohnung von Babcock Manor noch dort draußen unter den Sternen. Er war verloren zwischen Räumen und Zeiten. Aus weiter Ferne hörte er eine Stimme singen: «Wer bist du?» – «Wir sind eins.» – «Wann hat all das ein Ende?», während Korporal Murphy in der Folterzelle seinen Gewehrkolben gegen den Eimer schlug.

Seamus setzte sich auf und versuchte mit zittriger Hand eine Kerze anzuzünden, ohne das Streichholz fallen zu lassen.

Ich bin James Moon, sagte er sich, während das Licht aufflammte und die Umrisse des Zimmers an Plastizität gewannen. Der arme Seamus Muadhen starb vor über einem Jahr an einer Überdosis Fragen.

Ich bin James Moon im verfluchten England.

Doch dann erinnete er sich an die sechs geteerten Leichen, die an jenem Tag im Wind von Dublin Bay gebaumelt hatten. Er erinnerte sich, wie er gesagt hatte: «Nun, Euer Ehren, um die Wahrheit zu sagen: Ich bin soeben in den Verein eingetreten!» Er erinnerte sich daran, daß er hierher gekommen war, um Sir Babcock zu töten, auf eine Art, die es ihm erlaubte, unerkannt zu entkommen.

Mein Gott, sind die Menschen dumm.

Es war einfach, Sir John Babcock zu hassen, als dieser nur ein Name war, der Besitzer einiger Ländereien, um die die White Boys kämpften. Der Mann selbst war etwas ganz anderes, mit seiner weichen, leisen Stimme, seiner ewigen Neugier, seinem kindischen Lächeln, wenn er die kleine Ursula auf dem Arm wiegte. Und dieser Mann war sich seiner strittigen Besitztümer in Irland nicht einmal bewußt, denn er wurde von der Politik so beansprucht, daß er alle geschäftlichen Angelegenheiten seinem Anwalt übergeben hatte. Und es war sogar schwierig, diesen Anwalt zu hassen, hatte Seamus feststellen müssen; dieser war selbst noch nie in Irland gewesen und hatte die Verwaltung der Besitztümer in die Hände eines gewissen Alexander McLaglen gelegt, eines Iren, wenn auch eines protestantischen Iren.

Blieben zu hassen also nur noch die verdammten Schafe, die man auf die Felder trieb, nachdem man die Bauern verjagt hatte. Doch das war ebenso sinnlos wie den Verwalter zu hassen, der versuchte sein Bestes zu geben, um seine Stelle nicht einem anderen überlassen zu müssen.

Es war nicht einmal Seamus Muadhens Kampf, wie im Verhör herausgekommen war: es war der Kampf der Bauern.

Und Seamus Muadhen, der Fischer, war tot. Es war der Kutscher James Moon, der davor bewahrt worden war, ein Verbrechen zu begehen, denn mittlerweile hatte er so vieles gesehen, das ihn verwirrte, daß er gar nicht mehr wußte, wen er hassen sollte.

Alles, was von Seamus Muadhen übrig blieb, waren diese Alpträume vom Verhör und die verrückten Löcher im Raum.

James Moon stand auf und streifte seine Hosen über. Wenn die Alpträume richtig schlimm waren, half nur noch Bewegung. Selbst jetzt, als er mit der Kerze in der Hand durch das Zimmer ging, konnte er fühlen, wie ein Teil von ihm zurück in die Folterzelle und an den schwarzen Rand des Abgrunds gezerrt wurde.

Im Nu war er angekleidet und verließ seine Hütte. Im Osten konnte er den ersten Schimmer des Morgengrauens erkennen. Die Sommersonnenwende stand bevor, die Nächte wurden immer kürzer. Es konnte nicht viel später sein als drei Uhr früh. Er fragte sich, wie es war, in einem Land des Südens zu leben, wo die Nächte auch im Sommer bis fünf oder sechs Uhr dauerten. Sicher entging den Menschen dort die halbe Schönheit der Natur und sie ahnten es nicht einmal.

Er ging auf die Stallungen zu. Der Pferdegeruch war stets erfrischend; er holte einen zurück in die Welt, weg aus dem Pandämonium der Hölle, die Folter und Eimer seinem Gehirn aufgezwungen hatten.

Es war schon merkwürdig, was man einem Menschen mit Lärm antun konnte. Andererseits versetzte Musik, das Gegenteil von Krach, die Menschen zuweilen in Ekstase. Wahrscheinlich war es nicht nur der Lärm, sondern die Vibrationen im Schädel, wenn die Soldaten auf den Eimer trommelten. Der Hundesohn, der sich das ausgedacht hatte, mußte in der Tat des Teufels gewesen sein.

Ein Pferd wieherte.

Es war Candy, die alte Stute, der nie etwas entging.

«Ruhig, Mädchen», rief Moon leise.

Candy wieherte noch einmal, aber verhalten. So teilte sie ihm mit, daß sie ihn erkannt hatte.

James fragte sich, ob der *shanachie* O'Lachlann tatsächlich mit den Tieren hatte sprechen können oder ob das nur ein Trick gewesen war. *Shanachies* brachten einem vieles bei, wenn sie einen mochten, doch einige Geheimnisse behielten sie stets für sich. James hatte O'Lachlann einmal gefragt, ob er an das «Völkchen» glaube, jene Menschen des Lichts, die unter den Hügeln lebten. «Daran glaube ich nicht», hatte O'Lachlann geantwortet, «aber sie glauben auch nicht besonders an mich.» Was sollte man mit einer solchen Antwort anfangen? Es war wie die des Priesters auf einer verbotenen Schule, der bei seiner Verhaftung durch die Engländer sagte: «Ich bin kein Priester, aber wenn ich einer wäre, würde ich es nicht sagen.» Das war strenggenommen keine wirkliche Lüge, und deshalb sagte O'Lachlanns Antwort strenggenommen auch nicht das, was sie zu sagen schien.

James mußte lächeln. In letzter Zeit schrieb Sir John jede Menge Briefe an die Wissenschaftliche Gesellschaft von Schweden, an die Französische Akademie und Akademien anderer Länder. Die Royal Scientific Society hatte den Stein für normal erklärt und es abgelehnt, das Thema weiter zu erörtern. Verdammt noch mal, wenn er den Stein nach Irland brächte, würde er sicher eine Menge *shanachies* finden, die ihm glauben und von denen jeder eine andere Erklärung parat haben würden.

Dank der *shanachies* kannte sich James in der klassischen Literatur aus, an wissenschaftlicher Bildung dagegen haperte es. Er hatte selbst keine Ahnung, wo der Stein her sein konnte, war aber überzeugt, daß es außer einem «natürlichen» auch einen «übernatürlichen» oder «spirituellen» Grund für seine Existenz geben mußte. Er war allein mit Sir John gewesen, ohne Zeugen, und er hatte einsehen müssen, daß er nicht in der Lage war, ihn zu töten.

Das Problem mit den Engländern war, daß sie immer glaubten, *ein* Grund böte die Erklärung für alles. Sie sahen einfach nicht, daß es immer mehrere Gründe gab. Sie hatten nie gelernt, auf Zufälle zu achten, sahen bloß die Oberfläche der Dinge. Sie konnten sich nicht vorstellen, daß der Stein vom Himmel gefallen war, teilweise um James Moon zu zeigen, daß er kein Mörder war, teilweise, weil in dieser Nacht die kleine Ursula zur Welt gekommen war, die ein bedeutsames Schicksal erwartete. Bei ihnen erklärte ein Grund alles. Aber damit vernachlässigten sie die Kehrseite der Medaille.

James beschloß, nach Hause zurückzukehren. Er würde jetzt wieder schlafen können, ohne von Alpträumen geplagt zu werden.

Er würde sparen und sich schließlich doch noch seinen Traum von einem Laden in Liverpool erfüllen. Irlands Probleme würden in hundert Jahren noch nicht gelöst sein. Und wenn man einem Volk nicht helfen konnte, mußte man zusehen, wo man selber blieb. Erst letzte Woche hatte er gehört, daß man wieder White Boys aufgehängt hatte, diesmal im Westen, in Donegala. Und so würde es noch eine lange Zeit weitergehen, ehe dieses Land sich erfolgreich gegen seine Widersacher erhob. Seamus Muadhen hatte geschworen, wie Brian Boru siebzig Jahre zu kämpfen, wenn es nötig war, doch James Moon war klüger geworden. Im allgemeinen dauerte ein Aufstand sechs Monate, dann hatten die Engländer alle Führer aufgehängt.

Und die Vöglein sangen von Irland, das war frei.

Das Lied verursachte ihm Kummer, wie die Erinnerung an eine Frau, die man geliebt und verloren hat. *Shan Bhan Bocht* (arme alte Frau) nannten einige *shanachies* sie in ihren Liedern. Die Engländer sollten denken, daß sie um eine Tote trauerten, nicht um ihre tote Nation. «Cathleen ni Houlihan», «Schwanenfrau» ... sie kamen auf alles mögliche, um die *galls* in die Irre zu führen; nur Iren wußten, was gemeint war.

Die *galls*? James Moon hatte aufgehört, sie so zu nennen, seit er bei ihnen lebte. Es war seltsam, wieder in Gälisch zu denken, sich von einem sentimentalen Lied verführen zu lassen. Die Verfasser solcher Lieder waren gefährliche Männer. Jede Stadt, jedes Dorf in Irland hatte seine Gehängten, die der Faszination dieser Lieder erlegen waren. Sie zerrissen einem das Herz, so verführerisch waren sie. Und mit solchen Liedern machten sie Irland zu einer Frau, die brutal vergewaltigt und geschlagen worden war. Wer ihr nicht zu Hilfe eilte, würde sich nie wieder als Mann fühlen, und so endete man am Galgen, geteert und dem Wind preisgegeben.

Und die toten Männer wußten darum, dachte Seamus Muadhen und vergaß James Moon: sie waren keine Dummköpfe. Sie hatten geahnt, welches Schicksal sie erwartete. «Wer nicht pfeifen kann, muß pissen, Junge», sagten sie – jawohl, sie hatten gewußt, was sie taten und was ihnen bevorstand, aber wenn die Musik einen packt, und Irland zur Frau wird, zur Mutter, Tochter und Geliebten in einer Person, dann sieht man die Leichen der Rebellen und weiß, daß man neben ihnen hängen wird, und trotzdem läßt man sich nicht von seinem

Vorhaben abbringen. Wir alle werden am Galgen enden, dachte er weiter, nicht weil die englischen Landlords an unserer Not schuld sind, weil sie unsere Religion verfolgen, weil sie unsere Familien vertrieben haben, um Weideplätze für ihre Schafe und Kühe zu gewinnen – sondern weil diese Frau uns verrückt macht mit ihrer Schönheit und ihrem Elend, weil sie weiser ist als die sterblichen Frauen, und weil wir sie nicht sterben lassen können, denn sie ist mehr als eine Nation, mehr als eine von Wasser umspülte Insel: Sie ist all das, was Europa nicht versteht, was der Welt fehlt, all das, was die Mythen der *shanachies* und die Musik der Harfenspieler und die großen Gemälde in den Kathedralen beschwören und in den Herzen der Menschen, die durch Kalkül und Konzepte gelähmt sind, anrühren. Sie ist das Wilde, Flüchtige, Wunderbare, das sich nicht in Kalkulationen und Formeln pressen läßt. Sie zu lieben, ist Wahnsinn, denn niemand kann sie sehen. Sie aber nicht zu lieben, heißt blind, taub und stumm zugleich zu sein und es nicht einmal zu wissen.

Ja, die Verfasser dieser Lieder sind gefährlich. Keine zwei Minuten zuvor wollte Seamus sich noch einen Laden in Liverpool zulegen und jetzt dachte er daran, sein Leben für «Dark Rosalie» hinzugeben, für einen Mythos, eine Metapher, ein Phantasiegebilde, wie die Buchhalter und Formelaufsteller sagen würden. Vergangen, dahin, nur vom Wind betrauert...

Aber sie war weder Mythos noch Metapher. Sie war der dunkle Fluß Anna Liffey, der durch die grünen Wicklow-Hügel tanzte und jeden Morgen durch Dublin rauschte wie ein neues Lied; sie war der Shannon, der eher türkis als grün glitzerte, und die riesigen Wellen, die wie Seehexen über die Dingle-Bucht hereinbrachen; sie war das Land, doch nicht wie auf den Karten der Landvermesser eingezeichnet, sondern die lebendige Mutter, die die *shanachies* das Singen lehrte und Männer, Frauen, Tiere und Vögel aufrief, neues Leben zu schaffen. Die Männer, die sich vor zweihundert Jahren an der

Seite von Silken Thomas Fitzgerald erhoben hatten, wußten, daß ihre Sache zum Scheitern verurteilt war, so wie Seamus wußte, daß die White Boys, die Heart of Oak Boys und all die anderen, die heute ihren Kampf fortführten, verflucht waren. Doch man vergaß Tod und Niederlage, wenn man ihren Gesang hörte, und man folgte diesem Lied, denn man liebte sie mehr als sein eigenes Leben.

Arme alte Frau. Ein Phantasiegebilde. Eine Idee, nicht faßbarer als Nebelschwaden über dem Sumpf. Es war diese Art des Denkens, zu glauben, daß ein Gedicht wirklicher sei als ein Galgen und ein fester Strick, was die Europäer dazu brachte, die Iren für total verrückt zu halten.

Venerandum, dachte Seamus. Er kannte sich aus mit Latein, es gab keinen gälischen Barden, der ihm da etwas vormachen konnte. *Venerandum*, die stärkste Beugung eines Adjektivs; im Englischen brauchte man dafür mehrere Worte. Sie, die zu Verehrende. Nein, eher sie, die man anbeten mußte. Dark Rosaline, Isis, Venus: Sie hatte tausend Namen gehabt, doch jetzt gehörte sie nur noch den Iren, die übrige Welt hatte sie vergessen. Selbst die einfachen Leute sagten: «Gott und Maria und Patrick und Brigit seien mit dir», wenn sie sich trafen, ohne zu wissen, daß sie dabei gleich zwei ihrer Namen benutzten. Sie klang – bewußt oder unbewußt – aus jeder Stimme, die irisch sprach.

Jetzt schossen ihm noch mehr Verse durch den Kopf: *Ich bin Irland und groß ist mein Stolz . . .* Wir sagen es in Armut, Elend und Unwissenheit, als besetzte Provinz eines großen fremden Reiches, halb tot und jeden Tag dem Tode näher, wir sagen es und glauben trotzdem daran. Groß ist mein Stolz. Sie beraubten uns unseres Reichtums, sie nahmen uns unser Land und schlugen uns in jeder Schlacht – doch sie eroberten nur die oberflächlichen Güter; wir behielten die lebendige Seele.

«Und würdest du dein Leben für mich hingeben?»

Die Stimme kam so überraschend, daß James Moon einen

Satz machte und schon glaubte, wieder zu halluzinieren. Doch es war nicht Dark Rosaline; die Stimme klang menschlich, und sobald er sich etwas gefaßt hatte, erkannte er sie auch. Es war die Stimme von Lady Babcock.

«Hol mir eine Pistole aus dem Stall, und ich werde es dir auf der Stelle beweisen», antwortete Sir Johns Stimme.

James blieb wie angewurzelt stehen. Es gehörte sich nicht, zu lauschen, aber es war noch viel peinlicher, seiner Herrschaft zu begegnen, nachdem man gelauscht hatte. Er achtete auf die Richtung ihrer Stimmen und versuchte, sich leise davonzustehlen.

«Es war nur Spaß», sagte Lady Babcock. «Obwohl: ich bin nicht ganz sicher, ob Sie nicht verrückt genug wären, es zu tun, Sir!»*

* Das unablässige Hämmern, daß de Selbys siebzehnjährige Arbeit an seiner Zeitmaschine begleitete, hat viele Beobachter verwirrt. Ferguson ist der Ansicht, daß der Weise von Dalkey zwar ein begnadeter Mathematiker war, ihm aber das Zeug zu einem begabten Experimentator durchaus gefehlt habe. Er habe sogar Schwierigkeiten gehabt, einen Nagel in die Holzkiste zu schlagen, die den «teratologischen Neuro-Galvanisierer» enthielt. La Puta hält dagegen, daß das Hämmern ein Manöver war, um die Natur seiner tatsächlichen Arbeit zu kaschieren und neugierige Nachbarn fernzuhalten. De Selbys Bemerkung (gegenüber O'Brien), daß Hämmern etwas ganz anderes sei als das, als was es erscheine, war nicht besonders hilfreich und wird im Gegenteil immer unverständlicher, je länger man darüber nachdenkt. Das angebliche Erscheinen de Selbys beim Sturm auf die Bastille, im antiken Rom usw. ist weder belegt noch glaubwürdig. Hanfkopf bleibt überzeugt, daß das Hämmern etwas mit Tischerücken zu tun hatte und sieht darin einen weiteren Beweis für den «geistigen Zusammenbruch des Mystikers», ohne je dahinterzukommen, daß de Selby Patapsychologe, nicht – wie in den deutschen Ausgaben seiner Werke fälschlich angegeben – Parapsychologe war.

Die beiden spazierten durch das Heckenlabyrinth im Garten und konnten Moon, der sich verstohlen davonschlich, nicht sehen.

«Ist die Dämmerung nicht etwas Herrliches?» sagte Sir John gerade. «Dieses rosige Licht! *Rhododaktylos eos*, wie Homer sagte.»

«Ich bin froh, daß wir diesen Spaziergang gemacht haben», sagte Lady Babcock, «aber jetzt ist es Zeit, zu schlafen. Es sei denn –»

«Das ist ganz unmöglich», antwortete Sir John.

James Moon blieb stehen. Was für einen schäbigen Sohn hat meine Mutter, Gott hab sie selig, bloß zur Welt gebracht, dachte er. Doch die Verlockung war einfach zu groß.

«Aber Liebster», schmeichelte Lady Babcock, «wenn du mich doch so glücklich gemacht hast! Ich wünschte, ich könnte ...»

«Männer sind eben weniger leistungsfähig», erklärte Sir John. «Die Natur hat es so gewollt.» Seine Stimme klang irgendwie schuldbewußt.

Sie haben sich die ganze Nacht geliebt, dachte Seamus Mudhen, die Dame ist befriedigt, der Herr jedoch nicht zufrieden mit sich.

«Ich könnte dir ...» Lady Babcock schien den Rest des Satzes mit einem bedeutungsvollen Blick zu vermitteln.

James Moon wurde von Scham gepackt. Er konnte diesen Intimitäten unmöglich noch länger zuhören, ohne sich wie ein Schuft vorzukommen.

Er setzte seinen Rückzug so geräuschlos wie möglich fort.

Tja, dachte er. Dieses Problem hat jeder von uns hin und wieder. Doch es war wirklich furchtbar peinlich zu wissen, daß nicht einmal Sir Babcock davon verschont blieb.

Ich werde es vergessen, dachte er. Ich werde es aus meinem Gedächtnis tilgen. Jeder Dienstbote kriegt irgendwann solche Dinge mit. Man muß Augen und Ohren verschließen.

Und genauso konnte man die arme alte Frau vergessen und jene süßen, uralten Lieder, die junge Menschen in den Tod trieben.

ZWEIUNDZWANZIG

Sigismundo oder Joseph, dieses lebendig begrabene Geschöpf, wurde von einem blauen Licht geweckt.

Er hatte nicht gehört, wie die Tür der Zelle sich öffnete, aber jetzt stand ein Mann mit einem Hammer in der Hand neben einer seltsamen Maschine in der Ecke. Er sah höchst ungewöhnlich aus. Er trug weder die bunten seidenen Kleider des Adels noch die düsteren Lumpen der Armen. Die mitternachtsblaue Jacke war fast genauso kurz wie das hellblaue Hemd, und seine Hose hörten nicht an den Knien auf, sondern reichten bis zum Boden. Außerdem trug er weder Stiefel noch Holzschuhe, sondern recht komische Dinger aus Leder, fast wie Stiefel, aber lächerlich kurz: sie reichten vom Boden gerade bis an seine Knöchel. Er sprach Englisch, jedoch mit einem eigenartigen Akzent, den Sigismundo nur ein einziges Mal gehört hatte, als er Edmund Burke in London getroffen hatte; *brogue* nannte man ihn, wenn er sich recht erinnerte.

«Schnell, junger Mann, welches Jahr schreiben wir?»

Nicht schon wieder, dachte Sigismundo.

«Ich bin nach wie vor der Meinung, daß es 1772, höchstens 1773 ist; keinesfalls 1814.»

Der Mann sah ihn entgeistert an. «Verflucht», rief er, «bist du etwa auch ein Reisender?»

«Schon lange nicht mehr», antwortete Sigismundo. «Ihre Freunde hindern mich daran.»

«Meine Freunde?» fragte der Mann verdutzt.

«Welches Spiel ist es diesmal?»

«Großer Gott», rief der andere. «Du kennst meine Freunde, aber du weißt nicht, welches Jahr wir haben und behauptest obendrein, kein Reisender zu sein?»

«Wann kommen Sie zum Sohn der Witwe?»

Der Mann zögerte. Dann gab er sich einen Ruck und erklärte mit lauter Stimme: «Ich bin ein Engel des Herrn!»

«So sehen Sie aus!»

«Ich bin ein Engel des Herrn», wiederholte der Mann steif, «und du wirst niemandem von unserer kleinen Unterhaltung erzählen, nicht einmal deinem Beichtvater.»

«Das ist wenigstens mal was Neues!»

«Schweig, du Blasphemiker! Ich komme im Namen Gottes – beantworte also meine Fragen.»

«Sie spielen Ihre Rolle gut. Auf dem Jahrmarkt von Rouen hätten Sie bestimmt Erfolg.»

«Erste Frage», sagte der Mann, Sigismundos Bemerkung ignorierend. «Hast du jemals einen Drachen gesehen?»

«Nein.»

«Ein Einhorn?»

«Nein.»

«Menschen mit Ziegenfüßen und Hörnern?»

«Natürlich nicht.»

«Hast du schon mal etwas Seltsames in einem dunklen Zimmer gesehen?»

«Ja, einmal glaubte ich Krokodile zu sehen. Aber ich war damals noch sehr jung.»

«Krokodile? In Paris? Genau wie ich vermutete...»

«Nicht in Paris. In Neapel.»

«Sie sind Italiener, *Signor*?»

«Sie wissen ganz genau, wer ich bin.»

«Darauf kannst du Gift nehmen. Ich weiß nur, daß du der komischste Kauz bist, der mir je über den Weg gelaufen ist.»

«Wann bringen Sie die nackten Mädchen wieder? Oder soll es lieber eine Hinrichtung sein?»

Der Mann gab sich Mühe, Verwirrung und Angst vorzutäuschen. «Ja, gewiß», sagte er vage. «Hier handelt es sich doch nicht zufällig um ein Hospital für... gewisse Menschen, oder?»

«Das versuchen sie mir die ganze Zeit einzureden.»

«Um Gottes willen, meine Berechnungen waren schon wieder falsch!»

«Ich glaubte, Engel wären unfehlbar?»

«Na, hör mal, du wirst doch meine Worte nicht auf die Goldwaage legen wollen, nachdem ich schon einige Krüge intus habe.» Er überlegte einen Augenblick und fuhr dann fort: «Es wäre nicht unbedingt klug, den Ärzten hiervon zu erzählen. Sie könnten glauben, daß dein Zustand sich verschlechtert hat, wenn du verstehst, was ich meine. Ich will mit meinen Reisen niemandem Scherereien machen. Ach, am besten vergißt du, was du gesehen hast.»

«Ich werde es unter *nie gewesen* speichern.»

«Schlaues Kerlchen! Tja, aber jetzt muß ich los... die Neuro-Interrossiter checken, weißt du.» Damit machte der Mann sich an seiner Maschine zu schaffen.

Nichts passierte. Er fummelte weiter. Immer noch nichts.

Schließlich schwang er wütend den Hammer und schrie: «Verflucht noch eins, Sir! Ich habe Sie entworfen! Wollen Sie wohl anspringen, Sie Mistvieh!»

Und während er noch auf die Maschine einhämmerte, erhob sie sich plötzlich mit Mann und Maus vom Boden und stieg zur Decke auf.

Sigismundo beobachtete verdutzt, wie das Duo durch die Decke schwebte. Eine Weile hörte er noch lautes Hämmern, dann schwenkte die Maschine scharf nach Osten ab und verschwand.

Wie sie das eingefädelt haben, ist mir wirklich ein Rätsel, dachte Sigismundo, auf jeden Fall war es um Klassen besser als die Sache mit dem verdrehten Zimmer.

Muß an diesen verdammten Drogen liegen.

Als nächstes stehen wahrscheinlich kleine grüne Männchen mit Eigelb im Bart an.

In derselben Nacht machte James Moon eine ähnlich erstaunliche Entdeckung.

Sir John hatte bis spätabends im Unterhaus zu tun und erklärte, er werde in seinem Londoner Club übernachten. James bekam frei und sollte ihn am nächsten Morgen gegen sieben dort abholen.

James besuchte ein paar Pubs, geriet dann ins East End und endete schließlich bei Madame Rosa's. Dort war ein neues Mädchen angekommen mit einem Akzent, der ihn teils an Liverpool, teils an Irland erinnerte, jung und süß wie eine frische Rose, auf der noch der Tau perlte, und so hübsch, daß James ihr ein Gedicht in Gälisch schrieb und zusammen mit zwei Shilling auf den Nachttisch legte. Als er schließlich auf die Straße wankte, fühlte er sich wie der Sultan von Bagdad in Person.

Doch dann sank er blitzschnell auf die Treppe vor der Tür, ließ den Kopf vornüberhängen und spielte den Sturzbesoffenen.

Denn der Mann, der da gerade an ihm vorüberging, in feines grünes Sammet, ganz wie Boswell, und einen nachtblauen Umhang gekleidet, war Sir John Babcock.

Bei Gott!

James hob die Augen nicht einen Zentimeter, bis Sir John in der Ferne verschwunden war.

Das konnte nicht wahr sein, aber diese Typen waren unverkennbar: sie alle hatten hohe gezierte Stimmen und ihre Bewegungen wirkten immer etwas gekünstelt.

James ging noch einmal zurück zu Madame Rosa.

«Donnerwetter», sagte sie, als sie ihn hereinkommen sah. «Es stimmt also doch, was man immer über die Iren erzählt. Zweimal in der Nacht?»

James grinste. «Ist es denn dieselbe Nacht?»

«Du willst mich wohl auf den Arm nehmen. Hast du einen sitzen?»

«Sagen Sie dieses Haus nebenan, ist es wirklich das, was die Seeleute erzählen?»

Madame Rosa musterte ihn von oben bis unten. «Jedenfalls ist es nichts für einen Mann wie dich», sagte sie geradeheraus.

«Ist es also ein Haus für Sodomiten? Ein Männerpuff?»

«Zweimal in einer Nacht», sagte sie und verdrehte die Augen zum Himmel. «Und mittendrin eine Geschmacksveränderung!»

«Keineswegs», sagte James und wurde puterrot. «Ich habe mich nur über das Volk gewundert, das da rauskam.»

«Du tätest gut daran, dir in deiner Lage keine Gedanken über solche Leute zu machen», sagte Madame Rosa, «sonst landest du eines Tages noch in der Themse.»

Seamus verabschiedete sich und warf von der Straße aus noch einen Blick auf das Haus nebenan. Ich dachte immer, man würde sie auf den ersten Blick erkennen, dachte er. Ich wußte nicht, daß sie heiraten, Familien gründen und ihre Töchter auf dem Schoß schaukeln wie jeder andere Mann auch. Ich hätte auch nie gedacht, daß sie ehrenvolle Reden für die Rechte der Iren halten oder sich für die amerikanischen Kolonisten einsetzen.

Der Laden in Liverpool schien zum Greifen nahe. Sir John gehörte nicht zu der Sorte von Männern, die jemanden beauftragten, Seamus totzuknüppeln und in die Themse zu werfen. Er würde zahlen.

Mein Gott, dachte Seamus, bin ich wirklich so ein Schuft?

Man weiß nie, wer oder was man ist, bis man auf die Probe gestellt wird. Das hatte er gelernt, damals in der Folterzelle und dann später im Wald, als er mit Sir John allein war und der Stein vom Himmel fiel.

Doch bin ich wirklich der tapfere Kerl, der trotz Folter das Maul gehalten hat, der in jedem Bach und jedem Vogelgesang das Lied seiner Liebsten hört und zugleich der Schurke, der durch Erpressung zu Geld kommt? Bin ich das?

Ah, Dark Rosaline, du Schwanenfrau, du wirst dich von mir abwenden, und ich werde deine süße Stimme nie wieder hören.

Aber ich werde Geld haben. Ich werde Herr über mein Schicksal sein.

DREIUNDZWANZIG

Bevor Abraham war, bin ich.»

Ja, dachte Joseph, klar.

«Ich bin gestern, heute und der Bruder von morgen.»

Sicher.

«Ich bin du. Wir sind eins. Der Lebendige Eine.»

Du führst schon wieder Selbstgespräche, du Narr.

«Nein, ich rede mit meinem anderen Ich. Meinem wirklichen Ich.»

Dann hörte er Schritte. Sie holten ihn wieder ab. Mal sehen, was heute auf dem Programm steht, dachte er.

Zwei Neapolitaner: er erkannte sie auf den ersten Blick an ihrem Habitus, ihrer Kleidung, ihrer Art, sich zu geben.

«Sind Sie Sigismundo Celine?» fragte der größere der beiden besorgt.

Joseph mußte darüber erst einmal nachdenken. «Unter bestimmten Voraussetzungen ja, ich glaube ja. Aber ich bin auch Joseph. Es gibt zwei von uns, wissen Sie.»

«Gott sei Dank», sagte der Neapolitaner. «Wir suchen Sie schon seit Monaten.»

Sie halfen Joseph vorsichtig von der Pritsche aufzustehen. «Können Sie gehen?» fragte der Neapolitaner freundlich (oder schien es nur so?).

«Ja», antwortete Joseph ungeduldig. «Was wollen Sie mir diesmal vorspielen?»

«Wir sind hier, um Sie zu retten. Ihr Onkel Pietro schickt uns», sagte der Kleinere der beiden.

Onkel Pietro! Bei diesem Namen schwappte eine Welle hilfloser Sehnsucht über Joseph hinweg – er sah Onkel Pietros Gesicht vor sich, Mama, Papa Guido, das Haus, in dem er aufgewachsen war, und die Bucht am Fuß des Hügels, die blühenden Apfelbäume, zwanzig Jahre Neapel, Musik, Musterschüler auf der Herz-Jesu-Schule, und dann überkam ihn plötzlich Angst. Das war nicht sein Leben, sondern Sigismundos Leben und wieder Sigismundo zu sein, war gefährlich. Es erschien ihm sicherer, Joseph zu bleiben. Sigismundo wurde andauernd verfolgt, gejagt, angegriffen.

«Haben Sie draußen wieder einen Mann aufgeknüpft? Oder wollen Sie mich vor versammeltem Publikum auspeitschen lassen? Ich meine, was haben Sie diesmal für einen Zirkus vor?»

Die beiden Männer warfen sich unsichere Blicke zu, jedenfalls sah es aus, als wären sie unsicher.

«Sie müssen Ihnen ja übel mitgespielt haben», sagte der Große kurz. Er trug einen Schnurrbart, hatte Lachfalten um die Augen und war etwas älter als der andere. Als Sigismundo sich diese Details einprägte, fiel ihm auf, daß er sich schon lange niemanden mehr so genau angesehen hatte. Er hatte sich in seinen eigenen Kopf zurückgezogen, die verrückte Welt um sich herum ausgesperrt. «Ich kann Ihre Zweifel und Ihre Verwirrung verstehen», sagte der große Mann, drückte Sigismundo die Hand und machte dabei das Zeichen des vierten Grades.

Sigismundo wußte, daß jeder Freimaurer vom ersten Grad an schwor, einen Bruder in der Bewegung niemals im Stich zu lassen. Er wußte auch, daß er in letzter Zeit beträchtliche Zweifel hatte, was die französischen Freimaurer und ihren Großmeister, den Herzog von Chartres anging. Doch er erinnerte sich, daß überall Verrat und Betrug zu wittern krankhaft war; diese Krankheit hatte seinen Cousin Antonio getötet.

«Ich danke Ihnen», sagte er. «Ich bin sicher, daß mein Onkel Sie reich belohnen wird.»

«Kommen Sie», sagte der eine. «Lassen Sie uns nach draußen gehen, an die frische Luft. Das wird Ihnen guttun.»

Sigismundo begleitete sie den Gang entlang zu einem Zimmer, das er fast nicht wiedererkannte. Wahrscheinlich war es das Zimmer der Inquisitoren, mit einigen Veränderungen im Mobiliar. Sie traten in den Hof.

Der Himmel war von leuchtendem Blau; das Licht stach in die Augen, und in einem grünen Baum sang ein Rotkehlchen vor sich hin, als hätte es noch nie davon gehört, daß die Welt von Falken wimmelt. Um den Baumstamm war ein Eichenholztisch gebaut, auf dem ein gelber Tonkrug mit rotem Muster stand. Die Pflastersteine sahen aus, als stammten sie aus dem alten Rom und in der Ferne hörte man das wütende Krähen eines stolzen Hahns.

Ich trinke Eindrücke wie ein Verdurstender Wasser, dachte Sigismundo, es ist, als wäre jeder Gegenstand von innen erleuchtet. Dann fiel ihm wieder sein wildes, irrationales Gefühl der Unsterblichkeit am Morgen des Duells mit Carlo Maldonado ein.

«Wo sind meine Peiniger?» fragte er.

«Einige werden von unseren Freunden im Keller festgehalten», sagte der Neapolitaner, «ein paar andere sind beim Angriff umgekommen.»

«Wie haben Sie mich gefunden?»

«Wir haben die Gegend nördlich der Bastille abgesucht und sind auf die Villa gestoßen, die angeblich unbewohnt war. Da wir aber nachts Licht sahen, wurden wir mißtrauisch.»

Der blonde Neapolitaner schöpfte Wasser aus dem Brunnen. «Hier», sagte er und reichte Sigismundo einen Krug. «Das wird Ihnen guttun.»Sigismundo trank das köstliche Wasser, das so süß schmeckte wie frische Äpfel und ermahnte sich zur Vorsicht. Wahrscheinlich war das hier auch wieder nur eine *Maske*. An Skepsis hatte er sich mittlerweile gewöhnt. Es wäre vielleicht interessant, ihre Reaktion zu beobachten, wenn er so tat, als sei er imstande, zu glauben, daß jemand wirklich das war, was er zu sein schien; zu akzeptieren, daß jene, die sich als Freunde ausgaben, auch wirklich Freunde waren.

Im anderen Flügel des Hauses ging eine Tür auf. Schnellen Schrittes eilte ein Mann durch den Garten und über das Pflaster des Hofs. Er lächelte ihm zu. Er war sehr elegant, in kornblumenblaue Seide mit goldenem Brokat gekleidet, wie es der neuesten Mode entsprach, und mit vornehmem Schmuck geschmückt. Er war hochgewachsen, hatte eine Hakennase und dunkle Haare. Als Sigismundo ihn das letzte Mal gesehen hatte, trug er das Gewand eines Zauberers.

Dippel von Frankenstein.

Oder besser gesagt, der Mann, der sich 1764 in Neapel als Frankenstein ausgegeben hatte, denn der echte Frankenstein war schon dreißig Jahre vorher gestorben.

Es sei denn, er hätte seinen Tod nur vorgetäuscht und lief noch immer in der Gegend herum, wie jenes legendäre Geschöpf, das er angeblich mit Hilfe der Schwarzen Magie geschaffen hatte.

Es geht wieder los, dachte Sigismundo.

Frankenstein lächelte geheimnisvoll – doch das taten alle Zauberer – und reichte ihm die Hand. Als Sigismundo sie drückte, war er nicht sonderlich überrascht, das Zeichen des vierten Grads zu erkennen.

«Ich freue mich, Sie aus der Macht dieser *cowans* zu befreien», begrüßte Frankenstein ihn. «Grüße von allen drei Spitzen des Dreiecks.»

«Herzlichen Dank», sagte Sigismundo höflich. «Gehe ich recht in der Annahme, daß ich Sie und Ihre Freunde für meine

Retter halten und nicht etwa zu der Bande rechnen soll, die mich so lange hier festgehalten hat?»

Frankenstein musterte ihn mit einem forschenden freundlichen Blick (oder war das nur geheuchelt?). «Sie sind lange krank gewesen», sagte er, «Sie müssen sich zuerst ein wenig erholen.»

«Das kann man wohl sagen», stimmte Sigismundo zu. «Ich war in einem schwerelosen Raum. Ich bin durch Zeit und Raum gereist und sechs Jahre vor meiner Abreise nach Neapel zurückgekehrt. Ich war in einem Krankenhaus, das erst in vierzig Jahren gebaut wird. Ich habe mich mit einem merkwürdig gekleideten Mann unterhalten, der durch die Decke flog. Ich brauche jemand, der älter ist als ich und weniger nervös, jemand, der mir sagen kann, was wirklich ist und was nicht.»

«Das waren wirklich herzlose Gesellen, die das mit Ihnen angestellt haben», sagte Frankenstein mitfühlend. «Menschen ohne Gefühl oder die Liebe Gottes in der Seele.»

Sigismundo sah ihm geradewegs in die Augen. «Sie beschreiben sie sehr trefflich», sagte er leise, «doch sagen Sie mir lieber, wann ich diese Mauern verlassen und in die normale Welt zurückkehren kann?»

«In einem Augenblick», sagte Frankenstein rasch. «Es gibt noch einiges, das ich Ihnen erklären muß, und ich fürchte, Sie trauen mir nicht so ganz.»

«Ich werde mir anhören, was Sie zu sagen haben; etwas anderes bleibt mir nicht übrig.»

«Setzen Sie sich», sagte Frankenstein und wies auf den Tisch. Dann wandte er sich an den großen Neapolitaner: «Bring ihm etwas Wein und Käse aus dem Proviantsack.»

Sigismundo nahm Platz und musterte diesen Mann, der neunundneunzig Jahre alt sein mußte, wenn er der echte Frankenstein war. Er sah nicht viel anders aus als vor acht Jahren in Neapel. Sein Gesicht spiegelte dieselbe heitere Gelassenheit wie das von Abraham Orfali: als hätte er verlernt, etwas zu begehren oder zu fürchten. Auch bei Onkel Pietro zeigte sich dieser Ausdruck in den letzten Jahren immer deutlicher. Sigismundo führte dies auf das jahrelange Studium der Geisteswissenschaften in den höheren Rängen der Freimaurer zurück.

«Fangen Sie an, indem Sie mir verraten, wer Sie wirklich sind», sagte er vorsichtig.

Frankenstein machte eine ungeduldige Handbewegung. «Sie würden mir nicht glauben, und ich habe Ihnen Wichtigeres zu sagen. Es ist an der Zeit, Ihnen zu verraten, wer *Sie* wirklich sind.»

«Der Mann, der die Welt erschüttern wird? Der, den die Sterne prophezeit haben? Geht das schon wieder los?«

Der große Neapolitaner brachte Wein und Käse. Er stellte alles auf den Tisch, während er besorgt Sigismundos mißtrauisches Verhalten beobachtete.

Sigismundo nahm einen Schluck aus dem Weinschlauch und ignorierte den Käse. Der Wein war trocken; einem neapolitanischen Gaumen mußte er fast sauer erscheinen. Wahrscheinlich die Art von Wein, die die französischen Adligen bevorzugten.

«Es geht um mehr als die Sterne», sagte Frankenstein leise, beugte sich vor und machte sich mit seinem Dolch am Käse zu schaffen. «Wissen Sie, wer die Malatestas in Wirklichkeit waren?»

«Wir tauchten im neunten Jahrhundert aus dem Nichts auf», sagte Sigismundo und nahm einen Schluck. «Vorher hatte noch kein Historiker von uns gehört. Aus irgendeinem Grund machte uns Karl der Große zum Herrscher über die nördlichen Staaten Italiens.»

«Karl der Große hatte seinen Grund. Sie kennen die Legende.»

Joseph antwortete; es wurde allmählich ungemütlich, wieder Sigismundo zu sein. «Angeblich entstammten wir einem französischen Königsgeschlecht, den Merowingern. Denen, die aus dem Ozean kamen.» Joseph lächelte zynisch und griff erneut nach dem Weinschlauch. Betrunken zu sein, war vielleicht nicht die beste Verteidigung, aber immerhin war es eine. Möglicherweise war er gerade über ein großartiges Prinzip gestolpert: sei stets betrunken. Jedenfalls wenn du auf einem barbarischen, machiavellistischen Planeten überleben willst. Er nahm noch einen Schluck, um seinem neuen Motto gerecht zu werden.

«Karl der Große hatte einen Grund», wiederholte Frankenstein. «Es gibt noch eine andere Version der Legende. Haben Sie davon gehört?»

«Daß die Merowinger von den Sternen kamen. Meinen Sie das?» fragte Joseph und nahm noch einen Schluck aus dem Weinschlauch. Am besten entspannte er sich und genoß die Sonne, ehe sie ihn wieder in die Zelle brachten.

«Ja», antwortete Frankenstein. «Von einem anderen Planeten weit weg.»

Beide schwiegen eine Zeitlang. Der weiß, wie man es spannend macht, dachte Joseph.

«Ich war ziemlich erschüttert, als ich herausfand, daß ich zum Teil Sizilianer bin», sagte er schließlich. «Jetzt eröffnen Sie mir, ich wäre *noch etwas anderes.*»

«Was steht in der Genesis über die Söhne Gottes und die Töchter der Menschen?» Frankenstein schob ein Stück Käse in den Mund und sprach, als handelten sie Kuhpreise für den Markt von Rouen aus.

Sigismundo griff nach dem Schlauch. Er war nicht sicher, ob Joseph der Sache gewachsen war. «Ich nehme an, daß das mit einem bestimmten fleischlichen Wissen zu tun hat. Die meisten Menschen sind nur Menschen, sagen Sie, aber einige sind mehr? Das wird ja immer besser.»

«Was fühlen Sie, wenn Sie nachts die Sterne betrachten?» wollte Frankenstein wissen.

«Dasselbe wie alle anderen auch. So etwas läßt sich nicht in Worte fassen.»

«Es ist nicht dasselbe wie bei allen anderen. Versuchen Sie es.»

«Ich spüre etwas Machtvolles, Eindringliches, ein Gefühl absurden Verlangens. Ich habe versucht, Musik daraus zu machen, aber es ist mir nicht gelungen.»

«Was ist das für ein Verlangen, das Ihnen absurd vorkommt?»

Sigismundo nahm noch einen kräftigen Schluck. Er schaute zu dem kleinen braunen Vogel hinauf, der so zerbrechlich schien, doch nicht zerbrechlicher war als er selbst. «Ich fühle mich unverletzlich, losgelöst von allem. Es macht es mir fast unmöglich, wieder in das Durcheinander meines Lebens zurückzukehren, in diese stupide, grausame Welt voller Probleme.»

«Und Sie glauben, daß alle Menschen so empfinden?»

«Alle, die gebildet genug sind, um zu verstehen, was die Sterne bedeuten und wie unwesentlich dieser kleine Planet ist.»

Frankenstein lachte. «Wenige empfinden wie Sie, und noch weniger wissen, wie unwesentlich unsere Erde ist. Jene, die ein kosmisches Verlangen spüren, sind diejenigen, deren Vorfahren von den Sternen stammen.»

«Verstehe», sagte Sigismundo. Er trank den Weinschlauch leer und meinte sich nicht länger hinter Joseph verstecken zu müssen. «Natürlich sind wir deshalb Könige und Fürsten so vieler Länder geworden, nicht wahr? Wir haben das Recht, den Rest der Menschheit wie Dreck zu behandeln. Ich kenne diese Ansicht. Gleich führen Sie mich auf einen Hügel und zeigen mir alle Königreiche der Erde, die darauf warten, von mir regiert zu werden.»

Frankenstein winkte müde ab. «Irgend jemand muß regieren», sagte er schlicht. «Einen Herrscher der Welt muß es geben. Einen, der allen Fürsten sagen kann: ‹Du sollst dich nicht bewaffnen; du sollst nicht Krieg führen gegen deinen Nächsten; du sollst den Frieden nicht stören.› Und dafür sorgt, daß es so bleibt. Sehen Sie ein anderes Ende für die internationale Anarchie unserer sich befehdenden Nationalstaaten?»

«Ich bin nicht an Macht interessiert. Mich fasziniert die Kunst. Und die Wissenschaft.»

Zum ersten Mal seit über einem Jahr dachte er wieder an sein *autokineton.* Eines Tages würde das verdammte Ding fahren.

«Noch ein Zeichen dafür, daß Sie der Auserwählte sind. Jeder, der sich für die Macht interessiert, ist schon suspekt.»

«Sie haben auf alles eine schnelle Antwort, wie mir scheint. Wie lange haben Sie diese Szene einstudiert?»

«Sie hatten das *baraka* seit Ihrer Geburt», sagte Frankenstein. «Das ist das erste Zeichen des kosmischen Vermächtnisses. Selbst wenn es sich bei jenen offenbart, deren Herkunft unbekannt ist, bedeutet es stets eine Beziehung zum Baum: königliches Blut. Glauben Sie wirklich, alle Männer wären so tapfer, so intelligent wie Sie? Sind Sie etwa demokratischer Sentimentalität erlegen, nur weil Sie in England ein paar sympathische Whigs kennengelernt haben?»

Sigismundo schüttelte den leeren Weinschlauch und hoffte, irgend jemand würde den Wink bemerken. «Ich bin nicht tapfer, im Gegenteil, ich weine leicht. Ich kann nur Männer töten, die es auf mich abgesehen haben, und das auch nur, weil ich einen außerordentlich guten Fechtlehrer hatte. Und was die Intelligenz betrifft: mein Onkel Pietro ist weise, ich bin nur klug.»

«Alles, was Sie sagen, verrät, daß Ihre Intuition stets richtig war. Nur wenige Menschen kennen sich so gut wie Sie; die meisten leben in einem Mythos und werden furchtbar wütend, wenn man ihnen die Wahrheit über sich selbst sagt. Sie dagegen sind bescheiden genug, sich selbst objektiv zu beurteilen.»

«Und als nächstes werden Sie wohl behaupten, daß meine Pisse nach Rosenwasser duftet, wie?»

«Hören Sie auf, den Weinschlauch zu schütteln, als seien Sie ein Trunkenbold. Sie sind nicht der erste, der beim Anblick seines Schicksals weiche Knie bekommt.»

«Mein Schicksal ist die Musik und vielleicht ein paar mechanische Erfindungen. Von Politik habe ich keine Ahnung, sie interessiert mich auch nicht. Mir kommt sie immer vor wie die Kunst, sich den menschlichen Herdentrieb zunutze zu machen.»

«Wollen Sie etwa, daß dieser Planet von Dummköpfen und Banausen regiert wird?»

«Und wenn schon. Ich will meine Ruhe, um meiner Arbeit nachgehen zu können. Ein- oder zweimal die Woche kann ich ja ein Stündchen darüber nachgrübeln, warum jeder Hermeneutiker, Alchimist und Hexenmeister in ganz Europa mich für seine Zwecke einspannen will.»

«Nicht alle wollen Sie einspannen», sagte Frankenstein nach einer Weile. «Und das wissen Sie nur zu gut. Es gibt Menschen, die wollen Sie ganz aus dem Verkehr ziehen. Für sie sind Sie ein Bauer, der ihre Strategien durchkreuzt.»

«Ich weiß. Manche wollen mich umlegen und andere sind schon zufrieden, wenn sie mich lebendig begraben können. Und Sie repräsentieren den netten Onkel von nebenan, der den Planeten auf den Kopf stellen und mich zum Universalherrscher proklamieren will. Wieso lassen Sie mich nicht einfach in Ruhe?»

«Weil Sie von allen, die königliches Blut haben, derjenige sind, den die Sterne auserwählt haben. Wir haben Sie beobachtet und gesehen, daß die Prophezeiungen sich erfüllt haben.»

«Sie wären ein besserer Herrscher als ich. Sie besitzen vor allem eine Eigenschaft, die man als Politiker braucht: die Unfähigkeit, ein ‹Nein› zu akzeptieren.»

«Ich bin nur ein Freund des Witwensohnes, ein Wächter des Blutes – ich selbst besitze es nicht.»

«Sagen Sie, bin ich eigentlich immer noch Gefangener?»

«Sie können jederzeit gehen.»
Sigismundo stand auf und ging zum Tor.
«Moment noch», sagte Frankenstein, unmerklich lauter.
Wußte ich's doch, dachte Sigismundo, ab in den Kerker.
«Ich will einen kleinen Ausflug mit Ihnen machen und Ihnen die Beweise zeigen», sagte Frankenstein ernst. «Der Schatz, den die Tempelritter im Tempel des Königs Salomon fanden – die Bücher und Dokumente, die versteckt wurden, als die schwarzen Hexenmeister in Rom die Macht an sich rissen und die Gnostiker zum Untertauchen zwangen. Doch wenn ich nicht irre, haben Sie das Geheimnis bereits gelöst. Nicht wahr?»
«Vielleicht.» Sigismundo stand am Tor. Er machte keinerlei Anstalten, zum Tisch zurückzukommen.
«Wer ist der Bräutigam in der Chymischen Hochzeit des Christian Rosenkreutz?»
«Es kann nur Christus selbst sein. Natürlich. Das beste Versteck ist direkt vor der Nase, weil es dort niemand vermutet.»
«Und die Braut? Die Witwe nach der Kreuzigung?»
«Maria Magdalena.»
«Und der Sohn der Witwe – jener, der überlebte und die *gnosis* nach Europa brachte?»
«Ihr gemeinsamer Sohn Merovée, der erste Merowinger. Mein Urahn. Kein Wunder, daß die Historiker verunsichert waren und behaupteten, er sei mehr Priester als König gewesen.»
«Die Legende, er sei halb Fisch gewesen, bedeutet ...»
«Das ist ein Kode. Der Fisch ist ein Symbol für Christus.»
Frankentein lächelte. «Meinen Glückwunsch. Sie haben siebzehnhundert Jahre Lügen und falsche Dogmen überwunden.»
«Es war die ganze Zeit da, wie ich schon sagte.» Sigismundo stand immer noch beim Tor. «Selbst in den verfälschten Evan-

gelien, die die Römer uns andrehten, wird er viele Male *rabbi* genannt. Die Kirche hat diesen Begriff einfach übersehen, weil sie sich in jüdischem Recht nicht gut genug auskannte, um zu wissen, daß sie damit ein Geheimnis preisgab.»

«Wir haben das wirkliche Evangelium», sagte Frankenstein. «Von Jakob und Judas, den beiden Brüdern Christi, und auch von Magdalena, seiner Frau. Wir besitzen sogar die Dokumente, die die Tempelritter fanden. Sie sind in der Gegend von Montségur versteckt, seit die Tempelritter zerschlagen wurden.»

«Kann ich sie sehen?»

«Das liegt bei Ihnen; kein Mensch hätte mehr Anrecht darauf als Sie.»

Sigismundo trat einen Schritt zurück in den Hof.

«Nun ...» sagte er.

VIERUNDZWANZIG

Aus dem *Evangelium der Maria Magdalena:*

Dies sind die Worte des Lebendigen Jesu, die ich, seine Frau Maria Magdalena, niederschrieb.

Wer die Bedeutung seiner Worte entdeckt, der wird den Lebendigen Einen entdecken.

Er sprach: Wenn ihr euch gut erinnert, werdet ihr wissen, daß ihr Kinder eines Vaters und einer Mutter seid. Wenn ihr euch aber nicht erinnert, wird es euch schlecht ergehen, wahrlich, ich sage euch, es wird euch schlecht ergehen.

Die ersten werden die letzten sein und die letzten werden die ersten sein: sie werden zu einem verschmelzen. Wenn ihr den ersten und den letzten seht, werdet ihr nicht länger zweifeln: es ist, als sähet ihr euer eigenes Gesicht in einem Glas.

Und er sprach: Die Saat wurde auf viele Welten verstreut. Einige Samen fielen auf steinigen Boden und verdorrten. Wieder andere fielen den Flammen zum Opfer. Einige verwandelten sich in den Lebendigen Einen. Wer Ohren hat, zu hören, der soll hören. Zerschlagt die alten Gesetze und erwacht aus der Lüge, an die die Menschen glauben.

Und er sprach: Diese Worte sind schlicht und doch werden sie die Welt entflammen. Ich habe das Feuer entfacht, die Frau jedoch, meine Gattin, wird das Brot bringen.

Er sprach: Was im Himmel ist, ist auch auf Erden. Was in der Sonne ist, ist auch auf dem Mond. Wenn ein Gesicht sein Ebenbild erblickt, ist es im Gleichgewicht und der Lebendige Eine erscheint.

Er sprach: Die Himmel, die der Mensch sieht, werden vergehen, und die Himmel, die der Mensch nicht sieht, werden vergehen, der Lebendige Eine jedoch ist das Leben und wird nicht vergehen.

Er sprach: Ihr wart im Licht, ihr wart das Licht, ihr wart eins. Jetzt seid ihr zwei geworden und könnt das Licht ewiglich reflektieren, doch ihr glaubt, ihr wäret in der Finsternis.

Und er sprach: Sagt mir, wie ich bin.

Und Petrus antwortete ihm und sprach: Du bist ein flammender Engel, und Matthäus sprach: Du bist eine Mutter, die ihre Kinder liebt. Sein Zwillingsbruder Judas sprach: Ich wage es nicht, auszusprechen, wie du bist, Meister.

Jesus antwortet: Ich bin nicht dein Meister. Du hast zuviel getrunken. Du bist berauscht und sprichst wie ein Tor.

Und er nahm Judas beiseite und redete im geheimen mit ihm.

Und die anderen fragten, was Jesus gesagt habe, Judas aber

antwortete: Wenn ich es euch erzählte, würdet ihr mich steinigen.

Jesus sprach: Wenn ihr fastet, werdet ihr großes Übel heraufbeschwören. Wenn ihr betet, werdet ihr verflucht sein. Wenn ihr das Gesetz befolgt, werdet ihr eure Seele verlieren.

Doch handelt aus dem Licht in eurem Innern und ihr werdet Gutes tun. Heilt die Kranken, tröstet die Sterbenden, spottet über die Weisen und lehrt nur das eine: das Königreich ist hier auf Erde. Zerschlagt sie, zerschlagt die alten Gesetze und erwacht aus der Lüge, an die die Menschen glauben.

Er sprach: Ich werde euch geben, was das Auge nie gesehen hat und es wird euch verschlingen. Ihr werdet darin verbrennen.

Petrus fragte: Was wird das Ende sein?

Jesus antwortete ihm und sprach: Hast du den Anfang entdeckt, daß du das Ende schon verstehen kannst? Wo der Anfang war, ist auch das Ende.

Ich fragte Jesus: Wie sind die Jünger?

Und er antwortete mir und sprach: Sie sind wie Kinder, die Krieg spielen. Sie lassen sich fallen und sind tot; sie stehen wieder auf und sind lebendig. Doch sind sie weder tot noch lebendig. Du meine Liebste aber bist gestorben, indem du neues Leben geschaffen hast, deshalb bist du wirklich lebendig.

Er sprach: Es liegt vor ihrer Nase, aber sie sehen es nicht. Ihre Mütter gaben es ihnen bei der Geburt, sie aber haben es verloren. Es ist lauter als der Donner, doch sie hören es nicht. Sie sind trunken in dieser Welt; selbst die, die nicht trinken, sind trunken.

Und er sprach: Das Leben ist nur wirklich für den Mann und die Frau, die wirklich sind. Der Rest ist Traum und trunkenes Gestammel.

Es ist die Tür, die nach draußen führt. Sie aber graben Tunnel und versinken noch tiefer in der Finsternis.

Jesus sprach: Meine Seele ist voller Mitleid, denn sie sind zu berauscht, um Anfang und Ende zu erkennen.

Er sprach: Wenn der Geist das Fleisch erschafft, ist das ein Wunder, nicht wahr? Wenn aber das Fleisch den Geist erschafft, ist das ein noch größeres Wunder oder nicht? Kann ein Apfel zur Pflaume werden oder das Leben zum Tod?

Ich bin verwundert, daß soviel Reichtum gekommen ist, um im Elend zu leben. Das himmlische Königreich liegt vor euch: erwacht aus der Lüge, an die die Menschen glauben.

Er sprach: Was du gestern dachtest, zu dem bist du heute geworden. Ein trunkener Mann lag auf seinem Stroh und träumte, er läge im Bett des Kaisers. War seine Täuschung ungewöhnlich? Ich sage euch, sie war in dieser Welt nur allzu gewöhnlich. Die, die Ohren haben, zu hören, sollen hören.

Er sprach: Die Verbrecher, die man nicht gefaßt hat, werfen mit Steinen auf die, die man gefaßt hat. Der gewöhnliche Geist brütet nichts als Verbrechen aus: es ist wie ein Traum, wahrlich, ich sage euch, es ist wie das Träumen.

Und er sprach: Wenn zwei eins werden, sollen sie zum Berg sagen: Bewege dich und er wird sich bewegen.

Matthäus fragte: Wann wird die neue Welt kommen?

Er antwortete ihm und sprach: Sie ist schon da, aber du hast woandershin geschaut. Dein Keller ist voller Gold, du aber suchst es unter den Spinnweben des Speichers.

Und er sprach: Ein Landbesitzer nahm sein Geld und kaufte viele neue Äcker und Saatgut und schickte seine Arbeiter aus, die Samen auszustreuen. Er wollte eine gute Ernte einbringen und reich werden. Noch in der gleichen Nacht starb er. Die, die Ohren haben, zu hören, laßt sie hören.

Salome fragte: Wie kann ich den Lebendigen Einen erkennen?

Er antwortete ihr und sprach: Der Lebendige Eine ist voller Licht. Die, die geteilt sind, sind voller Finsternis.

Ich offenbare die Geheimnisse denen, die bereit sind. Laßt eure linke Hand wissen, was die rechte tut.

Und er sprach: Zwei legen sich in dasselbe Bett. Der eine wird sterben, der andere leben.

Er sprach: Es ist leicht, ein Verbrecher zu sein. In dieser Welt ist es sehr schwer, Mensch zu sein.

Sie sind betrunken, und sie arbeiten nicht, und sie sind alle Verbrecher.

Wenn man versucht, sie zu erwecken oder zu ernüchtern, werden sie erschrecken und versuchen einen zu töten. Seid sanft wie die Tauben und gerissen wie die Schlangen.

Petrus fragte: Wer hat dich geschickt?

Jesus antwortete: Der Eckstein, den die Baumeister verworfen haben, von da komme ich her. Das Tor, das kein Tor ist, ist der Ursprung des Lebendigen Einen.

Ein Mann sprach zu ihm: Sag meinen Brüdern, daß sie den Besitz unseres Vaters mit mir teilen.

Jesus sprach: Ich bin kein Teiler.

Und zu seinen Jüngern sprach er: Glaubt ihr, ich sei gekommen, um zu teilen? Ich bin gekommen, um die Trunkenen zu ernüchtern, die Schlafwandler zu erwecken und die Verbrecher zu rehabilitieren.

Er sprach: In einem gewöhnlichen Geist zeigt sich mehr Gewalt als in zwanzig Jahren Bürgerkrieg. Sie sind wie Trunkene, die in einem Wirtshaus Streit suchen. Sie alle rufen: Narr, Narr! und schmieden im verborgenen mörderische Rachepläne.

Viele warten an der Tür, doch nur dem Bräutigam wird Einlaß gewährt in das Hochzeitsgemach.

Ich sage euch, derjenige, der Narr, Narr! ruft, ist schon zum Mörder geworden.

Und er sprach: Sie sehen nicht den Lebendigen Einen, denn sie fiebern. Sie hören nicht, denn sie schlafen.

Jesus sprach: Ich bin gekommen, um der Rache ein Ende zu setzen. Jene, die das nächste sehen und das übernächste, deren Zwist wird enden.

Er sprach: Seid still und lauscht der inneren Stimme. Der Lebendige Eine wird erscheinen und die Braut sich dem Bräutigam zeigen.

Großer Reichtum und der Lebendige Eine sind hier und jetzt, in Krieg und Elend. Das Paradies wartet nicht an der nächsten Ecke, und das Himmelreich kommt nicht übermorgen. Die, die Ohren haben, zu hören, laßt sie hören.

Jesus sprach: Ein Mann dachte: Mein Nachbar hat mir Unrecht getan, also tötete er ihn. Ein anderer dachte: Mein Nachbar hat mir Unrecht getan, also verleumdete er ihn. Ein dritter dachte: Mein Nachbar hat mir Unrecht getan, also bestahl er ihn. Ist dies etwas Außergewöhnliches oder Unübliches? Es ist weder außergewöhnlich noch unüblich.

Der gewöhnliche Geist, trunken vor Leidenschaft, schafft alle Gewalt in der Welt. Richtet nicht und der Gewalt wird ein Ende gesetzt.

Er sprach: Wenn du den Himmel in einem Senfsamen siehst,

hast du den Himmel verstanden. Wenn du siehst, was in einer Stunde um dich herum vorgeht, bist du in die Ewigkeit eingedrungen.

Sie ist so groß, daß du nicht darüber klettern kannst. Sie ist so tief, daß du nicht unter ihr durchkriechen kannst. Sie ist dir näher als dein eigener Herzschlag, vertrauter als dein Blut.

Und er sprach: Ich sehe unendlich viele Knoten, ja, aber ich sehe auch nur einen Strick.

Es gibt ein Fleisch und einen Geist; ein Licht und viele Reflektionen.

Eine Stadt auf dem Berg, ist diese versteckt? Zündet man etwa ein Licht an, um es unter den Scheffel zu stellen?

Er sprach: Wenn du deine Mutter um Brot bittest, wird sie dir Steine geben? Wenn du sie um Licht bittest, wird sie es dir verwehren?

Das Verlangen des menschlichen Herzens wurde nicht ohne Grund erschaffen.

Petrus fragte: Wann wirst du uns in die Mysterien einweihen wie Maria, deine Frau, und Judas, deinen Bruder?

Jesus sprach: Wenn ihr euch ohne Scham entkleidet, wird sich euch der Lebendige Eine offenbaren: ihr werdet die Ungeborenen sehen und die Untoten. Ihr werdet mich nicht brauchen, um sie euch zu zeigen. Zerschlagt sie, zerschlagt die alten Gesetze und erwacht aus der Lüge, an die die Menschen glauben.

Er sprach: Hütet euch vor falschen Propheten, sie sind Wölfe im Schafspelz. Sie haben sich zu Eunuchen gemacht, um des Himmelreiches willen, aber sie kennen das Himmelreich nicht, noch kennt das Himmelreich sie.

Er sprach: Laßt die Hündin ein, die vor eurer Tür winselt und nehmt sie mit ihren Welpen auf, dann wird das Himmelreich in eurem Hause Einzug halten. Laßt Lob und Tadel hinter euch wie der Kutscher ein Dorf in der Nacht, dann wird das Himmelreich euch nie verlassen.

Er sprach: Wer mich verwirft, dem wird vergeben. Wer die Propheten und Weisen verwirft, dem wird vergeben. Wer aber *Sophia* verwirft, dem wird auf ewig nicht vergeben.

Petrus fragte: Bist du der Lebendige Eine?

Er antwortete ihm und sprach: Ich bin der Eine. Ich bin Alle. Ehe Abraham war, bin ich. Spaltet ein Stück Holz, und ihr findet mich in seiner Mitte. Hebt einen Stein auf, und ich bin darunter. Leert einen Eimer, und ihr werdet mich mit ausgießen.

Wer diese Worte versteht, wird sie wiederholen, ohne sich einer Lüge schuldig zu machen.

Er sprach: Es gibt ein kurzes Gedächtnis, und es gibt ein langes Gedächtnis. Ich bin gekommen, um euch das lange Gedächtnis zu lehren.

Wenn ihr die Welt findet, findet ihr den Körper und wenn ihr den Körper findet, wird die Welt euch hassen.

Jesus sprach: Wer anderen etwas verwehren kann, ist stark. Wer sich selbst etwas verwehrt, ist weise.

Und er sprach: Die Füchse haben Höhlen und die Vögel haben Nester, der Lebendige Eine aber macht nicht halt, um zu rasten.

Er sprach: Das Himmelreich ist wie eine Frau, die einen Samen genommen und einen Brotlaib daraus gemacht hat.

Er sprach: Ihr seid das geworden, was ihr gedacht habt. Alles Gute und alles Böse in der Welt hat mit dem Denken begonnen.

Es gibt keinen wütenden Gedanken auf der Welt, der nicht früher oder später zur Gewalt führt.

Die Jünger sagten: Komm, es ist Zeit zum Fasten und zum Beten.

Er sprach: Welche Sünden habe ich begangen, daß ich fasten und beten soll? Wenn der Bräutigam aus dem Hochzeitsgemach tritt, feiern die Gäste, sie beten und fasten nicht.

Und er sprach: Wenn du deine wahre Mutter kennst, wird die Welt dich einen Hurensohn schimpfen.

Unser Himmelreich ist nicht von dieser Welt. Wir sind in der Welt, unser Zuhause aber sind die Sterne.

Jesus sprach: Ihr werdet meine Worte erst verstehen, wenn der Mann zur Frau und die Frau zum Mann geworden ist.

Er sprach: Der wütende Mann lebt in einer wütenden Welt. Der traurige Mann lebt in einer traurigen Welt. Der Lebendige Eine lebt in der Ewigkeit.

Er sprach: Das Himmelreich ist im Himmel, aber es ist auch auf Erden. Wäre es nur im Himmel, dann wären die Vögel vor euch dort. Wäre es nur auf Erden, so wären die Würmer vor euch dort. Das Himmelreich ist in euch.

Jesus sprach: Der Betrunkene sucht überall den Schlüssel, der in seiner Tasche steckt. Der Träumer sieht Drachen und Ungeheuer, nicht aber das Zimmer, in dem er träumt. Der gewöhnliche Geist ist so arm, daß er kein Geist ist.

Sie hassen sich untereinander, weil sie sich nicht kennen.

Sie hassen sich, weil sie dieselbe Lüge glauben, die alle Menschen glauben.

Petrus sprach: Maria soll uns verlassen, denn Frauen sind es nicht wert, in unserer Mitte zu sein.

Er sprach: Ich habe dich die Mysterien gelehrt und du hast sie nicht gehört. Ich habe das Essen in deinen Mund gelegt, aber du kaust nicht.

Jesus sprach: Man kann den Ozean nicht in einem Schluck trinken. Man kann nach Ägypten nicht in einem Tag wandern. Glaubt ihr, ihr könntet den Lebendigen Einen ohne Anstrengung verstehen?

Er sprach zu seinen Jüngern: Sie haben den Vorsatz, mich zu töten. Habt ihr Angst?

Petrus sagte: Ich habe Angst. Matthäus sagte: Was soll aus uns werden? Und alle murmelten untereinander und waren niedergeschlagen.

Jesus sprach: Was von der Welt ist, kann durch die Welt getötet werden. Was aber nicht von der Welt ist, kann auch nicht getötet werden. Ich bin nicht von dieser Welt.

Nach der Kreuzigung begab sich Petrus zu Judas, dem Zwillingsbruder Jesu, und fragte: Was sollen wir tun?

Und Judas sprach: Es ist vollbracht. Lazarus hat es getan. Er hat die Witwe und den Sohn der Witwe beschützt. Sie sind an einem Ort, wo Cäsar und seine großen Armeen ihn nicht finden werden.

Sie sind in der Welt, aber die Welt kennt sie nicht.

Viele mögen das Kreuz haben und sich in Ehrfurcht verbeugen, doch nur die Weisen werden den Lebendigen Einen finden.

VIERTER TEIL

Das Federding

Emily Dickinson hatte unrecht: Hoffnung ist nicht das Federding. Das Federding ist mein Cousin. Wir schicken ihn zu einem Spezialisten nach Wien.

Woody Allen, *Wie du mir, so ich dir*

Harry: Während der letzten Wochen hat sich ein Team mit der Sache beschäftigt. Also, was wir rausgekriegt haben, läßt sich auf zwei Grundkonzepte reduzieren... erstens... die Leute tragen nicht genug Hüte... zweitens... Materie ist Energie; im Universum gibt es viele Energiefelder, die wir normalerweise nicht wahrnehmen. Manche Energien haben einen spirituellen Ursprung, der auf die Seele der Menschen einwirkt. Die Seele existiert jedoch nicht *ab initio*, wie das orthodoxe Christentum lehrt; sie muß durch einen Prozeß der Selbstbeobachtung unter kundiger Führung ins Leben gerufen werden. Und das wiederum kommt nur vor, weil der Mensch die einzigartige Fähigkeit hat, sich von geistigen Dingen durch alltäglichen Kleinkram ablenken zu lassen.

Max: Wie war das noch mit den Hüten?

Monty Python, *The Meaning of Life*

Luigi Duccio sagte, ja, er würde sehr gern eine Flasche Wein mit ihnen trinken und setzte sich.

«Die Sache ist die», sagte Honoré, immer noch an François gewandt, «man muß ihr das wirklich hoch anrechnen: sie war die einzige, die bis zuletzt in seiner Nähe blieb.»

«Sie ist eine Hure», sagte François.

«Ich weiß, aber trotzdem», wandte Honoré ein. «Man braucht schon Mumm, um das zu tun, was sie getan hat. Der Gestank war unerträglich. Hast du jemals miterlebt, wie einer an Pocken abgekratzt ist? Es würde dich vom Hocker reißen. Keiner wollte noch etwas mit ihm zu tun haben. Teufel auch, sogar der Dauphin verkroch sich in die andere Ecke des Schlosses, wie ich gehört habe.»

«Ihr sprecht von Madame du Barry», sagte Duccio und griff nach der Flasche.

«Ja», antwortete François und wandte sich wieder an Honoré. «Man braucht Mumm, aber sie ist trotzdem eine Hure. Das beste, was der Dauphin bisher fertiggebracht hat, war sie aus dem Schloß zu jagen, sobald der alte Ludwig abgenippelt war.»

«Ich bin besser informiert als du», entgegnete Honoré. «Das war nicht der Dauphin, sondern die Dauphine. Diese österreichische Zicke. Sie hat die Hosen, wenn du verstehst, was ich meine.» Er senkte die Stimme. «Ludwig XVI. ist ein Waschlappen von einem König, mein Freund. Die Österreicherin behandelt ihn wie den letzten Dreck!»

«Was meinst du, Luigi?» fragte François.

«Na ja, ihr wißt doch, ich mache mir nicht viel aus Politik.»

«Mit andern Worten, eine Hure wie die du Barry kommt bei dir gut weg», sagte François, wieder an Honoré gewandt. «Da bin ich aber ganz anderer Meinung. Hure bleibt Hure. Sie war ein nationales Unglück.»

«Willst du etwa behaupten, daß du noch nie in einem dieser Häuser gewesen bist?» fragte Honoré. «Entschuldige, aber da muß ich lachen. Du bist ein Heuchler, mein Lieber. Natürlich war sie eine Hure. Könige haben ihre Huren, genau wie du und ich, nur haben sie erstklassige Auswahl. Ich will damit sagen, daß ich eine Menge Huren kenne, die netter sind als die meisten Ladenbesitzer.»

«Du hast wohl zuviel Spartakus gelesen», sagte François. «Oder Voltaire. Solche Ideen werden Leute wie dich und mich noch teuer zu stehen kommen. Du bist doch selbst Ladenbesitzer, hast du das etwa vergessen?»

«Sag ich doch», versetzte Honoré. «Ich bin Ladenbesitzer und kenne eine Menge Huren, die netter sind als meine Kollegen. Die du Barry hatte mehr Mut als wir alle zusammen, an seiner Seite zu bleiben, bis er den Löffel abgab.»

«Die Familie hat ihm mächtig zugesetzt, hab ich gehört», sagte François. «Sie hat ihm die Sakramente aufgezwungen, und natürlich war der Priester ganz schön geladen. Er hat sich geweigert, dem Alten die Absolution zu erteilen, wenn er seine Sünden nicht bereute. Er mußte sogar die sogenannten sündigen Beziehungen bereuen. Und das war der Anfang vom Ende der du Barry im Palast. Man muß eben den Schein wahren, Honoré. Ein neuer König muß erst mal Eindruck schinden. Und wenn er die Hure seines Großvaters weiter im Schloß rummachen läßt, ist er erledigt. Das ist meine Meinung.»

«Es war die Dauphine», sagte Honoré. «Nur weil sie die Tochter von Maria Theresia ist, hält die sich für eine Kaiserin. Königin ist ihr nicht gut genug. Was meinst du, Luigi?»

«Also, ich finde, sie wird eine verflucht gutaussehende Königin abgeben. Sie ist einfach atemberaubend.»

«Vom Mund an aufwärts ja – aber sie hat diese typischen Habsburgerlippen», sagte Honoré etwas leiser. «Reine Inzucht, nichts anderes. Ihr Bruder, der Kaiser Joseph, wäre auch ganz passabel – ohne diese Lippen.»

«Die Habsburger haben sich jetzt überall in Europa breitgemacht», sagte François. «Joseph herrscht in Österreich. Seine Schwester, wie heißt sie doch noch – Maria Aurelia – ist Königin in Parma. Die andere Schwester, Maria Karolina, hat Ferdinand von Neapel geheiratet. Und mit Marie Antoinette haben sie sich auch Frankreich einverleibt.»

«In ein paar Generationen wird jedes königliche Geschlecht in Europa die Habsburgerlippen haben», sagte François.

Honoré sprach noch ein bißchen leiser. «Hast du das Gerücht über den Dauphin gehört?»

«Halt die Klappe», sagte François. «Natürlich habe ich es gehört. Aber sag bloß nichts, die Wände haben hier Ohren.»

«Mein Gott! Glaubst du, daß es stimmt?»

«Paß auf Marie Antoinette auf: wenn sich ihr Bauch bald wölbt, dann stimmt es nicht.»

«Es sei denn, sie hat jemand gefunden, der ihr das besorgt, wozu der König vielleicht nicht imstande ist», fiel Luigi ihm ins Wort.

«Es heißt, es wäre wegen seinem Großvater», flüsterte Honoré. «Dem alten Ludwig. Der hatte doch die, na ihr wißt schon, die Pocken. Wenn so was erst im Blut ist, müssen die Nachkommen dafür büßen.»

«Deshalb mag ich keine Huren», sagte François. «Die verbreiten das Zeug in ganz Europa. Ich gehe nie in diese Häuser, auch wenn du glaubst, jeder würde es tun.»

«Ach, du Scheiße», sagte Honoré, «da kommt Pierre.»

«Tu so, als würdest du ihn nicht sehen. Vielleicht sucht er jemand anders.»

«Er hat jetzt auch seinen eigenen Laden», flüsterte Honoré. «Er ist ein ehrenwerter Herr geworden. Er kommt her... hallo, Pierre, nett dich zu sehen.»

«'N Abend, Pierre», sagte François.

«Zum Wohl», sagte Luigi.

«Habt ihr was dagegen, wenn ich mich zu euch setze? He,

Wirt! Noch eine Flasche vom guten Roten. Verfluchte Köter. Wißt ihr, wo ich gerade reingetreten bin?»

«Nein», sagte Luigi unschuldig. «Worein denn?»

«Also ich habe gehört», sagte François zu Honoré, »und ich hab es vom Kutscher des Herzogs von Chartres, der es wissen muß, denn dem hat es einer der Diener im Schloß erzählt – daß der König, als er erfuhr, daß der Alte hinüber war, gejammert haben soll: Aber ich verstehe doch gar nichts vom Regieren!»

«... Drecksviecher!» fluchte Pierre.

«Nun», sagte Honoré, «der alte Ludwig hatte ja noch nie was übrig für den Dauphin. Er hielt ihn für schwachsinnig, wie man sich erzählt. Und außerdem ist er zu fett. Wer nimmt schon einen Fettwanst ernst?»

«Wir werden ihn alle sehr bald ernstnehmen müssen», sagte François, «spätestens nach der Krönung.»

«Hier, nimm noch einen Schluck», sagte Pierre, «der ist gut, *hein*? He, Luigi, ist der rote *diego* nicht der beste Wein?»

«Wenn man darauf erpicht ist, sich sturzbesoffen auf einem Karren nach Hause transportieren zu lassen, durchaus!»

«Willst du das Papier sehen, Pierre?» fragte Honoré.

«Teufel auch, ich kann nicht lesen bei diesem Licht.»

Die anderen warfen sich unbehagliche Blicke zu. Es war noch nicht dunkel, nicht richtig jedenfalls.

«Nun», sagte François und klopfte ihm auf die Schulter, «und was läuft sonst, Pierre?»

«Die Sardine – hab gehört, sie soll befördert werden. Kriegt einen Ministerposten im Palast und der andere, dieser Lenoir, wird Polizeichef.»

«Tja, so geht's», sagte Honoré, «aber er ist eben ein fähiger Mann.»

«So kann man es auch ausdrücken», meinte Pierre.

«Hast wohl nicht viel übrig für die Sardine, wie Pierre?» sagte Honoré. «Er ist der beste in der ganzen Regierung, wenn du mich fragst. Hat die Preise stabil gehalten, als er den Markt kontrollierte. Weiß der Kuckuck, was jetzt passieren wird.»

«Ist ja nur, daß die Sardine ihm jahrelang im Nacken gehockt hat, nicht Pierre?»

«Nun», sagte Duccio. «Pierre hat den Leuten möglicherweise Waren verkauft, die nicht verzollt waren. Aber wie gesagt, in diesem Dschungel muß man sehen, wo man bleibt als Geschäftsmann.«

Honoré senkte die Stimme: «Glaubt ihr, der Fettwanst wird seine Sache beser machen als sein Großvater?»

«Wer weiß», sagte François.

«Wird man sehen», sagte Duccio.

«Die Sardine», sagte Pierre, «wird noch dafür sorgen, daß ein Spitzel unter jedem französischen Bett hockt. Wartet nur ab.»

«Ihr könnt sagen, was ihr wollt, aber als er die Märkte kontrolliert hat, gab es wenigstens keine Inflation», sagte Honoré.

ZWEI

Gabriel de Sartines erhielt in der Tat einen Ministerposten, wenn auch niemand so recht wußte, wofür er zuständig war, denn seine Aufgabe bestand darin, das Spitzelsystem des alten Ludwig aufzupäppeln und in ein effektives modernes Spionagenetz einzubauen.

Einer seiner schillerndsten Mitarbeiter war F. A. C. de Beaumarchais. Kurz vor der Aufführung seines *Barbier von Sevilla* in Paris kam es zur Affäre Goezman. Sie fing als harmloser Streit unter Geschäftsleuten an; einige Männer behaupteten, Beaumarchais hätte sie betrogen und gingen vor Gericht.

Beaumarchais tat das, was jeder vernünftige Mensch in seiner Situation getan hätte: er bestach den Richter, einen gewissen Goezman. Doch dann passierte das Unglaubliche: er verlor den Prozeß. Offensichtlich hatte die andere Seite mehr geboten. Ein gewöhnlicher Mann hätte seine Niederlage akzeptiert, das geforderte Bußgeld bezahlt und als Lehrgeld abgeschrieben. Beaumarchais war aber kein gewöhnlicher Mann und führte obendrein eine spitze Feder. Er setzte sich hin und verfaßte allerlei Pamphlete über den Fall, in denen er Frankreich aufforderte, über diesen Richter, das Schlitzohr Goezman zu richten, das sich kaufen ließ und dann nicht bei der Stange blieb. Er berichtete von anderen, ähnlichen Fällen und ereiferte sich dabei immer mehr. Als Voltaire seinen Mut und seinen Scharfsinn lobte, glaubte er gar, die Welt verändert zu haben.

Doch was konnte man von ihm auch schon erwarten? Sein Titel war gekauft, er war niederer Herkunft, kannte die Spielregeln nicht. Als der Fall vor dem Obersten Gericht verhandelt wurde, tobte der gesamte Richterstand wegen seiner Schmiereien gegen die Justiz. Er verlor und mußte zahlen. Außerdem brummte ihm der Richter eine ganze Reihe von Bußgeldern auf, für die Lügen, die er über die französische Justiz verbreitet hatte. Obendrein mußte er einen Tag lang kniend auf den Stufen des Justizpalastes verbringen und mitansehen, wie alle noch verfügbaren Exemplare seiner Pamphlete öffentlich verbrannt wurden. Man verbot ihm, sich jemals wieder über den Richterstand zu äußern. Und das Schlimmste: auch der *Barbier von Sevilla* wurde kurzerhand vom Spielplan abgesetzt und durfte weder in Paris noch im übrigen Frankreich aufgeführt werden.

Dies alles geschah im Februar 1774, doch schon im Mai trat Beaumarchais seine neue Karriere als Oberspitzel der Sardine an. Man schickte ihn auf seine erste Mission nach London, und er machte seine Sache gut. Anschließend ging er nach Holland und machte sie noch besser. Ab 1776 floß geheimes Geld aus dem Staatstresor auf ein Konto von Beaumarchais, das auf den Namen einer Nebenfigur im *Barbier von Sevilla* lief (Humor hatte er, dieser Beaumarchais, das muß man ihm lassen), und von da in Form von Waffen und Munition weiter nach Nordamerika. Ludwig XVI. hatte beschlossen, insgeheim die amerikanische Revolution zu unterstützen, ohne jedoch die Engländer offen zu beleidigen. Erst viele Jahrzehnte später entdeckten die Historiker, daß nicht das gesamte Geld in Waffen und Munition umgewandelt worden war, sondern zu einem guten Teil in die neugegründete Bank eines gewissen P. A. C. de Beaumarchais floß.

Schließlich wurde ihm sogar erlaubt, den *Barbier von Sevilla* in Paris aufzuführen.

Keiner jedoch, nicht einmal der kalte, illusionslose Sartines wäre auf die Idee gekommen, daß Beaumarchais einen hohen Grad in der Großloge der ägyptischen Freimaurerei innehatte und dieser ergebener diente als er es dem Staat je vermocht hätte.

König Ludwig XVI. – der Fettwanst, wie ihn jedermann hinter seinem breiten Rücken zu nennen pflegte – wurde 1775 gekrönt, fast ein Jahr, nachdem er de facto König geworden war. Auch wenn sein Schwager, der schlaue und glattzüngige Kaiser Joseph von Habsburg einmal geäußert haben soll, Ludwig sei «nicht schwachsinnig, sondern nur unentschlossen», so nahmen doch alle im Palast und dann auch das Volk den äußerlichen Eindruck für bare Münze und waren überzeugt, einen Holzkopf auf dem französischen Thron zu haben. Es ist eben ganz besonders schwer, sich Respekt zu verschaffen, wenn man jung, fettleibig und furchtbar schüchtern ist.

Daß der Fettwanst alles andere als «schwachsinnig» war, bewies seine Übereinkunft mit Sartines, die darauf abzielte, das chaotische Spionagesystem des alten Ludwig auf Vordermann zu bringen. In der Tat bestand eine der ersten Amtshandlungen des Beaumarchais darin, einen respektablen Rückzug des «Damenritters» Chevalier d'Éon vorzubereiten. Beide Parteien verhandelten zäh; der zwischen ihnen ausgehandelte Vertrag umfaßte schließlich fünfzehn Seiten. Der König verpflichtete sich, ihm oder ihr zeitlebens eine monatliche Rente von (1985 inflationsbereinigten) tausend Pfund monatlich zu zahlen, worauf d'Éon sich bereit erklärte, bis zum Ende seines Lebens eine Frau zu bleiben, den Mund zu halten und die Leute nicht noch mehr zu verwirren, indem er sich mal so, mal so gab.

Jahre später weinte Chevalier d'Éon sich an der Schulter des Comte de Broglie aus: «In Wirklichkeit war ich immer eine Frau und wäre auch mein Lebtag eine geblieben, wenn die Politik mich nicht in diese Doppelrolle gezwungen hätte.»

De Broglie glaubte ihm. Soviel Charme, so viele zarte Tränen, das konnte keine Täuschung sein.*

* Als d'Éon schließlich im Jahr 1810 starb, nahmen nicht weniger als zwölf Ärzte an der Autopsie teil, um alle Spekulationen über das Geschlecht des Damenritters ein für allemal auszuräumen. Sie fanden normale männliche Organe und keinerlei Anzeichen für körperlichen Hermaphroditismus.

Aus: *Die Revolution, wie ich sie sah*, von Luigi Duccio

...und als der Fettwanst, wie jeder ihn nannte, von der Krönung zurückkehrte, trug sich eins jener merkwürdigen Ereignisse zu, die nur deshalb nicht vergessen werden, weil der Verstand nicht entscheiden kann, ob sie wichtig sind oder nicht. Die Schule in der Rue St.-Jacques, die von frommen Benediktinern geleitet wurde, hatte einen Wettbewerb veranstaltet. Es wurde ein Schüler gesucht, der einen patriotischen Gruß an den König richten sollte, wenn dieser in seiner Karosse vorbeikam. Der Junge wurde wegen seiner guten Noten und seines tadellosen Betragens ausgewählt, aber auch, weil die Mönche Mitleid mit ihm hatten, denn er war ein Waisenkind.

Als der König vorbeigefahren kam, hatte es bereits angefangen zu regnen. Das Protokoll schrieb vor, daß der Junge kniete, und er tat es, wobei er seine besten Hosen ruinierte. Irgendwo war etwas schiefgelaufen; niemand hatte dem König gesagt, daß ein Schuljunge ihm einen Gruß darbringen würde. So rollte die königliche Kutsche vorbei, während der Junge im Dreck kniete – mitten in Pferde-, Kuh- und Hundescheiße, denn es gab keine Straße in Paris, die nicht voll davon gewesen wäre –, den kalten Regen an sich herunterrinnen spürte und mit lauter Stimme seinen Gruß vortrug. Und weder der König noch Marie Antoinette warfen auch nur einen Blick in seine Richtung.

Der Junge erwähnte dieses Ereignis niemals; wie gesagt, man weiß nicht, ob es für ihn Bedeutung hatte oder nicht. Doch wir alle kannten ihn in späteren Jahren, diesen pedantischen, asketischen Jungen. Es war mein Freund, der große Held von 1791, der große Schurke von 1793, Maximilien Robespierre, der so leidenschaftlich versuchte, unserer Nation Schrecken und Tugend aufzuzwingen und uns von den Strudeln des Zufalls und der Verschwörung zu befreien, die die Wirren unserer heutigen Geschichte ausmachen.

DREI

Der Marquis de Sade hatte es sich auf seinen Besitztümern in der Provence gemütlich gemacht, während die Polizei ihn in ganz Frankreich suchte. Der ortsansässige Inspektor hatte der Marquise einen Besuch abgestattet und sich nach dem Aufenthaltsort ihres berüchtigten Gatten erkundigt, worauf sie antwortete, sie hätte keinen blassen Schimmer. Es war undenkbar, daß ein Polizeiinspektor an den Worten einer so vornehmen Dame zweifelte, die obendrein verwandtschaftliche Bande zum König hatte. Nach einem Jahr jedoch verdichtete sich der Verdacht, daß der Marquis tatsächlich auf seinem Besitz untergetaucht war. Man beschloß, das Haus zu durchsuchen, um des modernen Blaubarts habhaft zu werden.

Da jedoch die Gerüchte in die verschiedensten Richtungen liefen, bekam de Sade Wind von der Sache und setzte sich nach Italien ab.

Wie es scheint, war er in Rom, als Papst Clemens IV. starb.

1773 hatte Seine Heiligkeit einen folgenschweren Fehler begangen. Er erließ eine Bulle, *Dominus ac Redemptor*, in der er den Jesuitenorden offiziell und unwiderruflich verbot.

Alle katholischen Fürsten Europas hatten ihn dazu gedrängt – Don Carlos von Spanien, der die Jesuiten schon 1768 aus seinem Land verjagt hatte; Ferdinand VI. von Neapel, der wenige Jahre später seinem Beispiel gefolgt war; die Herzöge von Genua und Parma und viele andere. Die Jesuiten waren Sektierer; auf ihre Loyalität war nur selten Verlaß. Natürlich mußte jeder Jesuit bei seinem Eintritt in den Orden Gott, der Heiligen Jungfrau, dem Papst und ihrem obersten Abt absoluten Gehorsam schwören (angeblich in dieser Reihenfolge). Natürlich sagte man (aber man sagte eben vieles), daß in Wirklichkeit an erster Stelle der oberste Abt stand, gefolgt von Gott, Papst und Heiliger Jungfrau. Zudem gab es jede Menge Gerüchte über angebliche Verbindungen von Jesuiten zu den Freimaurern und über Jesuiten, die an den Schulen die ketzerischen Lehren Galileis unterrichteten. Vielleicht waren sie tatsächlich die intelligentesten und gebildetsten Männer der Kirche, vielleicht waren sie wirklich dem Gelübde von Armut und Keuschheit treu geblieben und hatten dem Vatikan hervorragende Dienste geleistet, doch nun hatte ihr Stündlein geschlagen.

Und doch soll Papst Clemens XIV. zum Fürchten blaß

gewesen sein, als er den Bann aussprach. Der alte Ganganelli – so nannte man ihn, denn er war seit Jahrhunderten der erste Papst von niederer Abstammung; der Sohn eines Wundarztes, um genau zu sein; ein Liberaler – kannte die Legenden über den Jesuitenorden ebenso wie jeder Ketzer aus dem Norden. Den Jesuiten eilte ein düsterer Ruf voraus; nirgendwo in Europa konnte ein Fürst sterben, ohne daß die Leute erzählten, es seien wahrscheinlich die Jesuiten gewesen, die ihn vergiftet hätten. Manch einer behauptete sogar, Papst Clemens' Stimme habe bei der Verkündigung des Bannes gezittert. Anschließend habe er gemurmelt: «Das wird mein Ende sein», aber das war sicher ebenso ein Gerücht wie Galileis angeblicher Satz: «Und sie bewegt sich doch!» Doch auch in diesem Fall wird sich die Legende wahrscheinlich länger halten als die Tatsache.

Innerhalb einer Woche erschienen überall in Rom und dann auch in ganz Italien Graffiti, die de Sade bei seiner Ankunft sofort ins Auge fallen:

ISSSV

Keiner will wissen, wer dahinter steckt, aber jeder kennt ihre Bedeutung, sogar der alte Ganganelli selbst: *In Settembre Sara Sede Vacanta.* «Im September ist der Thron frei.» Seine Heiligkeit kann nicht einmal seine Nase aus dem Vatikan stecken, ohne es sogleich zu sehen: ISSSV. In ganz Italien: ISSSV. Überall und jederzeit: ISSSV. Eine pockennarbige Hand von Initialen: im September ist der Thron frei. Im September...

Wieder und wieder.

Im September ist der Thron frei.

ISSSV.

Ganganelli fängt sich einen Schnupfen, ein bißchen Husten, Heiserkeit, nichts Schlimmes, Gott sei Dank, und schon sprießen die Gerüchte. Er wittert überall Gefahr. Sie sind klug, die

Jesuiten; alle denken: Jeder Holzkopf kann einen simplen Mord begehen, aber es ist eine Kunst für sich, einen überzeugenden natürlichen Tod vorzutäuschen. Und Ganganelli spürt, wie jeder auf seinen Tod lauert.

Er beschließt auszureiten, um seine Vitalität unter Beweis zu stellen. Er galoppiert vor dem Gefolge her, läßt die jungen Männer hinter sich, um allen zu zeigen, was für ein Kerl er noch immer ist. Doch später sind alle besorgt, denn er ist ganz außer Atem: Auch das könnte ein Symptom sein. Und wohin er auch sieht: ISSSV. Im September ist der Thron frei. In jedem Gesicht Mitleid, Heimtücke, ehrliche Anteilnahme oder gespannte Erwartung: Wann wird der alte Mann stürzen?

Lange vor September wittert der alte Ganganelli – liberal, skeptisch und zäh – schon überall Verschwörungen, genau wie Ludwig XV. kurz vor seinem Tod. Er verdächtigt nun *jeden* im Vatikan. Seine engsten Vertrauten, seine ältesten Freunde. Die Dienstboten. Die Schweizergarde. Jeden ortsfremden Priester, der den Vatikan besucht. ISSSV. Er bringt keinen Bissen mehr runter ohne Angst zu haben. ISSSV. Seine Verdauung leidet, weil die inneren Organe unablässig versuchen, eventuelle Gifte im Essen so rechtzeitig zu entdecken, daß er sie noch auskotzen kann. Er leidet an Schluckauf, Sodbrennen und Schlaflosigkeit. Alle in seiner Umgebung beobachten ihn voller Sympathie und Erwartung. Einige versuchen ihm Mut zuzusprechen, doch er fragt sich: Ob sie mich über meinen Zustand belügen? Wollen sie mich nur aufmuntern oder ist das Teil des Komplotts? Jedesmal, wenn sein Magen schmerzt, und das ist jetzt häufig der Fall, rätselt er. Zerbricht sich den Kopf. Im September ist der Thron frei.*

* Vgl. den späteren Tod Johannes Pauls I. Laut Yallops *In Gottes Namen*, op. cit. dachte Johannes Paul I. daran, Erzbischof Marcinkus aus der Vatikanbank zu entfernen, als er von Marcinkus und dessen Verbündeten in der P-2 (Propaganda Due) – dem berüchtigten Calvi,

Sindona, Gelli, dem heimtückischen Kardinal Villot – ermordet wurde. Pater Malachi Martin *(The Decline and Fall of the Roman Church)* fügt noch hinzu, daß Johannes Paul I. Dokumente über die Verbindungen mehrerer hoher Kardinäle zur Freimaurerei bzw. P-2 besaß, die ihm von Erzbischof Lefèbre aus Frankreich zugespielt worden waren. Derselbe Lefèbre, der in *Der Heilige Gral und seine Erben* als mögliches Mitglied der Priorei von Sion genannt wird und dem Papst schon früher heiße Ware wie «Photos von Kardinälen mit ihren Lustknaben oder Gespielinnen» hatte zukommen lassen. Kardinal Villot ließ den Papst einbalsamieren, ehe eine Autopsie auch nur in Erwägung gezogen wurde.

Aber der alte Ganganelli ist hart im Nehmen und läßt sich nicht beirren. Als er den 30. September überlebt, sind alle überrascht.

In Boston, Massachussetts, dringt eine Gruppe von als Indianer verkleideten Männer in die Docks ein und kippt mehrere Tonnen Tee ins Wasser. Kein Mensch glaubt, daß es wirkliche Indianer waren; jeder kann sich denken, daß es ein Protest gegen die neuen Teesteuern ist. Lord North in London hegt keinerlei Zweifel daran. Und es wird gemunkelt (aber man weiß ja, was so alles gemunkelt wird), daß die angeblichen Indianer beim Verlassen einer Freimaurerloge beobachtet worden sind . . .

In der russischen Armee zirkulieren seit Monaten die Gerüchte. Es heißt, der letzte Zar, Peter III., sei weder eines natürlichen Todes gestorben noch von seiner Frau, der deutschen Hure, die jetzt unter dem Namen Katharina II. herrscht, ermordet worden. Und im Moskowiter Adel flüstert man, nein, nein, Väterchen Zar ist unter uns, er lebt. Er ist klug, er tauchte unter, als Katharina seinen Tod plante. Viele haben ihn mit eigenen Augen gesehen.

Bald verdichteten sich die Gerüchte. Väterchen Zar lebe unter dem Namen Yemelyan Iwanowitsch Pugatschew und gebe sich als Kosake aus. Die Deutsche wird ihre wohlverdiente Strafe erhalten, darauf könnt ihr wetten. Wie kann Väterchen Zar, der von den Toten wiederauferstanden ist, geschlagen werden?

In Salzburg hat Mozart mittlerweile seine dreiundzwanzigste Symphonie beendet und sich auf die vierundzwanzigste, fünfundzwanzigste und neunundzwanzigste gestürzt. Sein achtzehnter Geburtstag verfliegt in einem kreativen Rausch. Im Hurenhaus zieht er sich eine leichte Infektion zu, die der Quacksalber, den er daraufhin aufsucht, jedoch auskuriert.

Seit er Mitglied der alten und angenommenen Freimaurerloge ist, hat Mozart den Ehrgeiz, den Menschen wenigstens einen Funken des Lichtes, das er erfahren hat, zu vermitteln.

Leise und unauffällig hat man in Bayern eine Hochzeit gefeiert: Adam Weishaupt, Professor für kanonisches Recht an der Universität von Ingolstadt, hat Eva Barth, die Tochter eines ortsansässigen Richters geheiratet.

Jeder sagt, sie seien ein wunderschönes Paar gewesen.

Der sogenannte Pugatschew-Aufstand hat sich mittlerweile über halb Rußland ausgeweitet. Natürlich glauben nur die Rebellen selbst daran, daß Pugatschew tatsächlich Zar Peter III. ist, aber die Rebellen werden von den Kosaken geführt und die verstehen was von Strategie. Sie siegen und siegen. Jeder sagt, daß sie bald geschlagen werden, aber sie siegen immer weiter...

Und in Rom kann man immer noch jeden Tag die Wandschmierereien lesen:

ISSSV

VIER

John Babcock genehmigte sich noch ein Glas Brandy, ohne zu merken, daß seine Hände zitterten. Dann zerriß er den Brief der Wissenschaftlichen Gesellschaft von Schweden in kleine Schnipsel und kippte den Brandy in einem Zug herunter.

Überall dieselben verfluchten Vorurteile, dachte er wütend. Keiner wollte glauben, daß der Stein tatsächlich vom Himmel gefallen war. Nicht einer!

Halt, nein, das stimmte ja gar nicht. Ein paar Gläubige hatte er bei seiner Korrespondenz mit Gelehrten in über zwanzig Ländern gefunden. Und was für welche! Ein paar britische Israeliten, die behaupteten, die Engländer, nicht die Juden stammten vom Alten Testament ab. Ein anderer hatte die Formel für den Stein der Weisen gefunden, zusammen mit einem Zettel, der verkündete: «Dies schrieb ich, Francis Bacon vom Planeten Mars.» Wieder ein anderer versicherte ihm, er stünde in täglichem Kontakt mit engelhaften Wesen. Solche Verbündeten spendeten ihm nur wenig Trost.

«Ich kann einfach nicht glauben, daß wir in einem Zeitalter der Aufklärung leben», hatte Dr. Benjamin Franklin in einer Unterredung mit den führenden Kräften der Whigs gesagt und spielte damit auf die zunehmenden Spannungen zwischen den Kolonien und England an. Sir John mußte lächeln, als er sich an den Rest seiner Ausführungen erinnerte. Ein rationales Wesen ist ein Widerspruch in sich, hatte er gesagt. «Stellen Sie sich ein solches Wesen vor: bei seiner Arbeit im Labor, wie könnte es anders sein. Nun gut, der Diener klopft an. ‹Das Abendessen ist serviert, Sir.› ‹Abendessen, Abendessen, was für ein Abendessen?› murmelt der Rationalist, der seine Arbeit nicht unterbrechen will. ‹Huhn und Schinken, Sir.› Und was antwortet unser rationaldenkender Mensch? ‹Zum Teufel mit Huhn und Schinken. Ich werde doch meine Gedanken nicht unterbrechen, um auf einem Stück Schweinearsch herumzukauen!› Er würde nicht essen, um zu überleben, und wenn ihn nicht ab und zu ein gewisses Verlangen packte, würde er sich auch nicht fortpflanzen. Und daran erkennen wir, daß die so hochgelobte Würde der menschlichen Natur auf dieselben Instinkte zurückgeht wie bei Pferden und Hunden ...»

Sir John ließ den Blick durch sein Arbeitszimmer schweifen, ohne sich des listigen Ausdrucks bewußt zu sein, der über sein Gesicht gehuscht war. Gott sei Dank. Maria hatte nicht unversehens das Zimmer betreten, während er seinen Gedanken nachhing. Er schenkte sich einen weiteren Brandy ein und trank ihn schnell aus.

Teufel auch, aber Frauen waren unberechenbar. Maria hatte sich in den Kopf gesetzt, daß er in letzter Zeit zuviel trank. Vielleicht lag es daran, daß sie wieder schwanger war, das bewirkte bekanntlich die eigenartigsten Launen. Er konnte sich kaum noch ein Glas einschenken, ohne daß sie eine Bemerkung dazu machte. Oder sie bekam diesen traurigen Ausdruck in den Augen. Schlimmer als eine Frau, die schimpft, ist eine Frau, die einen einfach nur anschaut und nichts sagt.

Nun gut, dachte er, ich muß Geduld haben. Sie ist im sechsten Monat, kein Wunder, daß sie nervös ist. Wenn das Kind erst geboren ist, wird alles wieder wie früher.

Er steckte den Stöpsel in die Karaffe. So, das war's für heute! Keinen Tropfen mehr. Er konnte aufhören, wann er wollte. Frauen und ihre Hirngespinste!

Er stellte den Brandy an seinen Platz zurück und merkte gar nicht, daß er taumelte.

Immerhin hatte er sein Leben wieder in Ordnung gebracht. Keine Jungs mehr, schon seit über einem Jahr. Und noch ein Gute-Nacht-Schluck würde nicht schaden.

Als er die Treppe hinaufging, stolperte er und hielt sich am Geländer fest. Vielleicht hatte er doch ein oder zwei Gläser zuviel getrunken; es sollte ihm eine Lektion sein. Morgen abend würde er sich zügeln.

Als er an Marias Tür vorbeiging, hörte er sie leise nach ihm rufen.

Mein Gott, plötzlich kam er sich vor wie damals in Eaton, als er auf seine Unterredung mit Pastor Fenwick wartete. Es ging um Sodomie unter den Schülern. Er hatte Angst gehabt, daß man es ihm am Gesicht ablesen könnte, aber dank seiner Geistesgegenwart war er glimpflich davongekommen. Er gab sich einen Ruck und trat in ihr Zimmer, ohne zu schwanken.

Maria, etwas fülliger als früher, aber immer noch genausoschön, saß aufrecht im Bett und las in einem Buch mit dem Titel *Nicht der Allmächtige.* «Hast du noch wegen des Steines korrespondiert, mein Liebster.»

Sir John setzte sich ans Fußende des Bettes, nicht zu nah, damit sie den Alkoholgeruch nicht bemerkte. «Ich habe die Post gelesen», sagte er vorsichtig, «aber nicht beantwortet. Ich fürchte, dein Ehemann ist zu einem Zyniker geworden: er hat nicht länger das Bedürfnis, die Narren dieser Welt zu belehren, denn sie sind unbelehrbar.»

Einen kurzen Moment flackerte der traurige Vorwurf in Marias Augen auf, doch sie wischte ihn weg. «Ein Mensch ganz ohne Zynismus ist in dieser Welt verloren», sagte sie. «Ein Mensch, der sich jedoch von seinem Zynismus beherrschen läßt, ist ein Hasenfuß. Ich kenne dich zu gut: das ist nicht dein Schicksal.»

«Ach was, wir sind alle Feiglinge, wenn es drauf ankommt. Keiner traut sich zu sagen, was er weiß oder was er denkt.» Sir John bemerkte, wie schrill seine Stimme klang. Er sprach wie ein Betrunkener.

«Unsinn», antwortete Maria. «In unserer Hochzeitsnacht hast du eine ähnliche Rede gehalten – erinnerst du dich? – allerdings war sie weniger melancholisch im Grundton. Damals haben wir uns geschworen, niemals unsere Gedanken voreinander zu verbergen. Ich habe immer gehofft, daß wir uns daran halten könnten.»

«Ich war so liebestrunken in jener Nacht wie Don Quijote!»

«Du willst, daß ich dich verachte, weil du dich selbst verachtest. Aber ich bin kein kleines Kind mehr. Ich weiß, daß dieses Spiel zu nichts führt. Vielleicht ginge es dir besser, wenn ich dir eine Riesenszene machte, wenn ich weinte und schrie, aber morgen früh wären die Probleme dieselben und wir hätten nichts erreicht.»

«Manchmal ist Vergebung die grausamste aller Strafen.»

«Nur für die Schwachherzigen. Und du bist nicht wirklich schwach, John. Es paßt dir nur gerade in den Kram, dich jetzt für schwach zu halten.»

«Hast du eigentlich die geringste Ahnung, was mich betrübt?»

«Ich denke schon.»

«Wenn es so wäre, würdest du mich verachten.»

Maria klappte ihr Buch zu und legte es auf den Nachttisch. «Es war vor zwei oder drei Monaten», sagte sie ohne Umschweife. «Wir waren auf dem Ball bei den Greystokes. Der Earl of Pembroke war ebenfalls zu Gast. Plötzlich kam er auf den Iren zu sprechen, diesen James Moon, der früher für uns gearbeitet hat. Er sagte, er sei in Liverpool gewesen und habe Moon dort gesehen, er habe jetzt ein eigenes Obst- und Gemüsegeschäft. Er fragte sich, woher Moon bei seinem Gehalt das Geld für einen solchen Laden hatte. In diesem Moment fiel mir dein Gesicht auf, John. Auf deiner Stirn stand das Wort *Erpressung* geschrieben, so deutlich, als hätte es jemand auf die Wände des Ballsaals geschmiert.»

Sir John schloß die Augen und wünschte, er hätte nicht soviel Brandy getrunken. Seine Kehle war wie zugeschnürt.

«Wer war sie, John?»

Er öffnete die Augen und wunderte sich nicht, daß sie feucht waren. Mit der halben Wahrheit zu leben, ist besser als mit der ganzen Lüge, dachte er; es verschafft einem mehr Handlungsspielraum. «Ihr Name tut nichts zur Sache», sagte er mit belegter Stimme. «Ihr Gatte ist einer der mächtigsten Männer im Land.»

«Hat es angefangen, als ich das erste Mal schwanger war?»

«Hast du es damals schon gewußt?»

«Nein, aber so fängt es normalerweise an. Du würdest dich wundern, wie offen Frauen untereinander darüber sprechen. Weißt du, daß es keine Frau in unserem Freundeskreis gibt, die für die Treue ihres Mannes die Hand ins Feuer legen würde?»

Um Gottes willen, dachte Sir John. Er war erleichtert, daß nicht die volle Wahrheit ans Tageslicht kam; er fühlte sich schuldig; er war betrunken; er hatte Angst, daß die Wahrheit doch zufällig an den Tag kam. Plötzlich stiegen ihm die Tränen in die Augen. «Ich bin ein Schwein», schluchzte er und wußte doch, daß er noch immer log.

«Die Affäre begann, als ich mit Ursula schwanger war», sagte Maria tonlos. «Und wann war sie zu Ende?»

«Vor langer Zeit, es ist schon über ein Jahr her.»

«Und trinkst du jetzt weiter, weil es dir leid tut, die Sache beendet zu haben?»

«Ich trinke nicht mehr oder weniger als die meisten Männer meines Standes.»

«Die meisten Männer deines Standes sind Trinker, und das weißt du, John. John, Liebling, noch bist du es nicht, aber es ist ein gefährliches Seil, auf dem du balancierst.»

Plötzlich fiel es Sir John wie Schuppen von den Augen. «Ich balanciere auf einem gefährlichen Seil, weil ich Hilfe brauchte und nicht wußte, wie ich darum bitten sollte. Ich kam mir vor wie ein Humpelnder, der darauf wartet, daß ihm jemand eine Krücke anbietet.»

Maria mußte lächeln. «Du siehst es lieber, daß ich dich wegen deines Trinkens verachte als wegen des Ehebruches hasse, nicht wahr?»

«So ungefähr.»

Maria stopfte sich das Kissen in den Rücken, um aufrechter

zu sitzen. «Ich glaube, ich habe wie die Heldin aus einem Roman gesprochen. Vielleicht habe ich mir diese Szene zu oft vorgestellt, ehe ich beschloß, mit dir darüber zu sprechen. John, du weißt, es ist nicht meine Art, nachtragend zu sein.»

«Ja, aber –»

«Aber Vergebung kann die schlimmste aller Strafen sein, wie du vorhin sagtest.» Maria lächelte. «Soll ich dir etwa mit einer Peitsche den Hintern versohlen, wie in diesen komischen erotischen Romanen, die nur von Männern gelesen werden, weil Frauen sie nicht ernstnehmen können?»

Sir John hätte um ein Haar gelacht, als er in Marias verzweifelten und doch zärtlichen Augen sah. «Ich bin nicht so ein Narr», sagte er, «obwohl ich diese Art von Männern verstehen kann. Irgend etwas Ähnliches wollte ich vielleicht auch, und wenn es nur die große Szene ist.»

«Na schön», antwortete Maria. «Ich habe für solche Albernheiten nicht viel übrig. Seit ich in England bin, habe ich gelernt, Kindisches in beiden Nationen zu erkennen, und weiß, daß Menschen ihre Gefühle nur verbergen oder zeigen, weil sie so erzogen worden sind. Ich werde dir also keine neapolitanische Szene machen, aber ich werde mich auch nicht verstellen und mit kleinen Gehässigkeiten rächen, wie es in England Brauch ist. Ich bin wütend und verletzt, John. Die Untreue selbst schmerzt wenig, und ich glaube sogar, daß sie nur deshalb schmerzt, weil ich bestimmte Vorstellungen nie kritisch überprüft habe. Viel schmerzlicher ist die Tatsache, daß du nicht aufrichtig mit mir warst. Nein, sieh mich nicht so reuevoll an und laß mich weitersprechen. Ich bin noch nicht fertig. Ein Bekannter meines Vaters zu Hause in Neapel entdeckte eines Tages, daß seine Frau ihn betrog und erstach sie. Natürlich wurde er deswegen gehängt. Aber weißt du, was wirklich tragisch daran ist? Daß es so sinnlos war. Dieser Mann dachte keinen Augenblick über seine Gefühle nach. Er dachte nicht an seine Kinder und auch nicht daran, was mit ihnen geschehen würde, wenn ihre beiden Eltern tot waren. Dein Tanz auf dem Seil symbolisiert dieselbe emotionale Blindheit, John. Du glaubst, du würdest dich bestrafen, du erwartest Mitleid und Vergebung, aber du verschwendest keinen Gedanken daran, daß du auch mich bestrafst und möglicherweise eine Bürde für deine Partei wirst in einer Zeit, in der sie deine Fähigkeiten und selbstlose Aufopferung braucht. Und weiß Gott, was du dem Kind in meinem Leib angetan hast, John.»

Sir John antwortete nüchtern und trockenen Auges: «Ich werde nicht mehr trinken, mir nicht den Verstand vernebeln und auch sonst keine Dummheiten begehen. Ich habe nur den Wunsch, mich zu erleichtern.» Kreidebleich und aufrecht trat er aus dem Zimmer.

Als er zurückkam, setzte er sich hin und sagte: «Die Wahrheit ist gar nicht so unerträglich, wie die Pessimisten immer meinen. Sie ist nur am Anfang furchtbar schmerzlich. Langfristig denke ich, ist es leichter, mit ihr zu leben als mit einer Lüge. Es war keine Liebesgeschichte, wie ich dich habe glauben lassen. Es gab mehrere kurze Affären. Sie begannen auch nicht während der Schwangerschaft, sondern kurz nach Ursulas Geburt, als ich rasend in dich und die Kleine verliebt war. Ich weiß nicht, was in mich gefahren war. Die letzte Affäre dieser Art liegt mehr als acht Monate zurück. Damals habe ich mir geschworen, es nie wieder zu tun. Und ich habe es nie wieder getan. Vor langer Zeit habe ich dir erzählt, daß mein Vater Trinker war. Ich weiß nicht, warum ich seine Schwäche zu der meinigen machte, doch im Nachhinein scheint es genau das zu sein, was ich tat. Ich werde mich bessern. Ich werde nie wieder einen Tropfen Alkohol anrühren.»

Einen Augenblick wurden Marias Augen feucht. «Ich glaube, daß Tugend und Laster übertragbar sind», sagte sie vorsichtig. «Unter Streß imitierst du deinen Vater, den Mann, der dich als Kind am meisten beeindruckte. Wenn ich unter Streß stehe, imitiere ich Mutter Ursula, die stets vernünftig reagierte und verzieh. Sie war die Frau, die mich nach dem allzu frühen Tod meiner Mutter am meistern beeinflußte.»

«Ja», antwortete Sir John. «Sogar meine Politik, meine höchsten Ideale sind von meinem Vater geprägt.»

«Ich habe keine Ahnung, warum so viele Männer ihren Frauen untreu sind, aber es ist nun mal eine Tatsache. Und nur wenige betrafen sich dafür so sehr wie du.»

«Weil ihre Frauen sie bestrafen. Früher oder später kommt die Wahrheit ans Licht. Heutzutage gibt es keine Geheimnisse mehr in der Gesellschaft.»

«Ich vermute, mein Lieber, daß Schuldbewußtsein nichts anderes als verfälschtes Verantwortungsgefühl ist und Strafe die Illusion einer Lehre vorgaukelt.»

«Ich glaube, ich verstehe, was du meinst.»

«Komm her.»

«Ja.» Er rückte etwas näher an sie heran.

«Halt mich fest.

«Cara mia!»

«Caro mio!»

Nach einer Weile sagte Maria: «Ich glaube, du hast nur ein bißchen über die Stränge geschlagen, weil du so glücklich warst. Die Welt war zu schön, also mußtest du dir ein Problem zulegen.»

«Nein», entgegnete er. «Die französischen Atheisten sagen nur die halbe Wahrheit, wenn sie behaupten, wir seien Maschinen – ebenso wie die gute altmodische Kirche, wenn sie uns frei nennt. Nur durch harten Kampf ist der Mensch frei; sobald er gefühlvoll oder träge wird, vergißt er den Kampf und wird zu einer Maschine, ohne es selbst zu merken. Auch ich wurde träge und verwandelte mich wieder in die Maschine, die ich war, bevor ich dich kennenlernte.»

«Mutter Ursula sagt, die Menschen schliefen die meiste Zeit. Ich glaube, ihr beide meint dasselbe.»

«Unglaublich! Du bist immer schon ein bemerkenswertes

Mädchen gewesen, aber jetzt bist du eine außergewöhnliche Frau.»

«Platon hat einmal gesagt, daß die Bösen das tun, wovon die Weisen immer nur träumen. Zuerst dachte ich an schreckliche Rache. Dann wachte ich auf und merkte, daß ich dich immer noch liebte.»

Nach einer Weile schliefen beide ein. Im Morgengrauen wachte Sir John mit einem furchtbaren Kater auf und dachte: sieben Tage sind eine Woche, zweiundfünfzig Wochen ein Jahr. Gott weiß, wie viele Jahre mir noch bleiben. Und jeden Tag, jede Woche, jedes Jahr werde ich dagegen ankämpfen müssen.

FÜNF

Seine Heiligkeit Clemens XVI. wird nicht noch einen September überleben. Den ganzen Winter und Frühling über kränkelt er, und im Sommer verschlechtert sich sein Zustand. Jedermann in Rom glaubt, daß die Jesuiten dahinterstecken, mittlerweile auch er. ISSSV. Er ist ein Wrack, eine Karikatur seiner selbst. Ist es nicht erst ein Jahr her, daß er vor dem Gefolge ausritt, um seine Vitalität unter Beweis zu stellen? Heute ist er nur noch ein Skelett mit unstetem, gequältem Blick.

Er ist sogar gläubig geworden.

Ein gläubiger Papst! Niemand will es glauben. Es klingt so wie vegetarischer Tiger oder rechteckiger Kreis. Aber es stimmt, er betet unaufhörlich. Er hat Alpträume von der Hölle und wacht nachts schweißgebadet auf.

Den alten Ganganelli kann nichts mehr aufmuntern. Er hat auf philosophischer Grundlage immer versucht an eine höhere Intelligenz zu glauben, obwohl es absurd (und profitabel) ist, daß ungebildete Menschen glauben, ein derartiges Phänomen ließe sich durch pompöse Kleidung oder Gesang beeinflussen. Nun fragt er sich verängstigt, ob es sich vielleicht hin und wieder doch für die Angelegenheiten der Menschen interessiert oder gar mit den Jesuiten an einem Strang zieht. Warum auch nicht? Das einzig Sichere, das man über die höhere Intelligenz sagen kann, ist, daß ihr Wirken unergründlich ist. Wer weiß, was sie im Schilde führt? Vielleicht hat er sie irgendwie beleidigt? Im Herbst ist es egal, ob die Jesuiten ihn vergiftet haben oder ob Gott ihn für seine Ungläubigkeit bestrafen wollte: er akzeptiert, daß er verflucht ist. Er betet Tag und Nacht, doch ohne Hoffnung.

Am 22. September 1774 haucht er sein Leben aus. Die Schmierereien haben recht behalten: ISSSV.

De Sade hat das ganze Psychodrama aus nächster Nähe verfolgt; es war seine Hauptbeschäftigung in Rom. Später sollten seine Aufzeichnungen eine wichtige Rolle spielen, bei den philosophischen Abhandlungen über die Macht und die, welche sie ausüben.

Der neugierige kleine Blonde mit dem Hang zu ausgefallenen Experimenten hat auch an der Krönung des neuen Papstes Pius IV. im Petersdom teilgenommen. Jeder, der ihn dort sah, sagte später, er habe selbst für einen Franzosen erstaunlich gute Manieren gehabt. Seine unerschöpfliche Neugier deutete man als Zeichen besonderer Frömmigkeit.

Im Hotel verfaßte de Sade eine poetische und höchst blumige Beschreibung des päpstlichen Throns, der ihn zutiefst beeindruckte. «Was für ein Diwan für eine gute Nummer!» schwärmte er.

Im selben Monat wurde in Rußland der Pugatschew-Aufstand niedergeschlagen. Pugatschew wurde getötet, seine Anhänger verfolgt und methodisch ausgerottet; trotzdem blieb die

Angst. In Moskau sagte man, ein einfacher Soldat wie Pugatschew allein hätte niemals einen solchen Aufstand anzetteln können, er müsse Hintermänner in entscheidenden Positionen gehabt haben

Im folgenden Frühling unternahmen die Whigs den letzten Versuch, die kriegerische Auseinandersetzung mit den amerikanischen Kolonien zu verhindern.

John Wilkes, der wieder im Parlament war (und bei seiner ersten Rede behauptete, die Verfassung habe von seinem Ausschluß größere Blessuren davongetragen als er), führte den Feldzug gegen die Vorurteile der Tories mit der für ihn typischen Eloquenz an. Er wurde überstimmt. Die einzige Folge seiner Rede war, daß Wilkes-Barre in Pennsylvanien und Wilkesboro in North Carolina nach ihm benannt wurden, während in Frankreich Diderot seinen Stil und seine Aufopferung für freiheitliche Prinzipien in den höchsten Tönen lobte.

Pitt, Sheridan, Babcock und alle anderen Führer der Whigs unternahmen immer wieder Versuche, das Parlament zum Verhandeln zu überreden, um die Spannungen abzubauen, doch vergebens.

Im März hielt Edmund Burke seine letzte große Rede. Sir John Babcock fand, daß es die außergewöhnlichste Rede war, die je im Parlament gehalten worden war.

«Unser Vorschlag lautet Frieden», sagte Burke mit seinem schweren Dubliner Akzent. «Nicht Frieden durch Krieg; nicht Frieden, den man sich mit einem langen Marsch durch das Labyrinth der Institutionen mühsam erkämpfen muß; nicht Frieden als Resultat allgemeiner Verwirrung; nicht Frieden, der auf juristischer Auslegung oder der Festschreibung der schattenhaften Grenzen einer komplexen Regierung beruht. Wir wollen einfach nur Frieden, Frieden in seiner ursprünglichen und gewöhnlichen Bedeutung. Frieden im Geiste rein pazifistischer Prinzipien.»

Unglaublich, dachte Sir John, daß ein Mensch so sprechen

kann, ohne abzulesen. Ich bräuchte Stunden für einen einzigen solchen Absatz.

Doch dann erklang eine Stimme von der Tory-Bank: «Warum gehst du nicht wieder nach drüben, Paddy?»

Burke ignorierte die Schmähung, wie üblich, und widerlegte das Argument der Tories, die Kolonisten hätten gegen Recht und Gesetz verstoßen und müßten bestraft werden. Metaphysische Doktrinen wie diese, sagte er im Geiste Swifts, seien «der große serbische Sumpf, in dem ganze Armeen versinken». Noch einmal führte er ihnen leidenschaftlich den Ernst der Lage vor Augen: «Wenn die Beute in die Ecke gedrängt wird, greift sie den Jäger an. Wenn Eure Souveränität und ihre Freiheit nicht in Einklang gebracht werden können – wofür werden sie sich dann wohl entscheiden? Sie werden euch eure Souveränität an den Kopf werfen. Kein Mensch läßt sich zur Sklaverei *überreden*!»

Laute Buhrufe erklangen. Lord North, Premierminister und unehelicher Bruder des Königs, behielt sein Pokerface, doch Babcock wußte genau, daß er das Zeichen für die Störung gegeben hatte.

Burke bestand darauf, daß beide Seiten von ihrer ursprünglichen Position abrücken müßten, wenn man zu einer Einigung kommen wollte. Die Zwischenrufe wurden lauter.

«Verräter ...!»

«Zurück nach Dublin mit dir!»

«Die Initiative muß von uns ausgehen», rief Burke mit lauter Stimme. «Große und akzeptierte Macht wird weder in ihrer Wirkung noch in ihrem Wert beeinträchtigt, wenn man es ablehnt, sie auszuüben. Die überlegene Macht hat Würde und Sicherheit genug, um von sich aus die Hand zum Frieden auszustrecken. In den Randbezirken mächtiger Reiche geht es nun einmal nicht so streng zu wie in ihrem Zentrum. Die Natur selbst ist das beste Beispiel dafür.»

Ein Zwischenrufer spottete:

«Paddy war ein Dubliner
Paddy war ein Räuber!»

Burke erläuterte dem Parlament die einfachen Prinzipien des Verhandelns und Handelns, des Gebens und Nehmens, wie sie jedem Geschäftsmann geläufig sind. Er zeigte, daß alle friedlichen Beziehungen unter verschiedenen Gesellschaften auf pragmatischen Kompromissen beruhen. Wenn die Menschen nicht lieber glücklich wären, statt jeden Streit bis aufs Messer auszufechten, befände sich die Welt ständig im Kriegszustand.

«Bei jedem fairen Handel muß das Erworbene in einem gewissen Verhältnis zum Preis stehen. Die Menschen handeln auf Grund von Interessen, nicht aufgrund von metaphysischen Spekulationen. Wir alle würden eher unser Leben riskieren als unter eine Regierung zu fallen, die willkürlich handelt.»

Bei der Abstimmung waren neunundvierzig Abgeordnete für Burkes Friedensplan; fünfhundertzweiundsiebzig dagegen unterstützten den Plan, Truppen über den Atlantik zu schikken, um den Kolonisten ihren Willen aufzuzwingen. Das war am 22. März 1775.

Sir John Babcock schrieb in sein Tagebuch: «Newton hat nicht nur die Mechanik, sondern auch die Politik erklärt. Auch sie funktioniert nach dem Gesetz der Trägheit. Ein parlamentarischer Körper wird, wenn er sich in Bewegung gesetzt hat, auf seinem einmal eingeschlagenen Kurs bleiben, es sei denn, eine entgegengesetzte Kraft bringt ihn von dieser starren Linie ab. Gott steh uns bei, denn diese Kraft wird jetzt der bewaffnete Widerstand der Kolonisten sein.»

Er war sicher, daß die Kolonisten geschlagen werden würden, doch sah er darin eine finstere Tragödie, da der Sieg Englands ein Sieg der Macht über das Recht wäre. Die übrigen Whigs teilten diese Ansicht.

Beaumarchais schickte seinen Bericht aus London an Minister Sartines in Paris und prophezeite, daß die Amerikaner die

Engländer schlagen würden. Frankreich könne möglicherweise das Ende des britischen Imperiums einläuten, vorausgesetzt, es setzte auf die richtige Karte.

Im April wurde Benjamin Franklin zur *persona non grata* erklärt und aus England ausgewiesen wie ein gewöhnlicher Verbrecher.

Auf weitere Verhandlungen wurde verzichtet.

Franklin verbrachte endlose Tage auf dem stürmischen Atlantik, spielte mit seinem Enkel in der Kajüte Schach, unterhielt sich mit den Matrosen und informierte sich über die technische Seite der Schiffahrt. Er war neunundsechzig, doch sein Wissensdurst kannte keine Grenzen.

Jeden Tag maß er mit einem eigens dafür an einem Stock befestigten Thermometer die Wassertemperatur. Er hatte keine Theorie, fand nur, ein so gewonnenes Wissen könnte vielleicht eines Tages von Nutzen sein. Und tatsächlich kristallisierte sich bei seinen täglichen Eintragungen der Wassertemperatur allmählich ein unübersehbares Muster heraus. Als die *Pennsylvania Packet* in Baltimore anlegte, hatte er die Existenz des Golfstroms entdeckt.

Am Pier erwartete ihn eine riesige Menschenmenge: der alte Ben war jetzt ein Volksheld; ein Mann, den David Hume den größten Wissenschaftler seit Newton nannte, weil er den Blitz gezähmt und die Elektrizität nutzbar gemacht hatte; ein Bürger, dem seine Stadt Philadelphia ihre Bibliothek, ihr Krankenhaus und die gepflasterten Straßen verdankte. Und jetzt, da die Engländer ihn verjagt hatten, war sein Ruhm ins Unermeßliche gestiegen.

Die Menge hatte Neuigkeiten für ihn: Während er auf hoher See schaukelte, setzten die Engländer am 19. April eine Truppe von Boston nach Lexington in Bewegung, um Sam Adams zu verhaften. Als diese in Lexington eintraf, wurde sie von den in den Wäldern versteckten Bauern unter Beschuß genommen.

247 von zweieinhalbtausend Rotjacken fielen dem Angriff zum Opfer. Da sie nicht wußten, wo der Feind steckte, traten sie schleunigst den Rückzug an. Es war das erste Mal seit den Religionskriegen vor 1600, daß eine Armee von Bauern und Bürgern eine professionelle Truppe in die Flucht schlug.

Jetzt wollen die Kolonisten, daß Ben sich auf der Stelle nach Philadelphia begibt. Eigentlich hatte er vorgehabt, sich aus der Politik zurückzuziehen und zu philosophieren, doch ruft ihn die Pflicht zu einem *Kontinentalen Kongreß*.

Das Ganze kommt Ben vor wie organisierte Anarchie. Er sieht, daß die Hitzköpfe in Gefahren rennen, die sie nicht durchschauen. Ein Scharfmacher namens John Adams, der noch verrückter sein muß als sein Cousin, versucht den Kongreß dazu zu bewegen, die Unabhängigkeit von England auszurufen.

Jemand muß nach Philadelphia, um die bevorstehende Katastrophe abzuwenden. Resignierend erklärt Dr. Franklin sich noch einmal bereit, die Verantwortung zu übernehmen.

In Philadelphia hat John Adams, der sich selbst für einen Konservativen hält und verletzt ist, wenn man ihn einen Radikalen nennt, dem Kongreß erklärt: «Wir befinden uns im Naturzustand!» Dies hat genau die Wirkung gezeigt, die er bezweckt hatte. Der vierzigjährige Adams, Jurist und Bewunderer von Lord Cokes Theorie rationaler Gerechtigkeit, hat nichts für Schönfärberei und Wunschdenken übrig. Seiner Meinung nach ist der Damm gebrochen, strömen die Fluten ins Land, erbebt die Erde. Der Naturzustand – ein Begriff von Hobbes – meint den Zustand der Anarchie.

Doch im Sommer 1775 sieht der Kongreß das alles noch anders. Er hält Mr. Adams für einen Extremisten und Panikmacher, einen äußerst streitsüchtigen Mann.

Als Dr. Franklin eintrifft, glaubt jeder, daß man sich gütlich mit London einigen wird.

Unter Sartines Verwaltung der Märkte war der Brotpreis zwischen zwei und sechs Sous stabil geblieben, jetzt aber ist alles im Umbruch. Turgot, Sartines Nachfolger, ist ein Radikaler, ein *philosophe*, der an die neue Theorie des *laissez-faire* glaubt. Er weiß zwar, daß ein Durchschnittsarbeiter nur fünfzehn bis zwanzig Sous am Tag verdient, baut jedoch auf die Selbstregulierungsmechanismen des Markts. Die Tatsache, daß wesentliche Teile des Marktes nicht nach Gesetzen des *laissez-faire*, sondern nach denen des Monopols funktionieren, fließt in seine Berechnungen nicht ein.

Im März 1775 steigt der Brotpreis auf zwölf Sous und höher. Im April hat er bereits fünfzehn Sous erreicht.

Mitte April liegt er bei zwanzig Sous.

Der erste Aufstand ereignet sich am 18. April in Dijon. Die Arbeiter zerstören eine Mühle, stürmen dann das Haus des Müllers und und werfen sein gesamtes Mobiliar aus dem Fenster.

Am 27. April stürmen die Menschen die Bäckereien und nehmen sich das Brot, das sie brauchen. Ihrer Meinung nach ist es kein Diebstahl, denn sie lassen einen angemessenen Preis zurück: sechs Sous für den Laib, das höchste, was unter Sartines je gestattet war.

Bis die Armee in Beaumont eintrifft, ist die Geschichte in ganz Frankreich bekannt. Zwischen dem 29. April und dem 6. Mai wiederholt sich das Schauspiel in einem Dutzend weiterer Städte. Der Mob stürmt Bäckereien, wirft die Fensterscheiben ein, schafft das Brot hinaus und bezahlt den vorinflationären Preis – sechs Sous pro Laib.

In Paris nimmt Jean Jacques Jeder an der Plünderung der Gilbert-Bäckerei teil. Er verdient achtzehn Sous am Tag, kann sich also nicht mal täglich einen Brotlaib leisten, denn der kostet jetzt zwanzig.

Es ist das erste Mal seit Beendigung seiner Verbrecherlaufbahn im Jahre 1771, daß Jeder das Gesetz bricht. Er fühlt sich nicht schuldig, er fühlt sich wie alle anderen sogar dazu berechtigt. Diese verdammten, reichen Bäcker erwarten doch wohl nicht, daß der Mob verhungert, oder?

Mittlerweile läßt niemand mehr Geld zurück. Die Menschen nehmen, was sie zu fassen kriegen und verschwinden – einmal, weil sie weg sein müssen, ehe Polizei und Armee auf der Bildfläche erscheinen, zum anderen, weil sie den Naturzustand erreicht haben.

Die Sache eskaliert. Am 6. Mai dringt der Mob in Versailles ein und vergreift sich, statt die Bäckerei zu plündern, an Staatseigentum. Später heißt es, er sei von Freimaurern angestachelt worden.

Allein in Paris werden dreizehnhundert Bäckereien geplündert.

Regierungsbeamte sprechen nicht länger von Aufständen, sondern von Rebellion und Bürgerkrieg. Historiker faßten sie im nachhinein unter dem Begriff «Weizenkrieg» zusammen.

Später entstand auch eine Legende um den Weizenkrieg. 1761 hatte Rousseau, um seine These von der Ignoranz der Wohlhabenden zu untermauern, davon berichtet, wie eine adlige Dame im letzten Jahrhundert, als man ihr erzählte, das Volk habe kein Brot, gesagt habe, dann solle es doch Kuchen essen. Irgendwie wurde diese Geschichte dann 1775 der neuen Königin Marie Antoinette zugeschrieben. Nur eine Minderheit erinnerte sich des wahren Ursprungs dieses Zitats, die meisten Leute glaubten, die schöne, extravagante und energische Tochter Maria Theresias hätte dies tatsächlich gesagt, als das Volk die Bäckereien stürmte.

Nach Zerschlagung der Aufstände wurden überall exemplarisch Menschen aufgehängt, um dem Volk klarzumachen, daß die Regierung nicht mit sich spaßen ließ. In Paris waren es offenbar nur zwei: Jean Denis Desportes, achtundzwanzig und Jean Claude Lesguiller, sechzehn.

Beide wurden am 11. Mai auf dem Place du Greve aufgehängt. Für diese Gelegenheit wurde ein besonders hohes Schafott gebaut, um bei der Bevölkerung größtmögliches Interesse zu erreichen.

Charles Henri Sanson, der Vollstrecker, trug den üblichen, gutgeschnittenen grünen Anzug. Zwei Reihen von Soldaten bewachten mit Gewehren bewaffnet das Podest, denn man befürchtete weitere Unruhen.

Tatsächlich forderten sowohl Desportes wie auch der junge Lesguiller das Volk auf, ihnen zu helfen. Wieso auch nicht? Die meisten Anwesenden hatten sich an der Plünderung beteiligt und waren ebenso schuldig wie die beiden, die jetzt geopfert werden sollten. Doch die Soldaten hatten Gewehre. Niemand versuchte, sie anzugreifen.

Desportes schrie laut um Hilfe. Später hieß es, er habe stets seine Unschuld beteuert. Ob er meinte, er habe nicht an den Plünderungen teilgenommen oder ob er meinte, es sei kein Verbrechen, seine Familie vor dem Hungertod retten zu wollen, bleibt dahingestellt. Es interessiert sich sowieso niemand dafür, was er meinte.

Lesguiller, der sechzehnjährige Junge, schluchzte zum Gotterbarmen, als man ihn die Treppe hinaufschleifte. Er erklärte den Henkern, daß er sein ganzes Leben lang anständig gearbeitet habe und wie leid es ihm täte, sich an jenem Tag dem Mob angeschlossen zu haben und daß er es nie wieder tun würde.

Ein Priester sprach die letzten Gebete. Niemand hörte, was er sagte, denn der Junge weinte hysterisch und schrie vor Angst.

Jean Jacques Jeder, der sich unter den Zuschauern befand, war schweißgebadet. Er konnte an nichts anderes denken, als daß auch er einer von den beiden dort oben sein könnte.

«O clemens, o pia, o dulcis virgo Maria», schloß der Priester sein Gebet.

Jeder, der nahe genug am Schafott stand, roch es: der Junge hatte sich vor lauter Angst in die Hosen gemacht. Dann öffneten die beiden Henker die Falltüren. Die beiden Körper baumelten zuckend, langsam erstickend in der Luft. Wortlos bedeutete Sanson den Henkern, daß sie der Sache ein Ende machen sollten, da er keinen anderen Befehl erhalten hatte. Die Henker packten die Gehängten bei den Beinen und zogen einmal kräftig.

Der Weizenkrieg ist zu Ende, die Lektion bleibt. In der Nacht liest Jean Jacques Jeder noch einmal das Pamphlet dieses Spartakus, das Luigi Duccio ihm vor einiger Zeit gegeben hat. Drei Tage lang hatte der Mob Paris kontrolliert. Hätte es mehr von ihnen gegeben, wären die Soldaten übergelaufen, wären sie besser organisiert gewesen ... Jeder denkt an Amerika und an den Kampf dort, der von Tag zu Tag heftiger wird.

War es möglich, daß Spartakus recht hatte und die Menschen wirklich ihr Schicksal selbst in die Hand nehmen konnten?

Aus: *Die Revolution, wie ich sie sah,* von Luigi Duccio:

Die Revolution begann jedoch nicht am 14. August 1789, wie allgemein behauptet wird, sondern in den Wochen zwischen dem 18. April und dem 11. Mai 1775, als fast in allen Städten Frankreichs der Weizenkrieg tobte. Der Verzweiflungsindex, das Verhältnis von Bevölkerungsdichte zu Preisen also, erreichte explosive Ausmaße. Alles andere war nur noch eine Frage der Organisation und der Freisetzung von Kräften. Hier spielten die gefürchteten Geheimgesellschaften der Freimaurer eine Rolle, doch erst nachdem die sozialen Umstände so waren, daß sich aus dem üblichen Strudel von Zufall und Verschwörung eine neue Tendenz herausschälen konnte.

Im Kytler Inn von Kilkenny, Irland, hatte Sean O'Lachlann ein geheimes Treffen von White Boys, Jakobiten und Rebellen aller vier Provinzen einberufen. Natürlich wurde einiges getrunken, aber es gab auch viele ernsthafte Diskussionen über zukünftige Projekte.

«Ehe Irland frei ist, werden wir eines natürlichen Todes sterben, es sei denn, die Engländer knüpfen uns vorher auf», sagte O'Lachlann. «Wenn hier einer Zweifel daran hegt, so möge er uns um Himmels willen jetzt verlassen und sich nicht später anders besinnen. Was wir tun, tun wir für unsere Kinder, und selbst daran glaube ich manchmal nicht mehr. Vor Gott tun wir es vielleicht für unsere Enkelkinder. Es ist ein langer, verzweifelter Kampf, den wir nicht mit Tapferkeit oder Hoffnung gewinnen können, sondern nur mit gezielter Planung und Beharrlichkeit.»

«Das brauchst du uns nicht zu sagen», entgegnete O'Flaherty aus Connacht. «Wir haben Hoffnungen zerschellen und tapfere Männer hängen sehen. Wir erwarten bestimmt nicht, daß die Freiheit uns in den Schoß fällt. Nicht mehr. Wir wissen, was uns erwartet.»

Niemand widersprach.

Am dritten Tag erzählte der *shannachie* O'Lachlann ihnen die Fabel vom Sohn der Witwe. «Manche sagen, er sei Hiram aus dem Alten Testament, andere halten ihn für Parzival, den Gralsritter, und wieder andere sehen in ihm jemand noch Wichtigeren, dessen Name sie nicht auszusprechen wagen. Alle weisen Männer und Frauen in der Bewegung aber bezeugen, daß seine Nachkommen überlebt haben. Sie seien in der Welt, doch wüßte diese nichts davon, heißt es. Sie würden immer wieder auftauchen, um – sichtbar oder unsichtbar – zu helfen, wenn Menschen für Freiheit und Gerechtigkeit kämpfen.»

Bei einem verzweifelten Kampf brauchen die Menschen Realismus, dachte O'Lachlann und hob sein Glas, aber sie brauchen auch Hoffnung, einen Traum, einen Mythos, an den sie glauben.*

* Bei Drucklegung erreicht uns aus Heidelberg die schreckliche Nachricht von Professor Hanfkopfs Tod. Offensichtlich starb der Doktor bei einem Unfall, als er versuchte, eine Art Detonator oder «Höllenmaschine» zusammenzusetzen. Er lebte jedoch noch lange genug, um der Polizei eine bruchstückhafte und geheimnisvolle Erklärung diktieren zu können: «Alles, wofür ich gekämpft habe in Wahrheit und Logik... Vernunft, reine Vernunft... (unverständlich)... Weltweite Verschwörung und gefälschte Beweise... Telepathie, verbogene Löffel und solcher Unsinn... vor 1920 verfälschte Geschichte und erfundene Mythen... Gurdjieff der Anführer, glaube ich... (unverständlich)... auf den Freimaurergebäuden ein G im Zirkel... Mr. G. heißt es... weltweite Verschwörung, Ursprung in Tibet... Gift in meinem Essen... heute Name des Anführers der Verschwörung – arrgggggggggh!» Professor Hanfkopf wurde nach seinem Willen verbrannt, Vollstrecker und Gericht verständigten sich jedoch darauf, den Zusatz im Testament außer acht zu lassen, wonach seine Asche dem englischen Psychologen Dr. Hans Eysenk ins Gesicht geworfen werden sollte, dessen Statistiken einige grundlegende Überzeugungen der Astrologie zu untermauern scheinen. Ein trauriger Fall.

SECHS

Lieber Onkel Pietro,

morgen mache ich mich auf den Weg in den Norden, um Freundschaft mit den Indianern zu schließen und eine Zeitlang bei ihnen zu leben.

(Übrigens: ist es nicht merkwürdig, daß ich diesen Brief in Philadelphia aufgeben werde? Erinnerst Du Dich, wie vor zehn Jahren der arme Antonio verrückt wurde und prophezeite, daß ich nach Philadelphia reisen würde? Damals wußte ich nicht einmal, wo das lag. Es beweist, daß manches, was die

Welt für gesund hält, in Wirklichkeit Hypnose oder Traum ist, während das, was sie als verrückt bezeichnet, möglicherweise ein unheimliches Wahrnehmungsvermögen ist.)

Über ein Jahr, siebzehn Monate, um genau zu sein, habe ich mit deinem Freund «Frankenstein» und seinen Verbündeten im Priorat verbracht, und ich muß gestehen, daß mir das ägyptische Klima bekommen ist. Wie du zweifellos von ihnen erfahren hast, mußte ich sie überstürzt und ohne mich zu verabschieden verlassen und mir in Nacht und Nebel ein verändertes Aussehen und eine neue Identität besorgen. Wie du siehst, bin ich der Geheimgesellschaften und okkulten Mysterien mit all ihren Versionen magischer Politik überdrüssig. Ich will ja nicht leugnen, daß die Männer und Frauen des Priorats unsichtbare Wächter dieses bewaffneten Irrenhauses sind, zu dem unser Planet geworden ist; auch nicht, daß ihre Techniken für jene, die sich solche furchtbare Verantwortung aufbürden, unerläßlich sind. Ich wünsche ihnen alles Gute und bin ihnen dankbar für das Licht, das sie mir gezeigt haben, doch ihr Weg ist nicht der meine. Zusammenfassend würde ich sogar sagen, daß jeder seinen eigenen Weg gehen muß, «den Weg» gibt es nicht.

Ich wäre nicht überrascht, wenn dich diese Worte *nicht* schockierten, so wenig es mich wundern würde, wenn ich eines Tages dahinterkäme, daß es geradezu die Aufgabe des Priorats ist, seine Schüler zur Flucht zu veranlassen, damit sie ihre eigenen Pfade finden. Vorerst jedoch gehe ich davon aus, daß das Priorat wie jeder andere Orden in der Geschichte sein ursprüngliches Licht verloren hat und nur deshalb so leidenschaftlich auf der Suche nach dem König der Welt ist, weil seine Mitglieder sich nicht selbst finden können.

Ich habe noch weitere Ketzereien auf Lager, Onkel, und ich frage mich wirklich, ob Du entsetzt sein wirst oder Dir grinsend und kopfnickend sagen wirst, daß der Junge endlich vernünftig zu werden scheint.

Es gibt Götter, doch keinen Gott, und alle Götter werden schließlich zu Teufeln.

Eine der ersten Gottheiten, vielleicht die erste überhaupt und sicherlich die größte, war jene, die die Schönheit erschuf. In den Ländern des Ostens wird sie als große Mutter noch heute verehrt, ebenso bei verbotenen Hexenkulten in den ländlichen Gegenden Europas. Ich sehe vor mir, wie sie gerade ihr Neugeborenes stillt, als sie zur Göttin und Schöpferin wird: so stellen die Ägypter Isis dar oder die Christen die Jungfrau Maria; es ist derselbe Archetypus derselben alten Erinnerung. Natürlich war sie einer der Höhlenmenschen, die Dr. Vico für die Zeit vor der Zivilisation ausgemacht hat. Während des Stillens muß sie in eine wollüstige Träumerei verfallen sein, ein Zustand, den auch Männer gelegentlich haben, wenn sie eine Frau lieben. Und dann *sah* sie zum ersten Mal. Eine blühende Rose, einen farbenprächtigen Sonnenuntergang, das feine Muster eines zuvor als häßlich empfundenen Insekts – ich weiß nicht, was sie sah, aber sie *sah*. Und rief erregt und entzückt ihrem Mann oder Freund, welche Form der Partnerschaft es damals auch gegeben haben mochte, zu: «Oh, schau dir das an!» Und er schaute und *sah*. Damit war die Schönheit geboren in einer Welt, die bis dahin flach, tot und bedeutungslos gewesen war.

(Übrigens ist es möglich, in die Vergangenheit zurückzugehen und diesen Akt wieder ungeschehen zu machen, beispielsweise, indem man sich betrinkt und am nächsten Tag mit einem Kater aufwacht, oder sich so viele Sorgen macht, daß alles wie unter einem Schleier verborgen ist, oder auch mit verschiedenen Methoden des Selbstmitleids.)

Doch warum werden diese göttlichen Geschöpfe zu Teufeln? Jeder Musiker, jeder Künstler kennt die Antwort: «Zerschlagt die alten Gesetze!» Gewöhnliche Schönheit wird zu einer Droge, man kann sie immer wieder neu entdecken, jedoch nur auf dialektische Art, durch den Kontrast, durch die

Schöpfung einer neuen, brutalen, schockierenden Form von Schönheit, einer Schönheit, die auf den ersten Blick dem Barbarismus gleicht. Das ist der erste Schritt für jeden, der Gott werden will statt Sklave der Götter. Ja, aus dem Kampf zwischen der großen Suche und der großen Langeweile entsteht die Schönheit.

Ein anderer Gott, der später zum schlimmsten aller Teufel geworden ist, ist derjenige – und ich bin mir ziemlich sicher, daß er männlich war –, der der Welt Wahrheit und Gesetz auferlegte. Die Anhänger dieses Genies, dieses dämonischen Visionärs haben versucht, jeden zu töten, der sich gegen seine Wahrheit und sein Gesetz auflehnte und eigene Wahrheiten oder neue Gesetze aufstellen wollte. Ein anderer Gott brachte der Menscheit die Liebe, die sich sofort in ihr Gegenteil verkehrt, wenn man sich vor Augen führt, wie viele Menschen aus Liebe ermordet werden. Ein anderer Gott brachte Gerechtigkeit und seitdem führen wir Kriege; wieder ein anderer Gnade und jeder Feigling zieht sich daran hoch.

Selbst die korrupten Evangelien der Kirche, aus denen die wahre Gnosis verbannt ist, zitieren folgenden Satz: «Ich habe gesagt: ihr seid Götter» (Johannes 10:34), und Millionen von Dummköpfen starren darauf und trauen sich nicht, ihn zu verstehen. Denn der diabolischste aller Götter, der Schöpfer aller Schöpfung, der Tyrann, der die Welt versklavt, ist der, der die Schuld erfunden hat. Ich bin überzeugt, daß dieser Moloch entweder der erste Priester oder der erste Schwindler war. Die Menschen haben gelernt, sich zu richten und sich zu verachten – ein ungemütlicher Zustand, den sie stets zu fliehen suchten, indem sie andere richteten und verachteten. Von allen Schöpfungsakten ist dieser derjenige, der am schwierigsten ungeschehen gemacht werden kann, denn er hat die tiefste Wunde hinterlassen, jenes furchtbare Geschwür, das wir das Bewußtsein unserer Spezies nennen. Doch nicht genug damit, derselbe Schöpfer alles Bösen auf der Welt gebot den Menschen: »Ihr sollt keine fremden Götter neben mir haben.» Mit diesem einen Satz hat er alle anderen Götter zu Teufeln und im Staub kriechendem Gewürm erklärt – zur Menschheit, so wie wir sie kennen.

Denn kaum waren das Böse und das schlechte Gewissen erfunden, da spaltete sich das eine in zwei, richtete sich der Geist gegen sich selbst, zersplitterte der Kosmos in antagonistische Teile. Die Welt wurde auf den Kopf gestellt und von Halluzinationen des Wahnsinns beherrscht. Und dieser wilde Wahn, dieser Haß gegen andere und gegen sich selbst ist der «Schlaf», der «Traum», die «Illusion», vor denen uns die alten Legenden warnen, die «Trunkenheit», von der Jesus in den gnostischen Evangelien spricht. All dies paßte den Priester-Schwindlern sehr gut in den Kram – es machte sie reich, und es verschaffte ihnen etwas, das für ihre kleine Seelen noch wichtiger ist als Reichtum: Macht über andere Menschen. Seitdem sind sie sehr tüchtig im Erfinden neuer Sünden, so daß sich immer mehr Schrecken und Verzweiflung ausbreiten wird und die Zahl der Menschenopfer auf ihren Altären nicht abreißt.

Ich habe mich gefragt, was die vierte Seele ist, wenn es nicht Götter, sondern Männer und Frauen sind, die aus der Bedeutungslosigkeit Bedeutung schaffen. Die vierte Seele kann wie die anderen Seelen immer nur Teil unseres Gehirns sein. Der Beweis liegt darin, daß jeder Versuch, sie zu aktivieren, zuerst auf unseren Körper und dann auf das Gehirn wirkt. Alle diesbezüglichen Techniken basieren auf Streß und einer gewissen Erschöpfung. Fakire und Yogis peitschen ihre Organismen zu unglaublichen Leistungen, bis krampfhafte, unfreiwillige Entspannung den Streß beendet. Das unablässige Wiederholen bestimmter Gesänge, sei es das Ave Maria oder das Om, erzeugt denselben Zustand von Entspannung. Ebenso der Schrecken, der Bestandteil vieler Initiationsriten ist. Ich selbst habe die vierte Seele zum ersten Mal aktiviert, als ich mich auf das Duell vorbereitete. Die Geschichte wimmelt von Fällen, in denen Menschen die vierte Seele entwickelten, als sie dem Tod sehr nahe waren.

Doch nun zur schlimmsten meiner Ketzereien. Die höhere Seele oder höhere Fähigkeit, wie ich lieber sagen würde, *hat absolut keinen Wert in sich.* Viele, die sie erfahren haben, bleiben Dummköpfe oder werden noch größere Dummköpfe als zuvor, Fanatiker nämlich. Die vegetative Seele, oder der älteste Teil des Gehirns, nimmt nur Empfindungen wahr: heiß oder kalt; feucht oder trocken; scheinbar sicher oder möglicherweise gefährlich. Die tierische Seele, ein jüngerer Teil des Gehirns versteht die Körpersprache verwandter Organismen und kann daraus ihr Verhalten ableiten. Die menschliche Seele nimmt Strukturen einfacher mechanischer Art wahr. Die vierte Seele, der jüngste Teil des Gehirns, ahnt ein unsichtbares Netz von Verbindungen zwischen den Dingen, ist jedoch nicht unfehlbarer als das übrige Gehirn, der Magen oder die Leber. Aber sie funktioniert müheloser als die primitiveren Teile des Gehirns, deshalb scheint sie Bedeutungen «aufzunehmen», wenn sie aktiviert ist, und wir vergessen, daß immer noch wir diejenigen sind, die die Bedeutungen erschaffen. Wir bilden uns ein, es würde uns etwas offenbart, deshalb vergessen wir Verantwortung, Vorsicht oder Vernunft. Deshalb gibt es auch mehr heilige Narren als heilige Weise in der Welt.

Um der Wahrheit willen möchte ich noch einmal ausdrücklich betonen, daß ich schöpferische Fähigkeit oder göttliche Macht wortwörtlich meine. Als ein göttlicher Geist die Schönheit erschuf, existierte sie so sicher wie ein Bild von Botticelli oder ein Konzert von Vivaldi. Als Gnade erschaffen wurde, existierte Gnade. Als Schuld erschaffen wurde, existierte Schuld. Aus einer bedeutungslosen und sinnlosen Existenz haben wir Bedeutungen und Ziele entwickelt; da sich dieser Schöpfungsakt aber nur in einem Entspannungszustand nach dem Streß ergibt, haben wir das Gefühl, sie seien von außen in uns eingeströmt. Daher ist uns das Wissen um unsere eigene

Göttlichkeit fremd; wir lassen uns weismachen, sie existiere irgendwoanders, außerhalb von uns. Jedesmal, wenn wir als Gattung dumm genug waren, auf solche Sprüche hereinzufallen, gingen die Schwindler einen Schritt weiter, erfanden die Todsünde und anderen Hokuspokus dieser Art und machten uns immer mehr von sich abhängig.

Das Ergebnis habe ich als «bewaffnetes Irrenhaus» bezeichnet; ich könnte auch sagen, es ist ein Schlachthof, in dem das Vieh sich gegenseitig umbringt. «Ich bin gekommen, um der Rache ein Ende zu setzen», sagte Jesus, aber von Rache sind sie besessen, all jene armen Teufel, denen man gesagt hat, sie seien schuldig, und die schuldig geworden sind. Der Verbrecher ist nicht die Ausnahme, sondern die Norm in einer Welt, die das Böse hervorgebracht hat. Zyniker wie Swift, Cervantes oder Shakespeare haben gesagt, es sei, als ob die Verbrecher des Gerichts die vor dem Gericht stehenden Verbrecher richteten. Das Verbrechen beherrscht das Leben, nachdem die Priester die Sünde erfunden haben. «Wer ruft Narr, Narr!, ist schon zum Mörder geworden.» «Richtet nicht.» Die Illusion von Sünde und Schuld, dieser Wahn unserer Gattung heißt, die Welt zu verfluchen im Glauben, nur einen Teil von ihr zu verfluchen. Derjenige, der im komischsten und mißverstandensten Gleichnis Jesu den Feigenbaum verflucht, verflucht die Erde, in der dieser wuchs, den Samen, die Sonne, den Regen, ja die Welt, denn kein Teil ist wahrhaft getrennt vom Ganzen. Zu glauben, daß man nur einen Teil des Ganzen verfluchen kann das ist die Lüge, an die die Menschen glauben.

Wie ich schon sagte, von allen Lügen ist dies diejenige, die am schwierigsten zu entdecken ist, von allen Schöpfungsakten derjenige, der am wenigsten ungeschehen zu machen ist. Trotzdem habe ich es versucht. Ganz gleich, ob das Priorat dies bezweckte oder nicht, jedenfalls habe ich mit Hilfe seiner Meditationspraktiken herausgefunden, daß ich nicht nur die Leere vor der Schönheit wiederentdecken und Schönheit neu erschaffen, Raum, Zeit und Ordnung transzendieren und diese neu definieren kann. Das sind alltägliche Fähigkeiten für Menschen, die ihre vierte Seele entwickelt haben. Ich fand zurück in eine Dimension vor Gut und Böse, vor den Priestern. Ich sah die Welt in ihrer Unschuld: stell dir die Tränen meiner Freude, meiner Verzückung vor! Als ich wieder zu mir kam, erkannte ich, welch «gute Nachricht», welches «Evangelium» Jesus uns geschenkt hatte, warum die Priester ihn ans Kreuz schlugen und sich seitdem so viel Mühe geben, die «guten Nachrichten» vor uns zu verbergen.

Kurz, ich erkannte, das derjenige, der Gut und Böse erschuf, Gott und Genie war, auch wenn ich ihn jetzt als Teufel bezeichnen muß. Ich sah, daß wir alle Götter sind, da wir unser eigenes Gut und Böse, unsere eigene Schönheit, unsere Wahrheit usw. erschaffen können. Jeder kann sagen: «Das ist mein Weg, das ist mein Gut und mein Böse», aber niemand soll sagen: «Das ist der Weg, das ist gut und das ist schlecht.» Ein Richter, der sagt: «Ich spreche dich schuldig», sagt nicht nur die Wahrheit, ohne es zu wissen, sondern bezeugt auch seine eigene Göttlichkeit. Sagt er aber: «Du bist schuldig», so spricht er die größte Lüge aus, zu der er fähig ist.

Ein Gott erschafft Bedeutung und Wert; ein Teufel ist ein schlafender Gott, der träumt, Bedeutung und Wert existierten außerhalb seiner selbst.

Und ich begriff den dunkelsten aller dunklen Sprüche Jesu: «Wer in meiner Nähe ist, ist in der Nähe des Feuers.» Zu erkennen, daß Männer und Frauen die Götter sind, die sie selbst sich woanders vorstellen, ist schon gefährlich in sich; in der heutigen Lage der Welt mit all ihren Illusionen, Träumen und Verrücktheiten nach solchem Wissen zu handeln oder davon zu sprechen ist fatal. Ich kann verstehen, warum Jesus floh, als seine Jünger ihn zum König machen wollten; auch ich flüchtete vor denen, die in mir einen Kaiser sahen.

Die Versuche meiner Feinde, seien es die schwarzen Hexenmeister aus Rom, die Malteserritter oder wer auch immer, meinen Geist zu verwirren, erscheinen mir heute nicht *schlimmer* als der Wunsch des Priorats, meinen Geist zu schärfen und zu befreien. Laßt einen jeden seinen Weg zur Erleuchtung einschlagen und seine eigenen Kandidaten für den Erleuchteten Monarchen aufstellen. Ich gehe zu den Indianern, weil ich nicht sozialisiert genug bin, um unter Wölfen und Bären zu leben. Ich brauche sehr viel frische Luft, denn ich bin krank vor Mitleid. Ich kann keinen gedruckten Artikel lesen, ohne mich zu übergeben; kann mich nicht mit Theologie, Politik oder Kunst beschäftigen, ohne die Toren schütteln zu wollen, die Sätze wie «Das ist Sünde!», «Das ist Ungerechtigkeit!» oder «Das ist Schönheit!» von sich geben. Am liebsten würde ich ihnen ins Gesicht schreien: «Ihr Narren, merkt ihr denn nicht, daß ihr Sünde und Tugend, Gerechtigkeit und Ungerechtigkeit, Schönheit und Häßlichkeit in dem Moment erschaffen habt, als ihr sie in den Mund nahmt?» Aber sie würden mich nicht verstehen. Sie würden träumen, daß ich etwas anderes sagte, etwas, womit sie etwas anfangen könnten. Im Traum, den die alten Götter erschufen, sehen wir unsere Schöpfungen wie außerhalb von uns; es wird Mühe kosten, aufzuwachsen und noch mehr Mühe, den Glanz und die Dummheit des Universums, das wir selbst geschaffen haben, zu erkennen und dann zu lernen, ein glanzvolleres und weniger dummes zu schaffen.

Ich werde mein eigenes Gut und Böse suchen, auf meine Art.

Sollte ich je wieder nach Europa zurückkehren, so nur um meinen eigenen Zielen zu dienen, nicht denen erleuchteter Wesen, die zu wissen glauben, was am besten ist für mich und für die Welt.

SIEBEN

Ich habe meine Frau verlassen, ich bin ein Deserteur», sagte Tom Paine, «ein Schuft!»

«Trink noch einen», antwortete James Moon. «In dieser Welt werden wir früher oder später alle zu Schuften. Das Schicksal hat sich nun mal gegen uns verschworen. Selbst der heilige Mann aus Nazareth wäre einer geworden, wenn er lange genug gelebt hätte.»

Paine nahm noch einen Schluck von dem betäubend süßen Rum. «Meine Frau hatte keine Kinder, so ein Schuft bin ich auch wieder nicht. Ich hätte nicht wie Monsieur Rousseau meine Kinder im Stich gelassen.»

«Wenn die Versuchung groß genug gewesen wäre, hättest du es getan», sagte Moon. Auch er nahm noch einen Schluck. Das Schiff schlingerte und er dachte, er sollte lieber aufhören, ehe ihm schlecht wurde.

«Seltsam, wie nahe man sich auf einer solchen Reise kommt», sagte Paine.

«Ach was, wahrscheinlich werden wir uns nie wieder begegnen, Amerika ist ziemlich groß nach dem, was ich gehört habe.» Moon zögerte. »Übrigens bin ich auch nicht ohne Makel. Ich habe einen Mann erpreßt.»

«Weil die Versuchung zu groß war, nehme ich an», sagte Paine nachdenklich. «Jetzt verstehe ich, warum du mir keine Vorwürfe machst.»

«Es ist schon Jahre her», erzählte Moon, «Aber mein Gewissen hat keine Ruhe gegeben. Schließlich habe ich das Geld zurückgeschickt und dem Mann geschrieben, daß ich für immer schweigen würde. Ich hatte sein Geld gebraucht, um mir einen Laden zu kaufen. Vorher war ich in seinen Diensten gewesen.»

«Und du hast den Laden aufgegeben, um das Geld zurückzuschicken?»

«Natürlich. Man kann das Leben nicht genießen, wenn das schlechte Gewissen an einem nagt wie der Hund an einem Knochen.» Moon schenkte sich noch einmal ein. «Also versuchte ich das, was ich getan hatte, ungeschehen zu machen. Ich weiß jetzt, daß ich ein Schurke sein kann, und das werde ich nie vergessen.»

«Also sind wir alle beide Verbrecher, die sich wünschen, sie könnten mehr sein als Verbrecher. Nun, Sir, dafür ist die Neue Welt da: um Menschen wie uns eine zweite Chance zu geben.»

Er hatte sehr nüchtern und langsam gesprochen. Meine Güte, dachte Moon, der ist ja noch besoffener als ich.

«Ich habe bei allem versagt», fuhr Paine fort, ohne Selbstmitleid, mit der klaren Logik eines Alkoholikers, der sein Tun analysiert. «Auch ich war einmal Ladenbesitzer. Und Zollbeamter, was soviel heißt wie einer, der sich bestechen läßt. Eine Zeitlang war ich Lehrer. Dann bin ich zur See gefahren. Ich habe alles mögliche gemacht. Aber jedesmal haben sie mich wegen Faulheit, Meuterei, Unfähigkeit oder sonst was gefeuert. Manchmal habe ich mich gelangweilt und von selbst gekündigt. In Wirklichkeit war mir das Denken lieber als das Arbeiten. Aber das ist gefährlich für einen armen Mann, diesen Luxus können sich nur die Reichen leisten.» Er trank. «Weiß der Geier, was ich in Amerika anstellen werde. Wahrscheinlich den nächsten Job versuchen und wieder alles hinschmeißen.»

«Mensch, sei doch nicht so ein Pessimist! Nimm noch einen Schluck.»

«Um die Wahrheit zu sagen, Sir, ich war nur etwas deprimiert. Insgeheim habe ich immer noch die wunderbare Hoffnung, eines Tages meine wahre Bestimmung zu finden. Vielleicht in Amerika.»

«Wenn ich an die Bestimmung glauben würde», entgegnete Moon, «müßte ich mich aufs Schafott gefaßt machen. Das hat mir mal eine Hellseherin aus den Karten gelesen.»

«Ich glaube nicht an Hellseher», grunzte Paine. «Oder an

die Sterne oder so was. Morgen früh laufen wir in Baltimore ein. Ich gehe jede Wette ein, daß keiner voraussagen kann, was uns dort in den ersten fünf Minuten begegnen wird, ganz zu schweigen von der Zeit danach. Möglicherweise hat das Universum noch ein Riesenas für uns im Ärmel.»

«Dann laß uns auf zwei Schurken in einem unberechenbaren Universum trinken», sagte Moon.

«Auf zwei Schurken in einem unberechenbaren Universum», wiederholte Paine fröhlich und hob das Glas.

Fantasy

Barbara von Bellingen
Tochter des Feuers *Roman aus der Morgendämmerung der Menschheit*
(rororo 5478)
Im Jahre 1883 machten französische Archäologen einen zauberhaften Fund: in einer Höhle entdeckten sie das winzigkleine geschnitzte Porträt einer jungen Frau – das Gesicht einer Neandertalerin, eingekerbt in einen Mammutzahn vor mehr als 30 000 Jahren.

Barbara von Bellingen
Luzifers Braut *Roman*
(rororo 12203)
Die ergreifende Geschichte der jungen Susanna, einer Wirtstochter aus Köln, die in den Teufelskreis eines Hexenprozesses gerät: hinterhältige Verhöre und grausame Foltern, Ohnmacht und Qualen, eine wundersame Rettung, die Flucht durch das vom Dreißigjährigen Krieg heimgesuchte Land.

Gillian Bradshaw
Das Königreich des Sommers
Fantasy-Roman
(rororo 5576)
Gawain, der strahlende Ritter vom Goldenen Falken, ist in König Artus' Diensten vom schwärmerischen Jüngling zu einem tapferen Krieger gegen die Mächte der Finsternis geworden. Als Verschwörungspläne gegen König Artus bekannt werden, bricht Gawain mit seinem Knappen Rhys auf, um sie zu vereiteln. Noch ahnt er nicht, daß er dabei seiner niederträchtigen Familie begegnen wird – aber auch seiner verlorengeglaubten Geliebten.

rororo Unterhaltung

Alan Garner
Elidor oder Das Lied des Einhorns
(rororo 12408)
In einer Kirchenruine mitten in einem Abbruchviertel geschieht Unheimliches. Vier Geschwister, auf Streifzügen dorthin gelangt, erleben, wie das Gefüge von Raum und Zeit porös wird. Ein anderes Reich zu ihrer alltäglichen, monotonen Welt tut sich auf: Elidor.
Alan Garner zeigt in diesem Roman seine große Begabung, Realistisches und Magisches zu verknüpfen. *Elidor* gehört zu seinen erfolgreichsten Büchern.

Abenteuer

Mario Puzo
Der Pate *Roman*
(rororo 1442)
Ein atemberaubender Gangsterroman aus der New Yorker Unterwelt, der zum aufsehenerregenden Bestseller wurde. Ein Presseurteil: «Ein Roman wie ein Vulkan. Ein einziger Ausbruch von Vitalität, Intelligenz und Gewalttätigkeit, von Freundschaft, Treue und Verrat, von grausamen Morden, großen Geschäften, Sex und Liebe.»

Mario Puzo
Mamma Lucia *Roman*
(rororo 1528)
Animalisch in ihrer Sanftmut, aufopfernd in ihrer Fürsorge, streng und wachsam in ihrer Liebe – das ist Lucia Santa Angeluzzi-Corbo, Mamma Lucia, die im italienischen Viertel von New York um das tägliche Brot ihrer sechs Kinder kämpft.

Stuart Stevens
Spuren im heißen Sand
Abenteuer in Afrika
(rororo 12647)
In einem uralten Jeep reisen Stuart Stevens und Ann Bradley drei Monate durch Afrika, durch Niger, Mali, den ausgetrockneten Tschadsee und die Sahara.

Frank Thiess
Tsushima *Die Geschichte eines Seekriegs*
(rororo 5938)
Fast schon eine Legende der deutschen Literatur: Frank Thiess' Bericht von der Fahrt des Admirals Rojéstwenski, der im Russisch-Japanischen Seekrieg 1905 auf verlorenem Posten durchhält, als seine Geschwader in der Schlacht von Tsushima vernichtet werden.

Josef Martin Bauer
So weit die Füße tragen
(rororo 1667)
Ein Kriegsgefangener auf der Flucht von Sibirien durch den Ural und Kaukasas bis nach Persien. «Diese Odyssee durch Steppe und Eis, durch die Maschen der Wächter und Häscher dauerte volle drei Jahre – wohl einer der aufregendsten und zugleich einsamsten Alleingänge, die die Geschichte des individuellen Abenteuers kennt.» Saarländischer Rundfunk

rororo Unterhaltung

Historische Romane

Dorothy Dunnett
Die Farben des Reichtums Der Aufstieg des Hauses Niccolò *Roman*
(rororo 12855)
«Dieser rasante Roman aus der Renaissance ist ein kunstvoll aufgebauter, abenteuerreicher Schmöker über den Aufsteig eines armen Färberlehrlings aus Brügge zum international anerkannten Handelsherrn – einer der schönsten historischen Romane seit langem.» Brigitte

Josef Nyáry
Ich, Aras, habe erlebt... *Ein Roman aus archaischer Zeit*
(rororo 5420)
Aus historischen Tatsachen und alten Legenden erzählt dieser Roman das abenteuerliche Schicksal des Diomedes, König von Argos und Held vor Trojas Mauern.

Pauline Gedge
Pharao *Roman*
(rororo 12335)
«Das heiße Klima, der allgegenwärtige Nil und die faszinierend fremdartigen Rituale prägen die Atmosphäre diese farbenfrohen Romans der Autorin des Welterfolgs ‹Die Herrin vom Nil›.» The New York Times

Pierre Montlaur
Imhotep. Arzt der Pharaonen *Roman*
(rororo 12792)
Ägypten, 2600 Jahre vor Beginn unserer Zeitrechnung. Die Zeit der Sphinx und der Pharaonen. Und die Zeit des legendären Arztes und Baumeisters Imhotep. Ein prachtvolles Zeit- und Sittengemälde der frühen Hochkultur des Niltals.

3288/1

rororo Unterhaltung

T. Coraghessan Boyle
Wassermusik *Roman*
(rororo 12580)
Ein wüster, unverschämter, barocker Kultroman über die Entdeckungsreisen des Schotten Mungo Park nach Afrika um 1800. «Eine Scheherazade, in der auch schon mal ein Krokodil Harfe spielt, weil ihm nach Verspeisen des Harfinisten das Instrument in den Zähnen klemmt, oder ein ärgerlich gewordener Kumpan fein verschnürt wie ein Kapaun den Menschenfressern geschenkt wird. Eine unendliche Schnurre.» Fritz J. Raddatz in «Die Zeit»

John Hooker
Wind und Sterne *Roman*
(rororo 12725)
Der abenteuerliche Roman über den großen Seefahrer und Entdecker James Cook.